KB058946

주인님의 이름마저 잊어버리고 말았어.

하지만 상관없어.

이 사랑만은.

틀림없이 영원토록 남을 테니까.

여기서 나는 비련의 불꽃을 피워서,

내 세계를 덮혀나갈 거야.

"지크가 내 이야기의 '주인공'이 돼줄 거야?"

울고 있는 어린아이의 모습이 환영처럼 떠오른다.
여기에 홀로 울고 있는 여자아이가 있다.
분명히 도움을 구하고 있다.

"……큭!"

CONTENTS

이세계 미궁의 최심부로 향하자
3

와리나이 타리사 지음 | **우카이 사키** 일러스트 | **박용국** 옮김

커버 그림, 본문 일러스트 | **우카이 사키**

1. 광기를 판단하는 정신의 소실

──하인 씨와의 싸움은 끝났다.

라스티아라가 의식을 되찾은 것을 본 하인 씨가 자신에게 형세가 불리하게 돌아가고 있다는 것을 깨닫고 도망쳐준 것이다.

그 덕분에 지금 나는 두 발을 땅바닥에 대고 서 있을 수 있다. 하지만 두통과 피로 때문에 다리가 비틀거려서 견딜 수가 없다. 더불어 오한도 멈추지 않는다. 라스티아라가 각성하는 게 조금만 더 늦었더라면, 이 양다리는 베어져버렸을지도 모른다. 내 머릿속은 그런 공포와 혼란으로 가득해서, 정상적인 사고 능력이 좀처럼 돌아오지 않았다.

그런 내 모습을 보고 라스티아라는 비명을 내지른다.

"지크! 지크, 괜찮아?!"

비정상적인 방향으로 꺾여 있는 한쪽 팔을 부여잡고 이쪽으로 걸어오는 라스티아라.

"나는 괜찮아. 그러니까 진정해……. 나보다 네가 더 걱정이야."

힘겹게 걸어오는 라스티아라를 손짓으로 제지한다. 팔이 덜렁덜렁 흔들리는 것으로 보아, 나보다 그녀 쪽이 더 중상일 게 분명하다.

"니는 …… 아얏! 이서, 완선히 무러진 것 같은걸. ──신성마법 〈큐어풀〉. ……그런데 하인 녀석은 어떻게 됐어?"

라스티아라는 회복마법을 영창해서 팔의 골절을 치료하며 상황을 확인한다.

"하인 씨라면 그럭저럭 퇴치했어."

"그랬구나. 다행이다……. 하지만, 나 참, 하인은 도대체 왜……!"

일단 위기는 모면했다는 것을 확인한 덕분에, 라스티아라도 한시름 던 모양이다. 하지만 곧이어 이 참상에 대해 분노를 터뜨린다.

"나도 몰라. 하인 씨는 도통 알아들을 수 없는 소리만 하고, 그대로 도망쳐버렸으니까……."

"도통 알아들을 수 없는 소리라고? 어떤 이야기를 했는데?"

"우선, 만약에 하인 씨가 이기면 연합국에서 떠나달라고 했어."

그 결투 보상 내용을 듣고 라스티아라가 미간을 찌푸렸다.

"그다음에는, 라스티아라가 '만들어진 것'이라고 그랬어……."

"내가 '만들어진 것'? 그건 당연한 이야기잖아. 이제 와서 새삼스럽게 그런 이야기를 한다는 게 오히려 더 황당하다구."

회복마법으로 팔을 고친 라스티아라는, 다 나은 팔로 머리를 벅벅 휘저으며 평소의 그녀답지 않게 노골적으로 짜증을 드러냈다.

"······으음. 저기, 라스티아라는 자기가 '만들어진 것'이라는 걸 인정하는 거야?"

라스티아라는 '만들어진 것'이라는 표현 자체에 대해 불쾌감을 느끼는 건 아닌 모양이다. 그게 마음에 걸려서 확인을 취했다.

"전에도 이야기했잖아. 이 육체는 성인 티아라 그 자체로서 만들어진 거라고. 그러니까 '만들어진 것'이라는 건 당연한 이야기라구. 난 그 점은 딱히 부정 안 해."

라스티아라는 자기 자신을 '만들어진 것'이라고 말한다. 하지만 하인 씨가 이야기했던 '만들어진 것'과는 뉘앙스가 다른 것처럼 느껴졌다.

"아니, 하인 씨는 그런 의미로 '만들어진 것'이라고 한 게 아니었던 것 같아. 육체적인 걸 이야기하는 게 아니라, 좀 더 정신적인 걸 이야기하는 것. 사고나 감정이 '만들어진 것'이라는 이야기 같았어."

"정신이······ 사고나 정신이 '만들어진 것'? 그야 물론 주위 환경의 영향을 그럭저럭 받은 건 사실이지만, 그건 누구나 마찬가지잖아. 나는 나일 뿐이야."

"그야 그렇지만······."

또박또박한 말투로 자신의 정체성을 주장하는 라스티아라를 보니, 나는 그 정신이 '만들어진 것'이라고는 생각할 수 없었다. 하지만 그렇게까지 필사적으로 호소하던 하인 씨의 말도 무시할 수는 없다. 형언할 수 없는 불안감이 가슴 속에 응어리져간다.

그리고 하인 씨의 말 가운데, 내 불안감을 가장 크게 부채질하던 한 문장을 전한다.

"그리고 마지막으로, 이대로 가면 라스티아라가 죽을지도 모른다고 그랬어……."

"내가 죽는다……?"

라스티아라는 '죽는다'라는 한마디를 듣고, 황당해하는 표정을 보인다.

"분명히 그렇게 말했어."

"죽는다……."

'죽는다'라는 말을 두 번 되풀이하고, 라스티아라는 시선을 땅바닥에 떨어뜨린다. 그리고 뒤이어서 확인을 취하듯이 뇌까린다.

"하인이, 그렇게 이야기했단 말야?"

고개를 숙이고 있던 라스티아라가 천천히 이쪽을 쳐다본다.

나는 짤막하게 긍정하는 것밖에 할 수 없었다. 라스티아라의 눈에 깊은 어둠이 드리운다. 요즘에는 비교적 숨을 죽이고 있던 광기가 흘러나오는 것 같은 느낌이다. 그리고 라스티아라는 작디작은 목소리로 중얼거린다.

"정말이지 대체 왜 이제 와서……. **조금만 더 있으면 되는**

데……. 하인다운 행동이라면 하인다운 행동이지만……."

뇌까리고, 턱에 손을 짚으며 생각에 잠긴다.

분위기가 좀 이상하다. 남에게 '죽는다'는 소리를 듣고 평정심을 유지하는 것도 이상하긴 하지만, 라스티아라의 분위기는 그 이상으로 이상하다. 아무런 근거도 없이 '죽는다'는 소리를 듣는다고 해서, 이렇게 고민할 리는 없으니…… 마치, 그에 상응하는 근거를 알고 있는 것처럼 보였다.

그 근거를 물어볼 생각에, 라스티아라에게 다가가려 했다.

하지만 내가 미처 다가가기도 전에, 그녀는 내 접근을 알아채고 허겁지겁 이야기를 재개한다.

"아, 아앗. 미안, 지크. 조금 놀란 것뿐이야. 아무것도 아냐. 이것 참, 하인 녀석이 밑도 끝도 없이 엉뚱한 소리를 하는 바람에, 이게 뭐야."

라스티아라는 이미 평소의 그녀로 돌아와 있었다.

동요는 사라지고, 조금 전의 오랜 고민을 없었던 일로 치부하려 한다.

판단이 서질 않는다……. 이럴 때는 하인 씨와 라스티아라 사이의 사정에 끼어들어야 하는 건가, 아니면 라스티아라의 뜻을 존중해서 아까 본 그녀의 모습을 못 본 걸로 해야하는 건가.

그 해답을 내지 못해서 갈팡질팡하고 있으려니, 라스티아라는 밝은 얼굴루 말은 잇는디.

"어쨌거나! 문제는 하인 그 바보가 수단 방법을 가리지 않았다는 거야. 잠깐 후즈야즈에 돌아가서, 하인의 폭주에 대해 담판을 짓고 와야겠는걸……."

그렇게 말하면서 라스티아라는 〈커넥션〉의 문 쪽으로 다가간다. 그 모습으로 보아, 오늘 탐색은 이미 포기한 모양이다. 후즈야즈의 집으로 돌아가서 이번에 벌어진 예상치 못한 상황에 대해 확인을 취할 생각이리라.

"나도 후즈야즈까지 같이 갈까?"

"아니, 됐어, 됐어. 이건 우리 가문 내부의 문제니까. 그보다 미안해. 결투—— 원래는 그냥 여흥으로 즐길 생각이었는데……."

라스티아라는 가족 내의 문제라는 이유로 동행을 사절했지만, 그러면 내게 불안감이 남는다.

"하지만 라스티아라, 또 아까처럼 하인 씨가 습격해 오면 위험하니까 나도 같이 가는 편이 나은 거 아냐?"

"아니, 아까 그건 같은 가문 사람이라는 생각에 방심해서 당한 거야. 원래 실력대로 붙으면 내 압승이니까 걱정 마. 스테이터스만 봐도 확연히 알 수 있잖아?"

라스티아라는 걱정 말라고 하면서 내게 스테이터스를 확인시킨다.

그 말마따나 스테이터스만 따지자면 압승일 것이다. 수치부터가 대부분 하인을 웃돌고, 스킬에도 큰 차이가 있다. 정상적으로 싸우면 라스티아라의 승리일 게 분명하다.

하지만 조금 전에 비정상적으로 싸운 결과── 라스티아라는 패배했다.

만약에 일대일로 맞붙었다면, 하인 씨가 첫 수에 완승을 거두었을 것이다. 라스티아라는 방심하게 만들 재료만 있으면 하인 씨는 얼마든지 라스티아라에게 완승을 거둘 수 있는 것이 현실인 것이다.

내가 불안을 떨쳐내지 못하고 있으려니, 라스티아라는 진지한 표정으로 말을 보탠다.

"걱정 마. 다음에는 절대로 방심 안 할 테니까. 그러니까 기다려줘."

라스티는 그렇게 말하고 마법의 문을 통과한다. 나도 쫓아가려고 집으로 돌아갔다. 그러자 그곳에 펼쳐진 광경은 내 집 거실, 그리고 주방에 서 있는 흑발의 소녀 마리아.

갑자기 들어온 우리를 보고 마리아가 놀란다.

그야 그럴 만도 하지. 우리는 미궁에 들어간 지 채 10분도 되지 않아서 돌아온 거니까.

"어라? 두 분, 무슨 일이세요? 너무 일찍 돌아오신 것 아닌가요?"

마리아는 주방에서 설거지를 하다가 중단하고, 우리 쪽으로 다가온다.

라스티아라는 아무 일도 없었다는 듯이 대답한다.

"그게 말이지, 본가에 용건이 있다는 게 갑자기 생각나서 말야. 오늘은 후즈야즈로 돌아갈 거야. 그러니까 오늘은 둘이서 놀아. 둘이서 몬스터를 사냥하거나 장을 보거나 하면서 말야."

대답하면서 라스티아라는 집 창문으로 다가간다. 그리고 마지막으로 손을 흔들고 종종걸음으로 집을 나섰다.

"그럼 난 이만!"

미처 말을 걸 틈도 없었다.

마리아는 그런 라스티아라의 모습을 수상쩍게 여긴 듯, 무슨 일이 있었냐고 내게 묻는다. 나는 별일 아니라는 식으로 얼버무릴 수밖에 없었다.

마리아에게 걱정을 끼치고 싶지 않다.

가능하면 거친 일에서 마리아를 떼어두고 싶다는 게 내 본심이다.

시끄러운 녀석이 떠나니 집안이 조용해진다. 그 후, 마리아는 앞으로의 예정을 확인하려 했다.

"저는 아르티 씨가 불러서 가볼 계획인데, 주인님은 오늘 어쩌실 계획이에요?"

"아르티가 불렀다고? 그 녀석이 여기에 온 거야?"

"아뇨, 아침에 요리를 하려고 불을 켰더니, 그 불이 말을 걸었어요. 이제 슬슬 약속 시간이에요."

"그 녀석은 어디에나 다 있다니까. 응, 다녀오도록 해. 나는 미궁 탐색을 하고 있을 테니까."

보아하니 아르티는 집의 주방 불을 통해서 마리아와 접촉을 취한 모양이다. 반칙 수준인 아르티의 능력을 재확인하면서, 마리아의 제안을 거절했다.

아마 용건은 그 마법을 전수하려는 것이리라. 내가 거기에 끼여봤자 할 일도 없다.

"알았어요. 그럼, 먼저 실례할게요."

"그래, 잘 다녀와."

마리아도 집에서 나가니 집 안은 한층 더 고요해진다.

그 정적 속에서 거실 테이블 앞에 홀로 앉아 마음을 가라앉힌다. 예상치 못한 충격에 마음이 동요하고 있다. 우선 그것을 가라앉혀야만 한다.

나는 천천히 심호흡을 한다.

여러 번 호흡을 되풀이하고⋯⋯ 그런 끝에 묘한 고독감을 느낀다.

오랜만에 혼자가 되었다.

최근에는 항상 누군가가 곁에 있었다.

처음 이세계에 왔을 무렵에는 고독이 고통이었지만, 언제부턴가 고독에서 안식을 느끼고 있다. 그런 스스로의 변덕에 황당해하면서도, 한편으로는 인간이란 원래 그런 것이라는 생각도 들었다.

남의 떡은 커 보이고, 자신이 가진 것은 성가시게 느껴진다.

자신의 미숙함을 통감한다.

요컨대 아직 어린 것이다. 나는 자기 앞가림에만 급급한 어린애다.

만약에 내 신이 이른이고, 어른다운 여유를 갖고 있다면 계속 마리아가 남몰래 연심을 품도록 놔두지는 않았으리라. 지금도 라스티아라를 혼자 후즈야즈에 보내지 않았을 것이다. 아르티와의 관계에 걸림돌도 없을 테고, 하인 씨의 필사적인 호소를 이해할 수 있을 테고, 디아가 중상을 입을 일도 없었을 텐데——

하지만, 모든 것은 이미 다 지난 일이다.

나 자신의 미숙함 때문에 제대로 대처하지 못했다. 최선의 선택을 해왔다고는 도저히 이야기할 수 없다.

지금도, 억지로라도 라스티아라를 따라갔어야 하는 것 아니었을까 하고 후회하고 있다. 동시에 라스티아라 집안 내부의 사정에 나라는 타인이 깊이 끼어들어도 되는 걸까 하는 고민도 있다.

뭐, 간단한 문제다. 지금 내게는 판단할 수 있는 여유가 없는 것이다.

그러니까—— 지금보다 더 강해져야만 한다.

그런 결론에 다다른다.

지나간 일을 후회하기보다 조금이라도 더 성장하기 위해 의지를 북돋았다.

그리고 〈커넥션〉을 통해 혼자 20층으로 돌아갔다. 아무리 그래도 혼자서 심층부를 개척하겠는 생각은 하지 않는다. 역량이 부족하다고 생각하는 건 아니지만, 둘이 같이 개척할 때보다 위험도가 증가하는 건 틀림없다. 무엇보다 라스티아라가 없을 때 탐색을 진척시켰다가는, 나중에 라스티아라에게 볼멘소리를 들을 것 같았다.

그래서 몬스터 사냥에 나서기로 했다.

조금이라도 스스로를 더 강하게 만들고 싶다. 정신적인 미숙함은 하루아침에 해결할 수 없지만, 신체적인 강함은 하루아침에 해결할 수 있는 것이 이 세계다. 그러니 신체적인 강함을 먼저 해결해야겠다고 생각하는 건 당연한 사고방식이었다.

최선의 선택을 위해서…… 후회하지 않기 위해서라도 이 빈 시간을 이용해서 조금이라도 더 힘을 길러 두는 건 나쁘지 않은 선택일 것이다.

강해지기 위해서, 우선 사냥터 선정에 들어갔다.

혼자서도 별문제 없이 사냥할 수 있는 레벨 안에서 가장 강한 몬스터는 21층의 퓨리다.

하지만 퓨리가 가장 효율 좋은 사냥감인가 하면, 꼭 그렇지만은 않다. 퓨리는 경험치를 많이 주지만 그 대신 내구성도 뛰어나다. 한 마리를 사냥하는 데 걸리는 시간과 경험치를 계산해보면 가장 효율적이라고 하기에는 무리가 있을 것이다.

이상적인 몬스터는 칼부림 한 번에 즉사하는 사냥감이다. 그리고 적을 찾는 데 걸리는 시간이 짧아야 하니 밀집도도 중요한 사항이다. 더불어 변칙적인 요소가 적으면 적을수록 좋다.

원래 세계에서 읽은 게임 칼럼에 미루어서 최석의 해답을 찾아나간다. 지금까지 싸워왔던 몬스터들을 떠올리고, 그 조건에 부합하는 층을 도출해내서, 가장 밸런스가 좋을 것으로 판단된 15층으로 향했다.

예상대로 15층에서의 사냥은 이상적이었다. 거기서 갖가지 몬스터들을 쉴 새 없이 사냥해나가며 경험치와 마석을 모았다. ……무아지경이나 다름없는 상태로 적들을 해치워갔다.

적들이 칼부림 한 번에 쓰러졌기에 MP소모는 얼마 되지 않는다. 지금까지 레벨업을 해온 덕분에 MP 최대치가 상승함과 더불어 MP의 자연 회복량도 늘어나서, 반영구적으로 사냥을 지속할 수 있었다.

이따금씩 라스티아라와 마리아의 얼굴이 떠올랐다. 소원을 이루어달라고 했던 아르티의 얼굴도 떠올랐다. ──그래도 쉴 새 없이 검을 휘둘렀다.

나는 원래 세계로 '귀환'해야만 한다.

'귀환'하기 위한 최선의 방법은, 지금 하고 있는 이 사냥이다. 그렇게 스스로를 타이르고 오랜만에 게임을 즐기듯 레벨업에 매진했다.

불안과 망설임을 떨쳐버리듯이, 해가 저물 때까지, 계속…….

◆ ◆ ◆ ◆ ◆

미궁에서의 사냥을 마친 나는 집으로 돌아왔다.

오늘 하루 만에, 전에 없이 많은 경험치를 취득해냈다. 당연히 레벨업 조건도 충족한 상태다. 라스티아라가 있으면 레벨업을 부탁하려고 했지만, 애석하게도 집에는 없었다. 후즈야즈국으로 떠난 상태이니 금방 돌아오기는 힘들 것이리라. 그렇게 생각하면서 이번에는 마리아를 찾아봤다. 하지만 마리아도 집에 없었다. 마리아 쪽도 새로운 마법 습득에 애를 먹고 있는 건가.

──나 말고는, 아무도 없다.

내가 너무 일찍 돌아온 건가 하고 생각하면서 창밖으로 눈길을 돌렸다.

해가 기울기 시작해서, 아름다운 저녁노을이 집안으로 쏟아져 들어오고 있었다.

알 수 없는 쓸쓸함에 떠밀려 집 밖으로 나갔다.

오늘 모은 경험치를 소화하기 위해서, 남은 시간을 이용해 교회로 발걸음을 옮겼다. 레벨업은 가능한 한 빨리 해두는 게 좋다. 더불어 오늘 모은 마석들도 돈으로 바꿔야 한다. 그다음에는 기분전환도 할 겸 장을 보고, 마지막으로 디아에게 문병을 가야겠다. 걸어가면서 계획을 정리하고, 언덕을 내려가 발트 시가지에 들어섰다.

저녁 햇살이 비쳐드는 발트 시가지의 길을 홀로 걷고 있으려니, 또 다시 알 수 없는 쓸쓸함이 몰려왔다. 보석으로 장식된 가노의 가상자리가 어렴풋이 빨갛게 빛나고 있었다. 그 어렴풋한 빛이 내 마음을 뒤흔들었다. 그 쓸쓸함으로부터 도망치듯이 발걸음의 속도를 올려서 교회에 다다랐다.

교회 안으로 들어서니 마침 신부가 영창을 하고 있고, 시민들은 기도를 올리는 중이었다.

중간부터 기도를 시작해도 되는 건지 확신이 서지 않았지만, 일단 뒤쪽에 있는 긴 의자 구석에 앉아서 남들을 따라 기도를 올렸다.

조용한 시간이었다.

이따금씩 레벨업이 되는지 살펴보려고 자신의 스테이터스 화면을 열었다가, 레벨업이 되지 않은 상태라는 걸 확인하고 다시 기도를 재개했다.

교회에서 레벨업을 하는 작업은 라스티아라가 할 때에 비해서 훨씬 긴 시간이 걸린다.

스테이터스를 확인하거나 교회의 스테인드글라스를 쳐다보거나 하면서 시간을 보내다가, 날개 달린 여인이 그려진 스테인드글라스가 너무나도 찬란하게 보여서 시험 삼아 '주시'해봤다. 그 결과, 그 그림이 모두 보석으로 만들어져 있는 걸 알고 깜짝 놀랐다.

이렇게 여러모로 교회 내부를 관찰하는 사이에, 신부가 영창을 마치고 묵례했다. 주위에서 기도를 올리고 있던 자들도 그에 맞춰 묵례하고, 띄엄띄엄 자리에서 일어서서 교회를 떠나기 시작했다. 그걸 본 나는 자리에 앉은 채로 자신의 스테이터스를 확인했다.

【스테이터스】

이름 : 아이카와 카나미 HP 345/372 MP 221/653-200

클래스 : 없음

레벨 13

근력 7.82 체력 8.02 기량 9.35 속도 12.01 지능 11.73

마력 29.78 소질 7.00

경험치 : 20235/35000

레벨이 올라간 것을 확인하고, 보너스 포인트를 어떻게 활용할지 고민했다.

지금까지는 모든 포인트를 당장 필요한 HP와 MP에 배분해왔지만, 이제 슬슬 다른 식의 배분 방법도 고려해봐야 할지도 모르겠다.

내구력과 지속 전투 능력 다음으로 필요한 것. 그것은 몬스터를 물리치기 위한 화력이라는 것이 내 생각이다.

단순하게 생각하자면, 화력과 직결된 것은 근력이나 마력일 것이다.

【스테이터스】

이름 : 아이카와 카나미 HP 345/372 MP 221/657-200

클래스 : 없음

레벨 13

근력 7.82 체력 8.02 기량 9.35 속도 12.01 지능 11.73

마력 30.08 소질 7.00
경험치 : 20235/35000

마력이 0.30 상승하고, 미약하게나마 MP도 상승했다.

단숨에 1.00정도 상승하는 걸 기대하고 있었지만, 그 정도 급상승은 무리인 모양이다. 다른 스테이터스의 상승치도 0.30인지는, 다음에 한 번 더 보너스 포인트 배분을 시험해보기 전에는 알 길이 없다. 다음은 근력에 배분해서 그 법칙성을 도출해봐야겠다.

고찰을 마친 나는, 레벨업을 통해 자신이 강해진 것을 기뻐하며 자리를 떴다.

그리고 교회 밖으로 나가려다가 그 발걸음을 멈추었다.

낯익은 기사가 문 밖에 있었던 것이다.

〈디멘션〉을 통해 그 사실을 감지했다.

아침에 하인 씨의 습격이 있었기에, 〈디멘션〉을 비교적 강하게 전개해서 경계하고 있었던 게 다행이었다. 그 덕분에 밖으로 나가기 전에 알아챌 수 있었다.

【스테이터스】

이름 : 팰린크론 레거시 HP 311/312 MP 42/62 클래스 : 기사

레벨 22

근력 7.90 체력 9.87 기량 11.89 속도 5.67 지능 7.34

마력 4.78 소질 1.80

선천 스킬 : 관찰안 1.45

후천 스킬 : 검술 1.89 신성마법 1.23 체술 1.87 주술 0.54

그 기사의 이름은 팰린크론 레거시.

기억 속을 헤집은 끝에, 노예시장에서 만났던 팰린크론이라는 인물을 떠올리는 데 성공했다. 표표하게 굴면서도 사람을 현혹하는, 껄끄러운 스타일의 남자다.

입구를 통해서 교회 밖으로 나가는 걸 단념하고, 〈디멘션〉을 이용해서 다른 출구의 존재 여부를 확인하려 했다. 바로 그때, 밖에 있던 팰린크론이 움직이기 시작했다.

교회 문이 열리고 키 큰 남자가 교회에 나타났다.

여전히 기사다운 느낌은 전혀 없고 마치 상인 같은, 움직이기 거추장스러워 보이는 옷을 입고 있다. 굳이 팰린크론에게서 기사다운 점을 찾자면, 허리춤에 차고 있는 검 정도가 고작이었다.

팰린크론은 탁한 갈색 머리칼을 찰랑이며 내게 다가온다.

"여어. 별일이군, 지크 형씨."

그리고 우연인 척 내게 인사한다.

하지만 그것이 우연이 아니라는 걸 나는 알고 있다. 녀석은 분명히 교회 밖에서 나를 기다리고 있었다. 이 교회에 들어온 것은 내가 〈디멘션〉을 광범위하게 전개해서 다른 출구를 찾기 시작했기 때문이었다.

"그대, 별일이군. 실냐 스토킹이야? 기사라는 직업도 참

한가한가 보군."

냉랭한 말투로 팰린크론을 상대했다. 지금까지 다른 기사들을 대할 때는 존대를 해왔지만, 어째선지 이 팰린크론만은 그럴 생각이 들지 않는다.

"어라, 미행한 게 들켰나 보군. **형씨도** 제법 괜찮은 감지 능력을 갖고 있는데? 갑자기 형씨의 마력이 부풀어 오르는 걸 보고 놀라서 들어왔지 뭐야."

팰린크론은 **나도**라고 말했다. 다시 말해, 녀석도 〈디멘션〉과 유사한 마법을 소유하고 있을 가능성이 높다는 이야기다. 이번 매복도, 예전의 미행도, 그 마법을 구사한 것이리라. 아마 '주술'이라는 스킬이 관련되어 있을 것으로 보인다.

지금까지 줄곧 정보 수집을 해왔지만, 이런 장르의 마법은 들어본 적이 없었다.

"그나저나 용건이 뭐지? 너도 결투하러 온 거냐?"

"이봐, 너무 살벌하게 그러지 말라고. 난 이야기를 좀 하고 싶은 것뿐이야. 형씨는 세라, 라그네, 하인, 이 셋을 다 격퇴했잖아. 그러니까 내 힘으로는 상대가 안 된다고. 나는 홉스 아저씨와 꼴찌 경쟁을 하고 있을 정도니까."

팰린크론은 시치미 떼듯 말하면서 어깨를 으쓱한다.

하지만 나는 경계를 늦추지 않는다. 일정한 거리를 유지하면서 그 일거수일투족을 '주시'한다.

【철제 검】

공격력 2. 특기할 만한 사항이 없는 철제 검

전투에 사용할 수 있을 만한 장비는 이 철제 검밖에 없다.

팰린크론은 내가 경계를 강화한 채 장비를 '주시'하고 있다는 것을 알아채고, 가벼운 말투로 분위기를 누그러뜨리려 한다.

"아니, 진짜 난 이야기나 좀 하러 온 것뿐이야. 이 검도 근처에 있는 기사 숙사에서 대충 주워 온 조잡한 물건이라고."

"오늘 아침에도, 지금처럼 평온한 분위기 속에서 습격을 당한 참이라서 말이지……."

"하핫, 그건 나도 알아. 하인이었지? **알고 있으니까** 상태를 살피러 온 거야."

팰린크론은 웃으면서 근처의 긴 의자 구석에 앉는다.

주위에 인기척이 거의 사라졌다. 신부도 업무를 마치고 안쪽으로 들어간 상태다. **부자연스럽게도** 교회 안에는 나와 팰린크론만이 남았다.

"알고 있다면 이해해줘. 내 머릿속에서 기사에 대한 신뢰는 바닥까지 곤두박질친 상태라고. 검이 닿는 사정거리 안으로는 들어오지 마."

"알았어, 안 들어갈게. 약속하지. ……그러니까, 나와 이야기를 해보자고."

그렇게 말하고, 팰린크론은 허리춤에 차고 있던 검을 바닥에 내려놓아서 적의가 없다는 뜻을 표했다.

그 고분고분한 태도가 오히려 더 수상쩍게 느껴진다. 검이 없더라도 전투할 수 있는 수단은 있다.

하지만 상대가 이렇게까지 한 마당에 이야기도 들어주지 않는 건 인간으로서 할 짓이 아니다. 그리고 하인 씨 일을 비롯해서, 후즈야즈 사람에게는 물어보고 싶은 것들이 있다. 할 수 없이 나는 팰린크론 씨가 앉아 있는 긴 의자의 반대편 끝에 앉았다.

"이야기 정도는 들어주지……."

"고맙다. 이렇게까지 했는데 이야기도 못 했다면 곤란할 뻔했거든."

팰린크론은 "다행이야, 다행이야" 하고 중얼거리고 말을 잇는다.

"좀 어때? 나 이외의 『셀레스티얼 나이츠(천상의 7기사)』는 이제 다 물리쳤나?"

그리고 예상치 못했던 질문이 날아들었다.

"아니, 전부 다 물리친 건 아냐. 지금까지 물리친 건…… 레이디언트 씨, 홉스 씨, 라그네, 하인 씨, 이렇게 넷뿐이야."

굳이 거짓말을 할 필요는 없다는 생각에, 솔직하게 대답하기로 했다. 이 정도는 팰린크론이 마음만 먹으면 얼마든지 알아낼 수 있는 정보일 것이다.

"응, 응, 그랬었군."

팰린크론은 자기 동료들의 패배가 기쁘기라도 한 듯이 고개를 끄덕였다.

"다음은 내가 질문할 차례야. 왜 하인 씨가 그런 짓을 한 건지 알아?"

"그래, 알아."

잠시의 망설임도 없이 팰린크론이 대답했다.

솔직하게 대답해줄 거라고는 생각하지 않았었기에, 살짝 놀랐다.

팰린크론은 놀라는 나를 보며 웃는다.

"그렇게 놀라지 마. 지크 형씨도 솔직하게 대답해줬으니까 나도 솔직하게 대답한 것뿐이야."

"……빨리 가르쳐주기나 해."

"알았어. 간결하게 대답하지. 그건…… **내가 조장한 거니까.** 요 며칠 동안 줄곧 태연한 얼굴로 '아아, 지크 군과 같이 있을 때의 주인은 즐거워 보인다니까. 마치 평범한 여자아이처럼 웃고 말이지'라느니 '태어나서 지금까지 계속 속기만 하고, 작은 행복 하나 얻지 못한 채 사라져야 한다니……. 아무리 나라를 위한 일이라 해도 보고 있기가 괴롭다니까'라는 소리를 하면서 계속 부채질했더니, 내 기대대로 반 광란 상태가 돼주더군. 그리고 그 길로 주인을 구하러 간 거지. 하핫, 제대로 성공했다니까."

팰린크론은 웃으면서 대답했다. 그것은 마치, 어린 꼬마가 장난에 성공했을 때 보이는 것 같은 천진난만한 웃음이었다. 그 웃음과 내용의 거리감에 나는 아연실색했다.

"조, 조깅했나……?"

"나는 바람 넣는 솜씨에 대해서는 정평이 나 있거든. 습득하고 있는 마법도 그런 정신계 마법이 많지."

"어, 어째서 그런 짓을…….."

"재미있어 보여서. 그리고 후즈야즈라는 나라가 불이익을 얻기를 원하기 때문이라는 이유도 있지. 뭐, 대부분은 단순한 취미일 뿐이지만."

팰린크론은 웃는다. 그리고, 나는 말문이 막힌다.

이렇게까지 순수한 악의를 가진 자와 이야기하는 건 처음이었기에 대응 방법을 알 수가 없었다. 이렇게 태평한 태도로 남의 마음을 헤집어놓는 재주를 가진 인간이 있다는 사실이 두렵게 느껴졌다.

팰린크론은 넋을 잃은 내게 이야기를 계속했다.

"이번에는 내가 질문할 차례군. 이봐, 형씨는 주인을……라스티아라를 구해줄 생각이 있나?"

라, 라스티아라를 구해준다고?

그건 바꿔 말하자면, 라스티아라는 지금 도움을 필요로 하는 상황에 놓여 있다는 건가?

팰린크론의 말에서는 마약과도 같은 독성이 느껴졌다. 나에게 있어서 팰린크론은 끊임없이 독을 내뿜는 마물에 가까운 존재였다.

아까 본인의 입으로 언급한 정신마법을 경계하며 내 스테이터스를 확인했다. 하지만 스테이터스에는 아무런 이상도 없다. 이건 단순한 팰린크론의 화술이다.

그저 이야기를 하고 있는 것뿐인데, 이렇게 머리가 지끈거리다니……

　"구해준다는 게 무슨 소리지?"

　"어라, 하인한테 이야기 못 들었어? 아아, 못 들었다면 어쩔 수 없지. 내가 해명해주는 수밖에. 이건 서비스야. 후즈야즈의 비밀과 주인의 비밀을 조목조목 이야기해주는 수밖에. 아아, 이건 어쩔 수 없이 이야기하는 거라고."

　팰린크론은 뻔뻔하게, 어쩔 수 없이 이야기하는 거라는 말을 반복하고 이야기를 시작했다.

　"간결하게 이야기해줄게. 라스티아라 후즈야즈는…… 성탄제의 '제물'이다. 성인 티아라를 강림시키기 위한 그릇, 오직 그 용도로만 만들어졌지. 뭐, 그런 녀석이 강림해버리면 당연히 라스티아라의 자아는 사라지게 돼. 한마디로 내일 모레, 죽는 거야."

　그리고 담백한 말투로 라스티아라의 죽음을 말했다.

　심장의 고동이 불쾌하리만치 빨라졌다. 그 고동은 어느 지난날과 같은 소리를 자아냈다.

　지금 나는, 그때 노예시장에서와 같은 짓을 당하고 있다. 같은 식의 충동질에 놀아나고 있다.

　팰린클론은 불행에 빠진 소녀를 가리키며 음침한 웃음을 지은 채 나를 부채질하는 것이다.

　이대로 둬도 괜찮은 건가, 하고…….

　"그게 사실이냐……?"

"나는 거짓말은 안 해. 뭐. 판단은 지크 형씨 몫이지만 말이지."

그걸 믿어줄 이유는 없다. 자기가 거짓말쟁이라는 걸 인정하는 거짓말쟁이는 없다.

하지만, 라스티아라와 하인 씨의 이야기와 맞춰보면, 아귀가 들어맞는 건 사실인 것이다.

"조금 더 자세하게 이야기해줘."

될 수 있으면 거짓말이라고 반박하고 싶다. 모순점을 찾아내기 위해 자세한 이야기를 요구했다.

"좋아, 얼마든지 이야기해주지. 지크 형씨에게는 그만한 자격이 있으니까."

펠린크론은 입가를 일그러뜨리며 웃고, 약간 내 쪽으로 다가왔다.

그 웃음은, 마치 거미줄에 걸린 먹잇감을 보고 즐거워하는 거미 같았다. 포유류나 파충류와 같이 핏기가 느껴지는 것이 아니라, 곤충류처럼 느껴지는 차가운 웃음이다.

"우선 가장 큰 전제는, 라스티아라는 인간이 아니라는 거야. 인간의 배에서 태어나지도 않았고, 애초에 생물이라고 하기도 힘들어. 인육과 보석을 반죽해서 만든 '마석인간'이라고 해야 하려나? 우리들은 '주얼 크루스'라고 부르고 있지. 그거 알아? 덩치는 그렇게 크지만, 실제로는 태어난 지 3년밖에 안 된 꼬맹이라고."

먼저 가볍게, 라스티아라가 인간이 아니라는 것을 밝혔다.

하지만 그건 이미 알고 있는 사실이다. 본인이 직접 이야기했으니까.

세 살이라는 나이에는 좀 놀랐지만, 그것도 어렴풋이 느끼고는 있었다. 심신의 불균형은 라스티아라의 대명사이기도 하다. 그녀의 정신적 미성숙을 설명하기에 충분한 일이다.

그래도 일단은 확인을 취한다.

"라스티아라 본인은 열여섯 살이라고 했는데?"

"아아, 육체연령은 열여섯 살로 설정해뒀으니까. 사실대로 세 살이라고 대답해서 혼란스럽게 만들기보다는, 육체연령을 가르쳐주기로 한 거겠지."

축제 때, 라스티아라는 자신의 나이를 가르쳐줄 때 '일단은' 열여섯 살이라고 했었다.

실상은 팰린크론이 이야기한 게 사실이었을 것이다. 그리 큰 모순이라고는 할 수 없다.

"계속 이야기해줘."

"그래. 그리고 후즈야즈가 왜 그런 '주얼 크루스'라는 '소체'를 만들었느냐 하면…… 한마디로, 그건 과거의 위인을 재탄생시키기 위한 거야."

팰린크론은 양손을 펼치며 들뜬 목소리로 말을 잇는다. 그의 한 마디 한 마디가 내 마음을 깎아내린다.

"대성당에는 옛날 성인의 피가 보존되어 있지. 마법의 선조 격인 성인 티아라 씨는 다시 한 번 이 세계로 돌아오기 위해 여러모로 시행착오를 거쳤다는 모양이야. 그러다가

주목한 것이, 마법사의 피가 가진 성질이야. 피에는 많은 마법술식을 남길 수 있어. 그렇다면 성인 티아라라는 인물을 술식을 통해 그 피에 남길 수도 있지 않을까 하는 생각을 했다는 거지. ……정말이지, 이 양반도 참 집착이 대단하다니까."

팰린크론의 태도에서 성인에 대한 경의는 느껴지지 않는다. 물론, 나도 경의 따위는 느끼지 않는다.

이 이야기의 흐름으로 미루어 보아, 한마디로 그 피는──

"다시 말해 '주얼 크루스' 라스티아라의 사명은, 그 성인 티아라의 피를 들이마시고 **그 몸을 비워주는 것**. 그 몸속에 돌고 있는 피에는 몸을 넘겨주기 위한 술식이 **빼곡하게** 들어차 있어. 라스티아라는 재탄생의 그릇이 되기 위해서── 아니, 죽기 위해서 태어난 거지."

──라스티아라를 죽이는 피라.

그 사실을 알게 된 이상, 성인 티아라라는 존재는 내 적일 뿐이다.

"성인 티아라 재탄생은 레반교의 성서에 적힌 예언에도 나와 있는 내용이야. 그리고 그게 바로 올해지. 후즈야즈는 그 예언을 바탕으로 행동하고 있어. 그리고 후즈야즈 시민들도 예언에 따라서 기대를 품고 있지. 이번 성탄제는 뭔가 다를 거라는 기대. 그리고 내일 모레면 성탄제 날이니, 주인의 남은 수명은 이제 코털만큼. 하하핫. 자, 자, 어쩔 거지? 어쩔 거냐고, 지크 형씨?"

팰린크론은 엉겨 붙는 것 같은 말투로 설명을 마치고, 내 대답을 기대하며, 엉겨 붙는 것 같은 시선으로 이쪽을 쳐다봤다.

"……라스티아라는 다 알고 있는 거야?"

"성인 티아라와 하나가 된다는 정도의 설명은 들었을 거야. 대충 얼버무린 설명이긴 하지만 어렴풋이 자신의 소멸을 예측하고는 있겠지. 교육 담당은 하인이었으니까 난 자세한 건 잘 몰라도, 태어난 지 얼마 되지 않은 순진한 주인을 세뇌하는 게 식은 죽 먹기였다는 점은 확실해."

팰린크론은 웃음을 애써 참으면서 세뇌 가능성을 암시했다.

라스티아라는 성탄제에서 자신이 성인 티아라가 되는 것을 당연한 것으로 받아들이고 있으리라. 그 점을 받아들이지 못한 상태라면 느긋하게 미궁 탐색이나 하고 있을 리가 없다. 일반적인 감성의 소유자라면 당장이라도 도망쳤을 것이다. 하인 씨의 말마따나, 여기가 아닌 어딘가 먼 곳으로.

"라스티아라는 의식을 받아들이는 것에 대해 아무런 의문도 안 품고 있다는 거야?"

"정확하게 표현하자면, 의문을 품지 않도록 조정되고 있는 거라고 해야 할까? 라스티아라의 인생은 이미 계획표에 따라 정해져 있고, 그렇게 조정되어가는 게 그녀의 운명이지."

"조정되어가고 있는…… 운명……."

그 말에, 나는 뭔가가 마음에 걸리는 걸 느낀다. 조정이라면, 그건 **나 역시**……

"모든 건 다 후즈야즈의 계획 때문이라던데?"

일그러진 내 표정에 개의치 않고 팰린크론은 말을 이었다.

나는 마음에 걸려 있던 것을 떨치고, 이야기에 집중했다.

"계획? 어떤 계획이지?"

"그래, 아주 좋은 질문이야. 정말이지 아름다운 계획이라서 가르쳐주고 싶어서 입이 근질거리던 참이었거든. 계획은 이런 거야.『라스티아라는 기꺼이 의식을 받아들이고, 성인 티아라가 된다. 그리고 시민들의 환호를 받으며 성탄제에서 선보인다. 그 뒤의 이야기는 말 그대로 영웅담. 그 기적의 힘으로 전인미답의 미궁을 개척하고, '정도'를 확장시키고, 최강의 이름을 글렌에게서 이어받는 것. 참고로 당사자인 글렌도 협력자야. 더불어 그 후에는 '무투대회'에서 우승을 차지해서 대륙 전역에 그 이름을 떨치고, 각지에서 그 기적의 힘을 펼쳐 보이며 후즈야즈 본국으로 개선. 만반의 준비를 갖춘 후에 대륙 북부의 전쟁에 참가해, 최전선 총대장의 자리에 살아 있는 전설이자 위대한 성인께서 강림하게 되는 거지. 그 위광 덕분에 전쟁은 후즈야즈의 대승리! 끝내줘! 그야말로 영웅 그 자체다!』──하핫, 근사한 이야기 아닌가? 이런 게 **이미 정해져 있는 거야.**"

팰린크론은 찬찬히, 마치 어떤 영웅의 생애를 이야기하듯이 라스티아라의 장래를 이야기했다. 그 계획은 그녀가 좋아하는 영웅담 그 자체다.

라스티아라라면 기뻐할지도 모르겠다고 생각했다가, 그건 자기변명을 위한 추측일 뿐임을 깨닫는다. 그녀의 취향부터가 인위적으로 만들어진 것이지 않았을까 하는 의심이든다.

라스티아라는 영웅담을 동경해서 영웅이 되고 싶어 하는게 아니라, 영웅이 되어야 하기에 영웅담을 동경하도록 교육받은 건지도 모른다.

그것이 진실이라면, 그건…… 더없이 구역질나는 일이다.

"그렇게 계획된 인생이라니, 말도 안 돼……. 그건 말도안 돼……."

불쾌한 마음에 자연스럽게 그런 말이 흘러나온다.

"그렇지?!"

그러자 팰린크론은 한층 더 커다란 목소리로 동의했다. 그리고 그 기세 그대로 나를 충동질한다.

"그러니까 말야, 지크 형씨! 구해주자 이거야, 라스티아라를!"

얼굴 가득 웃음을 머금은 팰린크론이, 지극히 양심적인제안을 했다.

그것이 무서워서 견딜 수가 없었다. 그 양심적인 제안을하는 인물이 그 악의 넘치던 팰린크론이라는 점이 너무나두렵다.

"그렇게 나를 부추기다니……! 도대체 네 목적이 뭐야……!"

"내 목적이 뭐냐고? 물론, 사람을 구하는 거지. 내 주인에게 진정한 인간의 인생을 주고 싶어. 성인이라는 괴물의 집착에 희생되려는 인생을 구해주고 싶다 이거야, 나는!"

팰린크론은 눈을 초롱초롱 빛내며 대답했다.

나는 알 수 있었다. 이 녀석은 순수하게 라스티아라의 운명이 재미없는 운명이라고 생각하고 있다. 그냥 정해진 계획된 대로만 흘러가는 건 재미없는 일이라고 생각하고 있다.

그래서 라스티아라를 구하면 재미있을 것 같다는 것이다.

단지 그것뿐. 그래, 그것뿐이다. 척 봐도 알 수 있는, 혼돈을 원하는 욕구다…….

"지크 형씨가 성녀 티아라의 부활을 저지해줬으면 좋겠어. 구체적으로 말하자면, 내일 모레 열리는 후즈야즈 최대의 축제 '성인 티아라 성탄제'를 박살내줬으면 좋겠어."

박살내라――팰린클론은 그렇게 나를 유혹한다.

하지만 나는 수긍할 수 없다. 그 길은 내 방침에 어긋나는 것이다.

내가 라스티아라의 사정을 듣고 분노한 건 사실이다. 하지만 어차피 내가 할 수 있는 일은 한정되어 있다. 내게는 그럴 만한 여유도 없고, 시간도 없다.

"그런 짓을 해봤자 붙잡힐 뿐이야. 선의로 저지른 짓이라고 해도 어차피 결국은 범죄자가 될 수밖에 없잖아."

"그런가? 지크 형씨라면 절대로 안 붙잡힐 것 같은데. 추적을 따돌릴 만큼의 실력이 있으니까. 이 나라 최강의 전력에 해당되는 『셀레스티얼 나이츠』를 어타 면, 그것도 조금의 부상도 없이 퇴치했으니까."

"나라에 찍히고, 범죄자가 되면 움직이기도 불편해져. 내 생활에 주는 영향도 너무 크고."

"그렇다면 해외로 도망치면 돼. 후즈야즈의 손길이 닿지 않는 나라로 가면 안전할 테니까."

"나는 천애고아나 다름없는 미궁 탐색가야. 여기서 떠나고 싶지도 않고, 딱히 도망칠 만한 곳도 없어."

"남쪽에 있는 두 나라라면 문제없을 것 같은데. 이 발트만 해도, 딱히 후즈야즈와 사이가 좋은 건 아냐. 당신 정도의 실력자라면 받아줄 나라는 얼마든지 있을 거야."

"다른 나라에서 받아주기를 바란다거나 도망친다거나, 그런 발상 자체가 이상하다는 거야. 그런 건——"

"아아, 한마디로 말하자면, 구할 능력은 있지만 내 몸을 챙겨야 하니 못 구해주겠다?"

팰린크론은 음험하게 웃는다.

나의 아픈 구석을 웃으면서 찌른다.

그 정확한 지적에 내 얼굴이 일그러진다. 스스로의 왜소함을 인정하는 수밖에 없다.

"아아, 그래. 그 말이 맞아……."

반론의 여지가 없다.

그렇다. 내 몸을 챙기고 싶지 않은 사람이 누가 있겠는가.

부끄러워하는 나를, 팰린크론은 애석하다는 듯 바라본다.

"으–음…… 이번에는 어째 잘 안 낚이네. 노예시장에서는 손쉽게 낚이던데, 혹시 내 주인은 취향이 아닌 건가? 아니, **반대로 그 노예에게** 특별한 뭔가가 있었던 건가?"

그리고 이번에는, 아무도 모르고 있을 내 마음속 깊은 곳까지 정확하게 찌르고 들었다.

"정도의 문제야. 그때는 돈으로 손쉽게 해결할 수 있었지만 이번에는 이야기가 다르니까. 네 말마따나, 라스티아라가 그렇게까지 마음에 드는 것도 아니고."

그 허세 가득한 말을 들은 팰린크론은, 질척질척한 눈매로 나를 관찰한다.

모든 것을 다 들여다보는 것 같은 시선으로 내 거짓말을 꿰뚫어 보려 한다. 어느 정도 나를 응시한 후, 팰린크론은 웃으면서 대답했다.

"호오. 하긴, 다짜고짜 나라를 적으로 돌릴 각오를 하라는 것도 무리한 요구긴 하지. 강요하는 건 아냐. 내 입장에서는, 하인의 피를 들끓게 만든 것만으로도 이번 계획은 대성공이라고 할 수 있으니까. 더 이상 욕심 부릴 생각은 없어. 다만——"

그 말만 듣자면 표면상으로는 단념한 것처럼 들린다.

"——당신이라면 해줄 것 같아."

하지만, 팰린크론은 여전히 나를 거미줄에 걸린 먹잇감을 보는 것 같은 눈으로 보고 있다.

그 한마디를 끝으로 팰린크론은 자리에서 일어섰다.

"자, 그럼 나는 이제 슬슬 숨어보실까. 내 신조는 '암약'이니까."

그렇게 말하고, 팰린크론은 내게 살짝 손을 흔들며 교회 밖으로 나가려 했다.

이렇게 선선히 떠날 줄은 몰랐다. 좀 더 끈질기게 물고 늘어질 거라고 생각했었다.

아니면 혹시, 이 정도 이야기하면 내가 알아서 움직일 거라고 생각하고 있는 걸까.

진의는 알 길이 없지만, 나는 아무 말 없이 팰린크론을 보냈다. 그럴 수밖에 없을 만큼 녀석은 정체불명의 존재다.

그리고 팰린크론이 떠나자, 정적에 잠긴 교회 안에서 땅이 꺼질 듯 한숨을 지었다.

"하아……."

심호흡을 한 뒤, 납덩이같이 무거운 몸을 질질 끌다시피 하며 집을 향해 발걸음을 옮겼다.

몸이 무거워서 견딜 수가 없다. 그에 비례해서 속도 안 좋다.

그 답답함 때문에, 원래 계획했었던 장보기도, 디아의 문병도 할 수 없었다.

곧바로 집으로 돌아가서 라스티아라를 찾았다.

하지만 라스티아라는 거기에 없었다.

아무리 찾아도 없다…….

집에 있는 건 마리아뿐이었다.

마리아는 내 분위기를 보고 걱정스런 표정으로 다가온다.

기특한 태도다. 하지만 그 기특함이 연심에서 비롯된 걸지도 모른다는 것을 알게 된 뒤부터는, 영 대하기가 껄끄러워졌다.

"······주인님, 무슨 일로 그러세요?"

마리아에게 라스티아라 일에 관해 이야기해줄지 망설였다.

보아하니 둘은 서로 사이가 좋다. 마리아는 쌀쌀맞은 말로 라스티아라를 밀어내는 경우가 많지만, 내가 보기에는 그것 역시 친구 사이의 커뮤니케이션으로 보인다.

마리아는 라스티아라의 진상에 대해 알고 있는 걸까. 단둘이 있을 때, 아까 내가 들었던 것 같은 이야기를 했을지도 모른다.

"아니, 라스티아라가 내일 모레······."

"내일 모레요? 라스티아라 씨한테 무슨 일이라도 있나요?"

"성탄제 날에······."

"네."

마리아는 내 말을 기다리고 있을 뿐이었다. '내일 모레' '성탄제'라는 키워드에 대해 아무런 감정도 없는 것 같다.

조금 전까지의 나와 마찬가지로 아무것도 모르는 모양이다. 자세하게 이야기해줘야 할지 어떨지 고민된다.

마리아와 라스티아라는 친구다. 친구라면 라스티아라의

입을 통해서 이야기를 듣게 해주는 게 올바른 흐름이 아닐까 하는 생각이 든다. 그리고 내가 알고 있는 정보 역시 라스티아라에게서 직접 들은 말은 아니다. 하인 씨와 팰린크론에게서 전해들은 것에 불과하다.

…………

아니, 그건 변명일 뿐이다.

단지 마음이 무거운 것뿐이다. 설명할 생각만 해도 힘이 빠진다.

마리아와 처음 만난 노예시장에서 그랬던 것처럼, 한없이 마음이 무겁기만 해서 입 밖으로 튀어나오려던 말을 되삼키고 무난한 말을 끄집어냈다.

"성탄제 날에, 또 같이 놀자는 이야기야."

"……네. 물론 저는 괜찮아요."

대충 얼버무리는 내 말에, 마리아는 순순히 고개를 끄덕일 뿐이었다.

마리아의 눈은 지금도 똑바로 나를 꿰뚫고 있다.

아마 마리아는 속아 넘어가는 척을 해주고 있는 것이리라. 내 의사를 존중해서 깊이 추궁하는 걸 피해주고 있는 것뿐이다. 그녀는 나를 배려해서 한 발짝 물러나주는 때가 많다. 그것이 연심 때문이라 생각하니, 갑자기 가시방석에 앉은 것 같은 기분에 휩싸였다.

나는 한층 더 무거워진 몸을 질질 끌고 침실로 도망쳤다.

수많은 정보들이 머릿속에서 소용돌이쳐서 속이 매스껍

다. 그것을 뿌리치기 위해 나는 모포를 돌돌 휘감았다.

그날―― 저녁식사 시간이 되어도, 밤이 지나도, 라스티아라는 돌아오지 않았다.

◆ ◆ ◆ ◆ ◆

그리고 이튿날. 성탄제 전날, 이른 아침.

아직 아침이건만, 멀리서 사람들의 목소리가 들려온다. 축제의 클라이맥스인 성탄절을 앞두고, 온 나라가 활기를 띠고 있는 모양이다.

걸걸하게 마른 목을 축이기 위해서 침대에서 몸을 일으켰다. 납덩이같은 몸에 채찍질을 해서 거실로 발걸음을 옮겼다.

복도를 지나 거실로 통하는 문을 연 순간이었다. 마침 창문을 통해 꼼지락꼼지락 불법침입을 하고 있는 소녀를 발견했다.

어제 밤늦게까지 기다려도 돌아오지 않았던 라스티아라였다.

나와 눈이 마주치자 그녀는 놀란 얼굴로 이쪽을 향해 손을 흔든다.

"앗, 조, 좋은 아침, 지크……."

"그, 그래, 좋은 아침."

라스티아라도, 설마 이 타이밍에 나와 맞닥뜨리게 되리라고는 생각지 못했던 것이리라.

허둥대는 기색으로 거실에 들어와서, 안쪽의 저장고 쪽으로 걸어갔다.

조급해지는 마음을 가라앉히며 라스티아라를 바라보았다. 보아하니 아침식사로 먹을 빵을 찾고 있는 것 같다. 그녀는 빵을 들고 거실 테이블 앞에 앉았다.

나도 같은 테이블에 앉아서 빵을 베어 무는 라스티아라에게 말을 걸었다.

"라스티아라. 하고 싶은 이야기가 좀 있는데……."

"으, 으음. 이야기? 알았어."

"내일 있을 성탄제 이야기야."

"응, 응."

라스티아라는 가볍게 대꾸하며 내 다음 말을 기다린다.

그 모습을 냉정하게 바라보면서, 제일 중요한 점만을 물었다.

"내일 너는, 성인 티아라라는 녀석에게, 저기…… 몸을 비워주는 거야?"

그 말을 듣고도 라스티아라의 분위기는 달라지지 않았다.

완전무결하게 만들어진 그 미모가 일그러지는 일은 벌어지지 않았다.

"응. 그럴 생각이야."

그리고 평소와 다름없이 가벼운 목소리로 말하며 고개를

끄덕였다.

나는 얼굴을 찌푸린다. 스스로도 알 수 있을 만큼 감정이 흐트러진다.

그래도 가까스로 이성을 유지한 채, 라스티아라의 말에 대꾸했다.

"그럴 생각이라니……. 그렇게 하면 라스티아라는 사라져버린다고 들었는데."

"아, 역시 다 들은 모양이네. 보아하니 하인이 가르쳐준 거야?"

"부정하지 않는 걸 보면, 정말이야?"

가능하면 부정해주기를 바랐다. 그건 다 거짓말이라고, 웃으며 대답해주기를 바랐다. 그렇게 해주기만 한다면 나는 마음 놓고 어제까지 그랬던 것처럼 미궁 탐색을 계속할 수 있었으련만.

"깜짝 놀라게 하고 싶어서 비밀로 해둔 거였는데 말야~."

"깜짝 놀라게 하다니, 그렇게 웃고 넘어갈 이야기가 아니잖아……!"

"갑자기 성인 티아라가 동료가 되면 지크가 어떤 표정을 지을지 기대했었거든."

"기대했다니……. 어차피 너는 그때 그 자리에 있을 수도 없잖아……!"

가까스로 목소리를 쥐어짰다.

평소와 다름없이 웃으면서 말을 잇는 라스티아라의 태도

45

에 부아가 치밀어서 견딜 수 없었다.

"괜찮아, 괜찮아. 성인 티아라도 나니까. 성인이 되더라도 나는 지크의 동료니까. 걱정할 것 없어."

내 울분을 알아챈 라스티아라는, 미궁 탐색에는 지장이 없을 거라고 이야기한다. 그러니까 걱정할 필요 없다는 것이다. 그런 엉뚱한 발언에 내 울분은 한층 더 거세어진다.

"그게 아냐! 난 그런 걸 이야기하는 게 아냐! 성인 티아라가 되면 네 의식은 없어지고, 네가 사라져버린다는 것에 대해 묻는 거라고! 넌 그 사실을 제대로 이해하고는 있는 거야?!"

더 이상 참지 못하고 기어이 언성을 높이고 말았다.

"그렇다고 하더라. 나도 알아."

라스티아라는 태연자약하게 받아넘겨버렸다.

"알고 있다니……! 넌 아무 불만도 없는 거냐?!"

"괜찮아—— 내 삶의 의미는, 성인 티아라와 하나가 되는 것. 나는 성인 티아라를 존경해. 많은 사람들을 구해낸 영웅인 만큼 참 멋진 사람이라고 생각하고, 그 인생도, 그 이야기도 좋아해. 내가 그런 영웅이 될 수 있다니, 어떻게 불만을 가질 수 있겠어? 거기에 저항한다는 건 더더욱 있을 수 없어. 오히려 영광이지."

그 과도한 신앙의 표현을 듣고, 하인 씨의 말을 떠올린다.

——『만들어진 것』.

그 말마따나 성인 티아라에 대한 그 신앙심은, 만들어진 것이라고 생각할 수밖에 없을 만큼 청렴하면서도 광기 어린 것이었다.

"그건 그저 그렇게 교육받아서 그렇게 생각하고 있는 거아냐? 자기가 사라진다는 말을 들으면, 조금 더 저항하는 게 보통이잖아. 네 모습을 보면, 꼭 세뇌당한 사람 같다는 생각밖에 안 든다고⋯⋯!"

"응, 그렇겠지. **나도 알아**. 내 생각이 한쪽으로 치우쳐 있다는 건 나도 알아. 하지만 그게 바로 나야. 그게 교육에 의한 결과이든 세뇌에 의한 결과이든, 그게 나란 말야. 오늘까지 살아온 내 모든 것들을 **지크도** '만들어진 것', '가짜'라고 부정하려는 거야? 나에게 있어서는 그게 내 전부인데, 그걸 부정하려는 거야?"

라스티아라는 그게 교육 때문이든 세뇌 때문이든 상관없다고 했다.

그 말에는 조금의 망설임도 없다.

분명하게 스스로의 의지를 갖고 있다. 분명한 뼈대를 갖춘, 그러면서도 유연한 자아가 있는 것으로 보인다.

"――!!"

나는 곤혹스러웠다. 도무지 경계선을 찾을 수가 없었던 것이다.

하인 씨가 이야기한 '만들어진 라스티아라'와, '진짜 라스티아라'의 경계선을 아무리 해도 찾을 수가 없다. 그렇기에, 그 결이를 따까고까 부정할 수는 없었다.

'만들어진 라스티아라'를 부정하려다가 타고난 '진짜 라스티아라'까지 부정하게 된다면, 그건 본전도 못 찾는 꼴이다. 그렇기에, 떨리는 목소리로 힘겹게 대꾸할 수밖에 없었다.

"저, 정말로 괜찮은 거야? 정말로?"

라스티아라는 그 말을 의연히 받아들이고, 나를 똑바로 쳐다보며 대답——

"당연히 괜찮아. 나는 성인 티아라의 그릇이 되기 위해 태어났고, 성인 티아라의 그릇이 되기 위해 자라왔어. 내 인생의 의미는, 성인 티아라가 되는 것……인 게 분명해……. 왜냐면, 그게…….."

——하는 동안, 라스티아라의 얼굴에 그늘이 드리워졌다.

"그게…… 나……?"

라스티아라의 얼굴에 불안감이 묻어난다.

자신이 한 말에, 자신이 불안해하고 있다. 예전에도 비슷한 일이 있었다.

술집에서 동료가 됐을 때도 이야기하는 동안에 연신 생각이 뒤바뀌곤 했었다.

굳건하던 자신감을, 이야기하는 사이에 맥없이 상실한다. 불안정한 날의 탁한 하늘처럼 개었다가 비가 쏟아졌다가를 되풀이한다. ——그것이 라스티아라다.

"그게 나라고 했어……."

눈을 이리저리 움직이면서 라스티아라는 자신 없는 목소

리로 뇌까렸다.

그 모습을 보고 확신했다.

'만들어진 라스티아라'와 '진짜 라스티아라'가 서로를 침식하고 있는 이 모습이 바로, 지금까지 그녀에게서 느껴지던 불안정함의 정체인 것이다.

"'나라고 했어'라니, 그럼 너도 잘 모르고 있다는 이야기잖아?! 흔들리고, 망설이고, 뭐가 옳은 건지 모르고 있다는 거잖아?!"

라스티아라의 생각을 고칠 좋은 기회라는 생각에, 쉴 새 없이 말을 쏟아냈다.

하지만 다음 순간, 눈앞에는 후련한 표정의 라스티아라가 있었다.

"──후, 후훗, 후후훗. 그렇지는 않아. 내가 성인 티아라가 되는 거야. 가슴 뛰는 모험을 하고, 강력한 적들을 처치하고, 수많은 만남과 작별을 거쳐서, 모두가 동경하는 그 영웅이 되는 거야. 그 영웅 말야! 당연히 그건 정말 근사한 일이잖아!!"

라스티아라는 광기 어린 눈으로 웃는다.

무언가에 빙의라도 된 것처럼 분위기가 돌변하고, 그리고,

"당연히 근사한…… 일이라고……."

다시 나약해진다.

"그, 그것 봐, 목소리에 자신이 없잖아! 너는 희생되는 걸

두려워하고 있는 거야!"

"――공포는 없어. 죽는 게 두려운 게 아냐. 지크는 미궁에서 내가 싸우는 모습을 봤으니까 알고 있을 것 아냐? 나는 고작 그 정도에 움츠려들 만큼 나약하지 않아!!"

다음에는 갑자기 허세를 부린다.

이제 태도 돌변의 조건을 조금이나마 알 것 같다. 내가 내일의 의식을 부정하려고 들면, 라스티아라 안에 있는 '만들어진 라스티아라'가 튀어나오는 것이다.

하지만 지금 이대로 가다가는 끝없이 빙빙 돌기만 할 뿐이다.

이것이 팰린크론이 이야기한 '조정되어온 결과'인 것이리라. 아마 이 과정을 몇 번을 되풀이해도 결국은 무의미――라스티아라를 설득하는 건 불가능하다.

그렇게 되어 있는 것이다.

그렇기에 나는 같은 말을 되풀이할 수밖에 없게 된다.

"정말로…… 정말로 괜찮은 거야?"

"이건 나 혼자만의 문제가 아냐, 지크. 대성당의 모든 사람들이, 후즈야즈의 모든 사람들이 성인 티아라를 애타게 기다리고 있어. 사람들의 염원이, 이 한 몸에 가득 채워져 있는 거야!"

마지막 질문에, 라스티아라는 웃으며 대답한다. ――스스로의 의지를 드러낸다.

"그러니까, 나는 의식을 받을 거야."

"그렇다 해도, 나는 의식을 거부해야 한다고 생각해."

나도 내 의지를 드러내고, 라스티아라와 눈싸움을 벌인다.

하지만 아무리 눈싸움을 계속하더라도, 그녀는 의지를 굽히지 않을 것이다.

이제 제법 오래 같이 지낸 덕분에 알 수 있다. 이 표정의 라스티아라는 절대로 물러서지 않는다. 광기를 몸에 휘감은 상태 그대로, 자신의 의지를 관철해나갈 것이다. 죽음의 순간 바로 직전까지.

서로를 마주 노려본 채로 정적의 시간이 흘러갔다.

먼저 침묵을 깬 것은 라스티아라였다.

다부지던 표정이 별안간 무너져서, 애원하는 표정으로 바뀌었다.

이번에도 감정의 기복인가 하고 생각했다. 하지만, 어쩐지 분위기가 다르다.

"…………그럼! 그렇게 생각한다면 말야, 지크는 날 구해줄 거야? 하인이 이야기한 것처럼 어딘가 멀리로 도망쳐서, 나와 같이 여행을 해줄 거야?"

라스티아라의 눈꼬리가 내려가고, 응석이라도 부리듯 조심스럽게 나를 올려다본다.

이렇게 나약한 표정을 겉으로 드러내는 라스티아라를 보는 건 처음이었다. 나이에 걸맞은 그 여성스러운 모습에, 나는 눈이 휘둥그레지도록 놀랐다.

어린아이 같다고 생각했다. 그리고 지금의 그녀야말로, 만들어진 게 아닌 '진짜 라스티아라'가 아닐까 하고 기대했다. 하지만 하필 그런 때에 대답하기 힘든 질문이 날아들고 말았다.

──"나와 같이 여행을 해줄 거야?"

나는 미궁의 최심부까지 가서 '귀환'해야만 한다. 그것만은 절대적인 사항이다. 내 삶의 목적이자, 이세계 생활의 목적이다.

그런 내가 이 연합국을 떠나서 라스티아라와 둘이 여행을 한다는 건 절대로 불가능하다.

"그, 그건──"

내가 우물거리는 걸 보고 라스티아라는 또 다시 질문을 던진다.

"연합국의 모든 기사들을, 후즈야즈라는 나라를 적으로 돌릴 수 있어? 내일의 의식을 부숴줄 수 있어? 엄청나게 커다란 위험 부담을 져가면서, 그러면서도 나를 구해줄 수 있어?"

그 모든 질문들이 질문이 아닌 **애원처럼 들린다.**

그리고──

"있잖아, 지크가 내 이야기의 '주인공'이 돼줄 거야?"

울고 있는 어린아이의 모습이 환영처럼 떠오른다.

여기에 홀로 울고 있는 여자아이가 있다. 분명히 도움을 구하고 있다.

틀림없다. 이것은 만들어진 것이 아닌, '진짜 라스티아라'의 목소리다.

이 목소리에 잘 대답하면, 진짜 라스티아라를 끄집어내서 진심어린 대화를 나눌 수 있을 것이다. 서로의 뜻만 맞출 수 있다면, 설득하는 것도 불가능하지 않을 것이다.

설득의 기회는 바로 이 타이밍—— 이 순간밖에 없다.

이 순간밖에 없건만…….

"큭……!"

그 목소리에 대답할 수가 없었다.

'귀환'해야 한다는 내 목적과 그 애원은 방향성이 달라도 너무 다르다.

가책, 도덕, 의무, 욕망 등등 다양한 것들이 사방에서 내 몸을 잡아당겨서 움쭉달싹할 수조차 없게 만든다. 미동도 하지 않는 내 모습을 보고, 라스티아라의 얼굴이 한층 더 그늘진다.

라스티아라가 애원한 시간은 일순간—— 별똥별이 떨어지는 시간 정도에 불과한 찰나의 시간. 그 얼마 되지 않는 시간 만에, 내 목소리가 닿을 시간은 끝나버렸다.

라스티아라는 평소의 명랑한 얼굴로 돌아와서 **평소처럼 웃어넘긴다.**

"……하, 하핫! 농담이야. 굳이 그런 거 안 해도 돼. 지크에게 그럴 만한 여유가 없다는 건 나도 알아. 지크는 자기 문제를 해결하기에도 벅찬 상태니까."

……대답해주지 못했다.

이제 내 목소리는 라스티아라에게 닿지 못한다. 하인 씨가 조언해준 보람도 없이, 아무 말도 해줄 수 없었다.

"지크는 '후보'니까, 무리한 부탁을 할 생각은 없어. 그런 의무도 책임도 없으니까."

라스티아라는 웃으면서 남은 빵을 입안에 집어넣었다.

아아, 평소 모습 그대로다. 평소 모습 그대로 불안정하고, 침착하지 못하고, 흔들리고, 말하는 내용이 순식간에 뒤바뀌곤 하는 라스티아라다.

"자, 잠깐, 라스티아라, 이야기는 아직……."

"그리고, 어찌 돼든 괜찮을지도 모르니까. 내가 성인 티아라의 의식을 옆으로 덮어씌우는 경우가 있을지도 모르니까. 정말이지, 어떻게 될지 기대되는데-. 나도 만만치 않은 녀석이니까 말이지-."

낙관적이고 적극적으로 해맑게 웃으며, 라스티아라는 내일 있을 일을 이야기한다.

더 이상은 내 이야기를 들어줄 것 같지 않다.

남아 있던 아침식사를 모조리 먹어치우고, 라스티아라는 자리를 뜬다.

"잘 먹었어. 내일 용건이 있으니까 그만 가볼게. 아마 오늘 하루 동안은 미궁 탐색을 도와주지 못할 거 같으니까, 오늘은 마리아와 둘이서 놀아. 그리고 겸사겸사 다음에도 잘 부탁한다고 전해줘."

"그러니까 내 이야기를 좀——!"

할 이야기는 이미 다 했다는 듯이 라스티아라는 등을 돌렸다. 그리고 그대로 작별인사를 고했다.

"내일 밤에 **내**가 올 테니까, 그때까지 기다려줘······. 바이바이······."

그 말을 끝으로, 라스티아라는 집을 떠났다.

싸워서라도 말려야 하는 것 아닐까 하고 망설이면서, '소지품' 안에 손을 집어넣었다. 하지만 그렇게 우물쭈물하는 사이에 라스티아라는 종종걸음으로 떠나버렸다. 나는 홀로 집안에 남겨지고 말았다.

방금 그게 라스티아라의 마지막 말······?

그렇게 생각하니 나는 감당할 수 없이 휘몰아치는 감정에 짓눌려버릴 것만 같았다.

그때, 뒤쪽에서 문이 열리는 소리가 들렸다.

문 너머에는 마리아가 서 있었다. 나 못지않게 어둡고 진지한 표정으로 이쪽을 쳐다보고 있었다. 그 분위기로 보아, 조금 전 대화를 다 듣고 있었음을 짐작할 수 있었다.

"마리아, 듣고 있었어······?"

"네."

마리아는 속이지 않고 긍정했다.

심상치 않은 분위기로 이야기하는 우리를 보고, 거실로 들어오기가 껄끄러워져서 그대로 이야기를 훔쳐듣게 된 건지도 모른다.

"저기, 그런데 라스티아라 씨는……."

"갔어. 들은 그대로야."

나는 힘없이 라스티아라가 떠나간 방향을 가리켰다.

"정말 괜찮으신 거예요, 주인님……?"

"문제가 너무 커……. 적어도 지금의 나는, 미궁에서 벗어날 수는 없어……."

그리고 자신이 감당할 수 없는 문제임을 솔직하게 털어놓았다.

지금 이 상황을 한마디로 표현하자면, 결국 그런 것이었다. 평범한 학생에 불과했던 내가 감당하기에는 너무나 큰 문제다.

"그럼, 새로운 티아라 씨라는 사람이 오면, 그 사람이 라스티아라 씨라고 생각하고 지금까지 했던 것처럼 미궁 탐색을 하실 건가요?"

"그 녀석은 라스티아라가 아냐. 다른 사람이지. 지금까지와 똑같이 대한다는 건 말도 안 되는 이야기야."

아무런 인연도 없었던 다른 사람을 라스티아라처럼 대할 수는 없다. 지금까지 들은 이야기가 사실이라면, 라스티아라 안에 들어간 티아라는 오히려 원수라 할 수 있다.

"적어도, 절대로 동료가 될 수는 없겠지……."

그렇게 말했는데, 그 말을 들은 마리아는,

"그러셨군요……. **다행이에요**. 정말 다행이에요……."

해맑기 그지없는 목소리로 말했다.

눈앞에 있는 마리아에게서는 슬픔이나 분노 같은 감정은 전혀 없고, 진심으로 안도하고 있는 기색만이 느껴졌다.

"다, 다행이라고……?"

그렇게 안도하는 이유를 알 수가 없었다.

마리아는 라스티아라와 정답게 지냈으니, 좀 더 작별을 슬퍼할 줄 알았다. 하지만 오히려 그 반대였다. 마리아는 예전의 아르티와 똑같은 말을 한다.

"그야, 주인님께서 라스티아라 씨를 좋아하는 게 아닐까 하고 생각했었으니까요."

내가 라스티아라를 좋아한다──망설임 없이 그렇게 말한다.

"……응?"

머릿속이 새하얘진다. 바로 이틀 전에 아르티에게 그런 이야기를 들었을 때와 마찬가지다. 말뜻을 제대로 이해하는 데에는 상당한 시간이 필요했다.

아연실색한 나를 내버려두고, 마리아는 말을 잇는다.

"물론 라스티아라 씨는 별난 분이긴 하지만……."

무슨 말인지 알아들을 수는 있지만, 그 말뜻을 이해할 수가 없었다. 예상조차 하지 못했던 대답 때문에 착란상태에 빠졌다. 각양각색의 질문들이 머릿속에서 난무했다.

사랑이라면, 마리아가 하고 있는 것 아니었나?

왜 갑자기 내 이야기가 나오는 거지?

영문을 모르겠다.

"그렇게 미인인 데다——"

그래, 확실히 라스티아라는 미인이다. 미인이라는 두 글자로는 표현할 수 없을 만큼 비현실적인 미모의 소유자다. 내 세계의 텔레비전에서도 찾아보기 힘들 정도의 미소녀다.

"그렇게 강하고, 밝고——"

육체 면에서는 누구보다 더 강할 거라는 건 확신할 수 있다. 반칙이나 다름없는 존재다. 스킬도 풍부하고, 내가 가진 것과 비슷한 눈도 갖고 있다.

성격은 밝다면 밝은 편이다. 불안정한 점과 광기만 제외하면, 더없이 적극적이고 밝은 성격을 갖고 있다. 그 밝은 성격으로 주위 사람들을 이끌고, 동료들을 웃게 만드는 분위기 메이커 같은 면모가 있다.

"장난을 좋아하긴 하지만, 근본적으로는 동료를 아끼는 성격이고——"

그렇다.

그 녀석은 위태로운 구석이 많다. 스릴을 즐기고, 극적인 것만을 갈구한다.

하지만 그렇다고 해서 의미 없이 남들을 위험에 빠뜨리는 짓은 하지 않는다. 위험에 빠뜨리기는커녕, 많은 조언을 해주었다. 이야기하기 껄끄러운 것까지도, 악역을 떠맡는 것까지 감수하면서 말해주었다.

"꿈이 많으면서도, 미궁 탐색가로서는 이상적이고——"

꿈이 많은 건 자라난 환경 때문이리라. 라스티아라는 영웅이 되기 위해, 자연스럽게 영웅 이야기를 좋아하도록 유도되어왔다. 그렇기에 그 누구보다도 모험에 대한 열의가 강하고, 누구보다도 미궁 탐색가로서 유능하다.

"주인님이랑 비슷해서 서로 죽이 잘 맞기도 하고——"

내가 지금 이렇게 진중한 태도를 취하고 있는 건, 절대로 죽어서는 안 되는 이유가 있기 때문이다. 만약 그 이유가 없었더라면, 나도 라스티아라처럼 꿈 많은 게임 마니아 같은 성격을 갖게 됐을 것이다. 입으로는 항상 라스티아라와 반대 되는 말을 했지만, 본질적으로는 라스티아라의 말을 충분히 이해할 수 있었다.

"——주인님께서는 그런 라스티아라 씨를 좋아하시는 게 아닐까 하고 생각했어요. 하지만 그게 아니었던 거죠? 그랬던 거죠?"

——나는, 그런 라스티아라를 좋아했던 건가?

미궁 탐색을 최우선으로 생각하자면, 라스티아라를 버리는 게 타당할 것이다. 애초에 처음부터 그럴 생각이었다. 그리고 방금, 나는 그렇게 행동했다.

하지만 그래 놓고도 끝까지 미련에 차서 물고 늘어졌다.

그건 라스티아라를 좋아했기 때문이었을까?

곰곰이 생각해보면, 그렇게까지 완성된 미소녀와 함께 있으면서 남자로서 아무렇지도 않다는 건 좀 이상하다. 첫 만

남이 껄끄러웠기에, 상황이 나빴기 때문에, 마음이 끌린다는 사실을 인정하지 못했었던 걸까?

하지만 라스티아라를 잃게 된 지금, 나는 확실히 초조해하고 있다. 어떻게든 막을 수 없을까 하고 필사적으로 고민하면서 행동하고 있다.

그렇다면…… 그렇다면, 어떤 결론이 나오는가.

마리아의 말마따나 나는 라스티아라를 **좋아**——

【스킬『???』가 폭주했습니다】
일정량의 감정을 대가로 신경을 안정시킵니다.
혼란에 +1.00의 보정이 붙습니다.

——엉?

스킬 '???'가 발동했다.

그리고 찬물을 끼얹은 것처럼 온몸의 열기가 식었다.

심장의 고동이 가라앉고, 머릿속에 소용돌이치던 정보가 말끔하게 정돈되어간다.

그와 동시에 내 가슴을 고동치게 만들던 '무언가'가 사라져버린 것도 깨닫는다.

소중한 '무언가'를 스킬 '???'가 멋대로 냉정함으로 바꾸어버린 것이다.

차갑게 식은 머리로 나는 그것을 분석한다.

그 '무언가'가 무엇인지는 안다. 조금 전까지 하던 생각으로 미루어 보아, 아마 '연애감정'이니 '사랑'이니 하는 것에 해당하는 것이리라.

그건 안다. 알고 있다── 하지만, 지금은 스스로도 믿기 힘들 만큼 싸늘하게 식어 있다.

"하? 핫, 하하, 하핫, 하하하하……."

메마른 웃음소리가 터져 나온다.

내가 알기로 스킬 '???'의 발동 조건은 두 가지.

하나는 '감정이 폭주했을 때'. 순간적으로 이 점에 저촉돼서 발동한 게 아닐까 하고 생각했지만, 방금 그건 아닐 것이다. 나는 폭주라고 할 만큼 혼란에 빠져 있지는 않았다. 오히려 논리적으로 상황을 정리하면서 해답을 도출해내려 하고 있었다.

그렇다면 또 하나의 조건.

두 번째 조건, '죽음의 위기에 처했을 때'에 해당하기라도 한다는 것인가?

"하하핫, 하하하하하핫──!"

한마디로, 스킬 '???'가 '연애감정'이나 '사랑'이 목숨을 위태롭게 만든다고 판단했다는 건가?

내가 라스티아라에게 연심을 품으면 죽는다는 소리를 하려는 건가?

하긴 그 말은 사실일지도 모른다. 그럴지도 모른다──하지만!

그렇다고 해서 그 감정을 멋대로 바꿔버리면 안 되는 것 아닌가!

그런 건 말도 안 된단 말이다……!

분노라는 이름의 불꽃이 활활 타올라간다. 기껏 스킬 '???'로 손에 넣은 냉정함이 물거품이 돼버릴 정도의, 마음 속 깊은 곳에서부터 타오르는 분노였다.

하지만 전에 없이 강렬한 그 분노에 스킬 '???'는 반응하지 않는다.

아까보다도 더 심하게 이성을 잃은 상태이건만, 그럼에도 스킬 '???'는 발동하지 않는다.

아아, 이제야 좀 알 것 같다. 어린아이처럼 순진하게 '사랑' 같은 걸 생각하는 건 아웃이고, 이렇게 누군가를 죽이고 싶을 정도의 분노는 세이프라는 것이다. 정말이지 웃기는 규칙이군……!!

"왜, 왜 그러세요, 주인님?"

웃음을 터뜨렸다가 별안간 굳어진 얼굴로 꼼짝도 하지 않는 내 모습에 마리아가 당황한다.

하지만 지금 나는 그런 걸 상관하고 있을 정신이 없다.

그러고 보니, 라스티아라와 처음 만났을 때도 그 전후에 스킬 '???'가 발동했던 적이 있었다. 두 번째 만남 전후에도 발동했었던 기억이 난다.

이랬으니, 스스로의 감정을 알아채는 게 늦어질 만도 하다. 제대로 된 감정이 길러지지 않는 것도 당연한 일이다.

감정의 씨앗이 되어야 할 것이 뿌리째 잘려나간 셈이니까.

나와 라스티아라는 첫 만남부터가 최악이었던 것이다.

쓴웃음이 나온다. 분노한 나머지 웃음이 나오고, 너무 웃은 나머지 머릿속이 냉정해졌다.

"하핫……. 아니, 좀 우스워서……. 그래, 마리아. 나는 라스티아라를 좋아하는 게 아냐. 그건 틀림없어."

"어, 네? 그, 그런가요……?"

마리아는 내 대답에 놀란다. 아무래도 예상치 못한 대답이었던 모양이다. 곧바로 그 진위를 확인하기 위해 내 표정을 살핀다. 하지만 아무리 살펴봤자 헛수고다.

그런 건, 지금 막 사라져버린 것이다.

"그건 그렇고, 방금 재미있는 이야기를 했었지? 나와 라스티아라가 닮았다고."

마리아의 스킬 '안력'은 정말이지 편리한 물건이다.

본인도 알아채지 못한 걸 알 수 있으니까 말이다.

"……아, 네. 설명하기가 좀 힘들지만, 근본적으로는 서로 닮은 것 같다고 생각했어요. 제가 보기에는 두 분 모두 '만들어진 것'처럼 군더더기 없이 완성된 존재이시니까요."

"하핫."

그 정확한 지적에, 메마른 웃음소리가 한층 더 커진다.

너무도 정확하게 표적을 꿰뚫어서 아름답게까지 느껴질 정도다.

라스티아라가 환경 때문에 만들어진 '만들어진 것'이라

면, 나는 스킬 '???'로 말끔하게 가다듬어진 '만들어진 것'이다. 마리아의 말마따나 서로 닮아 있는 것이다.

"그랬군. 근본적으로는 닮아 있단 말이지."

"네……."

마리아는 계속 웃어대는 나를 보며 겁에 질려 있다.

그 '안력'을 가지고도, 지금의 내 돌변과 사고방식은 간파하지 못하는 모양이다.

스킬 '???'는 그 정도로 비정상적인 것이다. 다시 말해, 나도 라스티아라 못지않게 불안정하다는 것이다.

지금이라면 라스티아라의 기분을 조금이나마 이해할 수 있을 것 같다.

아마도 라스티아라는 의식을 받아들이는 게 이상하다는 건 알고 있으면서도, 거기에 감정이 동반되지 않는 것이리라. 그렇기에 타고난 의무를 우선시하고 있다. 이제 남은 마음의 안식처라고는 내일 있을 의식밖에 남지 않은 것이다.

그럼, 나는?

나도 마찬가지다. 라스티아라에 대해 호의를 품고 있다는 건 알고 있지만, 거기에는 감정이 동반되지 않는다. 그리고 내게 남은 마음의 안식처는 미궁의 '최심부'로 가는 것뿐이다.

그렇다면 나도 라스티아라와 마찬가지로 의무를 우선시해서 미궁으로 가야 하는 건가?

──갈 수 있을 리가 없다.

그렇게까지 라스티아라에게 잘난 척 설교를 해놓고, 자기 문제는 무시해버릴 수는 없는 것이다. 무엇보다, 단순히 스킬 '???'에 대한 분노가 그것을 용납할 수 있을 리가 없다.

"마리아, 좀 나갔다 올게. 점심때까지는 돌아올 거야."

"어, 네……? 주인님, 어디에……!"

혼란에 빠진 마리아를 내버려두고, 나는 창문을 넘어 밖으로 나갔다. 시간이 아깝다.

——미궁에는 가지 않는다. 그렇다면, 나는 어디로 가야 하는가?

스킬 '???'가 발동하지 않도록, 분노를 마음속 깊은 바닥에 묻어두고 냉정하게 생각한다.

내게 라스티아라에 대한 호의가 있다는 걸 전제로 행동할 생각이다. 하지만 호의 그 자체를 잃게 되면 나는 그런 스스로의 행동에 대한 자신감을 가질 수 없다. 해야 할 일은 알고 있지만, 다른 누군가에게 확인해보고 싶은 게 본심이다.

그것을 확인할 상대로서 마리아는 적절치 않을 것이다. 사적인 감정이 지나치게 들어가게 되니까.

그렇기에 나는 만나러 간다.

우리 같은 불안정한 인간이 아니라, 탄탄한 자아를 갖고 있는 동료를.

◆ ◆ ◆ ◆ ◆

병원 접수처 앞을 지나, 디아가 기다리는 병동으로 걸어갔다.

바람이 숭숭 들어오던 복도는 수리되어서, 복도로서의 기능을 최소한으로나마 유지하고 있었다. 남루하기 그지없는 복도를 걸어, 디아의 병실로 들어갔다.

거기에는 디아뿐만 아니라 세 명의 낯선 면면도 늘어서 있었다.

"디아, 손님이 오셨어?"

침대에 앉아 있는 디아에게 말하면서 낯선 세 남자들을 쳐다봤다.

그 세 사람은 신관 같은 복장을 하고 있었다. '주시'해본 결과, 클래스도 신관이라고 나왔으니 직업은 분명히 신관이리라. 청결하고 엷은 색의 복장 위에, 무늬가 들어간 숄 같은 걸 앞에 늘어뜨리고 있었다.

"지, 지크?! 자, 잠깐 좀 기다려줘."

"알았어."

지극히 냉정하게 대답하고, 곧바로 복도로 나갔다.

여전히 분노는 가라앉지 않았지만, 아까 발동한 스킬 '???' 덕분에 침착함을 유지할 수 있었다. 허둥댈 필요가 없는 건 다행이었다.

한동안 복도에서 시간을 보내고 있으려니 세 명의 신관들이 병실에서 나와, 내게 인사하고 떠나갔다. 그들이 완전히 떠난 걸 확인하고, 다시 병실로 들어갔다.

"여어, 디아."

"지크. 이렇게 아침 일찍 오다니 오늘은 별일이네⋯⋯."

디아는 곤혹스러워하는 표정이다.

방금 그 광경은, 내게 보이고 싶지 않았었던 모양이다. 아마 디아에게도 이런저런 사정이 있는 거겠지. 라스티아라와 서로 안면이 있던 사이였다는 걸 알았을 때부터 어렴풋이 알고 있었던 거긴 하지만.

"방금 그 사람들은 후즈야즈의 신관?"

"우우⋯⋯. 후즈야즈는 아니지만, 비슷한 거라고나 할까?"

"이야기하기 싫으면 억지로 이야기 안 해도 돼."

"아, 아니, 이야기할게. ⋯⋯저 녀석들은 내가 살던 나라 신관인데, 나를 쫓아온 거야."

디아는 솔직하게 고백한다. 아마 이렇게 된 이상 감추는 건 불가능하다고 생각한 것이리라.

"쫓아왔다고?"

"지금까지 숨겨서 미안해. 나는 어떤 나라의 요인(要人)이고, 도망자 신세야⋯⋯."

디아는 솔직하게 자신의 신상에 대해서 정직하게 내게 이야기했다.

디아는 어떤 나라의 요인⋯⋯역시 뭔가 특수한 사정을 안고 태어난 것이리라. 그게 아니라면, 완성된 피조물인 라스티아라조차 뛰어넘는 재능에 대해 설명할 길이 없다.

디아 입장에서는 충격적인 사실을 고백하는 심정이겠지

만, 내 입장에서는 이제야 납득이 갈 만한 설명을 들었다는 정도의 기분이다.

가시방석에 앉은 것 같은 얼굴로 이야기하는 디아를 더는 보고 있을 수가 없어서 부드럽게 말해줬다.

"그랬군. 그치만 나는 상관 안 해. 뭐가 어찌 됐든, 디아는 디아니까."

"지크……!"

디아는 감동한 얼굴로 나를 바라본다. 뭔가 비난을 들을 거라 각오하고 있었던 모양이다.

하지만 솔직히 말해 지금은 그런 걸 신경 쓸 여유가 없다. 서둘러 진도를 나간다.

"그래서, 지금 당장이라도 너희 나라로 돌아가야 하는 거야?"

"아니, 원래는 그렇지만. 지금 당장은 아냐. 내일 있을 성탄제 의식에 출석해야 하거든. 어떤 종교 파벌의 대표로서 역할을 맡게 됐으니까……."

디아가 생각보다 높은 지위에 있다는 점에 대해 적잖이 놀랐다. 처음 만났을 무렵에는 당장이라도 굶어 죽을 것 같은 몰골이었으니, 놀라는 것도 무리는 아니다. 역시 첫인상은 중요하다.

꼬치꼬치 묻고 싶은 욕구를 억누르고, 현실적인 이야기만을 꺼냈다.

"출석한 뒤에는 돌아가는 거야? 혹시 내가 도울 수 있는 거 있어?"

"아니, 물론 안 돌아가. 나는 여기서 화끈하게 한탕 하기로 마음먹었으니까. 그리고 녀석들을 설득하는 데 지크의 힘을 빌리지도 않을 거야. 폐를 끼치기는 싫으니까. 일단 지금으로선 혼자 힘으로 어떻게든 해결할 생각이야."

디아는 또렷하게 스스로의 의지를 표명했다.

내가 아는 어떤 어린애와는 달라도 한참 다르다. 그 녀석도 나도, 이 정도로 스스로의 마음에 솔직하고 결단력이 있었다면, 이야기가 복잡해질 것도 없었으련만……하고 생각했다.

"알았어. 하지만 나도 될 수 있는 한 도와주고 싶으니까, 혹시 무슨 일 생기면 얼마든지 나한테 기대도 돼."

"그래, 고마워, 지크."

디아가 떠안고 있는 문제에 대한 이야기는, 단 몇 초 만에 끝났다.

물론 이게 디아가 안고 있는 문제의 전부일 거라고는 생각하지 않는다. 그래도 현재 내가 감당할 수 있는 문제는 정리된 셈일 것이다.

──자, 다음은 라스티아라 이야기를 할 차례다.

"이렇게 힘들 때 이런 이야기를 해서 미안하지만, 물어보고 싶은 게 있어."

"물어보고 싶은 것? 아아, 얼마든지 물어봐도 돼."

나는 본론으로 들어간다.

디아는 나와 라스티아라처럼 외적 요인의 영향 때문에 혼란에 빠지지도 않았고, 마리아처럼 사적인 감정에 사로잡히지도 않았다. 무엇보다, 이 이세계에서 가장 신뢰할 수 있는 동료다.

"그래. 라스티아라 얘긴데——"

그런 디아의 조언을 구하는 것. 그것이 이번 문병의 목적.

라스티아라와 성탄제에 관해 빠르게 설명해나갔다. 디아는 얌전하게 그것을 듣고 있다가, 마지막에 힘주어 고개를 끄덕였다.

"——그랬구나."

디아는 후즈야즈의 성탄제에 대해 전혀 모르는 게 아니었던 만큼, 이야기 자체를 받아들이는 데는 별문제가 없었다. 그리고 라스티아라에 대한 자신의 생각을 말하기 시작했다.

"아마 라스티아라가 그런 비정상적인 성격을 갖게 된 건 교육 탓만은 아닐 거야. 아마 모종의 정신마법도 걸려 있는 거겠지. 어린 시절부터 여러 번에 걸쳐서 그 마법을 걸어왔을 거야. 그게 아니라면 그렇게까지 고집스럽게 굴 리가 없어."

디아는 라스티아라의 상태 이상에 대해 선고했다. 디아는 정신마법에 관해 해박한 지식을 갖고 있는 만큼, 뭔가 짚이는 마법이 있는 모양이다.

하지만 나는 라스티아라의 상태를 스테이터스로 확인해

본 적이 있었다. 적어도 상태 이상을 일으키는 마법에 걸려 있지는 않은 것으로 보였다. 그나마 짚이는 게 있다면 스킬 중에 '소체'나 '의신(擬神)의 눈' 같은 게 있었다는 점이다.

"라스티아라에게 정신마법이 걸려 있다고 치고, 디아라 면 그걸 해제할 수 있겠어?"

"아니, 아마 안 될 거야. 간단한 마법이라면 처음 만났을 때 이미 간파하고 해제해줬겠지. 아마 그건 혈육 구석구석 까지 뿌리를 뻗어 있는 수준의 마법술식일 거야. 후즈야즈 의 높은 사람들이라면, 그 정도는 눈 하나 깜짝 안 하고 해 낼 수 있으니까."

디아는 마치 자기 눈으로 보기라도 한 것 같은 말투로 단 언한다.

"그럼 현재 상태에서는, 해제는 단념할 수밖에 없다는 건 가……."

"하지만 성인 티아라를 강림시키는 의식 전에는 해제할 거야. 스스로의 목숨을 갉아먹는 정신마법이 걸린 몸에 과 거의 위인을 강림시키지는 않을 테니까."

"의식 전이라……."

그렇다면 가장 이상적인 전법은, 의식 직전에 라스티아라 를 끌어내는 것이다. 그게 불가능하다면, 어떻게든 해제 방 법을 알고 있는 녀석의 협조를 구하는 수밖에 없다.

"그래서, 지크는 어떻게 하고 싶지? 나는 협조해줄 수 있 어. 컨디션도 회복됐으니까."

이야기를 다 들은 후에, 디아는 내 뜻을 물어 왔다. 더불어 조력을 아끼지 않겠다는 자세까지 내보인다. 자기 스스로도 고달픈 상황에 처해 있으면서도, 친구를 위해서라면 조력을 아끼지 않겠다는 것이다. 그것만 봐도 디아의 사람됨을 잘 알 수 있었다.

하지만 애석하게도 나는, '나는 어떻게 하고 싶은가'라는 물음에 대한 해답을 갖고 있지 못했다. 정확히 말하자면 그 해답을 스킬 '???'에게 빼앗겼다.

"디아, 좀 이상한 질문인데 물어봐도 될까?"

"그, 그래."

"디아라면…… 아니, 보통 사람들이라면 어떻게 할 것 같아? 이건 구하러 가는 상황이야?"

그래서 꾸밈없이 물었다.

나는 더 이상 나 자신의 판단을 신뢰할 수 없다.

내가 내린 판단은 모두 스킬 '???'에 의해 멋대로 유도된 결과로만 여겨지는 것이다.

"뭐, 뭐라고? 나라면?"

"그래, 나에게는 그 무엇보다도 우선시해야 할 다른 의무가 있는데도, 그래도 나는 라스티아라를 구하러 가야 하는 걸까……?"

디아는 놀라서, 마치 이상한 물건이라도 보는 것 같은 눈길로 나를 봤다.

하지만 이내 숨을 한 번 고르는, 진지한 얼굴로 대답해주었다.

"그, 글쎄……. 나라면 아무리 우선시해야 할 무언가가 있더라도, 자신에게 있어 둘도 없이 소중한 사람이 있다면 구하러 갈 거야. 그래, 틀림없이 갈 거야. 하지만, 그건 어디까지나 내 이야기야. 일반적인 사람들도 그러는 건지는 나도 몰라."

디아는 내게 뜨거운 시선을 보내며 역설한다. 역시나 정 많은 녀석이다.

디아라면 구하러 가겠다고 한다. 하지만 그게 일반적인 건지 어떤지는 모르겠다는 건가…….

판단 재료가 늘어나긴 했지만, 아직 부족하다.

어쩔 수 없다. 숨김없이 다 털어놓는 수밖에.

"그럼, 만약에…… 이건 어디까지나 만약이지만, 내가 라스티아라를 좋아한다면, 구하러 가야 하는 걸까?"

"엉?"

"그러니까, 만약에 내가 라스티아라를 좋아한다면, 나는 라스티아라를 구하러 가야 하는 거야?"

"어, 잠깐 좀 기다려봐. 지크, 너 라스티아라를 좋아했어?"

디아는 갑자기 허둥거리며 확인을 취하려 한다.

하긴, 밑도 끝도 없이 이런 예를 들이대면 놀라는 것도 무리는 아니겠지.

"아니, **좋아하는 건 아냐**. 그래도, 만약에 그럴 경우를 가정하고 대답해줘."

"그, 그랬구나. 만약에…… 가정이란 말이지? ……그렇다면 구하러 가야 하는 것 아냐? 좋아한다면 아무리 우선시해야 할 일이 있다고 해도, 기필코 구해내고 싶다고 생각하는 게 일반적이라고 생각해. 아니, 어디까지나 만약에 말야. 이건 '좋아한다'라는 걸 가정하고 한 이야기야!"

디아는 주저 없이 대답했다.

역시, 좋아한다면 주저 없이 구하러 가는 게 정상인 모양이다. 스킬 '???'가 감정을 지워버린 건 그 때문이었을 것이다. 라스티아를 구하기 위해 대성당에 쳐들어가면 목숨이 위험해지기 때문이겠지.

내가 갖고 있던 생각과 디아의 의견이 합치한 것을 확인하고, 결의를 다졌다.

"응?"

"고마워, 디아. 잠깐 후즈야즈의 대성당에 다녀올게."

주저 없이 일어섰다.

아니, 처음부터 주저 같은 건 없었고 해답도 이미 알고 있었던 건지도 모른다.

좋아하는 사람을 외면한다는 건 비정상적인 일이다. 좋아하는 사람을 구하고, 미궁도 돌파하고, 떳떳하게 가족에게로 돌아가는 것——그것이 가장 올바른 길임이 뻔하지 않은가.

"잠깐, 지크! 너, 너무 갑작스럽잖아! 지금 가봤자 소용없다니까! 정신마법이 해제되는 건 아마 의식 직전일 거라고 이야기했잖아! 하인이라는 사람이 그렇게 고민했던 것도, 억지로 구하려고 해봤자 라스티아라가 반항할 가능성이 있으니까 그런 거였을 거야! 기껏 구해내도, 마법의 영향 때문에 태도가 급변해서 자기는 꼭 의식에 가야겠다고 우긴다면, 지크가 그 문제를 해결할 수 있을 것 같아?!"

"앗……."

그랬다.

그래서 하인 씨는 다리를 베어서라도 라스티아라를 국외로 옮기려고 했던 것이다. 지금 구하려 해봤자, 라스티아라 본인의 저항을 받을 위험성이 뒤따른다.

간신히 뭔가를 기억해낸 듯 얼이 빠진 내 표정을 보고, 디아는 한숨을 짓는다.

그리고 "어쩔 수 없지" 하고 중얼거리며 말을 잇는다.

"라스티아라를 구해내고 싶다는 지크의 진심은 아주 잘 알았어. 알았으니까…… 지크는 좀 기다려줘."

디아는 내게 움직이지 말 것을 주문했다. 그리고 말을 이었다.

"──**내가** 라스티아라를 구할게."

나 못지않은 결의를 깃들인 채, 그렇게 선언했다.

"어, 디아가 왜……?"

"나라면 의식이 완성되기 직전에 그 자리에 있을 수 있어. 의식이 완성되는 순간에는 긴장이 풀어지기 쉬우니까, 그 틈을 노려서 대성당을 마법으로 붕괴시키고── 라스티아라에게 다가가서 본심을 물어볼 거야. 만약에 라스티아라가 도망치기를 원한다면 당장 둘이서 지크한테로 도망칠게."

대담하기 그지없는, 무지막지한 계획이었다. 하지만 라스티아라에게 걸려 있는 정신마법이 풀리는 건 그때밖에 없다는 것 또한 사실이다.

"성공하면, 나와 라스티아라는 후즈야즈에 쫓기는 몸이 될 테니까······. 곧바로 남쪽에 있는 해상국가인 글리어드로 도망쳐서, 거기서 다시 미궁탐색을 도모해보자."

디아는 담담하게 말을 잇는다. 하지만 나로서는 디아가 그렇게까지 해주는 이유를 알 수가 없었다.

혹시 디아는 내가 생각하는 것 이상으로 라스티아라와 친한 사이였던 걸까?

그 상식을 초월한 헌신에 어리둥절해하고 있으려니, 디아는 쑥스러워하며 말했다.

"뭐, 이건 내 도피 생활을 위한 방편이기도 해. 라스티아라쯤 되는 인물이 동료가 돼준다면 든든할 테니까."

"하지만 라스티아라를 구해주면 적이 늘어나잖아. 그것도 어마어마하게 강대한 적이. 정말 나라를 적으로 돌리면서까지 라스티아라를 구해낼 각오가 있는 거야?"

"각오? 각오는 있어. 지크가 그렇게까지 해서 구해내고자 하는 동료라면, 당연히 나에게 있어서도 반드시 구해내야 할 동료니까. 이 정도는 끄떡없어. 우리의 미궁 탐색은 이제 시작된 거나 마찬가지잖아?"

히죽 웃으며 거침없이 대답한다.

디아도 미궁에서 한탕 한다는 꿈을 갖고 있건만, 그 꿈에 장해가 늘어난다는 걸 알면서도 라스티아라를 구해내려 하고 있다.

디아의 커다란 그릇에 충격을 받는 동시에, 나 자신의 그릇이 얼마나 작은지를 재확인할 수밖에 없었다.

스스로의 안위에 대한 걱정 때문에 움직이지 못했던 자신이 부끄러웠다.

디아의 존재는 눈부시다. 더불어, 나도 디아처럼 되고 싶다고 생각했다.

그래서 나도 디아를 따라서 웃음을 지으며 주저 없이 대꾸했다.

"고마워, 디아……. 하지만 그건 굳이 디아가 할 필요는 없어. 내가 할 테니까."

"지크가?"

"그래, 라스티아라를 유괴하는 건 내 임무니까. 내가 의식 완성 직전에 쳐들어가서 라스티아라를 납치할게. 어디까지나 주범은 나야. 디아한테 주범 역할까지 떠맡길 순 없어."

디아가 그랬던 것처럼 주저 없이 자신 있게 대답하는 척했다.

그 말을 들은 디아는 "역시 지크라니까"라고 할 뿐, 반대하지는 않았다. 나에 대한 깊은 신앙은 여전히 변치 않은 모양이다.

다사다난한 일들이 있었지만, 이제 방침은 정해진 셈이다.

시간이 좀 남았기에, 대성당에 대한 정보를 최대한 물어보기로 했다.

하지만 디아라고 해서 대성당에 대해 잘 알고 있는 건 아니었다. 빈객이라는 입장으로, 최소한의 식순과 공간 배치를 알고 있는 정도가 고작이었다. 그래도 그 정보의 유무는 큰 차이를 만들어내는 법이다.

나는 쳐들어가야 할 타이밍과 쳐들어가야 할 위치를 알아냈다.

다만, 디아의 표정을 보아하니 모든 일을 나 혼자에게만 맡길 생각은 없는 모양이다. 무모한 짓까지 하면서까지 조력할 필요는 없다고 여러 번 못을 박았지만, 내일 디아가 어디까지 무모한 행동을 할지는 알 길이 없다.

변함없이 올곧은 디아의 모습에 나도 모르게 쓴웃음이 나왔다.

나도 디아처럼 올곧은 사람이었다면 더 일찍, 지금과는 다른 결과를 이끌어낼 수 있었을지도 모른다. 그걸 생각하면 울분이 치밀어서 견딜 수가 없다.

하지만 지금은 내가 해야 할 일을 하는 수밖에 없다.

이렇게 디아와의 정보 교환을 마친 나는, 곧바로 병동을 떠나 국경으로 향했다.

라스티아라가 의식을 받게 될 후즈야즈의 대성당이라는 곳을 보기 위해서——

◆ ◆ ◆ ◆ ◆

후즈야즈의 대성당.

그 거대하고 장엄한 건물은 후즈야즈를 대표하는 상징 가운데 하나다.

그리고 후즈야즈의 공공기관을 통괄하는 중요한 기관이기도 하다.

대성당이라는 말만 듣고 서양풍 교회를 대형화한 모습을 상상했었지만, 실제로는 전혀 달랐다. 그 모습을 언어로 표현하자면, 요새라고 하는 게 더 어울릴 것 같았다.

도쿄돔의 세 배는 되어 보이는 드넓은 부지를 인공하천으로 둘러싸고, 더불어 그 안쪽을 키 큰 침엽수와 철제 울타리가 둘러싸고 있다. 물과 나무와 쇠의 벽으로 둘러싸인, 내부를 볼 수 없게 만든 구조다.

그 키 큰 담장 안에 그 이상으로 높다란 건물이 우뚝 서 있다.

그것은 그야말로 성채. 중앙에 있는 성으로 들어가려면 인공하천에 걸려 있는 거대한 도개교를 건너야만 한다.

도개교가 걸려 있는 곳은 단 한 군데. 다시 말해, 출입구는 한 곳밖에 없다.

폭이 50미터는 됨 직한 그 거대한 도개교는, 계속 강에 걸려 있는 상태다. 도개교를 끌어올리는 경우는 없다고 들었으니 힘들게 강을 건널 염려는 없을 것 같다.

……강을 건널 염려는 없지만, 그만큼 도개교의 경계도 엄중하다.

다리를 경비하는 기사만 해도 수십 명이 항시 대기하고 있었다. 게다가 다리 중간에 거대한 문이 설치되어 있고, 그 문 양쪽에는 높은 망루까지 있다. 다리 근처에는 기사들이 주둔하기 위한 오두막도 있다. 무슨 일이 있어도 침입자를 들여보내지 않는다는 의지가 엿보이는 구조였다.

정문에서 침입할 것인가, 아니면 강과 울타리를 넘어서 침입할 것인가…… 망설였다.

턱에 손을 괴고 내일의 침입에 대비한 시뮬레이션을 거듭하고 있으려니, 〈디멘션〉이 독특한 기척을 포착했다. 비정상적인 고온을 가진 그 존재가 누구인지는 손쉽게 알아낼 수 있었다.

"아주 열심인걸, 지크."

가디언 아르티가 뒤에서 내게 말을 걸었다.

"아르티였군……. 무슨 용건이라도 있어?"

"사정은 다 알고 있어. 그래서 확인하러 온 거야."

아르티는 모든 것을 다 꿰뚫어 보는 눈으로 내게 말했다.

디아와 마리아를 통해서 라스티아라 이야기를 들은 건지도 모른다. 아니면 그 사기적인 능력으로 훔쳐 들은 것이거나.

그걸 다 알고 있으면서, 내게 묻고 싶은 게 있다는 것이다.

"확인?"

"네가 라스티아라를 구하려 하는 이유가 뭐지? 그게 만약 사랑 때문이라면, 나는 얼마든지 도와줄 수 있는데 말야."

여전히 사랑 이야기라면 환장을 하는 녀석이군.

어떻게든 연애 문제와 연관 짓고 싶은 모양이다. 하지만 이번에는 그 추측이 적중한 셈이다.

나는 잠시 생각에 잠겼다가 고개를 가로저었다.

"지금 나는 사랑 같은 근사한 이유 때문에 움직이는 게 아냐. 훨씬 단순한 이유지."

그런 건―― 말끔하게 사라져버렸다.

있지도 않은 걸 이유로 삼을 수는 없다. 그건 아마 라스티아라에게도 실례일 테고, 스스로도 납득할 수 없다. 그러니 지금 내가 이야기할 수 있는 건 더 단순한 이유뿐이다.

"호오. 혹시 괜찮다면 그 단순한 이유라는 걸 좀 물어봐도 될까?"

"영 마음에 안 드는 게 있거든. 일방적으로 농락당하기만 하는 건 도저히 참을 수가 없어서, 라스티아라에게 얽혀 있는 걸 잘라버리려는 거야. 그것뿐이야."

요컨대…… 이세계라느니, 스킬이라느니, 마법이라느니, 나라라느니, 문화라느니, 그런 것들에 놀아나기만 하는 게 짜증나는 것이다. 울화가 치밀어서 견딜 수가 없는 것이다.

그래서 나는 스킬 '???'에 맞선다. 라스티아라를 구해낸다. 그리고, 마리아와 디아와 함께 미궁을 탐색한다. 그것뿐이다.

"으음. 잘은 모르겠지만……. 그렇게 단호하게 사랑이 아니라고 말해버리면, 사랑에 죽고 사는 내 입장에서는 거들어주기가 힘들겠는데."

"아무것도 안 해도 돼. 아르티의 존재가 들키면 오히려 같은 편인 우리들의 입장이 위태로워지니까. 정 도와주고 싶거든 도시 한복판이 아니라 미궁 안에서 도와줘."

"흐음, 알았어. 내 입장에서도 내가 응원하고 있는 마리아에게 불이익이 될 법한 일은 하고 싶지 않으니까. 이번에는 조용히 구경이나 하지."

아르티는 말귀를 잘 알아들었다. 그리고 부드러운 표정으로 말을 보탠다.

"하지만 죽는 건 곤란하니까. 위험하다 싶으면 불을 피워줘. 불만 있으면 어느 정도는 도와줄 수 있으니까. 내일은 계속 대기하고 있을 테니 언제든지 부르기만 해."

그렇게 조력할 뜻을 전하고 나서, 아르티는 발걸음을 돌렸다.

"고마워, 아르티."

"인사는 필요 없어. 우리는 협력자 사이니까."

그렇게 말하는 아르티의 목소리는…… 떨리고 있었다.

슬픔 같은 부정적인 감정 때문이 아니라, 환희 때문에 떨리고 있는 것임을 알 수 있었다. 작은 소리지만, 분명히 웃고 있었다.

"후후후, 얼마 안 남았어……. 조금만 더 있으면……."

그리고 아르티는 섬뜩한 웃음을 흘리며 모습을 감추었
다.

약간 수상하게 느껴졌지만, 그걸 파고들 시간은 없다. 마
음을 가다듬고 다음 행동으로 이행한다.

일단 내일 쓰게 될 도구와 무기를 구입하러 시내로 향했
다. 그리고 '소지품' 보충을 마친 다음에는 도서관으로 향했
다. 먼저 후즈야즈의 성탄제에 관한 책을 찾아서 닥치는 대
로 읽었다. 하지만 이미 알고 있던 것 이상의 눈에 띄는 정
보는 얻을 수 없었다. 어쩔 수 없이 다음으로 마법에 관한
책을 찾는다.

내일은 전투가 벌어질 가능성이 높다. 그것도 많은 사람
과의 전투다.

그런 전투를 위해서 필요한 마법이 뭐가 있을지 찾아보았
다.

물론, 찾는다고 해서 그 마법을 손에 넣을 수 있는 건 아
니다. 그래도 나는 책에 달라붙어서 마법을 찾았다. 그리고
쓸 만해 보이는 마법에 대한 상세정보를 외울 기세로 거듭
읽었다.

왜 그런 일을 하는 것인가.

──그건 마법을 만들어내기 위함이다.

예전에 마리아와 프랑류르는, 마법을 만들어내는 건 불가

능하다고 생각했다. 그때는 두 사람이 앞에 있어서 강하게 반론하지는 않았지만, 실제로 나는 지금까지 많은 마법을 만들어내왔던 것이다.

마법 〈디멘션 · 글래디에이트(결전연산, 決戰演算)〉, 마법 〈디멘션 · 멀티플(다중전개)〉, 마법 〈아이스 애로우(빙결시, 氷結矢)〉, 마법 〈디 스노우(차원설, 次元雪)〉, 마법 〈아이스 플랑베르주(빙결검)〉── 응용의 연장선이긴 하지만, 다섯 개나 만들어냈다.

마리아는 마법을 만들어내는 건 옛날이야기 속의 일일 뿐이라고 했다.

마법을 만드는 건 옛날이야기 속 영웅 같은 '일부 사람들' 뿐이라고 했다.

하지만 나는 항상 생각해왔다. 여기는 마치 옛날이야기 속 같은 세계라고.

충분히 마법책을 반복해서 읽은 후, 도서관을 떠났다.

길거리를 걸으면서 새로운 마법을 구상했다.

"틀림없이 나는 그 '일부 사람들'에 해당할 거야. ──마법 〈디멘션〉, 마법 〈프리즈〉."

조그맣게 중얼거리고, 발동시킨 두 개의 마법을 뒤섞는다.

그다음은 이미지 연상력의 문제. 그것 때문에 여러 마법들을 조사한 것이다.

아무것도 없는 상태에서 마법을 만들어내는 건 어렵다. 하지만 기존의 마법을 연상하면 이야기가 달라진다. 이건 이미 실증된 사실이다. 신중하게 마법을 가다듬어 연상한 이미지에 가깝게 만들어갔다.

될 수 있으면 집 안에서 찬찬히 연습하고 싶지만, 연습 시간은 조금이라도 더 긴 편이 낫다.

그 연습으로, 내가 걸어간 길이 미세하게 얼어갔다. 처음에는 자세히 응시하지 않으면 알아챌 수도 없을 정도의 미세한 빙결이었다. 하지만 집에 다다랐을 무렵에는 내 발자국에서 작은 얼음기둥이 솟아날 정도가 되었다.

──이제 조금만 더 있으면 이 흉악한 빙결마법이 완성되리라.

집으로 돌아왔을 때, 제일 먼저 걱정된 것은 마리아 때문이었다. 충동에 떠밀리다시피 라스티아라 유괴작전 준비를 진행하면서 마리아는 그대로 방치해뒀던 것이다.

"……어서 오세요, 주인님."

하지만 예상과는 달리, 마리아의 태도는 평소와 달라진 게 없었다.

평소와 다름없이 저녁식사 준비를 하고 있었기에, 자연스러운 대화를 나누면서 함께 식사를 했다.

나는 마리아의 심경을 떠보려다가 마음을 고쳐먹었다.

될 수 있으면 라스티아라가 돌아올 때까지 마리아 문제는 미뤄두고 싶다. 여기서 괜히 긁어 부스럼을 만드는 짓은 하지 않는 게 좋을 거라고, 냉정하게 판단했다.

라스티아라 문제와는 달리, 마리아의 문제는 지금 당장

사람이 죽을 정도의 문제는 아니다. 긴급성 문제에서 명확한 차이가 있다. 지금은 냉정하게 마음을 다잡고 라스티아라 유괴작전에 집중하자.

그리고 밤이 되었다.

나는 침실에 틀어박혀서 아까 하던 마법 연습을 거듭했다. 쉴 새 없이.

MP가 바닥날 때까지 그 시행착오는 계속되었다. 눈이 감기고 잠이 들 때까지, 줄곧.

——라스티아라를 기필코 구해낼 것이다.

그렇게 다짐하는 것과 동시에 의식을 잃었다.

성탄제 당일.

해도 뜨지 않은 이른 아침에 눈을 떠서, 컨디션을 확인한다. 습관이 몸에 밴 탓도 있지만, 긴장 때문에 일찍 눈이 떠진 모양이다.

오늘은 해가 뜨는 것과 동시에 집을 나설 예정이다.

디아에게 들은 이야기에 따르면 의식은 오전 중에 끝나고, 오후에는 성인 티아라를 국민들 앞에 선보인다는 모양이다. 그래서 작전도 거기 맞춰서 아침에 시작하게 되었다.

집을 나서기 전에 마지막으로 가볍게 아침식사를 하러 거실로 갔다.

그런데 그곳에 마리아가 홀로 우두커니 서 있었다.

나는 놀랐다.

마리아에게는 "아무것도 안 한다"라고 이야기한 게 끝이었다. 어젯밤에도 별일 없이 둘이 같이 저녁식사를 했었다. 그랬기에, 이 타이밍에 얼굴을 마주칠 줄은 생각지도 못했었다.

마리아가 눈을 뜨기 전에 라스티아라를 데리고 돌아올 계획이었건만, 시작부터가 계획이 좌초되고 만 걸 알 수 있었다.

마리아는 무표정한 얼굴로 이쪽을 바라보며, 띄엄띄엄 말을 자아낸다.

"역시, 가시는 거군요……. 주인님……."

이미 모든 걸 다 알고 있는 것 같았다.

마리아의 예리한 직감을 얕보고 있었다. 내 행동과 생각을 읽고, 이 시간에 나를 기다리고 있었던 것이리라. 이런 상황에서 아무 이야기도 안 할 수는 없다. 나는 그녀에게 지시를 내렸다.

"그래, 금방 라스티아라와 같이 돌아올게. 그러니까, 마리아는 여기서 기다려주지 않겠어?"

마리아는 무표정한 얼굴로 내 지시를 듣는다. 일언반구의 대답도 하지 않는다.

이상하다고 생각하면서도 말을 이었다.

"돌아온 뒤에는 다른 나라로 도망치기로 했어. 마리아

는──"

──어쩔 거지?

그렇게 물으려다가 나는 마음을 고쳐먹었다.

그런 식으로 말하는 건 마리아가 어느 쪽을 선택하든 상관없다는 이야기나 마찬가지다.

그녀의 기분을 고려하면 이 상황에서 "어쩔 거지?"라고 묻는 건 너무 매정한 짓이다.

"──마리아도 같이 가자. 셋이서 도망치는 거야."

같이 가자고, 마리아에게 똑똑히 말했다.

하지만 마리아의 무표정한 얼굴은 달라지지 않았다. 그 무표정한 얼굴 그대로, 그녀는 입을 움직인다.

"도망친다……? 그럼, 이 집은 어떻게 하실 건데요……?"

지, 집?

여기서 집 이야기가 나올 줄은 생각도 못 했다.

나에게 있어서는 임시방편에 불과한 집이다. 버리는 것에 대해 아무런 주저도 느끼지 않는다. 하지만 마리아 입장에서는 다른 걸까.

"애석하지만, 이 집은 버리는 수밖에 없을 것 같다. 아깝기는 하지만 말야……."

그렇게 말하자, 드디어 마리아의 표정이 달라졌다.

"시…… 싫어요."

지금껏 한 번도 본 적이 없었던 표정이었다. 노예였던 시절에도 본 적이 없었던 표정이다.

세상의 종말이라도 맞이한 것 같은 얼굴로 나를 바라보며 온몸을 바들바들 떤다.

"응?"

나는 냉정하게 대화할 수 있을 거라고 생각했었다.

하지만 그런 나의 생각과는 딴판으로, 마리아는 격하게 감정을 드러냈다.

"가지 마세요, 주인님……. 제발 부탁이니까, 가지 말아 주세요……!"

그리고 마리아는 얼굴을 일그러뜨리며 애원했다.

그녀가 내 행동을 저지하려 드는 건 처음 있는 일이었다.

"마리아……. 대체 왜 그러는 거야……?"

"가시면, 두 번 다시 닿을 수 없게 되니까……. 혼자 남겨지게 되니까……."

마리아의 표정은 악화일로를 걷고, 심지어는 예전의 라스티아라가 내뿜던 것과 같은 끝없는 광기까지 자아낸다.

"아, 아니. 진정해, 마리아. 같이 가자고 그랬잖아. 절대로 혼자 두고 가지 않겠다고 약속할게. 내가 마리아를 두고 혼자 갈 리가 없잖아?"

"거짓말이에요. 셋이서 도망친다고 해도, 아마 거기에 제 자리는 없을 거예요……. 있든 없든 상관없는 사람……. 그런 건 싫어요……."

흥분해 있는 라스티아라를 상대할 때 같은 대화였다. 말의 표현이 지나치게 비약적이라서, 대화를 제대로 주고받을 수가 없다.

마리아가 정상이 아니라는 것을 확인하고, 그 원인을 찾아본다.

하지만 그러는 와중에도 마리아는 계속 말을 쏟아냈다.

"왜 라스티아라 씨를 구하시겠다는 거예요? 좋아하는 것도 아니라고 하셨잖아요?"

라스티아라에 대한 호의에 대해 묻는다.

다시 말해, 이건 질투의 결과라는 뜻이 되는 걸까?

하지만 마리아는 냉정하고 참을성 강한 성격이다. 하필 이런 상황에서 이렇게 모든 걸 폭발시킨다는 건 좀 이상하게 느껴진다.

내 행동에 문제가 있었기 때문에 연심이 폭발한 건지도 모른다. 하지만 내가 알기로, 사람들의 연심이라는 건 대개 작은 마음이라고 알고 있었다. 이렇게 절박하게 나오는 건 좀 이상하다.

"왜긴…… 그야, 라스티아라는 동료잖아? 그 녀석은 앞으로의 미궁 탐색에 꼭 필요한 동료야. 외면할 수는 없어."

"앞으로의 미궁 탐색이라고요? '앞으로' 라는 게 도대체 언제까지인데요?!"

마리아는 이제 아예 언성을 높여 가면서 다그쳐든다.

"지, 진정해, 마리아!"

"주인님이 가시면, 아마 라스티아라 씨는 살아서 돌아오시겠죠! 그렇게 되면, 또 똑같은 생활의 반복이잖아요! 저

는 미궁 깊은 곳에 가고 싶지 않아요! 굳이 갈 필요 없잖아
요! 이 집에서 평온하게 살 수만 있으면, 저는 그거면 충분
한데!!"

그리고 지금까지 마음속에 쌓아둔 불만을 토해낸다.

하지만 나는 그 말을 받아들일 수 없다. 마리아의 그 바람
은 내가 이 세계에서 살아가는 목적, 의미에 위배된다. 내
뜻을 마리아에게 전하기 위해, 다시 한 번 다독이려 했다.

"그럴 수는 없어, 마리아. 내가 미궁 안쪽으로 가는 건 바
꿀 수 없어. 나는 미궁의 '최심부'로 가기 위해 연합국에 있
는 거니까……."

"그건 터무니없는 욕심이에요! 굳이 깊은 곳까지 들어가
지 않더라도, 10층 정도에서 안전하게 돈을 벌면 그냥 평범
하게 살 수 있어요! 저는 그게 좋아요! 그 정도라면 라스티
아라 씨는 계시든 안 계시든 상관없잖아요!!"

마리아는 완전히 이성을 잃었다.

아무리 봐도 평소의 마리아가 아니다. 나는 마음을 다잡
고 그녀에게 다가가서, 그 어깨를 손으로 붙잡았다. 그리고
눈과 눈을 마주치며 논점을 바꿨다.

"마리아, 난 그런 이야기를 하는 게 아냐! 이대로 두면 라
스티아라가 죽게 될 테니까 구하러 가겠다는 이야기를 하고
있는 거야! 마리아는 라스티아라가 죽어도 상관없는 거
야?!"

눈물에 젖어 있던 마리아의 두 눈이 번쩍 뜨였다.

내 혼신의 설득이 통한 건지, 손을 통해 전해져 오는 마리아의 힘이 점점 약해졌다.

그리고 힘없이 눈을 감고, 조용히 대답했다.

"라스티아라 씨는 좋은 분이에요. ……라스티아라 씨가 돌아가시는 건 원치 않아요."

"그렇지? 라스티아라는 구해줘야 해……. 그 녀석은 우리의 동료니까……."

마리아의 몸에서 힘이 빠져나가는 게 느껴진다.

좋아, 이제야 겨우 마리아도 마음을 가라앉히고──

"──**동료**……? **동료라서?** 주인님은 단지 그것 때문에 목숨을 걸고 구하러 가시는 건가요?"

"그, 그래……."

그 점을 긍정한 순간, 마리아의 몸에서 범상치 않은 압력이 방출됐다.

그 정체가 마력이라는 것을 느끼고, 나는 나도 모르게 반 발짝 뒷걸음질 친다.

"동료니 뭐니, 그런 건, 그런 건…… 다 **거짓말이에요.** 고작 그런 이유 때문에 목숨을 건다는 건 말도 안 돼요. …… 그래요, 말도 안 돼요. 네, 다 알아요. 주인님은 멋지게 보이고 싶은 거죠?! 라스티아라 씨한테! 주인님은, 제가 아니라 라스티아라 씨 앞에서 폼을 잡고 싶은 것 맞죠?! 그 사람이 없었을 때는 저만을 위해서 멋을 부리셨는데──!!"

소리치는 동시에 마리아의 몸에서 불꽃이 분출됐다.

재빨리 후퇴해서 양팔을 교차, 불꽃으로부터 안면을 보호했다. 그리고 그 교차시킨 양팔의 틈을 통해서, 마리아가 화염검을 구축한 것을 확인했다.

불꽃으로 된 검을 움켜쥔 마리아가 휘청거리며 이쪽을 향해 다가왔다.

──싸움이 벌어진다.

그렇게 직감했지만, '소지품' 속에서 검을 꺼낼 수는 없었다.

이유는 간단하다. 무기를 들고 마리아를 공격한다는 선택지는 절대로 선택하고 싶지 않았기 때문이다.

마법을 전개하면서, 마리아를 맨손으로 제압해나갔다.

"──마법 〈디멘션 · 글래디에이트〉, 마법 〈프리즈〉!!"

우선 〈프리즈〉로 방 안의 불꽃을 약화시키면서, 마리아에게 다가간다.

그 움직임에 맞추어서, 마리아는 위에서 아래로 화염검을 휘둘렀다.

비스듬히 몸을 틀어서 화염검을 회피하고, 그녀의 손목을 붙잡으려 했다. 하지만, 마리아의 '눈'은 그런 내 동작을 완벽하게 예측하고 있었다.

불꽃을 휘감은 다른 쪽 손을 뻗어 와서, 역으로 내 손목을 붙잡아 저지해버렸다.

마리아의 불꽃에 내 피부가 그을리고, 나도 모르게 몸이 경직된다.

"―――으윽!"

그 경직된 틈을 타서, 마리아가 화염검으로 나를 베어 올리려 한다.

하지만 그 칼부림은 허무하게 허공을 가를 뿐이다. 〈디멘션·글래디에이트〉 덕분에 그 검의 방향을 완벽하게 읽을 수 있었던 덕분이다.

결과론적으로, 근접전이라면 마리아에게는 승산이 없다. 수치 면에서 그만큼의 격차가 있는 것이다. 나는 스테이터스의 근력을 최대한으로 활용해서 마리아의 손을 뿌리치고, 역으로 그 손목을 움켜잡아서 등 뒤로 틀어 올린다. 마리아는 그 동작의 속도를 따라잡지 못한 채, 양팔이 등 뒤로 꺾였다. 그대로 마리아를 찍어 누르고, 그녀를 바닥에으로 누르며 '주시'로 상태를 확인했다.

【상태】'혼란' 4.23

틀림없다.

마리아는 정상이 아니다. 일반적인 생활을 하면서 이렇게까지 갑자기 혼란도가 상승할 리는 없다. 모종의 마법이나 스킬의 영향을 받은 거라고 생각할 수밖에 없다.

기억 속에서 그런 행동을 할 만한 인물을 찾아봤다.

그리고 마리아를 짓누른 채로 소리쳤다.

"마리아, 똑똑히 들어! 최근에 팰린크론이라는 녀석을 만난 적 있어?!"

"패, 팰린크론——?"

"예전에 노예시장에서 너를 낙찰 받았던 기사 말야! 관찰하는 것 같은 눈으로 사람을 쳐다보는 녀석이야. 키는 나보다 좀 크고, 상인 같은 차림을 한, 수상쩍은 녀석 말이야!"

"그런……! 그런 건 상관없어요……!"

한층 더 강렬한 불꽃을 내뿜어서 밑으로부터 나를 불사르려 했지만, 〈프리즈〉를 강화해서 그 열기를 견뎌냈다.

"마리아, 뭔가 마법에 걸린 거 아냐? 너 지금 비정상적으로 혼란에 빠져 있어!"

"마법—— 혼란——?!"

밀착한 상태로, 〈프리즈〉에 온 마력을 쏟아부었다.

어제부터 계속 빙결마법을 연습해온 덕분에, 냉기 컨트롤은 완벽했다. 마리아의 불꽃을 약화시키고, 더불어 그녀의 몸에 깃들어 있는 열기까지 빼앗아갔다.

문자 그대로 머리를 식혀 가면서 설득을 계속했다.

그 방법은 생각했던 것보다 더 효과적이었다.

냉기와 함께 마리아의 몸에서 힘이 빠져나가고, 이성이 되돌아왔다.

"그래. 진정해……. 천천히 심호흡하고, 마음을 가라앉히는 거야……."

마리아는 내 지시대로 거칠게나마 심호흡을 되풀이해주었다.

그리고 온몸이 차디차게 식은 채로, 마리아는 그제야 정신을 차린 듯한 모습을 보였다.

"어, 어……? 저기, 어라……?"

"괜찮아, 마리아……? 이제 좀 마음이 가라앉았어?"

마리아의 혼란은 열기를 상실함과 동시에 사라졌다.

【상태】 혼란 0.44

그 점으로 미루어 보아, 마리아의 몸에 깃들어 있던 불꽃이 원인이지 않았을까 하는 추측을 얻을 수 있었다.

그렇다면 가장 유력한 용의자는, 그 마법을 가르쳐준 아르티다.

하지만 이런 강압적인 수단이 마리아에게 도움이 될 리가 없다. 마리아의 사랑을 응원하는 방법 치고는 엉뚱해도 너무 엉뚱하다.

뭔가 이유가 있어서 내 목숨을 노린 거라고 쳐도, 마리아 정도의 힘만 가지고는 이렇게 나에게 제압당할 게 뻔한 것이다. 아르티의 목적을 알 수가 없어서 나는 어금니를 악물었다.

"죄, 죄송해요……! 제가 대체 무슨 짓을……!"

정신을 차린 마리아는 새파랗게 질린 얼굴로 사과했다.

"괜찮아. 혼란 때문에 마음에도 없는 소리를 한 것뿐이라는 건 나도 아니까."

그렇게 말하면서 마리아 위에서 비켜나려다가, 창문으로 아침 햇살이 비쳐들고 있는 것을 깨달았다. 라스티아라 탈환계획은 시간이 생명이건만, 엉뚱한 곳에서 발이 묶인 것이다. 어쩌면 이 범인은 라스티아라 구출을 방해하는 게 목적이 아닐까 하는 데에 생각이 미쳤다. 하지만 내가 라스티아라를 구출하기로 마음먹은 건 어제였고, 그 사실을 알고 있는 것은 마리아, 디아, 아르티 정도가 고작이다.

역시 아르티가……?

하지만 그렇게 생각하기에는 목적이 맞지 않는다. 아르티는 라스티아라에 대해 아무런 원한도 없을 터였다. 적어도 어제 본 그녀의 표정에서는 그런 기색은 찾아볼 수 없었다.

"죄송해요, 죄송해요, 죄송해요, 주인님……."

내가 추리하고 있는 동안에도 마리아는 사죄를 거듭한다.

어쨌거나 일단 그녀를 진정시키는 게 먼저다.

"정말 난 괜찮아. 그렇게 사과할 것 없어. 그보다 몸은 좀 괜찮아? 보아하니 혼란은 상당히 가라앉은 것 같기는 한데……."

마리아의 머리를 쓰다듬어주면서, 자의식을 확인해봤다.

"네……. 지금은 멀쩡해요. 정말 죄송해요. 제가 대체……."

마리아는 무슨 일이 있었던 건지 모르겠다는 표정이다. 하지만 기억은 남아 있는 듯, 자신이 한 행동에 대해 몇 번씩이나 거듭 사과했다.

혼란은 진정되어가고 있다. 이 정도라면 집 보기 정도는 맡겨도 될 것이다. 하지만── 이건 어디까지나 직감이지만, 불길한 예감이 들었다.

그러나 마리아와 이야기하고 있을 시간은 없다. 이미 해가 떠오른 상태였다.

이 타이밍을 놓치면 라스티아라가 위험하다.

가슴의 고동이 좀처럼 가라앉지 않지만, 선택하는 수밖에 없다.

아마 앞으로 평생 동안 줄곧 후회하게 될 선택을──

"──마리아, 나는 이제 라스티아라를 데리러 다녀와야 해. 아마 금방 끝날 거야."

"아, 네. 주인님이 그렇게 마음먹으셨다면, 물론 저는 거기에 따라야지요…….''

마리아는 고분고분했다.

조금 전의 혼란 때문에 위축되어 있는 게 분명하다.

"우리가 돌아올 때까지 마리아는 이 집에서 기다려줘. 반드시 금방 돌아올 테니까."

마음 같아서는 누군가 믿을 만한 사람에게 맡기고 싶다. 하지만 적절한 인물이 생각나지 않는다.

술집에 맡길까 하는 생각도 했지만, 지금의 마리아는 점장보다 더 강해진 상태다.

할 수 없이 마리아를 집에서 대기시키기로 했다.

아마 라스티아라 탈환은 전격전이 될 것이다. 그 정도 짧은 시간이라면 별문제 없을 것이다.

"네, 알았어요……. 여기서 기다리고 있을게요…… 두 분을……."

마리아의 눈에는 또렷한 지성이 깃들어 있다. 아까와 같은 광기는 없다.

이 정도면 괜찮……을 것이다. 마리아도 걱정되지만, 지금은 라스티아라의 목숨이 오락가락하는 상황이다. 긴급성을 고려해서, 나는 라스티아라를 선택할 수밖에 없었다.

"그럼 다녀올게, 마리아."

"……네, 다녀오세요. 주인님."

아직 가시지 않은 미련에 시달리면서도, 마리아에게서 등을 돌리고 내달렸다.

집을 뛰쳐나와서 후즈야즈를 향해 달렸다.

헤어지는 순간 마리아의 얼굴에 떠올랐던 표정을 뿌리치고서라도 달리는 수밖에 없었다.

곧바로 '소지품' 속에서 큼직한 숄을 꺼내서 목에 감고, 목부터 코까지를 가렸다. 헛수고라는 건 알고 있지만 그래도 최대한 인상착의를 가린다. 어차피 알아볼 사람은 알아보겠지만, 모르는 사람은 못 알아볼 것이다. 그게 가장 이상적이다.

그리고 아침햇살 속을 헤치며 발트 시가지를 빠져나가, 국경을 넘어 후즈야즈에 접어들었다.

이렇게 이른 시간이건만, 후즈야즈에는 많은 사람들이 돌아다니고 있었다. 아마 그들 모두 오늘 열릴 성탄체에 참가하려는 자들이리라. 다들 한껏 들뜬 기색으로 대성당으로 향하고 있다.

일주일에 걸쳐 열린 전야제 덕분에, 사람들의 기분은 최고조에 달해 있었다. 자식을 거느린 부모부터 노부부까지, 모두가 대성당에서 열릴 성탄제에 대한 기대에 찬 대화를 나누고 있었다.

지금 내가 저지르려 하는 일에 대해 마음속으로 그들에게 사과하면서, 큰길을 내달렸다.

그리고 멀찌감치 대성당이 눈에 들어오기 시작했을 때였다.

진행방향 앞쪽에서 어마어마한 밀도의 마력이 피어오르고 있는 것이 느껴졌다.

대성당에서 피어오르는 게 아니다. 그 밖이다.

인파 속에 섞여, 큰길 한가운데에 서 있는 남자 한 명.

남자의 이름은 하인 헤르빌샤인── 금색 단발을 나부끼는 바람의 기사다.

나는 그를 무시할 수 없었다.

이 근방에는 수많은 기사들이 도사리고 있지만, 이 사람만은 무시하고 넘어갈 수 없었다.

달리는 속도를 천천히 줄이며 하인 씨 앞으로 나섰다.

어느 틈엔가 큰길의 인파 사이에 공백이 만들어져 있었다.

나와 하인 씨가 풍기는 분위기가 주위 사람들을 밀어냈다.

하인 씨는 마지막으로 만났을 때와 거의 같은 차림을 하고 있었다. 다만, 이상하리만치 더러워져 있다. 여기저기 베인 자국이 있고, 옷 여기저기가 찢어지고, 흙먼지투성이에, 옷자락은 너덜너덜하게 닳았다.

양손에 끼고 있던 반지는 이제 두 개밖에 남지 않았다. 두 자루였던 검도 한 자루밖에 남지 않았다.

굳이 스테이터스를 볼 것도 없이, 만신창이 상태라는 걸 알 수 있었다.

만신창이가 된 하인 씨가 다가오는 나에게 말을 걸었다.

"이제야 왔군요, 소년……."

하인 씨는 나를 기다리고 있었다.

오늘, 지금 이때, 내가 이곳을 지나갈 거라는 확신을 갖고 있었던 것이리라.

그것이 어떤 의미를 가지는지—— 두 가지 해석이 가능했다.

여기를 지나가지 못하게 하겠다는 것인가. 아니면, 그 반대인가.

물론 나는 하인 씨가 어떤 이유로 나를 기다리고 있었는지, 확신을 갖고 있다.

오늘 이날까지, 라스티아라를 나라 밖으로 내보내려 했던 것은 내가 아는 한 하인뿐이었다. 그랬기에 주저 없이 다가가서 하인 씨와 마주 섰다.

하인은 그런 내 속내를 알고 웃으며 맞이한다.

요전과 마찬가지로 소름 끼치도록 아름다운 미소. 그 얼굴에서는 어쩐지 죽음의 냄새가 풍기는 듯한 느낌이 들었다.

기사 헤르벨샤인은 죽음을 각오하고 있었다.

그에게서는 그런 생각이 들 만큼의 무게감이 느껴진다. 그 마력에서 어렴풋이——

"——가면서 이야기할까요."

하인 씨는 내 뜻을 확인한 후, 무방비하게 내게 등을 보이며 대성당을 향해 걸음을 내딛었다.

그 뒤를 따라갔다. 그의 등을 공격하겠다는 생각은 조금도 들지 않았다.

그의 표정, 몰골, 행동, 모든 것이 하나의 해답을 가리키고 있다. 협력자라는 확신을 가질 수 있다.

걸으면서, 하인 씨가 내게 물었다.

"상황이 이렇게 된 마당이니, 취할 수 있는 수단은 한정되어 있습니다. 소년은 이해하고 있습니까?"

"저기……. 의식 중에 라스티아라를 옭아매고 있는 것들이 모두 사라지게 된다고 들었어요. 그 타이밍을 노릴까 하고 생각하고 있어요."

조력자인 하인 씨와 나란히 걸으며 숨김없이 내 계획을 이야기했다.

"좋습니다. 그다음에는 그 타이밍을 노려서 소녀를 납치하거나, 아니면 그 타이밍을 노려서 주최자를 설득하거나. 어떻게 하실 거죠?"

"설득한다?"

"주최자는 재상 대리인 페데르트, 그리고 원로원 대리 한 명. 이 두 사람이 의식의 성립이 불가능하다고 판단하는 경우에도 아가씨는 죽음을 면할 수 있게 됩니다. 각국의 관객과 귀족들이 배석하고 있으니, 그들에게 피해가 발생할 가능성이 있을 경우에는 의식을 중지하거나 일정을 변경할 수밖에 없게 될 경우도 있겠지요."

"그런 방법도 있었군요."

이렇게 작전 직전에 선택지가 늘어나니, 나는 오히려 당황했다. 고맙기는 하지만 망설임이 생겨나는 것도 사실이다.

"선택지 중 하나로 머릿속에 넣어두시길."

하인 씨는 나의 당황을 알아챘는지, 굳이 그 선택을 강제하지는 않았다.

"알았어요."

그리고 우리들은 대강당의 도개교에 다다랐다.

주위에서는 시민들이 수런거리면서 때가 되기를 기다리고 있었다. 라스티아라의 의식이 끝나는 즉시, 대강당 내에서 본격적인 식전(式典)이 시작되기 때문이다. 시민들은 거기에 참가하고자, 대성당의 문이 열리기만을 애타게 기다리고 있는 것이다.

대성당 쪽으로 눈길을 돌린다.

도개교 중간쯤에는 여러 명의 기사들이 검을 든 채 벽을 만들고 있었다. 더불어 그 안쪽에 있는 망루와 휴게소에는 헤아릴 수 없을 만큼 많은 기사들이 대기하고 있는 모습이 보였다.

옆에 있는 하인 씨는 표정 하나 달라지지 않은 채, 정문을 가리키며 설명을 시작했다.

"지금부터 정문을 통과해서 대성당까지 가로지릅니다. 어제부터 다른 루트도 찾아다녀봤지만, 어디든 경계의 강도는 별반 차이가 없는 것 같더군요. 그렇다면 차라리 길을 알기 쉬운 정면을 돌파하는 게 낫겠죠."

하인 씨가 그렇게 이야기한다면 나도 반론은 없다. 애초에 내부 지리에 대해 잘 모르는 나로서는, 정면으로 들어가는 길이 아니면 길을 잃고 말 것이다. 예정은 내가 처음 생각했던 것에서 달라지지 않았다.

"알았어요. 같이 라스티아라를 구해요, 하인 씨."

계획을 승인하겠다는 뜻을 하인 씨에게 전했다.

하지만 그 말을 들은 하인 씨는 어렴풋이 웃으며 고개를 가로저었다.

"그건 틀렸습니다, 소년. 구하는 건 당신입니다. 당신 혼자죠."

그리고 하인 씨는 처연한 표정으로, 한편으로는 기뻐 보이는 목소리로 말했다.

"저 혼자요……?"

"제가 미궁에서 했던 말을 기억하십니까? 저도 가담했다…… 그렇게 말했었죠? 그건 사실입니다. 그녀에게 그런 교육을 한 건, 다름 아닌 저였지요. 그리고 스스로의 행동이 그릇됐다는 걸 깨닫고도 계속 모르는 척했고, 지금껏 단한 번도 소녀의 마음을 알아주지 못했습니다. 각오를 다진 '라스티아라'도, 도움을 원하는 '소녀'도, 어느 쪽도 이해해주지 못했죠……. 그러니, 저에게는 자격이 없습니다."

나는 하인 씨가 이야기하는 '자격'이라는 것의 의미를 이해할 수 없었다. 하인 씨는 오랫동안 라스티아라의 문제를 알면서도 방치해왔던 것을 후회하고 있는 것처럼 보였다.

"아뇨, 자격 같은 건 상관없을 것 같은데요. 그렇게 말씀하신다면, 그건 저도……."

나 역시 자격이 없는 셈이리라.

"도와줘"라는 라스티아라의 애원에 대답해주지도 못한채, 라스티아라에 대한 마음을 잃고 말았다. 지금의 내게 하인 씨만큼의 감정이 있을지, 솔직히 자신이 없다.

"전혀 그렇지 않습니다. 당신은 단지 며칠간의 인연만으로도 여기에 서 있습니다. 저는 3년이나 걸렸지요. 그 차이에 대한 이야기입니다. 정말로, 단지 그 차이에 대한 이야기……."

하인 씨는 자조하면서 앞쪽을 향해 내딛는 발걸음을 빨리했다.

걷는 속도에 차이가 생긴 탓에 자연스럽게 하인 씨의 뒤를 따라 걷는 형태가 되었다.

그래서 그 뒤에 따라붙고자, 나도 걷는 속도를 올리려고했다.

그 과정에서 하인 씨가 걸어간 자리에 묘한 마력이 감돌고 있는 것을 감지했다.

내 〈디멘션〉이 그 마력에 닿고——'무게'에 경악했다. 마치 하인 씨의 영혼을 뭉텅 덜어낸 게 아닐까 싶을 만큼, 그 마력은 묵직했다.

딱히 근거는 없었지만, 나는 하인 씨가 라스티아라를 위해서 금기의 마법에 손을 대고 있다는 걸 알 수 있었다. '저주' 같은 무언가를 이용하면서, 그 '대가'로 마력을 쥐어짜고 있는 것임을 직감적으로 이해했다.

어째서 그렇게 생각한 건지는 나도 알 수 없었다.

하지만 이상하게도 그 하인 씨의 뒷모습을 보고 있자니 **그리움**마저 느껴졌다. 그 '저주'를 전에 어디선가 느낀 적이 있었던 것 같은 기분이다. 어딘가의 누군가가 비슷한 '대가'를 치렀었던 것 같은, 그런 느낌이…….

그 묘한 향수에 이끌려서, 나는 하인 씨의 마력을 향해 손을 뻗었다.

그리고 '나의 마력'과 '하인 씨의 마력'——'차원속성 마법'과 '영혼에서 흘러나온 마력'이 서로 맞닿았을 때.

——눈앞에 보이는 풍경이 일그러졌다.

세계의 차원이 일그러진 것처럼, 시가지의 풍경이 순간적으로 뒤바뀐 것이다.

지금 하인 씨가 걷고 있는 곳은 후즈야즈의 큰길. 화창한 하늘 아래, 조금 먼 곳에는 대성당의 다리가 보였다. 굳이 확인할 것도 없이 지금 우리가 걷고 있는 곳은 옥외임이 틀림없다. 그렇건만, 순간적으로 하인 씨가 어둠침침한 지하를 걷고 있는 것처럼 보였다.

아니, 지금도 그렇게 보인다. 두 개의 차원이 겹쳐져 있는 것처럼 하인 씨가 어느 지하 회랑을 걷고 있는 모습이 보인다.

그것은 백일몽 같은 것이기도 한 반면── 인생의 주마등 같은 것이기도 했다.

주마등……? 하인 씨의……?

그 현상을 일으킨 것이 스킬 '???'가 아니라 차원마법 〈디멘션〉이라는 것을 나는 알 수 있었다. 하인 씨의 혼에서 떨어져 나온 마력을 〈디멘션〉이 해석한 것이다.

그 마력의 밀도는 상당히 짙어서, 무한에 가까운 정경이 정보가 되어 머릿속으로 들어왔다.

그것은 하인 씨가 지금 구하려 하고 있는 소녀와 함께 보낸 날들의 기억이며, 세계를 저주할 만큼 후회하게 만든 이유를 말해주는 기억.

──그 이야기를, '본다'

2. 하인이라는 이름의 장기말

『셀레스티얼 나이츠』서열 2위 하인 헤르빌샤인.

그것이 지금 내가 가진 칭호다.

하지만 그런 거창한 칭호 따위, 딱히 내가 원해서 가진 것은 아니었다. 내가 되고 싶어 했던 것은 지위와 명예를 긍지로 삼는 기사가 아니었기 때문이다. 이를테면 가극의 조연으로 등장할 법한, 오직 한 사람을 위해서 헌신하는 시골 기사, 다른 누군가를 지켜줄 수 있는 정의의 기사, 나는 그런 기사가 되고 싶었다.

하지만 결국 나는 그 누군가의 기사도 되어주지 못한 채 오늘에 이르고 말았다. 후즈야즈의 명문 기사 가문에서 태어나서, 그 가문의 이름에 짓눌린 채 수련을 계속하고, 그렇게 익힌 힘으로 그릇된 짓을 저질러온 한심한 남자……그게 바로 나다.

그런 내가 아가씨를 처음 만난 것은 열여덟 살 무렵,『셀레스티얼 나이츠』에 취임한 지 얼마 되지 않았을 때였다.

상사의 안내를 받아 어둠침침한 성당 지하로 가서, 묵직한 석조 문을 수도 없이 지나, 촛불 하나와 침대 하나밖에 없는 음침한 방에서 처음 만났다.

그때, 아가씨는 눈을 감고 잠들어 있었다. 그 순간을 나는 지금도 선명하게 떠올릴 수 있다.

순백색 시트를 덮고, 푹신한 침대 위에서 잠들어 있는 아름다운 아가씨를 보았을 때가 바로, 기사로서의 내 이야기가 시작된 순간이었으니까──

──이 세상 사람이라고는 믿기 힘들 만큼 아름다운 그 모습을 보고, 나는 숨을 죽였다.

사전에 간단한 설명을 들었던 덕분에 그것이 '성인 티아라의 그릇'이라는 건 알고 있었다.

그래도 확인하듯이 목소리를 흘렸다.

"이게 바로, '티아라' 님이십니까……?"

"그래, 성인 티아라가 남긴 '재탄생의 마법'의 보디에 해당하는 소녀다. 우리 후즈야즈의 염원이자 마법기술의 결정체라고 할 수 있지."

나를 여기까지 안내한 남자는 간결하게 답했다.

그의 이름은 페데르트 리오아스──이 나라의 재상 대리를 맡고 있는 장년의 사내다. 다갈색 머리칼이 나부끼고, 그 밑에서는 탁한 눈이 희번뜩거리며 움직이고 있다.

현재 『셀레스티얼 나이츠』는 페데르트의 직속 부대가 되어 있으므로, 그는 내 상관에 해당한다. 탁한 눈에서 엿보이듯이 어느 정도는 지저분한 수단도 가리지 않는 기질의 소유자지만, 나라에 대한 충성심만은 그 누구에게도 지지 않는, 그나마 괜찮은 축에 드는 상사다.

"대체 언제부터 이런 계획을 진행해온 겁니까? 보기에는

10대 중반 정도로 보입니다만⋯⋯."

"아니, 이건 아직 0세인 갓난아기야. 소체 고정에 성공한 건 바로 최근이었으니까. 지금은 생후 3개월 정도였지, 아마⋯⋯."

"서, 석 달⋯⋯? 그럼, 어떻게 고작 석 달 만에 이렇게까지⋯⋯."

나는 놀랐다.

지금 눈앞에 잠들어 있는 소녀가 갓난아기라는 건 말도 안 된다.

"현대의 마법 기술이 있으면 가능해. 이걸 3년 후 성탄제 날에 완성해내야만 해. 그래서 할 수 없이 육체연령을 끌어올리게 된 거지. 우리에게는 시조께서 예언하신 바로 그 해, 정해진 날짜에, 열여섯 살 짜리 완성품을 바치는 사명이 있어."

놀라는 나를 무시하고 페데르트는 별일 아니라는 듯 설명을 이어간다.

"그 사명을 위한 교육 담당으로 선택된 게 자네야. 기사 하인 헤르빌샤인."

"제가 교육 담당이란 말입니까⋯⋯?"

"일단 이건, 성인 티아라의 후예로서 대접한다. 신의 현신으로서의 지위를 안겨주고, 언젠가 찾아올 약속의 날에 대비하는 거다. ⋯⋯그를 위한 준비의 일부를 자네에게 맡기고 싶다는 거야. 그러려면 그에 걸맞은 힘과 교양을 갖추게 해야 해. 훗날에 성인님이 강림하셨을 때, 그 몸이 약하고 둔해져 있으면 계획이 늦춰지니까. 성인님이 바로 활약하실 수 있게 해줘야 한단 말이지."

이제야 이야기 전개가 보이기 시작했다.

요컨대, 이 소녀를 훗날 강림한 성인 티아라 님에게 실례가 되지 않을 그릇으로 키워내는 것이 내게 주어진 임무라는 것이다.

"소녀를 단련하면 되는 겁니까? 그 정도라면 할 수 있을 것 같습니다."

"아니, 단련시키는 게 전부는 아냐. 여기부터가 중요하다. 잘 듣도록── 머지않아, 이 몸에는 자아가 생겨날 것이다. 그렇게 되었을 때, 이 소녀가 의식을 받아들일지 어떨지 하는 게 가장 큰 문제라는 거지. 이 소녀가 의식을 받아들일 수 있도록 유도하는 일을 자네가 맡아주었으면 한다."

눈에 들어오기 시작하던 이야기의 전개에 그늘이 드리워졌다.

페데르트의 탁한 눈을 향해 질문을 던졌다.

"저, 저기, 자아가 생겨나는 겁니까? 이 아이에게? 성인 티아라와는 다른, 또 다른 여자아이의 마음이……?"

"당연한 것 아닌가. 이건 몇 달 전에 탄생한 갓난아이이기도 하니까. 그 새로운 자아가, 성인 티아라의 자아에 의해 자신의 자아가 덧씌워지는 걸 거부할 가능성이 있어."

"덧씌워진다? 동거가 아니라, 완전히 덧씌워진다는 겁니까? 그건──"

──이 아이가 죽게 된다는 것 아닌가?

거기에 생각이 미쳐서 작은 의분이 불타려 했으나, 차가운 말이 그 불씨를 꺼버렸다.

"이건 나라의 결정이고, 레반교의 총의이기도 하고, 시조의 유언이다. 기사 하인."

"…………."

그 작은 의분의 불꽃은, 나라의 결정이라는 얼음덩이에 맥없이 꺼지고 말았다.

"이건 모든 이들이 숭배하는 성인이 되는 거다. 그것은 축복해야 할 일이지, 결코 불쌍하게 여길 일이 아냐. 방금 자네가 품었던 감정은 국가에 대한 역심이라고 볼 수도 있어."

"아뇨, 절대 그런 뜻은 아닙니다만……."

뭐가 역심이란 말이냐. 자기 지위가 더 높다고 해서 아무 소리나 막 내뱉는군.

내심 침을 뱉으면서, 겉으로는 고개를 숙인다.

"불만이 있다면 임무를 완수해라, 기사 하인. **이것**은 기꺼이 성인 티아라 님이 되는 운명을 받아들이고, 우리는 기꺼이 성인님을 맞이한다. 그리고 백성들은 기꺼이 그것을 축하하겠지. 그렇게 되면 그 누구도 불행해지지 않는 것 아닌가? 다시 말해, 모두가 행복해질 수 있도록 하는 게 자네의 임무다. 그러기 위해서 비슷한 또래이면서 이야기를 지어내는 데 일가견이 있는 자네가 선택된 거지. 레반교의 아름다움, 성인 티아라의 위대함, 사명과 헌신의 숭고함, 자네의 주특기인 이야기 솜씨로 그렇게 포장하기만 하면 돼."

이제 용건은 다 끝났다는 듯, 페데르트는 설명을 중지한다.

하지만, 이 정도 설명으로는 턱없이 부족하다.

당연히 나는 그 명령에 따라야만 한다.

입술을 앙다물고 견뎌내야만 한다. 그것이 헤르빌샤인이라는 기사의 숙명이다.

"알겠나? 그럼 부탁하지. **헤르빌샤인의 기사여.**"

페데르트는 내게 말의 사슬을 건다. 단지 그것뿐이었건만, 나는 전혀 움쭉달싹할 수 없었다.

그 말을 끝으로 페데르트는 등을 돌려 방을 떠나갔다.

어둠침침한 방에 남겨진 나는, 한숨을 짓는다.

그리고 바로 중앙의 침대로 다가가서, 소녀의 몸을 흔들어 깨운다. 기왕 일을 할 거면 빨리 시작하는 게 낫다.

"으, 음, 우우……."

"여, 여어. 나는 하인이야. 잘 지내보자."

서서히 눈을 뜬 그녀에게, 최대한 부드럽게, 그러면서도 싹싹한 목소리로 말을 건다.

교육 담당자로서 신뢰를 얻기 위해서.

소녀는 손으로 머리를 싸쥐면서, 상반신을 일으켰다.

"아, 우아……. 하, 하인? 나, 나, 나는……? 우우, 머리가, 아파……."

소녀는 내 말을 이해하고, 자기 자신에 대한 기억을 떠올

115

리다가…… 곧바로 자기가 자신의 이름조차 모르고 있다는 것을 깨닫는다.

"나? 내, 내 이름을 모르겠어……. 우우, 너무 많은 것들이 솟아났다가 사라져버려…….."

그 말을 통해서 소녀의 상대를 추측한다.

아마 핏속에 주입한 술식에 일상적 지식이나 언어를 심어둔 것이리라. 그냥 가만히 두면, 열여섯 살 소녀에게 필요한 지식들은 전부 다 알게 될 것이다. 그렇지 않다면, 생후 3개월에 불과한 그녀와 대화가 성립할 리가 없다.

"아니, 억지로 떠올리려고 할 것 없어. 네 이름은 우리 쪽에서 마련해뒀으니까."

내가 그렇게 말하자, 소녀는 눈을 휘둥그레 뜨고 이쪽을 쳐다보았다.

그 새로운 이름은 후즈야즈 상층부가 마련해둔 사슬——

"——라스티아라. 네 이름은 라스티아라 후즈야즈야."

그야말로 저주로밖에 들리지 않는 이름을 말한다.

"라스티아라……. 내 이름은 라스티아라……."

뺨을 약간 붉힌 채, 소녀는 기쁜 얼굴로 그 이름을 되뇐다.

"잘 부탁해, 라스티아라. 아니지, 라스티아라 님이라고 불러야 하려나? 신의 현신님이시니까……. 그렇게 치자면 말투도 높임말을 써야 할 텐데……. 어쨌거나…… 아가씨, 내가 바로, 오늘부터 네 교육을 담당하게 된 하인이야. 뭔가 모르는 게 있으면, 뭐든지 다 물어봐."

이건 임무일 뿐이라고 선을 긋고, 필요한 정보만을 소녀에게 전해준다.

"알았어요. 하인 씨."

소녀는 웃으면서 받아들였다.

그리고 잠시 생각에 잠겼다가 내 얼굴을 보며 어리둥절한 표정으로 묻는다.

"하인 씨, 그럼 하나 물어보고 싶은 게 하나 있어요."

"뭐지?"

가르쳐줄 수 있는 건 최대한 가르쳐주기로 마음먹은 나는 다정한 목소리로 되묻는다.

"당신은 왜 그렇게 **슬픈 얼굴을** 하고 계신 거죠?"

그러나 그런 '최대한' '다정하게' 같은 건 무리였다는 걸, 곧바로 이해할 수밖에 없었다.

"스, 슬퍼 보인다고?"

"네."

곧바로 손을 얼굴로 가져간다.

입과 코와 **뺨과** 눈을 손가락으로 어루만져 보니, 스스로의 얼굴이 일그러져 있다는 걸 이해할 수 있었다.

이해는 할 수 있었지만, 인정할 수는 없었다. 그건 내 임무에는 필요 없는 것이다.

"그럴 리가 있나……. 나는 지금 웃고 있어. 다정하게 웃고 있을 게 분명해. 그건 네가 잘못 본 걸 거야, 라스티아라……."

"그런가요……?"

소녀는 정말로 이해가 안 된다는 듯 되뇐다. 혈액을 통해 주입된 상식과 들어맞지 않는 이 상황에 대해 곤혹스러워하고 있는 것이리라. 그래도 나는 끝까지 우긴다.

"그래, 착각일 뿐이야."

나는 소녀를 불쌍히 여기지 않는다. 동정도 감정이입도 하지 않는다. ──해서는 안 된다.

이때 나는, 그렇게 마음먹었다.

그렇게 마음먹고 만 것이, 나와 소녀의 첫 만남…….

……이때, 나는 스스로의 길을 정하고 말았다.

──나는 평생 이 소녀의 기사는 될 수 없다.

그것을 내 스스로 인정하고 만 순간이, 바로 이때였다.

그리고 이때부터 소녀의 교육 담당으로서 보낸 날들이 시작되었다.

기사로서의 임무를 수행하면서, 소녀를 후즈야즈의 사정에 유리하도록 조정해나갔고──그리 오래 지나지 않아서 나는 당연하다는 듯 이 순진한 소녀를 사랑하게 되었다.

하지만, 모두 이미 늦은 후였다.

사랑에 빠져서 소녀의 기사가 되고 싶다고 생각했을 때, 이미 나는 자격을 상실한 뒤였다.

내 손으로 내팽개친 것이다.

소녀를 구하는 배역—— 소녀를 위한 주인공역의 자리를.

이제 내게 남아 있는 배역은, 거짓말로 히로인을 속이는 더러운 악역뿐이었다.

연애담 따위는 시작되지도 않았고, 악역인 나는 돌이킬 수 없는 죄를 저질러나간다.

이제 와서 소녀를 구하려고 했다가는, 자신이 더러운 악역이었다는 게 들통 나고 만다. 그녀가 나에 대해 환멸을 느낄 것이 두려워서 견딜 수가 없었다.

그뿐만이 아니다.

나는 나라를 적으로 돌리는 게 두려웠다. 지금의 지위를 잃는 게 두려웠다. 가족의 기대를 저버리는 게 두려웠다.

——단순한 일이었다.

하인 헤르빌샤인은, 그저 그렇게 한심한 남자에 지나지 않았다는 것.

그런 내가 할 수 있는 일은 하나뿐이었다. 페데르트가 지시한 대로 소녀가 괴롭지 않게, 완벽한 '라스티아라'로 만들어나가는 것.

성인 티아라를 이상으로 여기고, 영웅이 되기를 원하게 하고, 국가를 구하는 것을 행복으로 여기도록 하면 '라스티아라'는 행복하게 사라질 수 있다.

오직 그것만이 소녀를 행복한 결말로 이끌어줄 수 있는 길…….

………….

……이런 식의 변명만을 거듭해왔다.

이게 옳은 일일 리 없다는 걸 알고 있으면서도, 교육이라는 이름의 세뇌를 계속했다.

'라스티아라'에 대한 조정을 계속해나갔다……. 1년, 2년, 3년…….

──그런데, 예언 속 성탄제를 얼마 남겨두지 않은 어느 날, 소녀는 말했다.

밤바다를 헤쳐 나가는 배가 수평선에서 '무언가'를 발견해낸 것처럼 내게 부탁한 것이다.

"하인 씨. 마지막으로…… 바깥을, 보고 싶어요."

완벽했던 '라스티아라'에 구멍이 있었다는 걸, 그때야 처음으로 깨달았다.

나는 처음에는 내 귀를 의심했다. 내가 교육한 대로라면, 절대로 그런 말을 할 리가 없기 때문이다.

하지만 소녀는 분명히 말했다. 여기서 나가고 싶다고 이야기한다.

먼저 나는 그 원인을 생각했다. 후즈야즈의 기사로서, 반사적으로 국가의 이익을 지켜야겠다고 생각했다.

원인 파악은 오래 걸리지 않았다. 아니, 어쩌면 오래 전부터 어렴풋이 알고 있었던 건지도 모른다.

결국 고민하고, 두려워하고, 괴로워한 끝에 선택한 내 교육은 '완벽'하지 않았던 것이다.

원래는 역사와 종교에 대해서도 균형 잡힌 교육을 하게 되어 있었다. 하지만 지나치게 모험담만 많이 들려주는 바람에, 자유와 개방에 대해 생각하게 만들고 말았다. 게다가 그 또래 여자아이들이 좋아할 법한 연애 요소가 강한 모험담을 찾아서 각색해 들려주기도 했다.

비겁하게도, 그것이 그녀를 괴롭게 만들 거라는 걸 알면서도, 그녀가 스스로의 의지로 의식을 거부해주면 좋으련만—— 그런 식으로 소녀의 무의식에 의지해서, 그녀에게 제2의 선택지를 줘왔던 것이다.

그리고, 주사위는 던져졌다.

소녀의 그 바람이 이루어져, 대성당이라는 이름의 우리로부터 뛰쳐나갈 권리가 주어졌다.

생각보다 쉽게 허가가 내려온 것에 대해서는 좀 놀랐다.

윗대가리 녀석들은 소녀의 완성도에 대해 대단한 자신감을 갖고 있었던 것이리라.

보디 제작 단계부터 수많은 정신마법을 거듭 걸어두고 있었다. 혈액의 술식 또한 완벽하다. 정신마법을 주특기로 쓰는 팰린크론이 정기적으로 소녀를 검진하고 있다는 것도 알고 있었다.

교육 담당이라고는 해도 나 혼자 소녀의 모든 것을 다 담당하고 있는 건 아니었다. 나 혼자서 뭔가 꿍꿍이를 꾸며봤자 별 영향을 주지 못할 거라고 생각하고 있는 것이리라.

이렇게 해서, 만들어진 '라스티아라'는 우리 밖으로 뛰쳐 나갔다.

나는 남몰래 기대하고 있었다. 상황이 급변해주기를.

하지만 현실은 그렇게 만만하지 않았다. 외출 준비를 하던 소녀에게 이야기를 들어 보니, 그녀는 영웅 같은 모험을 꿈꾸고 있는 것뿐이었다.

좀 더 여자아이다운 걸 해주길 바랐다. 평범한 여자아이의 생활을 동경해주는 걸 가장 이상적인 형태로 여겼었다. 하지만 소녀는, 영웅과 성인이라는 울타리 밖을 벗어나지 못했다.

내가 구멍이라고 생각했었던 건 단순한 몽상에 지나지 않았다는 것——역시 소녀는 '라스티아라'일 뿐이었다는 것——내가 그렇게 체념해가고 있었을 때, 우리는 그와 만났다.

"——이봐, 거기 숨어 있는 자, 이리 나오는 게 좋을 거다."

화상을 입은 검은 옷의 소년과 맞닥뜨렸다.

"저는 도둑이 아니에요——"

바람마법을 둘러쳐뒀던 덕분에, 소년의 호흡을 감지할 수 있었다. 처음에는 도둑이 아닐까 하고 의심했지만, 차림새로 보아 그건 아닌 모양이었다.

우리는 평소와 다름없이 대응하며, 소년으로부터 떨어지려 했다.

"——당신, 재미있어 보이네요."

하지만 그것은 소녀의 호기심 어린 목소리에 의해 차단된다.

소녀가 이렇게까지 흥미를 느낀 동년배 이성은 처음이었다.

최강의 탐색가 글렌 워커조차도, 소녀는 그냥 평범한 사람처럼 대했었다.

그리고 소녀는 소년에게 최대한 마법을 걸어서 도와주었다. 그런 다음에는, 아무 일도 없었다는 듯이 떠나려 했다. 하지만 소녀와 오랜 시간을 함께한 나는 알 수 있었다. 소녀는 소년을 더없이 마음에 들어 하고 있는 게 틀림없었다. 나는 '내가 할 수 있는 한의 일'을 해줄 호기를 얻었다고 생각했다.

미궁에서 소년을 구한 그날 밤, 나는 대성당의 한 방에서 소녀에게 묻는다.

"⋯⋯아가씨, 아까 그 소년이 마음에 걸리시죠?"

소녀의 눈은 척 봐도 알 수 있을 만큼 초롱초롱 빛났다.

전에는 청순하기만 했던 눈빛이, 지금은 광기 어린 빛을 뿜고 있다. 이유는 간단하다. 몇 년에 걸친 편향적 교육이 소녀의 인격에 악영향을 끼친 것이다.

"어차피 이제 시간이 얼마 안 남았습니다. 그 소년과 행동을 함께해보시는 건 어떻습니까?"

"하지만 하인 씨, 저에게는⋯⋯."

"하긴 그랬었죠. 그럼 아가씨께서 그 소년과 사랑에 빠졌다는 식으로 이야기해둘까요?"

"하, 하아. 사랑이라구요?"

"그렇게 하면 레반교의 규율상, 트집을 잡기 힘들어집니다. 외출의 구실로 삼을 수 있죠."

"저, 저기, 확실히 규율에 따르면 그렇긴 하지만, 그런 구실이 통할 리가……."

"통합니다."

물론, 거짓말이다.

윗선에 보고할 때는 "'라스티아라'는 성인 티아라의 모험에 대한 동경 때문에, 마지막으로 미궁 탐색을 해보고 싶다고 했다"라는 식으로 보고해두자. 이 모든 것이 성인 티아라의 몸에 가까워지고 싶다는 마음에서 비롯된 행동이라는 식으로 밀어붙이자.

어쨌거나 소녀와 소년을 함께 있게 만드는 거다.

시늉이라도 좋다. 사랑에 빠졌다는 식으로 해두면, 소녀의 마음에 뭔가가 채워질 가능성이 생겨난다. 평범한 여자아이로서의 감정이 돌아올지도 모른다.

"그거 괜찮은데요. 저도 그 성인 티아라 같은 '모험'을 하고 싶어요."

내 제안에, 소녀는 눈에 어두운 광채를 깃들인 채 대답했다.

역시 만들어진 '라스티아라'의 관심은, 영웅 같은 '모험'에 있는 모양이다.

결과적으로 사실 그대로를 보고하는 꼴이 될 것 같아서

약간 무서운 기분이다.

"네, 그 소년과 같이 모험을 해보십시오. 분명 재미있을 겁니다."

"후후, 후후후, 그거 괜찮네요. 아주 괜찮아 보여요."

그 후에, 나는 며칠 동안 잠잘 새도 없이 대성당 안을 분주히 뛰어다녔다.

여기저기 허가를 따내고, 계획의 효용성을 날조해내고, 공작에 공작을 거듭했다. 어째선지 팰린크론이 그것을 알아채고 협조해준 것이 큰 도움이 되었다.

그렇게 애쓴 보람이 있어서, 상층부 녀석들을 완전히 속이고 가까스로 추가 자유행동 시간을 얻어낼 수 있었다.

나는 의기양양하게 대성당에 틀어박혀 있는 소녀에게 보고하러 갔다.

"아가씨, 전에 이야기했던 일 말입니다만……."

"전에? 저기, 카나미와 함께 모험하는 것 말인가요?"

"네, 윗선에 문의했더니, 곧바로 허가가 나왔습니다. 며칠 정도 자유행동을 할 수 있게 됐습니다."

"어, 어어?! 우, 우와! 굉장해요. 정말요?!"

"아가씨, 말투가 흐트러져 있습니다."

소녀는 기뻐했다.

그 나이에 걸맞은 태도다. 하지만 그 두 눈에 깃든 광기는 아직도 사라지지 않았다.

아니, 어쩔 수 없다, 그 광기를 지우는 건 내가 아니라 그 소년의 역할이다.

"죄송해요, 하인 씨. 아아, 그치만, 그치만, 성인 티아라가 되기 전에는 카나미를 다시 만날 수 없을 줄 알았는데, 이렇게 다시 만날 수 있게 되다니 정말 기뻐요."

"다행이네요, 아가씨. 하지만 이건 최상급 기밀사항입니다. 충분히 주의를 기울이시길."

"알고 있어요. 그런데, 외출 명목은 어떤 걸로 돼 있죠?"

"처음에 말씀드린 그 대로입니다. 아가씨께서 카나미라는 소년에게 반해서 행동을 함께하기를 원한 것이 모든 것의 시작입니다. 다시 말해, 사랑이 외출의 명목이죠. 신의 현신께서 사랑에 빠진 것인 만큼, 거기에 수긍하지 못하는 자들이 방해하려고 들 겁니다. 후즈야즈의 강력한 기사들의 공격, 융통성 없는 백면서생 신관들의 마수. 하지만 소년 카나미는 모든 습격들을, 그 화려한 검술로 격퇴해나가죠. 그 모습은 마치──!"

"어, 자, 잠깐만요. 그런 장대한 시나리오가 정말 필요한 건가요? 단순히 하인 씨의 취미가 폭주하고 있는 게 아니라?"

"피, 필요합니다."

소녀는 내 창작 취미가 폭주한 거라고 생각한 모양이다. 아무래도 평소에 창작한 이야기를 자주 들려주다보니 나에 대한 이미지가 한쪽으로 편중된 모양이다. 하지만, 사실 계속 그렇게 착각하고 있다 해도 별 상관은 없다.

"그냥 평범하게, 성인 티아라에 대한 동경 때문에 미궁 탐

색을 한다거나, 경험을 쌓기 위해서라거나, 속세에 대한 견
문을 넓히기 위해서라거나, 이런저런 이유가 있을 텐데……."

"안 됩니다."

"아니, 그건 아무리 봐도 하인 씨의 취미……."

"이건 직접적인 관련자인 소년 카가미에 대한 시험도 겸
하고 있습니다."

"시험?"

"아가씨께서는 이렇게 생각하고 계시지 않습니까? 자신
이 성인이 된 후에, 그 소년이 곁에 있었으면 좋겠다고."

이건 내 추측이지만…… 그렇게 생각해주지 않으면 곤란
하다.

"아, 네……. 용케 알아채셨네요, 하인 씨."

좋았어.

나는 마음속으로 주먹을 불끈 움켜쥐었다.

"말씀하신 대로 장대한 시나리오이긴 합니다만, 아가씨
의 기사가 되기 위해서는 이 정도 시련은 필요합니다. 정기
적인 감시의 의미도 있지요."

그리고 소년의 보호를 받다보면, 소녀는 소년의 뒷모습에
아련하고 달콤한 감정을 느끼게 되는 것이다.

그래, 왕도 중의 왕도. 역시 이야기라면 이 정도는 돼야지.

그리고 꿈 많은 소녀에게는 이 정도는 돼야 충분한 자극
이 될 것이다. 좀 지나치다 싶을 정도의 연출이 딱 좋다.

"그럼 일단, 팰린크론이라도 보내서 소년의 실력을 가늠

해보도록 할까요. 그런 다음에 아가씨가 접촉하시는 거죠. 그리고 소년이 여러 기사들을 퇴치하도록 하세요. 물론, 소년이 물리칠 수 있을 만한 기사들을 선발하겠습니다."

나는 설명을 마쳤지만, 소녀는 납득이 가지 않는 눈치다.

역시, 연출에 군더더기가 너무 많았던 걸까······?

"그렇게까지 준비해주신다니 어쩔 수 없죠······. 하지만, 접촉한 후에는 제가 하고 싶은 대로 할 거예요. 사랑에 빠진 연기 같은 건 자신도 없고, 카나미도 어느 정도 사정을 알고 있는 편이 나을 테니까요."

소녀는 내키지 않는 표정이지만 결국 승복한다. 내가 지금껏 유도해온 영향도 있으니, 소녀도 이런 영웅 스토리를 싫어하지는 않을 것이다.

그건 그렇고, 소년에게도 사정을 이야기하겠다는 건가······.

내 마음 같아서는, 소년은 어디까지나 홀연히 나타나서 자신에게 호의를 품고 있는 소녀를 지켜주는 역할을 맡기고 싶었지만······. 어쩔 수 없다. 연출보다는 진행의 원활성을 택하자.

양쪽 다 연기를 하는 중에, 그게 진심으로 바뀌어가는 패턴도 있으니까.

"그렇게 하시죠. 일단은 그 정도에서 합의를 보는 수밖에. 그럼 오늘 당장이라도 팰린크론을 파견하겠습니다. 워낙 한가한 녀석이기도 하고, 눈썰미도 제법이니까요."

"알았어요."

계획이 순조롭게 풀려간다는 생각에 득의양양한 웃음을 지으며, 조력자인 팰린크론을 찾아가서 설명했다. 팰린크론은 두말없이 승낙하고, 그날 밤에 바로 소년에 대한 추적을 시작했다.

그리고, 하룻밤이 지났다.

하지만 이튿날 아침, 나는 팰린크론의 보고에 경악할 수밖에 없었다.

"아―, 하인. 그 소년, 너무 강해. 나도 상대하기 버거울 정도던데?"

"뭐, 뭐라고? 그 말은, 카나미가 『셀레스티얼 나이츠』에 필적할 정도의 강자라는 겁니까?"

"그래. 적어도 내가 보기에는 그런 게 분명해. 게다가 개인적으로도 재미있는 녀석이더라니까."

"자, 잠깐만요. 그 소년은 얼마 전까지만 해도 미궁 1층에서 초죽음이 되어 있던 소년이었단 말입니다! 그런 소년이, 고작 며칠 만에 『셀레스티얼 나이츠』 수준까지 올라왔다는 겁니까?"

"으―음, 내가 수집한 정보로 봐도, 그 점은 확실해. 그 형씨는 며칠 전에 1층에서 큰 화상을 입고 목숨이 간당간당한 상태로 도망친 건 분명한 사실이야. 하지만 가작 요 며칠 만에 미궁 10층을 돌파한 것도 틀림없는 사실이야. 20층까지 돌파하는 것도 시간문제겠지, 그 형씨는 **지나치게 비정상**

적이야."

"지나치게 비정상적이다? 그게 무슨 뜻이죠?"

"여기부터는 나 혼자서 즐기고 싶으니까 더 이상은 이야기하기 싫은데. 나는 나대로 그 형씨를 가지고 즐길 생각이니까. ……뭐, 조금만 가르쳐주자면, 지크프리트 비지터는 20층의 가디언인 티다를 물리쳤을 가능성이 있어. 아, 지크프리트라는 건 카나미 형씨의 가명이고."

벌어진 입을 다물 수가 없었다.

티다라면, 최강의 탐색가인 글렌 워커 일행조차도 상대해 내지 못했던 괴물이다. 그런 적을 타도했다면, 그건 그야말로 국가적 영웅 수준이다. 흘러나오는 웃음을 참을 수가 없다.

"미궁의 가디언을……. 소년이……?"

"그래. 발트의 길드 녀석에게서 들은 정보야. 그리고 독단적으로 '라인(마석선, 魔石線)'을 조사해서 증거도 확보했어. 아마 틀림없을 거야."

"당신, 또 멋대로 '라인'을……. 당신 스킬은 한시라도 빨리 봉인 지정을 받아야 할 텐데 말이죠……."

"이건 어디까지나 증거 확보에 쓴 것뿐이야. 정보를 알아낸 건 어디까지나 발트의 인맥을 통해서였다고."

"그렇다고 치죠……. 어쨌거나 계획 변경이 필요하겠군요……."

"호오, 이 이야기까지 듣고도 그 소년을 밀겠다는 건가?"

"그 이야기를 들었으니 더더욱 밀어야지요."

기꺼운 마음을 숨기지 않고 팰린크론에게 드러낸다. 그 말을 들은 그는 휘파람을 한 번 불고, 계획 변경에 협조하겠다고 말했다.

아마, 팰린크론은 소년에 대한 정보를 전부 알려준 게 아닐 것이다.

하지만 그래도 상관없다.

어떤 속사정이 있든 소년이 영웅이라면 계획을 최상의 것으로 승화시키면 그만이다.

하룻밤 사이에 계획을 변경하고, 소녀에게 통지하기 위해 움직인다.『셀레스티얼 나이츠』의 일원인 세라와 담소를 나누고 있던 소녀를 찾아내서, 계획에 대해 재설명한다.

참고로 세라에게는 자리를 비워줄 것을 요청했다. 그녀는 편향된 성적 취향을 갖고 있기에, 계획에 참가시키고 싶지 않았다.

변경한 시나리오를 설명해주자, 소녀는 환해진 얼굴로 고개를 끄덕였다.

"아아, 역시……! 카나미는 기대를 배신하지 않네요……!"

소녀에게는 스킬 '의신의 눈'이 있다. 이렇게 될 것을 예상하고 있었던 것이리라.

"그러니까, 습격하는 기사 역할은『셀레스티얼 나이츠』가 맡겠습니다. 머릿수가 부족한 만큼, 아마 저도 참가하게 되겠죠."

"네. 하지만 『셀레스티얼 나이츠』도 상대가 안 될지도 모르는데요?"

"뭐, 이건 어디까지나 여흥이니까요. 그냥 대결다운 대결이 벌어지기만 하면 됩니다."

"후훗, 기대되는걸요."

좋아, 계획은 정해졌다. 황당한 연극이지만, 해내는 수밖에 없다.

"참고로, 이번 외출의 명목이 아가씨의 사랑이라는 걸 아는 건 저와 펠린크론, 그리고 윗분들뿐입니다. 그 이외의 기사들은 아무도 모릅니다."

"대부분의 사람들이 모르고 있다는 거네요."

"진실을 아는 사람은 적으면 적을수록 좋지요."

다음 과제는 이 사랑 소동이 윗사람들의 귀에 들어가지 않도록 하기 위한 공작이다.

이것 자체는 딱히 문제 될 건 없을 것이다. 연합국까지 와 있는 녀석은 얼마 안 되고, 와 있는 녀석들도 대부분 현장에는 관심이 없다. 탁상 앞에서만 일하는 녀석들만 수두룩하다.

사실 내가 벌이고 있는 일이 알려지더라도 코웃음만 치고 넘어가버릴지도 모른다. 내가 하고 있는 짓은 그 정도로 우스운 장난질이다.

"그럼 다녀올게요, 하인 씨."

"네, 만약에 제가 나타나면 연기를 부탁드리겠습니다. 저도 연기를 할 테니까요."

"하아, 하인 씨는 그런 걸 정말 좋아하시네요. 말로는 『셀레스티얼 나이츠』의 누군가'라고 하면서, 실제로는 자기가 올 생각이 가득하잖아요. 당신의 연기 중독 때문에 정말 난감하다니까요."

"네, 잘 아시는군요."

소녀는 황당해하면서 성당을 떠난다.

지금부터 계획 개시다. 변경된 계획은 아주 간단하다.

영웅 소년 카나미가 소녀의 '여자로서의 감정'을 뒤흔들어주기를 기대하는 것이다.

그리고 일시적인 행복이 아닌—— 죽음이 두 사람을 갈라놓을 때까지 둘이서 행복을 누리는 것이다.

상부에는 "모험 중에 남자와 눈이 맞아서 사랑의 도피를 해버렸습니다"라는 식으로 보고해주지.

그 정도로 강력한 영웅과 함께 있으면, 후즈야즈의 자객이 들이닥치더라도 분명 행복하게 살아갈 수 있을 것이다. 두 사람은 사랑 이야기의 에필로그처럼 행복한 여생을 보내는 것이다.

그것이 지금 내가 할 수 있는 '다정한' '최대한'의 일.

그리고 나는 기대를 가슴에 품은 채, 시간이 흐르기를 기다렸다.

우선은 예정대로 세라가 폭주했다. 다만, 타이밍이 계획보다 약간 일렀기에 당황하고 말았다. 그 여자의 충정심── 아니, 뒤틀린 애정에는 항상 놀라곤 한다.

하지만 대체적으로는 예정대로 정리되어간 것 같았다.

세라가 격퇴된 후에 소녀와 소년이 접촉.

그리고 두 사람이 동료가 된 것을 확인한 다음은 내 차례다.

분위기를 살피기 위해 홉스 씨를 데려갔다. 일대일 대결에는 적합하지 않은 홉스 씨를 데려가면, 아마 소년이 질 일은 없을 거라고 생각했기 때문이다.

마치 사정을 전혀 모르는 『셀레스티얼 나이츠』의 일원인 척을 하며, 소녀와 연극을 해낸다. 역시 그녀는 내 수제자다웠다. 이야기하는 방법을 숙지하고 있다. 과장되면서도 의미심장하게 대화를 나누며 즐겼다. 약간 설명투의 대사가 많았던 건 반성해야 할 점이다. 다음 창작극 때까지는 수정해야겠다.

나와 소녀가 말장난을 주고받고 있으려니, 소년이 생각지도 못한 대사를 내뱉는다.

"이것만은 미리 말해둬야겠어요. 저에게 있어서 라스티아라가 연인이냐 아니냐 하는 건 상관없어요. 하지만 동료인 이상, 라스티아라의 꿈을 이뤄주고 싶어요. ……정말 그게 전부예요."

동료니까, 소녀의 꿈을 이루어주고 싶다── 그는 그렇게 말했다.

서로 미리 맞춘 것도 아니건만, 내게 있어서 최상급의 대사를 아무렇지도 않게 말한 것이다.

나는 아연실색해서 그를 바라보았다. 홉스 씨는 쑥스러웠
는지, 농담으로 그 말을 얼버무린다.

아아, 홉스 씨는 모르고 있다. 저 정도가 딱 좋은 것이다.
저 정도의 열정을 품고 있어야만 이야기의 주인공이 되기에
적합한 것이다.

——역시, 저 소년밖에 없다.

툭하면 남의 힘에 기대는 버릇이 극에 달한 것을 자각한
다. 하지만 이 소년밖에 없는 게 사실이니 어쩔 수 없다.

오늘까지 운명에 짓눌려 살아왔던 것이 이렇게 적합한 인
물을 위한 게 아니었을 거라 해도 과언이 아닐 만큼, 나는
소년이 마음에 들었다.

저 소년이라면 앞으로 평생 동안 소녀를 지켜줄 수 있다.

역량의 문제가 아니다. 이야기 속을 살아가는 인간성의
문제다. 소년이라면 내가 할 수 없는 것도 할 수 있다. 그런
확신이 드는 순간이었다.

패배자답게 열등감에 찬 대사를 내뱉고 미궁을 떠난 나
는, 대성당으로 가서 환희에 찬 목소리로 팰린크론에게 그
일을 이야기했다.

"——하핫, 네가 그렇게 기뻐하니, 나까지 다 기쁘군."

"후후, 저는 지금까지 음모 같은 건 꾸며 본 적이 없었지
만, 생각보다 재능이 있었던 모양입니다. 이야기 속 악역이
그렇게 즐겁게 계략을 꾸미는 이유를 알 것 같지 뭡니까."

"어디 보자, 그럼 이제 두 사람의 관계를 진전시킬 차례인 것 같은데……."

"으음. 소녀가 그렇게까지 정열적인 고백을 했지 않습니까. 그런데도 더 거들어야 할까요?"

"너는 연극이나 더없는 편의주의 신봉자라서 벌써 안심하고 있는지도 모르지만, 나는 아직 마음 못 놔. 나는 지크 형 씨에 대해서 너보다 더 잘 이해하고 있으니까 말이지. 그렇게 의지박약인 녀석은 또 없을걸? 현실은 연극보다 험난한 법이라고."

나는 조금만 더 있으면 두 사람이 서로의 소중함을 깨닫고, 연애담처럼 이야기가 흘러갈 거라고 생각했었다.

하지만 팰린크론은 나와는 감각이 다른 모양이다.

"사람 불안하게 만드는 소리를 하시는군요."

"확인해보지. 지금 바로 '라인'을 탈취할 테니까, 좀 기다려봐."

팰린크론은 대성당의 '라인'을 통해서, 소년과 소녀의 영상 정보를 수집해나갔다.

그리고 노예를 데리고 축제에 참가하고 있는 두 사람의 모습이, 마법으로 방 안에 투사된다.

소녀는 난생 처음 즐기는 축제에 흥분해서, 즐기기에 여념이 없었다. 소년도 축제 경험은 별로 없는 듯, 소녀와 별반 다르지 않은 기색이었다.

소녀가 저렇게까지 즐거워하는 걸 본 건 처음인지도 모른다. 나는 업무상 얼굴을 마주하는 만큼 항상 절도를 지켜야 했기에, 저렇게까지 순진한 미소를 본 적은 한 번도 없었다.

하지만 그 모습은 남녀지간이라기보다는, 죽이 잘 맞는 동성 친구 같은 분위기였다.

소년은 소녀를 이성으로서 의식하고 있지 않은 것처럼 보인다.

"큭. 확실히 당신 말씀이 맞군요. 이거 곤란하게 됐는데요……."

"내 말이 맞지? 내가 보기에는 둘 다 연애를 할 생각은 없는 것처럼 보인다고. 주인은 여러모로 신경을 쓰고 있을 테고."

"하지만, 저기, 이 세계에서 가장 아름답다고 해도 과언이 아닌 아가씨에게 소년이 이성으로서 아무런 감정도 느끼지 않을 리가……!"

"하아……. 이러니저러니 해도 결국 너도 세라와 같은 부류군."

"윽, 세라와 같은 부류로 묶지 마세요!"

나는 그 터무니없이 부당한 평가에 분개했다. 그리고 펠린크론과 입씨름을 벌이는 와중에, 새로운 인물이 합류했다. 전혀 예상치도 못한 그 인물을 보니 경악을 감출 수 없었다.

"저, 저건, 연합국에 협력하고 있는 가디언, 발트의 아르티 아닙니까?"

"오, 용케 알고 있네. 알고 있는 녀석은 얼마 안 될 텐데……. 그래, 맞아, 아르티 누님이군. 나도 놀랐어."

"팰린크론, 발트와 아는 사이라면 지금 당장 저 둘에게서 떼어놓으세요."

"아니아니, 그냥 우연이겠지. 좀 관대하게 받아들여. 어차피 방해는 안 할 테니까── 아니, 방해하기는커녕, 틈만 있으면 불을 붙이려고 드는 타입일걸?"

발트의 중진이자 가디언인 아르티가 나타난 것은 예상 밖이었지만, 그 말대로 그녀는 방해하는 짓은 하지 않았다. 방해하기는커녕, 두 사람과 함께 온 노예와 자주 이야기를 나누며 소년과 소녀가 함께하는 시간을 늘려 주려고 하는 것처럼 보일 정도였다.

그리고 결국은 노예를 데리고 떠나서, 소년소녀가 단둘이 있게 만들어주기까지 했다.

이렇게까지 완벽하게 행동해주니 불만이 있을 리가 없다.

"가디언 덕분에 단둘이 있게 됐군요."

게다가 한층 더 반갑게도, 두 사람은 성탄제에 관해 깊은 대화를 나누기 시작한다. 이대로 가면 소녀의 비밀이 밝혀지고 소년은 안절부절못하게 될 것이다.

이야기의 기승전결 중 '전'이 시작되기를 애가 타도록 기다렸다.

끈기 있게 기다리고, 기다리고, 기다리고…… 하지만, 아무리 기다려도 소녀는 자신에 대해 끝끝내 이야기하려 들지 않았다.

　소년에게 걱정을 끼치지 않을 범위를 벗어나는 설명은 하지 않는 것이다. 이제 성탄제가 며칠 남지도 않았건만, 자기 자신에 대해서 무엇 하나도 밝히려 하지 않았다.

　이렇게 되면 소년은 아무것도 알지 못한 채 성탄제를 보내게 된다. 심지어는 자기 자신의 이야기를 접어두고, 소년의 이야기를 해달라고 조르기 시작했다.

　"뭐? 마법 그 자체가 없는 거야? 지크가 살던 곳에는?" "굉장해! 나는 오히려 그쪽 이야기가 더 궁금한걸!" "그쪽 이야기가 더 재미있어 보이는걸!"

　자기 이야기는 하지 않은 채, 계속 소년의 이야기만 듣고 있었다.

　"아가씨는 대체 왜——"

　"하핫, 난들 어떻게 알겠어? 으─음, 내일쯤 이야기하지 않을까?"

　"그, 그렇죠? 내일, 내일 이야기하는 게 한층 더 드라마틱하니까요. 극적인 연출을 노리고 있는 거겠죠, 아마. 큭, 제 교육의 결과가 안 좋은 방향으로 적용했군요."

　"그래, 그럴 거야. 천천히 기다리자고……."

　하지만 그런 나의 희망은 얼마 되지 않아 박살나고 말았다.

　——"왜긴. 그야 **마리아는 너에 대해 연심을 품고 있기 때문이야.**"

그 가디언이 터무니없는 소리를 하고 만 것이다.

"……어, 어떻게 그런 말을! 아아, 이 중요한 타이밍에, 왜 하필 그런 짓을 하는 겁니까! 가디언!"

"흐음……."

"팰린크론, 구경만 하지 말고 '라인'을 이용해서 어떻게 좀——"

"그건 힘들겠는데. 나와 아르티 누님이 서로 면식이 있는 사이인 건 사실이지만, 여기에 간섭할 수는 없어. 아르티 누님은 발트와 그런 계약을 맺었으니까."

팰린크론은 국제적인 문제가 발생할 것을 우려해서 좀처럼 움직이려 하지 않는다.

하지만 이대로 두면 소년이 노예를 신경 쓰기 시작할 것이다. 그렇게 되어버리면, 지금까지 쌓아왔던 소년과 소녀의 관계가 물거품이——

"흐흥, 그래서, 결국 지크는 마리아를 어떻게 생각하고 있는 거야?"

그런 마당이건만, 소녀 본인까지 아르티의 말에 편승해버렸다.

마치 신이라도 난 듯이, 기쁘기라도 한 듯이, 그것이 자신이 해야 할 일이기라도 하다는 듯, 말을 자아낸다.

"아, 아아……."

나는 아연실색하면서 인정하고 싶지 않았던 진실을 깨닫

는다.

그것은 즉.

──소녀는, 소년과 노예를 이어주려 하고 있는 것이다.

그래서 자기 자신에 대해 아무것도 이야기하지 않았다.

이대로 의식을 행하게 될 자신에게는, 소년과 맺어질 자격이 없다고 생각하는 게 틀림없다.

지금까지 짜왔던 계획이 와르르 무너져 내리는 소리가 들려왔다.

그리고 지금까지 외면하고 있었던 '성탄제의 의식'이라는 현실이 내게 덮쳐들었다.

이제 단 며칠밖에 남지 않았다. 며칠만 더 지나면 시간제한이 끝나버린다.

등 뒤에 시커먼 악의가 달라붙어서, 숨이 점점 가늘어졌다.

내 계획은 실패했다. 그건 뼈저리도록 잘 알고 있다.

소녀 본인이 그렇게 보고한 것이다.

아아, 결국 이런 유치한 연극 따위는 아무 소용도 없었던 것이다…….

나는 자조하면서 어지러운 머리를 한 손으로 부여잡았다.

내가 날뛰어봤자 어차피 윗사람들의 손바닥 안에서 놀아난 것뿐. 소녀는 반드시 의식을 받아들이도록 조정되어왔고, 그렇기에 녀석들은 아무런 걱정 없이 나를 방치해뒀던 것이다.

헤르빌샤인이라는 장기말이 움직일 수 없는 방향을 파악하고, '라스티아라'라는 장기말을 헤르빌샤인이 잡을 수 없는 곳에 둔 것이다.

태어나서 지금까지 줄곧…….

눈으로는 볼 수 있지만 손은 닿을 수 없었다…….

애초부터 희망 같은 건 없었다는 사실에 충격을 받고 있으려니, 팰린크론이 애석한 표정으로 감상을 말했다.

"안됐지만, 하인. 아무래도 계산대로 풀리지는 않을 모양이야. 주인이 그럴 생각이 없어 보이니까."

닿을 수 없다. 닿을 수 없다. 닿을 수 없다.

아아, 영원토록 닿을 수 없다. 소녀에게도, 나 자신의 꿈에도.

그것이 억울해서 견딜 수가 없었다.

상황이 이렇게 된 와중에도 남의 힘에만 기댄 채 움직이려 들지 않는 나 자신이 원망스러워서 견딜 수가 없다. 조금도 족쇄를 벗어나지 못하는 나 자신이 한심해서 견딜 수가 없었다. 나는…… 어쩌면 이렇게 나약한 기사란 말인가…….

그래서 이렇게 배치된 것. 그래서 내가 교육담당으로 배정된 것이리라.

나를 비웃는 것 같은 배치다. 젠장, 망할 놈들!

그러는 동안에도, 팰린크론은 그치지 않고 자신의 감상을 이야기했다.

"우리가 할 수 있는 건 여기까지인가……. 애초에 주인이 연심을 품게 만들겠다는 것 자체가 헛짓거리였던 건지도 모르겠군. 좀 다른 접근 방식으로, 의식을 거부하게 만들면……."

편의주의에만 의지한, 내 안이한 계획이 문제였던 건가?

더 치밀하게 계획을 짰더라면 다른 결과를 얻을 수 있었을까?

소녀의 흥미를 잘 이용한 계획이라고 생각했건만, 엉뚱한 착각이었다는 건가?

아악, 나 때문에, 나의 안이함 때문에……!

"아아, 그나저나 그 미소를 다시는 볼 수 없게 되는 건 좀 쓸쓸하긴 하네, 하인. 태어나서 지금까지 길러오느라 정이 들어서 그런 건가……?"

이대로 가면, 두 번 다시 소녀를 만날 수 없게 된다.

아니, 사라져…… 사라져버린다! 죽어버리는 것이다!!

"태어나서 오늘까지 계속 속기만 하고, 작은 행복도 얻지 못한 채 사라져버리다니……. 아무리 나라를 위한 일이라고 해도 가슴이 아프군그래."

나라를 위해?

나라를 위해서, 소녀는 죽는 건가? 아무것도 얻지 못한 채? 그런 일이 벌어져도 되는 건가?!

그럴 수가! 그럴 수가──!!

"──그런 건, 내가 용납 못 해."

자연스럽게 말이 흘러나왔다.

입 밖에 내지 않겠다고 마음먹었던 그 한마디를 토해내고 말았다.

그 순간, 묵직한 족쇄가 땡그렁 하고 후련하면서도 섬뜩한 소리를 내며 벗겨지는 것 같은 기분이 들었다. 소중히 여겨왔던 발목의 고리가 벗겨져 나간 감촉이다. 그것은 더없이 후련한 상실감──

"호오. ──용납 못 한다? 용납 안 하면, 어쩔 거지?"

팰린크론은 방 안 가득 메아리치는 목소리로 내게 묻는다.

내게 묻는 그 표정을 보고, 나는 위화감을 느낀다.

나의 타고난 전투 재능 덕분에 그것을 알아챌 수 있었다.

미세하게 엉겨 붙은, 몸속 마력에 발생한 위화감.

──지금 나는 침식당해 있다.

아마 눈앞에 있는 기사의 마법으로.

"팰린크론……. 당신, 저에게 마법을 걸었습니까?"

"그래, 걸었고말고. …화낼 건가?"

팰린크론은 미안해하는 기색도 없이 인정했다.

나와 똑바로 시선을 마주하며, 내 검이 닿는 거리 안에서, 무방비하게 나와 마주 서서, 나의 신뢰를 저버린 것을 자백했다.

하지만 그 배신이 나는 너무나 기뻤다.

"아뇨. 당신의 마법 덕분에, 이제야 말로 표현할 수 있었습니다. 오히려 감사합니다."

"아니, 괜찮아. 다 내 목적 때문에 한 거니까."

팰린크론은 조금도 움츠러들지 않고, 자기 자신을 위한 일임을 알렸다.

"언제부터였죠?"

"꽤 오래 전부터. 시간이 걸리는 데다 연비도 나쁜 '저주' 거든. 하지만 '저주'라고는 해도 나쁜 마법은 아냐. 하인의 힘을 끌어올려주기도 하고, 망설임도 날려버리니까. 앞으로 싸우는 데 필요한 거 아냐?"

"네, 그래요. 맞습니다. 그럼……. 이제 작별하는 겁니까……?"

자연스럽게 이 비밀 회합도 이번이 마지막이라는 걸 알 수 있었다.

비밀주의로 유명한 팰린크론이 지금껏 감춰왔던 마법을 썼다는 것도 그렇지만, 무엇보다 톱니바퀴가 움직이기 시작하는 소리가 들려왔기 때문이다. 다시는 멈출 수 없는 톱니바퀴 소리가 들려오는 것이다.

그리고 이것이 팰린크론의 목적이었다는 것도 이해했다.

애초에, 왜 나는 당연하다는 듯이 팰린크론이 조력자로서 곁에 있는 것에 대해 아무런 의문을 느끼지 않았던 건가. 모종의 마법── '저주'의 영향하에 있었다고 생각할 수밖에 없다.

팰린크론은 정말로 '꽤 오래 전'부터, 상황을 이렇게 만들 목적을 갖고 행동했던 것이리라.

"아니, 이게 마지막일지 어떨지는 몰라. 뿌려놓은 씨앗은 많지만, 뭐가 싹을 틔울지는 예상이 안 가니까. 다시 만나게 될 가능성이 높아. 이런저런 일이 뒤얽히면 재미있어질 텐데 말이지."

"그랬군요. 어찌 됐건, 저는 아가씨를 위해서 움직일 겁니다만?"

"그래, 그야 물론 그래야지."

"그럼 다녀오도록 하죠……."

"다녀와. 죽을 때 후회가 남지 않도록. 나는 그것만 기도하지."

팰린크론은 내 안부도 성공도 기도하지 않았다.

후회를 남기지 말라는 기도만을 할 뿐이었다.

"훗, 당신다운 말이네요……. 그럼 안녕히, 나의 얼마 안 되는 친구……."

예나 지금이나 변함없는 그의 성격에, 나는 쓴웃음을 짓는다.

그리고 나는 홀로 대성당을 나섰다.

그 발걸음은 가벼웠다. 다리뿐만이 아니다. 몸도 마음도 가볍다.

전에 없던 상쾌함이 내 몸을 지배하고 있었다.

후즈야즈라는 나라, 헤르빌샤인이라는 가문, 『셀레스티

얼 나이츠』라는 직책——아버지, 어머니, 형제자매, 상사, 동료, 친구——모든 굴레로부터 해방되었다. 처음으로 얻은 확실한 자유다.

약한 나는 이제 없다. 두려움 따위 없다. 주저도 없다. ——그 무엇도 없다.

이제야 나는 나답게, 소녀의 행복을 위해 움직일 수 있는 것이다.

아무것도 가진 게 없는 한 기사로서 싸울 수 있는 것이다.

오직 그 하나만이 기뻐서 견딜 수가 없다.

이렇게 해서 나는 '라스티아라'라는 장기말을 잡기 위해서, 후즈야즈의 기사라는 장기말은 갈 수 없었던 영지로 들어섰다.

그것은, 드디어 내가 하인이라는 장기말을 앞으로 움직일 수 있게 된 순간이었다.

◆ ◆ ◆ ◆ ◆

장기말을 움직인 나는, 밤이 되기를 기다려서 소년소녀의 집으로 향했다.

이야기의 무대 위—— '라스티아라'의 극장에 들어갔다.

소녀는 졸린 눈을 비비며 나와서, 어리둥절한 얼굴로 내게 묻는다.

"후아암……. 하인 씨, 이런 밤늦은 시간에 무슨 일로 오신 거죠……?"

"아뇨, 이제 이틀밖에 안 남았으니까, 상황을 좀 살피러 왔습니다."

"아아, 벌써 시간이 그렇게 됐군요. 하지만 굳이 살펴보러 오실 것까지는 없어요. 시간 정도는 지킬 테니까요."

"그거 다행이군요."

당연하다는 듯 시간을 지키겠다고 말하는 소녀를 보고 있자니 울화가 치민다.

그렇게 말하도록 만든 녀석들을 모조리 죽여버리고 싶다.

"하인 씨? 딱히 용건이 없다면 전 이만 가서 자고 싶은데요?"

"아뇨, 확인하고 싶은 게 있습니다."

나는 알고 싶었다.

내 안이한 계획이 조금이라도 효과를 올렸는지, 아니면 조금의 의미도 없었는지를.

"멀리서나마 지켜보고 있었습니다, 아가씨. 그와 함께 있는 당신은 정말로 행복해 보였습니다. 그런데, 이대로 그와 작별해도 괜찮은 겁니까? 이대로 '의식'을 받아서, 두 번 다시 그와 만날 수 없게 되더라도 후회하지 않으실 수 있겠습니까?"

"미, 밑도 끝도 없는 말씀이네요."

소녀는 약간 곤혹스러워하는 표정이다.

약간 말이다…….

"모쪼록 대답 부탁드립니다."

마지막 희망을 담아 묻는다.

하지만 약간의 곤혹스러움을 간단히 날려버리고, 결의가 담긴 표정으로 대답한다.

"**상관없어요.** 하인 씨 덕분에 '모험'이라는 걸 느낄 수 있었어요. 성인 티아라의 인생의 일부를 느낄 수 있었던 덕분에 동경이 확신으로 바뀌었어요."

"앞으로도 그와 함께 모험하고 싶다는 생각은 안 들었습니까……?"

"영웅이── 성인 티아라가 되는 것이 저의 꿈. 태어난 의미니까요."

그 말에 망설임은 없다.

나는 그 망설임 없는 목소리에 이를 악문다.

그것을 뒤흔드는 데는, 그에 상응하는 것이 필요하다.

모든 것을 뒤흔들 수 있는, 소녀의 근본을 무너뜨릴 수 있는 무언가가 있어야 한다.

소녀가 분노하고 나를 모멸할 것을 알면서도, 그 인생을 부정하는 작업에 들어간다.

"그 마음이 거짓── '만들어진 것'이라 해도 말입니까? 오늘까지 살아온 자신이 후즈야즈에서 마련한 '만들어진 것'이고, 속으면서 이용당해왔던 것뿐이라 해도 말입니까?"

미래의 행복을 위해서, 소녀가 괴로워한다고 해도, 나는 이야기해야——

"'만들어진 것'이라고 해도, 저는 별로 상관없어요."

이야기했지만, 소녀는 흔들림 없이 곧바로 대답했다.

괴로워하는 기색도, 화내는 기색도, 모멸하는 기색도 없다.

'만들어진 것'이라는 말을 듣고도, 자세한 이야기를 묻지도 않은 채 그저 조용히 대답할 뿐이다.

속으면서 이용당해왔던 거라 해도 상관없다는 것이다.

마치 모든 것을 다 알고 있기라도 했었다는 말투다. 그리고 이미 결연한 각오를 다지고 있는 것 같은 표정이었다.

……아아, 한마디로 나는 잘못 봤던 것이다.

세 살도 채 안 된 소녀의 마음조차, 전혀 이해하지 못하고 있었다는 것이다.

소녀는 만들어진 '라스티아라'의 진상 따위는 이미 한참 전에 이해하고 있었다. 자신의 인생이 그런 인생이라는 걸, 다른 누구에게 듣지 않고도 이해하고 있었고, 각오까지 다지고 있었다.

그것이 외적 요인 때문인지 내적 요인 때문인지를 막론하고, 모든 건 이미 다 끝나 있었다.

이미 한참 전부터, 모든 게 다 끝나 있었던 것이다…….

비굴한 안도감과 함께 자조했다.

그리고, 녀석들이 비웃고 있으리라는 걸 알 수 있었다.

그렇기에 넋나간 목소리로 소녀에게 작별을 고하는 수밖에 없었다.

"그러셨군요. 알겠습니다……. 그럼 저는, 이만 대성당으로 돌아가죠……."

"……? 하아, 알았어요."

나는 소녀를 두고 떠났다.

남겨진 희망의 희박함에 한탄하면서 밤거리를 걸었다.

걸어가면서, 하인이라는 장기말이 어디까지 갈 수 있을까 하는 것만을 생각하며 후즈야즈의 대성당에 있는 내 방으로 돌아왔다.

그리고 내 방에 있는 모든 무기를 방 안에 펼쳐 놓고, 이튿날 아침까지 앞으로 찾아오게 될 싸움에 대한 준비를 갖췄다.

결국, 남겨진 선택지는 두 개뿐이다.

요컨대 나라 하나를 물리치느냐, 소녀 하나를 물리치느냐 하는 두 가지 선택지.

방금 그 모습으로 보아, 소녀는 내가 아무리 설득하더라도 망명을 받아들이지 않을 것이다. 그렇게 조정되어왔고, 완성되어버린 상태이기 때문이다.

그렇다면 강제로라도 소녀를 기절시켜서 옮기는 수밖에 없다.

지금의 나는 그것이 가능하다. 팰린크론 덕에 그럴 수 있는 각오가 생겼다.

가장 손에 익은 쌍검을 허리에 차고, 단단하게 가죽장갑을 꼈다. 그 장갑 위에 내 마력을 봉인한 열 개의 반지를 낀

후에 기사 제복을 걸쳤다. 세세한 마법 도구들도 꼼꼼하게 챙겨서 옷 속에 숨겼다. 이것이 지금 내가 준비할 수 있는 최고의 전력.

대성당에서 나오는 와중에 마주친 부하가 "얼마나 강한 괴물을 퇴치하러 가시는 겁니까?" 하고 놀랄 만큼의 중장비다. 나는 쓴웃음을 지으며 "사람을 좀 구해주러 가는 것뿐이야"라고 얼버무릴 수밖에 없었다.

나는 이른 아침에 소년소녀의 집으로 갔지만, 집에는 노예 하나만이 있을 뿐이었다. 아무래도 이미 미궁에 들어간 모양이다.

할 수 없이 미궁 입구를 지나, 예전에 아가씨와 함께 걸었던 정도를 걸어서 20층까지 다다랐다. 여기서 기다리면 분명히 만날 수 있을 것이다. 지금의 내 모습처럼 아무것도 없이 무기질적인 방에서 소년과 소녀를 기다리기로 했다.

그렇게 기다리고, 기다리고, 또 기다리고——

아가씨와 처음 만났을 때부터——『셀레스티얼 나이츠』가 된 뒤부터—— 도시의 극장에서 본 기사 역할을 동경했던 그때부터—— 헤르빌샤인의 장남으로서의 삶을 얻었을 때부터—— 계속, 계속 기다리고 또 기다린 끝에—— 드디어 소년과 소녀가 나타난다.

"기다리고 있었습니다, 아가씨."

나는 이 순간을 기다리고 있었다.

후즈야즈를 배신하고, 헤르빌샤인을 버리고, 소녀를 위

해 싸울 때가 찾아오는 것을…….

그리고 나는 그 두 사람과 전투에 들어갔다. 기습은 허무할 정도로 쉽게 성공했다.

예정대로 소녀를 졸도시키는 데 성공했지만, 소년은 달랐다.

역시, 주인공인 소년은 뭔가 달라도 다르다.

상상했던 것 이상의 힘으로, 내 맹공을 끈질기게 막아냈다.

뜻대로 풀리지 않는 상황에 대한 짜증과 동시에, 어쩐지 기쁘기도 했다. 역시 그밖에 없다. 오직 그만이, 내 과거의 미련을 대신 갚아줄 수 있다.

소년이라는 장기말은 소녀를 구하기 위해 반드시 필요하다.

고전을 펼치는 가운데, 그런 확신을 얻었다.

결국── 두 사람을 졸도시키기 위한 싸움은 내 패배로 끝났다. 실패하기는 했지만 반가운 오산이기도 했다. 소년이라면 후즈야즈의 마수도 물리칠 수 있을 거라 생각했다.

마지막으로 소녀가 현재 처해 있는 상황을 암시하는 말을 소년에게 던지고 도망쳤다.

그리고 대성당으로 돌아온 나는, 곧바로 상상 이상의 힘을 지닌 소년과 소녀를 포박하기 위한 준비를 시작했다.

어차피 이제 곧 버릴 카드라는 생각에, 『셀레스티얼 나이츠』와 헤르빌샤인 가문의 적장자라는 지위를 이용해서 후즈야즈의 기사들을 긁어모았다. 인해전술로 소년을 압도할 생각이었다.

도망친 후즈야즈의 요인 두 명을 붙잡는다는 거짓 임무를 날조해서, 다시 대성당에서 미궁으로 향하려 했다.

그때였다.

마치 기다리고 있었다는 듯이, 다른 『셀레스티얼 나이츠』 단원들이 나를 포박하기 위해 대성당 입구에서 기다리고 있었던 것이다.

그 가운데는 『셀레스티얼 나이츠』 총장 페르시오나 퀘이 거도 있었다.

지금의 내가 하고 있는 행동은 후즈야즈에 대한 명백한 배반 행위다. 사적인 용도로 기사들을 부리고, 대성당의 공주님을 납치하려 하고 있다. 이 상황에 대한 설명을 요구하는 총장에게 나는 아무 대답도 할 수 없었다.

다만, 나는 이미 모든 것을 다 버린 몸이다. 소녀를 구하기 위해서라면 그 어떤 수단 방법도 가리지 않을 작정이다. 예전의 동료들을 베겠다는 각오가 있었다. 기습적인 바람 마법으로 총장을 날려버리고 대성당에서 뛰쳐나와, 후즈야즈 시내에 잠복했다.

그늘에 숨어서 휴식을 취하며 가장 먼저 위화감을 느낀 것은 총장과 대원들의 대응이 지나치게 빠르다는 점이었다.

상층부 녀석들은 내 배신을 예상하고 있었던 걸까. 아니면 팰린크론 녀석이 고자질을 한 걸까. 아니면 단순히 어딘가에서 이야기가 새어 나간 것일 수도 있다.

원인은 알 수 없다.

하지만, 그리 나쁘지 않은 전개다. 여기까지 온 이상, 더는 돌이킬 수 없다.

각오가 난, 하인 헤르빌샤인이라는 장기말을 앞으로 앞으로 밀어준다.

내 눈에는 이제 새로운 장기판이 보인다. 내일의 성탄제를 둘러싼 장기말의 배치도 짐작이 간다. 역시, 나는 조연이고 소년이 주연인 것이다.

소녀에게 체크메이트를 할 수 있는 것은, 소년이라는 장기말밖에 없다.

그래, 그밖에 없다.

그렇다면 나라는 장기말의 역할은──

내일, 소년은 틀림없이 대성당에 올 것이다. 나는 그렇게 믿어 의심치 않는다.

그때를 위해서 내가 상황을 갖추어두어야 한다. 소년과 소녀를 위해서, 극장 청소는 내가 말끔하게 해두어야 한다.

대성당을 뛰쳐나올 때 입은 부상 부위가 쓰라리다. 하지만 개의치 않는다.

하나의 장기말만 가지고 체크메이트를 하는 건 어려운 법이다.

그러니 굳이 생각할 것도 없다.

나라는 장기말의 역할은 단 하나. 단 하나뿐이다.

그 역할을 완수하기 위해, 나는 앞으로 앞으로 나아간다. 계속 앞으로 나아가주겠다.

설령, 하인 헤르빌샤인이라는 장기말이 잡히는 한이 있더라도——

3. '나'의 성탄제가 끝날 때

"──자, 슬슬 때가 됐습니다."

그 백일몽은 대성당으로 이어지는 대교 앞에서 하인 씨의 목소리에 가로막혀 흩어져버렸다.

너무나도 빠른 주마등이었기 때문인지 정경의 단편은 아직 머릿속에 남아 있지만, 어떤 이야기였는지는 생각이 나지 않는다. 다만, 하인 씨를 확실히 신뢰해도 될 거라는 감정만은 남아 있다.

"아, 아, 알았어요."

나는 대답과 함께 하인 씨 옆으로 나아가서, 그의 옆얼굴을 훔쳐봤다.

그 미모에 떠오른 것은 미소였다.

하인 씨의 마력을 통해 조금이나마 그의 사정을 알 수 있었다. 하지만 그렇다 해도, 그 미소의 진의까지는 아직 잘 모르겠다. 옛 기억이 그를 미소 짓게 만드는 것이라는 것만은 가까스로 알 수 있었다.

그리고 우리는 식전을 기다리는 군집 속을 가로질러 대교에 발걸음을 들여놓았다.

경계선을 넘은 우리를 보고, 경비를 맡은 기사들이 이쪽으로 달려왔다.

나와 하인 씨는 그에 맞춰서 마법을 구축했다.

"——마법 〈디멘션・글래디에이트〉, 마법 〈프리즈〉."

"——〈와인드 브레스〉, 〈와인드 드로우〉."

반경 수 미터에 걸쳐서 감지마법을 전개하고, 거기에 빙결마법을 겹쳐 발동한다. 새로 개발한 마법을 언제든지 발동시킬 수 있도록 하기 위한 사전 준비다. 몸에서 냉기가 흘러나오기 시작하고, 내가 딛은 발자국이 얼어갔다.

하인 씨 쪽은 바람을 몸에 휘감고, 수많은 바람 덩어리를 주위에 전개했다.

우리의 모습을 보고 접근해 오던 기사들의 안색이 달라졌다.

그 가운데 한 명이 하인 씨를 보고 비명을 질렀다.

"하, 하인 님, 도대체 왜——?"

"미안하다. 지금 좀 급해서 말이지."

하인 씨는 경악하는 기사의 말에 짤막하게 대답하고, 바람 덩어리 하나를 움직여서 기사의 몸을 측면으로 날려버렸다. 측면에서 날아든 바람에 얻어맞은 기사의 몸이 붕 떠서, 도개교 밑으로 떨어졌다.

물에 빠지는 소리가 들려왔다.

그 모습을 본 다른 기사들은 굳어진 얼굴로 허리춤에서 검을 뽑으려 했다. 하지만 이번에는 내 차례. 기사들이 검을 뽑는 동안에 거리를 좁혀서, 한 기사를 있는 힘껏 내팽개쳤다. 나가떨어진 기사는 아까 그 기사와 마찬가지로 강물로 떨어졌다.

이때쯤이 되어서야 기사들도 다들 검을 뽑았다. 그리고 신성한 대성당 앞에서 느닷없이 난동을 부리는 두 명의 적을 요격하려 했다.

그러나 그 모든 행동들은 이미 때늦은 것이었다. 기사들에게는 검을 치켜들 시간조차 없었다.

하인 씨의 바람 덩어리가 미친 듯이 난무하고, 기사들은 잇따라 강물에 빠졌다. 가까스로 그 바람을 피한 기사들은 내게 내팽개쳐져서, 마찬가지로 강물로 떨어졌다.

뒤쪽에서 찢어질 듯한 목소리가 들려왔다. 관중 무리가 우리의 소행을 보고 비명을 내지른 것이리라.

하지만 하인 씨는 여전히 냉정했다.

"자, 서두릅시다. 망루에 있는 적은 제게 맡기십시오. 종을 치지도, 봉화를 올리지도 못하게 하겠습니다."

"네."

다리 안쪽에서 대기하고 있던 기사들이 소동을 알아채고, 개미 떼처럼 우르르 몰려왔다.

미리 짠 것도 아니건만 나와 하인 씨는 그 집단을 향해 내달렸다.

옆에서 달리는 하인 씨의 마력이 부풀어 오르는 것이 느껴졌다.

그리고 하인 씨가 끼고 있는 반지 하나가 깨지고, 지난번과 같은 마법이 발동되었다.

"〈시어 와인드〉!"

하인 씨의 손에서 폭풍이 뿜어져 나와, 모여 있던 기사 집단 일부를 날려버렸다. 그 마법에 뒤이어서, 나는 그 마법으로 기사들이 나가떨어지면서 생긴 공간 안으로 내달렸다.

그러자 하인 씨의 마력이 한층 더 부풀어 오르는 것이 느껴졌다. 하인 씨는 내게 외쳤다.

"소년은 먼저 가십시오! ──〈시어 와인드〉!!"

또 한 번 폭풍이 뿜어져 나온다. 몰아치는 바람이 내 뺨을 스치고, 전방의 기사들을 날려버리고, 마지막으로 전방의 격자문을 깨부쉈다.

바람으로, 대성당 부지 안으로 통하는 일직선의 길이 뚫렸다.

"제가 먼저 가라고요?!"

"네! 잘 들으세요. **당신이** 구하는 겁니다! 뒷일은 제게 맡기시면 됩니다!"

하인 씨는 내가 라스티아라를 구출하도록 만드는 것에 집착하고 있다. 웬만하면 그런 집착은 버려주었으면 좋겠지만 그렇게 외치는 눈매가 워낙 진지해서, 무슨 일이 있어도 물러날 뜻이 없음을 알 수밖에 없었다. 그 기백에 짓눌려 고개를 끄덕였다.

"네!"

다리에 힘을 주어 대지를 후벼 팔 기세로 박차고 대성당으로 향하는 길을 앞서 내달렸다.

그 도중에 뒤쪽에서 날아든 여러 바람들이 나를 앞서 나가서, 내 진행방향을 가로막고 있던 기사들을 쓸어갔다. 망루에 있던 기사들이 나가떨어져서 땅바닥에 곤두박질치는 모습도 멀리서 보였다.

무시무시하고 정확하면서도 빠른 마법이다.

나는 그 바람을 등에 업고 달린다.

문에서 대기하고 있던 기사들이 100명 이상이 있었을 터였지만, 하인 씨 덕분에 단 몇 초 만에 모조리 쓸어버릴 수 있었다.

나는 홀로 키 큰 나무들 사이로 난 보석 길을 따라 똑바로 달려갔다.

뒤쪽에서 기사들이 쫓아오는 기색은 없다. 하인 씨가 발을 묶어 주고 있는 모양이다.

다만, 오른쪽에서 사람이 접근해 오는 것을 마법이 감지했다. 멀리서 다른 기사 무리가 접근해 오고 있는 모양이었다.

하지만 달리고 있는 나를 그 기사 무리가 따라잡을 수는 없을 것이다. 그만큼 속도에 차이가 났고, 거리가 멀었다.

내가 그렇게 안심한 순간, 그 무리 가운데 하나의 그림자가 뛰쳐나오는 것이 느껴졌다.

아니, 정확히 말하자면 그림자는 하나가 아니었다.

한 사람이 한 마리 짐승의 등에 매달린 채, 맹렬한 속도로 이쪽으로 접근하고 있었다.

〈디멘션〉이 그 그림자의 정체를 파악했다.

정체는—— 반수인(半獸人) 기사인 세라 레이디언트, 그리고 마검의 기사 라그네 카이크오라.

두 명의 『셀레스티얼 나이츠』가 이쪽을 향해 달려오고 있었다.

두 추적자를 뿌리치기 위해 나는 달리는 속도를 높였다.

하지만 거리는 점점 좁혀지기만 할 뿐이었다. 내 속도는 초인적인 수준이었지만, 상대방은 **초수적**(超獸的)이라는 말로 표현할 수밖에 없을 정도의 스피드였다.

그리고 내가 달리고 있던 길 옆쪽에 있는 나무들 바로 건너편까지 따라잡힌 것이 느껴진 순간, 레이디언트 씨의 등에 올라타고 있는 라그네의 마력이 부풀어 올랐다.

라그네의 마력이 급격하게 뻗어 나왔다.

내 몸을 꿰뚫을 기세로 나무들 너머에서 칼날이 덮쳐들었다.

그것은 그녀의 주무기인 마력조작의 일환. 자유자재로 늘어나는 마검.

나는 그것을 상대해 본 적이 있었다. 그 경험과 〈디멘션〉을 통해 미리 파악하고 있던 접근 정보를 활용, 몸을 틀어서 아슬아슬하게 회피에 성공했다.

마력으로 이루어진 검은 순식간에 몇 그루의 나무들을 베어 넘기고, 곧바로 다시 줄어들었다. 그 검이 무언가를 베는 모습을 본 건 이번이 처음이었다. 그 예리한 절단력에 경계를 강화했다. 저 칼날에 닿으면 팔다리 하나쯤은 단번에 날아가버릴 것이다.

그 기습 뒤에 두 기사는 내 앞을 가로막으려 들었다. 속도에 차이가 있는 만큼, 나로서는 그것을 막을 길이 없었다.

두 사람은 내 앞길을 가로막고 모습을 드러냈다.

늑대 모습의 레이디언트 씨와, 그 등에 올라탄 단발의 소녀 기사 라그네다.

"으, 으음, 거기 서세요. 예전에 본 오빠!"

라그네는 긴장감 없는 목소리로 내게 정지를 요구한다.

하지만 멈춰 설 생각 따위는 티끌만치도 없다. 조금도 속도를 줄이지 않은 채, 그 옆을 빠져나가려 했다.

"아, 자, 잠깐!"

라그네는 허둥지둥 마력 검을 구축해서 내 다리를 향해 뻗었다.

"——마법 〈프리즈〉."

이제 슬슬 라그네의 마법과 기술에도 적응이 되기 시작했다.

칼날을 회피하고, 양손으로 감싸듯이 그 마력 검을 붙잡았다.

뒤이어, 붙잡은 마력 검을 향해 〈디멘션 · 글래디에이트〉 안에 담아두었던 〈프리즈〉의 냉기를 단숨에 흘려 넣었다. 정교하게 다듬어진 빙결마법의 냉기로, 마력 검은 순식간에 뿌리 부분까지 얼어붙었다.

"앗, 차거!"

당연히 그 검과 이어져 있던 라그네의 손도 얼어붙었다.

그리고 마력 검을 붙잡은 손에 힘을 주어서―― 들어 올린다.

"――어?"

라그네는 얼어붙은 마력 검을 해제하지 못한 채, 검에 매달리다시피 공중으로 떠올랐다.

그리고 나는 그대로 라그네를 숲 저편으로 내던졌다.

"어, 잠깐, 아, 우, 우와아아아아아아아――――!!"

라그네는 비명을 내지르며 하늘을 날아가, 저 멀리 있는 잡목림 쪽으로 떨어졌다.

레벨로 미루어 보아, 저 정도로 죽지는 않을 것이다. 아마도…….

라그네의 안부에 대한 걱정 때문에 살짝 식은땀을 흘리면서, 레이디언트 씨 옆을 내달려 지나쳐 가려 했다.

당연히 나를 막기 위해 레이디언트 씨의 송곳니와 발톱이 덮쳐들었다.

〈디멘션・글래디에이트〉로 그 타이밍을 정확하게 계산해서 종이 한 장 차이로 회피, '소지품' 속에서 향신료가 든 보따리를 꺼내서 뿌렸다.

레이디언트 씨가 외모처럼 늑대의 성질을 갖고 있다면 유력한 방법일 터였다. 나를 추격해 올 수 있었던 것도 후각의 힘 덕분이었을 가능성이 높았다.

"끄으, 끄으, 아오오오오오오오오오오――――!"

엄청나게 큰 포효를 내지르면서, 레이디언트 씨는 늑대

모습이었던 형태를 변이시키기 시작했다. 몸을 인간 형태로 변화시키고 있음을 알 수 있었다. 코에 묻은 향신료를 털어내기 위해 인간의 손으로 코를 문질렀다.

실오라기 하나 걸치지 않은 레이디언트 씨의 모습에 약간 동요했지만, 곧바로 마음을 다잡고 '소지품' 속에서 평소 애용하던 검을 꺼냈다.

그것을 본 레이디언트 씨는 한쪽 팔만 득대의 앞다리로 변형시키며 포효했다.

"──으, 아아아! 어, 어째서! 어째서, 네놈이, 네놈이이 이이이이이──!!"

"조금 얌전히 굴어주세요!"

레이디언트 씨의 발톱이 허공을 가르고, 내 검만이 상대의 살점을 찢어발겼다.

양팔과 양다리를 쓰다듬듯이 베고, 칼을 들지 않은 왼손으로 레이디언트 씨의 머리를 지면에 내리찍었다.

"카오!"

고통에 신음하는 레이디언트 씨를 내버려두고, 곧바로 대성당을 향한 질주를 재개했다.

뒤에서 레이디언트 씨가 다시 득대로 변신해서 달리려 하는 것을 〈디멘션〉으로 포착했다. 하지만 뇌가 워낙 심하게 뒤흔들리는 바람에, 생각대로 뛸 수 없는 모양이었다. 만에 하나 뛸 수 있게 된다고 해도, 사지에 절상을 입은 상태이니 처음 같은 속도는 낼 수 없으리라.

이제 그녀는 끝이다.

안심하고 길을 따라 달렸다.

그리고 나무로 둘러싸인 길을 빠져나오니, 다음은 탁 트인 정원이 나왔다.

중앙에 커다란 분수가 있고, 다양한 종류의 화단이 늘어서 있었다.

거기에서는 십여 명 정도의 기사를 거느린 낯익은 기사가 기다리고 있었다.

머리가 희끗희끗한 장년의 기사 홉스 조쿨이다.

홉스 씨는 지난번과 마찬가지로 경박해 보이는 웃음으로 나를 맞이했다.

홉스 씨는 곧바로 검을 뽑아서, 그 흐름 그대로 팔을 옆으로 떨쳤다.

그러자 뒤에 있는 기사들이 동시에 영창을 시작했다. 자세히 보니, 뒤에 있는 기사들은 모두 가벼운 장비만 한 채 보석으로 장식된 지팡이를 들고 있었다. 그 모습으로 보아, 굳이 '주시'할 것도 없이 마법 쪽을 주로 쓰는 기사들이라는 걸 예측할 수 있었다.

나는 모조리 무시하고 지나갈 생각에 달리는 속도를 올렸다. 하지만 당연하게도 홉스 씨가 길을 가로막듯 내 앞에 버티고 섰다.

눈앞에는 『셀레스티얼 나이츠』. 하지만 달리는 속도를 늦추지는 않았다.

옆을 통과하는 동시에 홉스 씨를 베어 넘길 자신이 있었다.

기세를 유지한 채 달려들어서 검을 휘둘렀다. 홉스 씨는 예전에 그랬던 것처럼 후퇴하면서 회피하려 했다.

그 움직임은 나를 이길 수 있는 수가 아니다. 후퇴 끝에 기다리고 있는 것은, 기세가 붙은 나의 일격이다. 검과 검이 맞부딪치는 타이밍이 약간 늦춰진 건 사실이지만, 장기 용어로 말하자면 '외통수'가 되는 건 변함이 없다.

하지만 그건 이 싸움이 일대일 대결일 경우의 이야기다.

후퇴를 거듭하느라 자세가 무너진 홉스 씨에게 내 일격이 직격하려 했을 때, 배후에 있던 기사들의 마법이 발동했다.

분수의 물 전부가 공중에 떠오르더니 나를 향해 쏟아져 내렸다.

옆으로 힘껏 몸을 날려서 회피했다. 물론 홉스 씨는 그 틈에 자세를 가다듬고 말았다. 그리고 매끄럽게 내 앞쪽으로 이동해서, 다시 검을 고쳐 쥐었다.

──시간벌이의 의도가 뻔히 보인다.

고민한다. 지금의 나라면 홉스 씨가 조종하는 물을 모조리 얼려버릴 수도 있다. 그를 위한 포석은 이미 마친 상태였다. 나의 〈디멘션·글래디에이트〉에 담겨 있는 〈프리즈〉에는 그만한 힘이 있다.

가장 빠른 돌파만을 생각한다면 그 방법을 선택할 수도 있다. 하지만 나는 아직 더 남아 있을 『셀레스티얼 나이츠』를 위해 그것을 남겨두기로 했다. 후방에 있는 기사들의 마법이 물마법뿐이라는 보장도 없다.

검을 왼손으로 옮겨 쥐고 '소지품' 속에서 투척할 수 있는 적당한 돌을 꺼냈다. 그리고 그 돌을 후방에 있는 기사들의 머리를 향해서 있는 힘껏 내던졌다.

몇몇 기사들이 투척물을 머리에 맞고 실신했다. 현재의 내 근력으로 투척된 돌은 그야말로 흉기나 다름없다. 하지만 직격을 당하고도 실신하지 않은 기사도 있었다. 그 기사 자체의 레벨이 높은 탓도 있지만, 애초에 돌멩이 정도로 타격을 주는 데는 한계가 있는 것이다.

"전원, 2열 진형으로!"

내가 원거리 공격을 선택한 것을 보고, 홉스 씨는 곧바로 기사들에게 지시를 날렸다.

기사들은 재빨리 2열 횡대로 늘어서서, 전방에 나선 자들이 방어하고 후방에 있는 자들이 영창하는 식으로 역할을 분담했다. 군대와도 같은 매끄러운 움직임에 감탄했다. 더불어, 그것을 돌파하는 게 쉽지 않다는 것도 깨달았다.

다시 투석을 시도했지만 앞줄에 선 기사들에게 막혀서, 후방에서 영창하고 있는 자들에게까지 공격이 닿지 않는다.

나는 식은땀을 흘렸다. 적이 너무 강해서 초조해하는 게 아니다.

전력을 다해 싸울 수밖에 없게 된 상황에 식은땀이 난 것이다.

단순히 돌파만을 시도한다면 '소지품' 안에 있는 예비용 검을 있는 힘껏 내던지면 된다. 그렇게만 해도 전방의 기사들은 물론, 후방의 기사들도 꼬치 신세로 만들 수 있을 것이다. 하지만 그렇게 했다가는 십중팔구 기사들이 죽게 된다.

약간 망설인 끝에 타협안을 선택했다.

'소지품' 속에서 예비용 검을 꺼내어 즉사하지 않을 만한 부위를 겨누어 있는 힘껏 내던지려 했다. 아무리 급소를 피한다고 해도 사망자가 나올 가능성은 충분히 존재한다. 그러나 라스티아라를 구하기로 마음먹은 이상, 망설이고 있을 수는 없었다.

하지만 홉스 씨는 내가 '소지품' 속에서 흉기를 꺼내는 걸 보기가 무섭게 후퇴하면서, 전투를 벌이는 구도에서 벗어나 공격에 나섰다. 그도 내 흉기 투척 공격은 위험하다고 생각한 것이리라.

재빨리 홉스 씨의 손등을 베어서 검을 떨어뜨리게 만들었다. 방어가 불가능해져서 공격에 나선 홉스 씨를 쓰러뜨리는 건 손쉬운 일이었다. 검을 떨어뜨린 홉스 씨는 곧바로 비명을 질렀다.

"하, 항복, 더는 못 싸워! 이미 각오를 다졌다면 내가 이기기는 틀렸어! 그러니까 그 괴력으로 검을 던지는 것만은 참아줘!!"

홉스 씨는 아파 보이는 양손을 들어 올려서, 저항 의사가 없음을 드러냈다.

후방에 있는 기사들은 자신들의 대장이 항복한 것에 어리둥절해하고 있다. 웅성거리기 시작하는가 싶더니 결사항전의 의사까지 보였다.

"아뇨, 싸움은 이제 시작입니다, 대장님! 저희들의 진짜 실력은 지금부터——"

"아니아니, 상대가 안 된다니까 그러네. 부상자가 안 생기도록 봐주면서 싸운 게 이 정도라고. 우리 같은 부대가 열 부대가 있어도 소용없어. 자, 자, 빨리 무기 버려. 더 이상 버티다간 개죽음을 당하는 자가 나온다고. 아아, 이런 정신 나간 싸움이 다 있나!"

홉스 씨는 기사들에게 무기를 버리라고 명령했다.

기사들은 벌레라도 씹은 것 같은 표정으로 저마다의 무기를 땅바닥에 내려놓았다.

"고맙습니다. ——그럼 이만."

홉스 씨에게 가만히 감사를 표하고 곧바로 내달렸다.

"미안하게 됐군. 양심을 찌르는 짓을 해서. 하지만 나 같은 녀석에게 20초 가까이나 잡아먹혔잖아. 서두르는 게 좋을걸."

뒤에서 홉스 씨의 목소리가 들렸다.

어딘가 나를 격려하는 것 같은 말투였다.

홉스 씨의 사람됨, 그리고 후즈야즈에서의 입장을 조금이나마 알 것 같은 기분이었다.

무장을 해제한 기사들 옆을 지나서 한층 더 서둘렀다. 홉스 씨의 격려에 보답하기 위해서라도 단 1초도 허비할 수 없다.

이렇게 해서 중앙의 큰 뜰을 돌파하는 데 성공했다.

이것으로 대성당까지 가는 여정의 절반 이상은 돌파한 셈이 된다. 이대로 나아가면 호화로운 T자형 계단과 역T자형 계단이 있다고 들었다.

보석과 꽃으로 장식된 길을 내달려서, 나는 드디어 계단 앞까지 다다랐다.

거기에는 최소 20명 이상의 기사 대대가 도사리고 있었다.

그 선두에, 척 보기에도 강자의 면모가 묻어나는 기사가 한 명.

장비는 가벼운 편으로, 조금 전 맞닥뜨린 마법기사에 가까웠다. 허리춤에 검뿐만이 아니라, 보석으로 장식된 지팡이까지 들고 있는 것을 보면 마법기사와 비슷한 자임이 분명했다.

아마『셀레스티얼 나이츠』이리라. 마법에 특화되어 있는 자로 보인다. 처음 보는 타입의『셀레스티얼 나이츠』다.

긴 머리를 여러 갈래로 묶은 남자다. 나이는 마흔 전후로 보이고, 키는 나와 비슷하다.

'주시'하려다가 멈췄다. 처음 맞붙는 상대라면 적의 전력 분석은 정석이다. 하지만 나는 일부러 그 길을 택하지 않았다.

운 좋게도 조건이 갖추어져 있었다.

상대가 처음 보는『셀레스티얼 나이츠』이며 마법을 주로 사용하는 기사라는 판단이 섰을 경우에는 새로운 마법을 써야겠다고 사전에 결정해둔 상태였던 것이다.

그렇기에 '주시'하는 순간까지 아껴서 마법을 구축했다.

현재 내가 보유한 최강의 마법을 사용하면, 상대를 봉쇄할 수 있으리라는 자신이 있다.

"마법 〈디멘션〉, 마법 〈프리즈〉 복합──!"

영창과 동시에 감지마법의 영역이 적 대대 전부를 포함시켰다.

동시에 빙결마법의 냉기도 적 대대 전원을 휘감았다.

발상은 〈디 스노우〉와 똑같다. 차이점은 규모뿐이다.

〈디 스노우〉는 거품의 형태를 한 차원마법 속에 냉기를 집어넣는 마법이었다.

하지만 이번 마법은 영역의 형태를 한 차원마법 속에 냉기를 담는 것──!

"──마법 〈디 윈터(차원의 겨울)〉!!"

그리고 나를 중심으로 한 반경 5미터 정도의 반구형 영역이 **겨울이 되었다.**

겨울이 세계를 침식함으로써, 내 빙결마법의 성능이 급격하게 강화된다. 물론, 이 마법의 진가는 온도 하락만은 아니다.

이 마법의 진가는 범위 내에 있는 물질의 운동을 저해하는 데 있다.

『셀레스티얼 나이츠』로 보이는 전방의 기사가 마법을 발동시키려 하고 있는 것을 감지했다.

나는 냉기를 집중시켜서 그 마법의 발동을 방해하기 시작했다.

연상하는 이미지는 단순하다.

나는 과학이 발달한 세계에서 나고 자란 만큼, 빙결마법은 분자의 운동에너지를 조작하는 마법이라는 식으로 해석하고 있다.

분자의 운동에너지가 0이 되면 물체는 언다. 그런 잡학 수준의 과학을 근거로, 나는 분자의 진동을 억제하는 방식의 이미지를 떠올려서 빙결마법을 사용하고 있다.

다시 말해, 분자운동을 억제하는 마법을 적의 마력 운동을 억제하는 마법으로 연장시키는 것이다. 다행히 적의 마력은 차원마법을 통해 세세하게 파악하고 있기에 이미지를 구축하기도 용이했다.

〈디 윈터〉가 영역 내에 있는 기사들의 마력을 억눌러 나간다. 그리고 상대가 마법을 구성할 수 없도록 술식을 조금씩 **뒤틀어나간다.**

기사들은 다소의 한기와 위화감을 느끼면서도, 마법을 내쏘았다── 하지만 이내, 자신들이 내쏜 마법을 보고 경악하는 신세가 되었다.

그들이 내쏜 마법들은 하나같이 약화돼 있었다. 아예 불발에 그친 자도 있다.

성냥불 정도의 불. 비거리가 없다시피 한 물 탄환, 살짝 떨리는 게 전부인 충격파, 마력이 꿈틀거리는 게 전부인 마법의 잔해들—— 그것들은 하나같이 나에게 닿지도 못했다.

『셀레스티얼 나이츠』로 보이는 대장 기사의 마법도 마찬가지였다.

예상 이상의 효과에 미소가 나온다.

그대로 한 손에 검을 들고 나약한 마법을 쳐내면서, 선두에 선 대장 기사에게 검을 휘둘렀다.

대장 기사는 허겁지겁 내 검을 쳐내려 했다.

하지만 〈디 윈터〉가 그것을 용납하지 않는다. 〈디 윈터〉의 두 번째 효과, 적의 움직임을 저해하는 효과 덕분이다.

마력을 억누를 수 있으니 당연히 역체도 억누를 수 있다. 하지만 마력 같은 섬세한 것을 억누르는 것과는 달리, 육체를 억누르는 데는 한계가 있다. 상대방 입장에서 보면 약간의 위화감을 느끼는 정도의 저해에 불과할 것이다.

——위화감을 느끼는 정도.

하지만 그것이 칼을 다루는 자를 얼마나 불안하게 만드는지는, 가늠할 수도 없을 정도다.

수없이 반복하여 연습해왔을 발검(拔劍) 동작에, 조금이나마 차이가 생긴다. 꾸준한 노력을 거듭해서 기술을 몸에 새겨왔던 자이기에, 이 마법의 효과는 절대적으로 작용한다.

그 결과, 대장 기사는 검을 뽑는 동작에서 애를 먹었다.

아마 검을 뽑는 데 평소보다 두 배 이상 되는 시간을 소모했을 것이다.

내 속도 앞에서 그 시간 지연은 치명적이다.

대장 기사가 검을 움켜쥔 순간, 내 검은 인정사정없이 휘둘러졌다.

보석 지팡이는 옆으로 두 동강이 나고, 얕게나마 가슴까지 찢어발겨졌다.

그리고 검을 되돌리면서 검을 쥔 상대의 손등을 찢어발기고, 검을 날려버렸다.

이 대장 기사는 외모 그대로 접근전에 약한 마법 특화형이었던 모양이다. 그의 명치를 검 칼자루 부분으로 후려치고, 다리를 걸어서 자빠뜨렸다.

내 근력으로 얻어맞으면 위 속에 든 것이 역류할 정도의 충격을 받게 된다.

대장 기사는 고통에 신음하면서 땅바닥에 고꾸라졌다. 이제 그는 끝이다. 아니, 그의 부대는 끝이다. 대장을 잃은 기사들은 혼란에 빠져서 진형이 무너진 채 중구난방으로 공격을 해 온다. 하지만 그 정도라면 전혀 위협이 되지 않는다. 가까이에 있던 기사들을 무력화시키면서 계단을 뛰어올랐다.

T자형 계단을 오르고, 방향을 돌려서, 다시 역T자형 계단을 올랐다.

이제 남은 건 일직선 계단뿐이다. 하지만 그 마지막 일직선 계단이 워낙 길다.

얼핏 보기에도 100단 가까이 되어 보이는 대형 계단이다.

그리고 그 대형 계단 중턱에 한 기사가 서 있는 것을 발견했다.

두꺼운 칠흑색 갑옷을 둘러 입은 거한 기사. 풀페이스 투구를 써서, 성별이나 연령을 가늠할 수 없다. 거대한 흑색 검을 뽑아 든 채, 바이저 틈새로 나를 바라보고 있었다.

그 기사가 『셀레스티얼 나이츠』라는 것을 직감적으로 알 수 있었다.

기사들과의 거듭된 싸움이 적을 보는 나의 후각을 단련시켜준 것이다.

대성당 앞 계단에 홀로 버티고 서 있는 것── 그게 가장 결정적인 증거다.

최후의 요새를 홀로 수호하는 중임(重任). 그것은 다시 말해──

【스테이터스】

이름 : 베르시오나 퀘이커 HP 421/434 MP 105/105

클래스 : 기사

레벨 27

근력 10.98 체력 9.72 기량 8.55 속도 10.09 지력 9.32

마력 6.56 소질 1.56

선천 스킬 : 없음

후천 스킬 : 검술 1.88 신성마법 1.95

이 흑기사 베르시오나 퀘이커가 바로 『셀레스티얼 나이츠』 최강의 기사라는 것——!

달려가면서 고민한 끝에, 힘을 아낄 필요는 없다고 판단했다.

'표시'된 스테이터스와 스킬이 흑기사의 견고함을 내게 가르쳐주고 있었다.

잔재주를 부리는 것도, 특화된 무언가가 있는 것도 아닌 기사.

골고루 높은 스테이터스에 견실한 스킬 두 개. 내 세계의 게임으로 치자면 팔라딘(성기사) 같은 이미지로 보인다.

나는 멀리서 마법 〈디 윈터〉를 발동시킨다.

결코 연비가 좋다고는 할 수 없는 대마법이지만, 처음 보는 강적을 상대로 아껴둔다는 선택지는 없었다.

"——마법 〈디 윈터〉!"

"——신성마법 〈글로스〉."

그에 맞서 흑기사는 신성마법을 영창했다.

당연히 그것을 저해하기 위해 냉기를 조종했다.

〈글로스〉. 예전에 결투에서 레이디언트 씨가 사용했던 보조마법이다.

빙결마법으로 억누르려고 시도했지만, 몸속에 작용하는 보조마법에는 상성이 좋지 않다.

마력이 몸 밖으로 나오면 얼마든지 방해할 수 있지만, 몸속일 경우에는 적용의 난이도가 몇 배로 뛰어오른다.

결과적으로 방해는 실패했고, 흑기사는 〈글로스〉로 육체 강화를 성공시켰다.

【상태】 신체강화 0.67

그리고 각자가 보조마법 적용을 마친 순간, 두 자루 검이 교차한다.

검에 힘을 싣지는 않은 상태다. 사전에 얻은 정보를 통해, 근력 면에서 내가 밀린다는 건 이미 알고 있었기 때문이다. 무엇보다 서로의 위치가 힘 대결에 적합하지 않다. 흑기사 가 상단에, 내가 하단에 있는 이 위치 관계는 힘 대결에 있 어서 압도적으로 불리하다.

그렇기에 맞부딪친 검을 흘려보내듯이 왼쪽 후방으로 비 껴냈다. 하지만 적의 검은 비껴가지 않았다. 상대도 있는 힘 껏 휘두른 건 아니었던 것이다. 곧바로 검을 거둬들여서 빈 틈을 없앴다.

이 한 번의 격돌로 적의 역량을 완전히 파악했다. 그리고 현재 상태에서 빠른 돌파는 불가능하다는 것을 깨달았다.

한층 더 많은 마력의 소비, 혹은 장기전을 각오해야만 한다.

곧바로 마력 소비를 선택했다. 경험이 그렇게 시켰다.

여차하면── 최대 HP를 깎아서 마력을 보충할 수도 있 다는 경험 때문이다.

약간 후퇴하여 그로 인해 생겨난 거리와 시간을 이용해 마법을 구축했다. 〈디 윈터〉를 전개하고 있는 덕분에, 전에 없을 정도로 매끄럽게 빙결마법을 구축할 수 있었다.

"──마법 〈디 윈터〉, 마법 〈폼〉!"

"──신성마법 〈디바인 웨이브〉."

겨울의 영역에 거품과 눈을 내리게 했다── 허나, 그것은 흑기사가 내쏜 마법의 충격파로 깨져나가 사라졌다. 빙결마법은 흩어지며 마력의 눈이 되어 대계단을 장식했다.

흑기사의 빠른 판단력과 대응력에 전율한다.

만약에 흑기사가 후퇴한 내 빈틈을 노리고 움직인다면 카운터를 먹일 수 있도록 준비해둔 상태였다. 하지만 흑기사는 추격을 선택하지 않았다.

한 발짝도 움직이지 않은 채 내 마법을 눈으로 보고 판단하고, 순식간에 대응 마법을 발동시켰다.

그리고 내가 다른 마법을 구축하는 동안에는 〈디 윈터〉를 이용한 방해가 불가능하다는 점도 꿰뚫어 보고 있었다.

전투경험의 차이가 여실하게 드러나는 상황임을 통감했다.

할 수 없이 정면 대결을 단념하고, 거리를 유지한 상태에서 크게 옆으로 이동했다. 상대가 중장비를 착용하고 있음에 착안해서 속도로 상대를 따돌릴 생각이다.

하지만 흑기사는 손쉽게 그런 나를 추격해 왔다.

스테이터스를 보고, 속도로 따돌릴 수 있을 거라는 막연한 기대를 했었던 것에 불과했다. 하지만 실제로 이 거대한 쇳덩어리가 내 전력질주를 따라잡는 것을 보고는, 도무지 믿을 수가 없었다. 안 그래도 높은 근력과 속도를 가진 데다, 마법으로 자기강화까지 더해져서 무시무시한 괴물이 되어 있는 것이다. 원래 갖고 있던 체격이 거대한 영향도 있겠지만, 흑기사에게 있어서 이 중장비는 결코 족쇄가 되지 않는다.

풍부한 경험을 가진 기사가 선택한 최고의 장비── 그것이 바로 이 쇳덩이인 것이리라.

나란히 달리는 흑기사가 흑검을 뽑아 든다. 나는 그것을 검으로 받아내지 않고, 코끝을 스칠 정도로 아슬아슬하게 피했다. 힘에서 밀리고 있는 이상, 검과 검을 맞부딪치는 것은 피해야 한다. 하지만, 그 선택은 안 좋은 전개로 이어졌다.

흑검은 허공을 찢어발기고, 그 기세 그대로 계단에 직격했다.

그러자 석조 계단이 깨져 나가며 파편이 난무했다. 전신 갑옷을 입은 흑기사는 멀쩡했지만, 천으로 된 장비만 착용한 내 입장에서는 산탄이 퍼붓는 것과 다름없는 상황이다.

만약에 머리에라도 맞게 되면 빈틈이 생겨날 수밖에 없다. 할 수 없이, 날아드는 파편들을 검으로 쳐내야 했다. 그러는 동안에도 흑기사의 칼부림은 이어졌다.

펄쩍 뛰어 계단을 내려가서 그 일격을 회피했다.

다시 계단이 흑검으로 파괴되고, 연기가 나부꼈다.

흑기사는 연기 속에 꼼짝도 않고 서 있었다.

더 이상의 추격은 하지 않았다. 장승같이 계단 상부에 버티고 서서, 나를 통과시키지 않는 데에 전념했다.

바이저 속은 어두워서 보이지 않지만, 지금도 나를 관찰하고 있는 걸 알 수 있었다.

냉정하게 상황을 파악하고 있는 것이리라. 이대로 시간이 흘러가면 곤란해지는 건 내 쪽이다. 하인 씨가 있기는 해도, 배후에 대한 염려가 완전히 사라진 것은 아니었다.

계산을 재검토한다. 마력을 아낌없이 쏟아붓겠다고 마음먹은 상태였지만, 사실 모든 역량을 다 발휘한 건 아니었다. **아직 진짜 신마법은 제대로 쓰지 않았다.**

주위 상황을 확인한 후, 〈디 윈터〉의 영역을 직경 100미터 정도에서 직경 3미터 정도까지 줄였다. 그리고 그 영역 내에 마력을 과잉 공급했다.

이것이 바로 〈디 윈터〉의 이상적 형태. 상대가 마법을 주로 쓰는 자가 아니고, 근거리에 있고, 그것도 일대일로 싸우는 상황이라면, 이것이 최고의 형태──

몸에서 밀도 높은 냉기가 흘러나오고, 내 발밑이 얼어간다.

흑기사가 바이저 안에서 숨을 죽이는 것이 느껴졌다. 예상 이상의 마력에 놀라고 있는 것이리라.

하지만 이 정도 마력은 당연한 것이다. 스테이터스를 보면 일목요연하게 알 수 있는 사실이다.

나는 '검사'도 '전사'도 아닌── '차원'과 '냉기'를 다루는 '마법사'다.

"마법 〈디 오버 윈터(과밀차원의 한겨울)〉어어어어어──!!"

단순히 마력을 강화한 것뿐이지만, 거창하게 마법명을 바꿔서 외쳤다.

그리고 다리에 힘을 주어 계단을 박찬다.

조금 전과 달라진 게 없는 속도의 돌진. 같은 작전의 반복.

하지만 결과는 반복되지 않았다. 달라진 건 내가 아니라, 상대방의 스피드였다. 〈디 오버 윈터〉의 영역에 들어간 자는 한겨울의 눈 속에서 움직이는 것처럼 **저속화**된다. 직경 100미터의 〈디 윈터〉일 때는 위화감 정도에 불과했던 동작 저해능력이 급격히 상승하는 것이다.

지금 흑기사는 마치 시간이 흐르는 차원이 어긋나 있는 감각에 빠져 있을 것이다. 이것이 바로 차원과 냉기를 조종하는 마법사── 아이카와 카나미의 진가다.

저속화되어 있는 탓에 흑기사는 허공을 뺐다. 그 틈을 찔러서 흑기사 근처로 달려들었다.

흑기사는 찰나의 판단으로 흑검을 내던지고, 양팔로 나를 붙잡으려 했다. 하지만 나는 그것도 이미 파악하고 있었다. 이 한겨울의 영역은 〈디멘션 · 글래디에이트〉 내부이기도 한 것이다. 접근전에 있어서의 지각 능력은 여전히 변함이 없는 것이다.

그리고 이제는 흑기사의 모든 것이 느리게 느껴졌다. 너무나 느리게 느껴졌다.

덮쳐드는 양팔을 피하고, 갑옷의 관절 틈새에 검을 찔러 넣었다.

깊이 찌르지는 않았다. 하지만 행동에 지장이 생길 정도로는 찔러 넣었다. 더불어, 틈새에 냉기를 불어넣어 동상을 입혔다. 그뿐만 아니라, 갑옷의 관절 부분을 얼려서 팔다리를 굽히지 못하게 접착시켜나갔다.

흑기사의 몸을 꿰매어버리듯 하며 지나치고 나니, 그 자리에 남은 것은 얼어붙은 갑옷 덩어리뿐이었다.

그런데도 흑기사는 전의를 상실하지 않고, 삐걱삐걱 소리를 내며 이쪽으로 몸을 돌리려 했다.

하지만 내가 마지막으로 흑기사의 등을 떠밀었다. 흑기사는 몸의 균형을 유지하지 못하고, 계단으로 굴러떨어질 수밖에 없었다.

덜컹덜컹 하고 계단을 깨부수면서, 거대한 쇳덩어리가 굴러갔다. 생각보다 무거웠던 흑기사가 굴러떨어지는 모습을 땀을 뻘뻘 흘리며 바라보았다.

주, 죽지는 않았을 거다……. 아마도.

이제 끝났다. 〈디 오버 윈터〉를 해제하고, 광범위한 〈디멘션〉으로 전환했다.

흑기사와의 싸움에 걸린 시간은 10초 정도였지만, 그 동안에 아래층의 기사들이 바로 턱밑까지 쫓아와 있었다. 하지만 굴러떨어지는 흑기사의 참상을 보고 발걸음을 멈추고

있는 것으로 보인다. 아래층에서는 흑기사를 빨리 회복시
키라는 고함소리가 들려왔다.

상황 확인을 마치고, 나는 계단을 뛰어 올라가려 했다.

다리가 약간 후들거린다.

역시 〈디 오버 윈터〉는 마력 소비는 물론, 뇌에 대한 부
담도 상당하다. 그 마법은 항상 상대방의 동작을 파악 및 계
산하고, 거기에 마력을 맞춰나가야만 한다. 아무리 계산 능
력이 뛰어난 나라고 해도, 인간을 제압하는 건 뇌가 타버릴
정도로 부담이 큰 일이다. 완전히 일대일 전용, 그것도 단
기결전용 마법임을 재확인했다.

하지만 그런 보람이 있어서, 아무런 부상 없이 살아남을
수 있었다. 나는 회복마법도 쓸 수 없는 데다, 라스티아라
를 안고 도망쳐야 할 가능성도 있는 이상, 부상을 입지 않
는 건 중요한 일이다.

휘청거리면서도 나는 계단을 올랐다.

거기에는 홉스 씨와 싸웠던 안뜰에 있었던 것 같은 화원
이 펼쳐져 있었다. 하지만 아래층만큼 넓지는 않아서, 금방
장엄한 대성당까지 다다를 수 있었다.

그리고 그 입구 앞에는 한 남자가 서 있었다.

여기까지 오면서 『셀레스티얼 나이츠』로 여겨지는 기사
들 다섯 명을 돌파하며 왔다. 하인 씨를 제외하면 남은 건
한 명.

일곱 번째 『셀레스티얼 나이츠』 팰린클론 레거시가 거기

에 서 있었다.

팰린크론은 박수로 나를 맞이했다. 나를 칭찬하는 그 얼굴의 입매가 올라가 있다.

"크큭, 역시 재미있다니까. 딱 잘 맞춰서 왔어, 형씨. 어서 오라고, 후즈야즈 대성당에."

그 히죽거리는 얼굴이 불쾌해서 견딜 수가 없다. 이 녀석은 마리아에게 마법을 건 혐의가 있다. 하지만 증거는 없다. 솟구치는 전의를 억누르고, 말을 걸었다.

"네 꿍꿍이대로 움직이는 건 분통이 터지지만, 라스티아라를 구하러 왔어."

"그 대답 참 마음에 드는군."

내 말을 들은 팰린크론은 딱 하고 손가락을 튕겼다.

그러자 대성당 문이 저절로 열렸다. 뒤이어 대성당을 감싸고 있던 마법이 해제되고, 모종의 술식이 풀려가는 걸 느낄 수 있었다. 팰린크론은 흡족한 얼굴로 설명을 시작했다.

"자, 이제 대성당의 장벽과 결계는 모두 해제됐다. 뭐, 형씨라면 어차피 별문제 없이 깰 수 있었겠지만, 이건 내 서비스야. 형씨는 뭐니 뭐니 해도, 아가씨를 납치할 용사님이니까."

나는 설명을 들으면서도 걸음을 멈추지 않았다.

경계를 늦추지 않고 팰린크론 옆을 지나쳐 대성당 안으로 침입해, 아무도 없는 현관 홀을 나아갔다.

부자연스럽게, 안에는 아무도 없었다.

"아무도 없잖아······."

"대성당 밖에 있는 기사들과 여기에 있는 결계만 믿고 안심하고 있는 거겠지. 누가 있었다고 해도 어차피 싸울 수 있는 녀석은 없어. **멀리 떨어뜨려놓는 게 편해.**"

결계를 해제해준 것도 그렇고 사람들을 쫓아내준 것도 그렇고 팰린크론의 능력과 인간성은 의심스럽지만, 적어도 조력할 의사가 있다는 건 알 수 있었다.

"그래서, 너도 도와주겠다는 거냐?"

팰린크론은 하인 씨와는 달리, 라스티아라에 대해 특별한 감정이 있는 것 같지는 않아 보였다. 하지만 팰린크론은 내 질문에 당연하다는 듯 고개를 끄덕였다.

"그야 물론이지. 여기까지 도달한 용사님에게 경의를 표하며, 여러모로 돌봐줄 거야. 결계도 방금 재구축해뒀어. 이렇게 해두면, 후속부대가 성당 안으로 들어오는 데 시간이 걸리겠지."

고맙기는 하지만 신뢰할 수는 없다.

대성당 안을 똑바로 걸으면서도, 팰린크론에 대한 경계는 풀지 않았다.

"우선, 의식이 치러지고 있는 신전이 있는 방을 감지마법으로 확인해봐. 바로 취소되긴 하겠지만, 상황 파악은 필요할 테니까. 아아, 후방은 내가 살펴줄 테니까 신경 쓸 것 없어. 기사들이 쫓아오려면 아직 한참 더 시간이 걸릴 테고."

"한참 더 시간이 더 걸린다? 그렇게 먼 일까지 알 수 있는 거냐?"

"아마 범위로 치면 내 감지마법이 더 넓을걸. 우와, 하인도 진짜 대단하다니까. 혼자 싸우면서도 전혀 안 밀리고 있잖아. 그 녀석을 위해서라도, 척척 해치우는 게 좋지 않겠어?"

팰린크론은 가벼운 말투로 하인 씨의 상황을 내게 전해 줬다.

이 녀석이 한 이야기의 진위는 알 수 없지만, 하인 씨가 결사적으로 시간을 벌어주고 있다는 건 틀림없다. 서둘러 〈디멘션〉으로 대성당 가장 안쪽에 있는 신전을 파악해나 갔다.

넓이는 학교 체육관 정도쯤 될까. 내부 인테리어는 옛날 이야기 속에 나오는 신전 그 자체에 가깝다. 차이점이 있다 면, 장식이 눈부실 정도로 번쩍번쩍하다는 것 정도이리라. 이쪽 세계의 장식은 보석류가 엄청나게 많다. 그런 번쩍번 쩍한 신전에 돌기둥과 긴 의자가 늘어서 있고, 고급스러운 옷차림의 빈객들이 앉아 있는 것 같다. 그 빈객들 가운데는 범상치 않은 분위기를 풍기는 자도 있었다.

그 빈객들이 바라보는 앞쪽 방향에, 스테인드글라스에 기도를 올리는 라스티아라가 있었다.

단상에 홀로 꿇어앉아서 장식이 적은 새하얀 드레스 차림으로 기도하고 있다. 그리고 그 옆에는 신관 같은 남자 하나, 그 맞은편에 여자 하나가 있다. 이 두 사람이 바로 하인 씨가 이야기한 페데르트와 원로원의 여자일까.

"내부는 다 파악했나?"

"그래, 됐어. 제법 강해 보이는 녀석들이 착석해 있는데……."

"그래. 그걸 파악해주길 바랐던 거야. 각국의 요인과 그 호위들이 있으니까 말이지. 뒤집어엎어버리라는 식으로 말했던 내가 할 소리는 아니지만, 형씨 혼자 힘으로 뒤집어엎기는 엄~청나게 힘들걸."

팰린크론은 익살스러운 말투로 난이도가 높음을 강조한다.

"그래도 하는 수밖에 없잖아."

"하지 말라는 소리는 한 적 없잖아. 하지만 지성파인 내 입장에서는, 우악스러운 방식의 공주님 유괴는 어디까지나 최종적 수단으로만 써줬으면 싶다 이거야. 하인도 이야기했었잖아? 주최자를 설득하는 거야. 잘만 풀리면, 굳이 싸울 것 없이 안전하게 라스티아라를 탈환할 수 있어. 조금의 발언권 정도는 내가 분위기를 타고 연출해줄 수도 있어."

그렇게 말하고, 팰린크론은 히죽 웃었다.

마음 같아서는 이런 식으로 웃는 녀석의 말은 따르고 싶지 않다. 하지만 라스티아라 구출이라는 작전에 있어서 팰린크론과 이해관계가 일치한다는 건 분명했다.

팰린크론에게서 자세한 이야기를 듣기로 마음먹었다. 아직 짧은 이야기를 들을 정도의 시간은 있다.

"그래서, 너는 내가 어떻게 하기를 바라는 거지?"

"별거 아냐. 그냥 좀 휘저어줬으면 좋겠다는 거지. 한마디로, 사람을 충동질할 때와 마찬가지라고나 할까——"

팰린크론은 한층 얼굴을 일그러뜨려서 웃고, 걸어가면서 필요한 행동을 설명하기 시작했다.

라스티아라의 구출 수순은 그리 나쁜 계획은 아니었다. 확실히 잘만 되면 굳이 싸우지 않고도 라스티아라를 데려갈 수 있다.

"——이런 계획이다. 한번 해보고 싶어지지 않아?"

팰린크론이 설명을 마친 것은, 정확하게 우리가 의식이 치러지는 신전 문 앞까지 다다랐을 때였다.

그는 이제 막 장난을 시작하려는 어린아이처럼 웃고 있었다.

기분 나쁜 녀석이다. 팰린크론의 전투능력은 낮다. 여차하면 이 녀석도 인질로 삼아야겠다고 마음을 다잡고, 나도 웃음으로 대답하며 동의했다.

"알았어. 한번 그 방법으로 가보지."

바로 새로운 작전에 따라 움직이기 시작했다. 우선 나는 외투를 벗어 던지고, 팰린크론이 마련해 온 금으로 된 자수가 들어간 값비싼 로브를 걸쳤다. 뒤이어 말끔히 땀을 닦고, 옷매무새를 매만져서 마치 높은 귀족이라도 된 것 같은 차림을 했다.

옷을 다 갈아입는 동시에 팰린크론이 호화로운 문양으로 장식된 문을 열었다.

——이렇게 해서, 드디어 '의식'이 거행되는 신전의 문이

열렸다.

끼이익 하는 묵직한 소리와 함께 문이 열리고, 안쪽의 상황이 시야에 들어왔다. 당연한 일이지만, 의식을 진행하는 신관들과 빈객들은 갑작스레 나타난 당돌한 내방객을 주목했다.

단상의 라스티아라도 이쪽을 보고 눈을 부릅떴다.

그녀의 상태를 확인했다. 우선 심각한 피로감이 눈에 띈다. 디아의 이야기에 따르면 어젯밤부터 한숨도 안 자고 계속 기도를 올려왔을 테니, 지치는 것도 무리는 아니다.

다만, 피로 이외의 위화감도 느껴진다.

──**빠져나가 있다**?

뭔가에 사로잡혀 있다가 풀려난 것처럼 보인다. 그것이 무엇인지 또렷하게 알 수는 없지만, 이쪽의 예상대로 그녀를 옭아매고 있던 족쇄가 풀린 것을 직감할 수 있었다.

라스티아라에게서 눈길을 돌려, 이번에는 디아를 찾았다.

신전 안을 둘러보니 살짝 엉덩이를 들고 있는 디아를 찾아낼 수 있었다. 일어나려는 디아를 손짓으로 제지하고, 잠깐 기다려달라는 뜻을 전했다. 그것을 본 디아는 천천히 다시 앉아서 고개를 끄덕였다.

순간적인 의사소통이었지만, 그것을 알아챈 자는 없는 것 같았다. 선두에 『셀레스티얼 나이츠』의 일원인 팰린크론이 서 있었던 덕분이다.

디아와의 의사소통을 마친 후, 상황을 파악한 한 남자가 의식 전체의 진행을 중단시키고 고함쳤다.

"지금은 의식 중이다. 무슨 일이냐?"

단상에 서 있는 탁한 눈의 남자다. 여러 신관들 중에서도 유난히 특이한 복장을 입고 있다. 그 장식과 행동거지로 보아, 이 남자가 페데르트라는 인물이라는 것을 확인할 수 있었다.

페데르트는 낮은 목소리로 팰린크론에게 용건을 묻는다.

억눌린 목소리다. 의식이 정체된 것에 대해 격렬하게 분노하고 있는 것으로 보인다.

그런 그의 질문에 팰린크론은 태연자약하게 대답했다.

"이것 참 죄송합니다, 재상 대리님. 좀 지각하신 것 같지만, 빈객으로 보이는 분이 오셔서 신전 안으로 안내해드렸습니다."

그리고 신전 안에 있는 전원이 나를 볼 수 있도록, 내 앞에서 비켜섰다.

나는 가볍게 묵례했다.

일단 팰린크론의 계책에 따를 생각이다. 만약에 실패한다고 해도, 당초의 예정대로 힘으로 밀어붙여서 유괴하면 그만이다.

기습의 싹은 짓밟혀버린 셈이 됐지만, 라스티아라의 상태를 확인한 건 성과였다. 이제 납치하기 전에 라스티아라와 한마디라도 대화를 나눌 수 있다면 팰린크론의 계책을 받아들인 보람은 있는 셈이다.

"빈객석은 다 차 있다. 거기 그자가 누군지는 모르지만,

지금 당장 나가라."

"하지만 말이죠, 재상 대리님. 이 소년의 사정을 들어 보니, 제가 생각하기에는 이 자리에 참석할 자격이 충분히 있어 보여서 말이죠……."

"시끄럽다. 어떤 사정이 있든 허락 못 해."

물고 늘어지는 팰린크론의 의견을, 페데르트가 일도양단했다.

신전 안의 분위기도 갑작스런 내방객을 받아들일 수 있는 분위기가 아니었다. 벽 쪽에서 대기하고 있던 신관들과 기사들이 의심스런 인물을 쫓아내기 위해 다가왔다. 하지만 팰린크론은 전혀 동요하지 않고 이야기를 계속했다.

"하지만, 실제로 여기에 있지 않습니까? 모든 『셀레스티얼 나이츠』들이 길을 열어주고, 대성당의 결계를 아무 피해 없이 돌파해서 여기까지 다다른 사람입니다. 이게 손님이 아니면 대체 뭐라는 말씀입니까? 저 같은 것 혼자서는 이 소년이 정당한 빈객인지 어떤지를 판단할 수가 없어서, 이렇게 데려온 겁니다."

황당할 정도로 능글맞은 말주변이다. 하지만 그 말에는 분명히 설득력이 있었다. 접근해 오던 신관과 기사들도, 저도 모르게 발걸음을 멈추었다.

모든 기사들의 정점에 있는 『셀레스티얼 나이츠』가 통과시켜주었다고 하니, 그 부하들인 기사들로서는 손을 대기 껄끄러웠던 것이리라.

지금의 나는 조금의 부상도 입지 않은 상태인 데다, 고급스러운 옷차림으로 여기에 서 있다. 『셀레스티얼 나이츠』에 대한 신뢰가 굳건한 기사일수록 팰린크론의 거짓말에 더 쉽게 속아 넘어갈 것이다. 『셀레스티얼 나이츠』가 외부를 지키고 있는 상황에서, 도적이 멀쩡하게 여기까지 올 수는 없을 거라고 생각하기 때문이다.

　"헛소리……. 애초에 이 타이밍에 들어온다는 것부터가——"

　"으음? 하지만, 라스티아라 님은 이 소년을 알고 계신 것 같습니다만? 그렇다면 자신이 성인 티아라 님의 친족이라는 소년의 말이 정말일지도 모르는 것 아닙니까?"

　"뭐, 뭐야?! 친족이라고?!"

　팰린크론은 태연자약한 얼굴로 터무니없는 거짓말을 내뱉었다. 페데르트는 말도 안 되는 소리라는 듯, 언성을 높였다.

　빈객들을 비롯해, 주위에 있는 자들이 한층 더 술렁거리기 시작했다.

　성인의 친족이라는 이야기에, 이쪽으로 다가오던 신관과 기사들의 발걸음이 완전히 멈췄다.

　현장의 분위기가 조금이나마 이쪽으로 기울었다. 그 기회를 놓치지 않고 나는 라스티아라에게 말을 걸었다.

　라스티아라까지의 거리는 수십 미터. 이야기하기에는 좀 먼 거리다. 하지만 그렇다고 목소리를 높이지는 않는다. 방

전체에 울려 퍼질 만큼, 그러면서도 온화함을 잃지 않도록 유념한다.

"이봐, 라스티아라. 묻고 싶은 게 있어. 친구로서, 그리고 동료로서 너한테 물어보고 싶은 게 있어."

그리고 동료라는 것을 강조한다.

라스티아라는 놀란 표정 그대로, 내 목소리에 반응해서 목소리를 흘렸다.

"지, 지크……."

무슨 일이 일어난 건지 이해하지 못하는 표정이었지만, 그래도 내 이름을 불러주었다.

약간 혼란스러워하는 것처럼 보인다. 단순히 놀라고 있는 건지, 아니면 라스티아라에게 걸려 있던 마법이 사라진 영향인지, 그것까지는 알 수 없다.

라스티아라 옆에서 그 말을 듣고 있던 페데르트는, 더 이상 참지 못하고 고함을 질렀다.

"치, 친구라니, 무슨 헛소리를! 지금 당장 그 소년을 제압해라!"

페데르트의 목소리에 떠밀려, 주위에 있던 신관과 기사들이 머뭇거리며 이쪽으로 다가오기 시작했다. 그들이 주저하고 있는 건 팰린크론의 말 때문이 아니라, 라스티아라가 나를 보고 이름을 불렀기 때문일 것이다.

팰린크론은 그 주저를 이용했다. 신관과 기사들보다 먼저 검을 뽑아서 내 등에 들이댔다.

"그래, 그래, 상대가 성인님의 친족이라면, 너희들이 손을 대기는 힘들겠지. 걱정 마.『셀레스티얼 나이츠』의 일원인 이 몸이, 책임지고 뒤에서 확실히 제압해둘 테니까."

유들유들하게도 자기가 데려온 손님에게 검을 겨눈다.

얼핏 보면 나는『셀레스티얼 나이츠』때문에 움쭉달싹 못하는 신세가 된 것처럼 보인다.

이렇게 되면 그들이 무리하면서까지 움직일 이유는 없어진다. 정확히 말하자면, 판단이 너무 어려워져서 말단인 자신들만 가지고는 대처할 수 없는 사태라고 판단하게 될 것이다.

"큭――! 뭣들 하는 거냐!"

페데르트는 그 모습을 보고 기사들을 질타하려 했다.

나는 그 목소리를 덮어쓰듯이 말했다. 아까보다 더 큰 목소리로, 자신을 갖고 힘주어 말을 걸었다.

"라스티아라, 어제는 대답해주지 못해서 미안해. 하지만, 이제는 대답해줄 수 잇어. 네 바람은 내가 이루어줄게. ――전부, '예스'야."

――지크는 날 구해줄 거야? 하인이 이야기한 것처럼, 어딘가 멀리로 도망쳐서, 나랑 같이 여행을 해줄 거야? 연합국의 모든 기사들을, 후즈야즈라는 나라를 적으로 돌릴 수 있어? 내일의 의식을 부숴줄 수 있어? 엄청나게 커다란 위험부담을 져가면서, 그러면서도 나를 구해줄 수 있어?

――그래, 내가 모두 다 이루어줄게.

"자, 나는 대답했어. 그러니까 이번에는 라스티아라가 내 질문에 대답해줘. 라스티아라의 '꿈'이 뭔지 들려줘."

배우가 된 것 같은 기분으로 우아하게, 막힘없이 말을 이어갔다.

"나, 나의 꿈……?"

내 말을 들은 라스티아라의 얼굴이 파랗게 질렸다. 물어봐서는 안 되는 타이밍에, 물어봐서는 안 되는 질문을 들었다는 듯한, 그런 표정이었다.

그 모습을 본 페데르트는 당황한 기색이 역력해서 단상에서 내려와 라스티아라와 나를 잇는 융단으로 내려섰다.

"큭, 이 자식──"

나는 페데르트가 가만히 신음하는 것을 놓치지 않았다. 역시, 팰린크론이 구상한 이 전개는 주최자인 페데르트에게 있어서 더없이 곤란한 것이었던 모양이다.

페데르트는 명령을 내리면서 이쪽으로 다가왔다.

"기사들이여! 잔말 말고 그 소년을 붙잡아라!!"

그 말에, 옆에 있던 긴 의자에서 빈객 한 명이 나섰다.

"잠깐만 기다려주세요, 페데르트 님. 저는 소년의 말에 관심이 가는데요. 성인이 될 운명인 자의 꿈. 정말 궁금해요. 네, 아주 많이."

디아였다.

라스티아라와 마찬가지로 순백의 드레스로 단장한 디아가, 중앙의 융단으로 나서서 페데르트의 진로를 가로막는다. 목소리는 차분하게 들리지만, 그 몸에 휘감고 있는 마력은 심상치 않다. 무시무시할 정도로 강력한 마력의 압력을 페데르트에게 퍼붓고 있다.

"시, 시스 님? 무슨 말씀을 하시는 겁니까? 저자는 그저 도적일 뿐……."

예상치 못한 인물의 난입에, 페데르트의 기세가 꺾이고 말았다. 갑작스럽게 거대한 마력이 닥쳐오는 바람에 당황하고 있는 모양이다.

디아에게 감사하면서 서둘러 말을 자아냈다.

딱 한 번, 앞으로 딱 한 번만 라스티아라를 뒤흔들기만 하면 된다. 지금이라면, '만들어진 라스티아라'는 사라진 상태일 터. ——사라진 거라고 믿고, 거듭 말을 걸었다.

"라스티아라, 기억해봐. 우리는 '계약'을 했잖아? 우리가 동료가 됐을 때 '계약'을 했어. 그때의 꿈을, 다시 한 번 들려주기만 해도 돼! 그거면 충분하단 말야……!!"

라스티아라에게서 말을 끌어내기 위해, 예전에 한 약속을 끄집어냈다. 그 말을 들은 그녀는 숨을 죽이고, 몸이 굳어졌다. 지금, 그녀는 그 기억을 되새기고 있다.

그날 밤, 술집 뒤뜰—— 둘이서 서로의 꿈을 나누었던 그때를——

이제 조금만 더 있으면 된다……!

한 발짝 앞으로 나아가서, 목소리를 조금씩 더 높였다.

"애초에 나에게 선택지 같은 건 없었어. '계약'상, 나는 라스티아라의 꿈을 이루어줘야만 해. 지금까지 미궁에서 너에게 큰 도움을 받았으니까…….”

그런 나를 라스티아라는 눈물 젖은 눈으로 바라보고 있다. 하지만 아직 아무 말도 해주지 않는다.

더더욱 거세게 감정을 뒤흔들어 놓아야만 한다.

한 발짝 더 앞으로 나서서, 라스티아라에게로 다가갔다.

“‘성인 티아라가 되어야 돼’라는 말은 들었어. 분명히 들었어── 하지만! ‘성인 티아라가 되는 게 꿈’이라는 이야기는 못 들었어! 나는 한 번도 못 들었어──!!“

기사들, 신관들, 빈객들이 관람하는 가운데, 한 발짝 한 발짝 천천히 앞으로 나아간다.

──라스티아라, 대답해줘.

네가 한마디라도 해주면, 나는 망설임 없이 싸울 수 있어.

한마디라도 듣기만 하면, 모든 걸 바쳐서라도 구하겠다고 맹세할 수 있어. 그러니까──

“그러니까! 지금, 여기서 대답해. 라스티아라──!! 네 진짜 꿈을 똑똑히 들려달란 말야──!!”

또 한 발, 앞으로 나섰다. 한 발짝 한 발짝, 앞으로 앞으로, 라스티아라에게 다가갔다.

언성을 높이면 도적저럼 보이니까 조심하라고 팰린크론에게 주의를 받았다.

하지만 이제 와서 목소리를 억누르는 건 불가능하다. 아니, 억누르지 않는 게 옳다.

당연한 일이다. 나는 도적이 아니다. 그녀의 동료란 말이다──!!

"걱정 마! 아직 '계약'은 끝나지 않았어! 여기에 있는 모든 것들이 네 꿈을 방해하는 장애물이라면, 내가 모조리 부숴 줄게! 대가는 내 곁으로 돌아오는 것만으로도 충분해! 그것만으로 충분하다고! 그러니까, 말해! 지금, 여기서, 똑똑히!! 다시 한 번, 네 꿈을, 여기에 있는 모두에게 들리도록 외쳐버려──!! 라스티아라아아아아아아아──────!!!!"

절규했다.
이제 나는 돌이킬 수 없다.
지금 이 순간, 나는 완전히 후즈야즈의 적대자가 되었다.
그리고 내가 해줄 수 있는 말은, 더 이상 없다. 남은 건 라스티아라의 대답을 기다리는 것뿐이다.
라스티아라는 기억하고 있었다. 목구멍을 통해 목소리를 내려다가, 목구멍 안에서 터져 나오려는 오열 때문에 되삼키고 있었다. 혼란스러운 건 이해한다. 하지만 대답해줬으면 좋겠다.
그 한마디가 있느냐 없느냐 하는 것이 엄청난 차이를 만드는 것이다.
아니면, 의식 때 마법이 풀릴 거라는 건 우리의 오산이었다는 걸까?

'만들어진' 것만이 라스티아라의 전부였다는 걸까?

"나, 나의, 꿈……."

라스티아라가 떨리는 목소리로 대답한다.

내 눈을 마주 보면서, 더듬더듬 말을 자아낸다.

"영웅이…… 성인 티아라가 되는 게 나의 꿈……."

뭔가를 되짚어 보듯이 말을 자아내다가, 그런 끝에──

"──**이 아냐!** 그게 아냐!! 내가 꿈꿔왔던 건, **되는 게 아니었어.** 영웅이 **될 때까지**의 이야기가, 내 진정한 꿈! 꿈이었어!"

──고개를 가로저었다.

아아, 그래, 알고 있어.

라스티아라가 허영을 채우기 위해 영광을 원하고 있을 리가 없다. 그녀의 눈을 초롱초롱 빛나게 만들었던 건, 거기에 다다를 때까지의 모험이었다. 그렇기에, 미궁에서도 결과보다 과정을 중시했었다.

"여기서 '성인 티아라'가 되면, 내 이야기가 끝나버려……! 지크와 함께 지낸 며칠 동안, 그 고작 며칠 만에 '꿈'이 끝나버리다니……. 그런 건……!"

자신의 진짜 꿈을 이야기하면서 어깨를 부들부들 떨고, 눈에 눈물을 머금고, 고개를 푹 숙이고,

"그런 건 싫어……! 죽어도 싫어……!"

마지막으로 '싫어'라고 말했다.

그것이 전부.

라스티아라의── '그곳에 있는 소녀'의 전부다.

평범한 소녀인 라스티아라는, 내게 마음을 전하기 위해서 온몸의 온 힘을 다해 외쳤다.

"금방 끝나는 '성인 티아라' 따위보다, 지금부터 시작될 '나'의 이야기가 좋아! 나는 '나'인 게 좋아!!"

그것은 성인 티아라에 대한 부정.

이 자리에 있는 모든 이들에게 들리도록, 라스티아라는 또렷하게 외쳤다. 그것은 분명, 라스티아라가 이 의식을 받아들이지 않았다는 의사표명이었다.

──아아, 다행이다.

이제 마음을 놓고, 지금껏 라스티아라를 농락해온 모든 것들을 분노를 담아 **깨부술 수 있다**.

연약한 얼굴로 이쪽을 쳐다보는 라스티아라에게 나는 고개를 끄덕여 대답했다.

"**좋아! 뒷일은 내게 맡겨, 라스티아라! 이제부터 시작되는 건 성인 티아라가 아닌 네 이야기! 네 이야기가, 지금 이 순간부터 시작되는 거야!**"

"──응!"

그 대답을 듣고, 라스티아라는 밝은 얼굴로 마주 고개를 끄덕였다.

그것은, 지금까지 헤매오기만 했던 소녀가 드디어 표지판을 발견한 순간.

소녀의 이야기에 피가 돌기 시작한 순간이었다——

◆ ◆ ◆ ◆ ◆

라스티아라와 나의 외침이 끝나자, 뒤에서 우렁찬 웃음소리가 들려왔다.

"하핫, 하하하하!! 지크 형씨! 말 잘했어. 아주 잘했다고! 좋아, 정말 근사했어! **새로운 영웅의 탄생**이라는 건, 언제 봐도 가슴이 뛴다니까! 아하! 아하하하하하하——!!"

웃는 건 상관없지만, 나는 네가 지시한 조건을 충족시켰으니 빨리 행동이나 해줬으면 좋겠다. 솔직히 말해서 이 고착상태도 한계에 가까웠다.

아니나 다를까, 페데르트는 발을 동동 구르며 고함쳤다.

"무, 무슨 소리! 무슨 소릴 하는 거냐! 라스티아라 후즈야즈——!!"

페데르트는 단상으로 돌아가면서, 의식을 거행하던 또 하나의 인물인 젊은 여성에게 말했다.

"레키 님! 다소 거친 수단이라도 상관없습니다!"

여인의 특징으로 미루어 보아, 하인 씨가 이야기한 원로원 대리인 게 틀림없다.

"흐음, 의식이 아직 안 끝났다만…….."

"상관없습니다!"

"뭐, 그대가 그렇게 말한다면야……."

여자가 뭔가를 뇌까리자, 라스티아라는 목을 부여잡고 무릎을 꿇었다.

"끄, 으윽──"

더 이상의 발언은 용납지 않겠다는 듯, 모종의 마법으로 자유를 앗아간 모양이다.

"자, 기사들아! 거짓말로 성녀를 현혹하려 하는 무뢰한을 붙잡아라! 이 명령 수행을 주저하는 자는 후즈야즈의 반역자로 처분하겠다!!"

라스티아라가 움직이지 못하는 걸 확인한 페데르트는, 오늘 들은 것 중에서 가장 큰 목소리로 소리쳐서 주위의 기사들에게 명령했다. 더 이상은 여유가 없는 모양이다.

그런 그의 명령에 팰린크론은 웃으면서 말을 건넸다.

"하핫! 판단이 너무 늦었어, 재상 대리님! 딱 맞춰 왔군! 잘 왔어, 하인!!"

그리고 뒤쪽 입구에서 누군가가 요란한 소리를 내며 들어왔다.

입구로 들어온 것은 팰린크론의 말마따나 하인이었다. 하지만 그 몰골은 만신창이라는 표현으로는 부족할 정도였다. 온몸에 베인 상처가 가득하고, 피투성이가 돼 있었다. 그리고 그 뒤로 다른 『셀레스티얼 나이츠』들이 따라 들어왔다.

보아하니, 다른 다섯 『셀레스티얼 나이츠』들의 발을 묶고 있던 하인 씨가 여기까지 내몰려 온 모양이다.

"뭐, 뭐냐, 너희들!"

페데르트는 놀란 기색이었다. 그 모습으로 미루어 보아, 바깥 상황에 대해 전혀 모르고 있었던 건지도 모르겠다.

나도 놀랐다. 여기서 적이 더 늘어나면 곤란하다. 예정이 약간 어긋난 것이다.

하지만, 곧 팰린크론의 꿍꿍이를 알 수 있었다.

팰린크론은 나와 등을 맞댄 자세로, 새로이 나타난『셀레스티얼 나이츠』들에게 검을 겨누었다. 그걸 본 하인 씨는 주저 없이 팰린크론 옆에 서서 내 배후를 보호했다.

그 망설임 없는 일련의 움직임을 본 주위의 빈객들이 술렁거렸다.

라스티아라가 의식을 부정한 것만으로도 놀라운 일인데, 거기에『셀레스티얼 나이츠』가운데 두 사람이 내 배후를 보호하기 위해 나선 것이다.

무슨 일이 일어난 건지 전혀 이해를 못 하는 눈치다.

"하인, 팰린크론! 뭘 어쩌려는 거냐?! 국가를 배신할 참이냐?!"

페데르트는 두 사람에게 이유를 묻는다.

그 물음에, 두 사람은 이쪽에 등을 돌린 채 짤막하게 대답할 뿐이었다.

"저는 아가씨를 지키는 기사가 됐습니다. 그것뿐입니다."

"으—음, 이하동문."

그 말을 들은 페데르트의 얼굴이 한층 더 일그러졌다.

그리고 두 사람이 조그만 목소리로 이야기하는 소리가 등 뒤에서 들려왔다.

"팰린크론, 당신도 힘을 빌려주시는 겁니까?"

"지크 형씨가 완벽하게 조건을 충족시켜준 덕분에, 재미 있는 광경을 볼 수 있었거든. 나도 그쪽에 붙어줄게, 하인."

아무래도 팰린크론은 본격적으로 라스티아라 구출에 협 조해주려는 모양이다.

"고마워요. 하인 씨, 팰린크론."

나는 조그맣게 감사를 전한다. 그 말에 팰린크론은 진지 한 목소리로 대구한다.

"하지만 형씨. 납치하기에는 아직 적이 많잖아? 그러니까 공간을 더 휘저어놓자고. 걱정 마. 다른 나라의 신뢰는 별 거 아냐. 조금만 더 구실을 만들어주기만 하면 돼."

팰린크론이 생각한 청사진이 내 눈에도 보이기 시작했다.

나는 목소리를 높여서, 하지만 말투는 거칠지 않게, 그 자 리에 있던 전원에게 전했다.

"제 말을 들어주세요. 여러분에게는 제가 아무것도 모르 는 어리석은 놈으로 보일지도 모르죠. 하지만 그런 어리석 은 자라도 이것 하나만은 알아요. 그것은, 거기 있는 소녀 가 이 의식을 원하지 않고 있다는 거예요. 이 의식으로 자 신이 사라지는 것을 두려워하고 있다는 거예요! 저 소녀는 지금 자유를 빼앗기고, 자신의 뜻을 억지로 굽히고, 원하지 도 않는 종말을 맞으려 하고 있어요! 그게 인간이 할 짓입니까?! 그게 나라의 뜻입니까?! 그게 레반교의 가르침입니까?! 여러분은 그 모습을 보고도 마음이 아프지 않으세요?! 정말로, 정말로 괜찮다고 생각하시는 겁니까?!"

미리 준비해뒀던 말은 아니다.

현장의 분위기에 편승한 말장난이다. 상황이 이렇게 된 마당이니, 얼토당토않은 이론이든 치졸한 궤변이든 상관없었다. 목적은 납득시키는 것이 아니라── 망설이게 만드는 것이기 때문이다.

당연히 적인 페데르트도 지지 않고 고함친다.

"그런 말장난으로 국가가 결정한 행사를 망치는 이유가 될 거라 생각하나?! 지금 너희들이 하고 있는 짓은 그저 반역일 뿐이고! 너희들은 그저 죄인일 뿐이다!!"

페데르트도 팰린크론의 목적이 짐작 가는 모양이다. 빈객들에게 호소하듯이 의식의 정당성을 설파한다. 그리고 뒤이어 협조를 요청한다.

"──우리의 실수로 폐를 끼쳐서 미안하지만, 실력 있는 기사님들은 사태 수습에 협조해주셨으면 하오! 죄인 체포에 협조를!"

우리가 악당이라는 것을 강조하며 못을 박는다. 혹시 만에 하나라도 우리에게 협조하는 자가 생겨나면 곤란해지기 때문이다.

다만, 그것은 조금의 칼부림도 곤란하다는 걸 자백하는 것이나 마찬가지였다.

빈객들이 아킬레스건이라는 것을 확인했다.

하지만 페데르트의 체면 불고한 요청을 듣고, 실력 있는 호위들 중 한가하던 몇 명이 자리에서 일어서려 했다.

후즈야즈에게 은혜를 베풀어두려 하는 자들이다. 빈객 본인이 나서는 건 곤란하지만 빈객의 호위라면 문제 될 게 없기에, 페데르트는 그들의 도움을 환영했다.

현장의 세력 구도가 기울어간다. 그것을 본 페데르트가 희미하게 웃었다.

하지만 그때, 페데르트의 계산을 모조리 뒤엎어버리는 거대한 마력이 신전 전체를 뒤흔들었다. 그 마력은 공간 전체에 휘몰아치며, 자리에서 일어섰던 자들의 다리를 걸었다.

중앙에 자리 잡고 있던 디아가 꿈틀거리는 마력을 내뿜으면서 발언했다.

"네, 하긴 그렇죠. 이제 와서 도덕 운운하는 이야기를 하는 것도 우스운 일인지도 모르죠. 국가가 정한 일을, 개인의 감정만으로 뒤엎는 건 옳지 않아요. 하지만 그 소년의 말은 참 재미있어요. 딱히 소년을 도와줄 생각은 없어요. 하지만 저는, 저기 있는 신의 화신님과 소년의 대화를 조금만 더 들어보고 싶군요. 그것도 안 될까요, 페데르트 재상 대리님?"

약간 기분이 언짢아 보이는 건 기분 탓일까……

물론 페데르트는 대놓고 물고 늘어지는 디아에게 분노를 드러냈다.

"사도님, 장난이 지나치군……!"

노기 서린 목소리와 함께 예리한 눈매로 쏘아보지만, 디아는 전혀 개의치 않는다.

페데르트는 디아를 상대하고 있을 때가 아니라고 판단했는지, 이번에는 입구에 있는 기사들을 향해 소리친다.

"『셀레스티얼 나이츠』! 왜 넋 놓고 있는 거냐! 빨리 움직여!"

그 말에 듣고, 뒤쪽 입구에서 목소리가 들려왔다.

"큭, 어쩔 수 없지……!"

"하지만 하인과 팰린크론이!"

나이가 있어 보이는 나지막한 목소리와 낭랑하게 울리는 여인의 목소리.

나는 무너뜨리기 쉬워 보이는 사람이 있는 걸 기뻐하며…… 표적을 정하고, 뒤쪽을 돌아보며 호소했다.

"레이디언트 씨! 저기 있는 라스티아라는 지금 괴로워하고 있어요! 저 모습이 행복해 보여요? 저기 당신이 원하던 광경이에요? 정말 저게 괜찮은 거라고 생각하시는 거예요?!"

라스티아라를 가리키며 레이디언트 씨에게 하소연했다.

그러자 레이디언트 씨 대신, 그 옆에 있던 흑기사가 반론했다.

"아냐! 잘못 생각한 거다, 하인, 팰린크론, 레이디언트! 잘 생각해라. 『셀레스티얼 나이츠』는 이제 강림하게 될 『성인 티아라』를 위한 기사다! 그걸 잊어서는 안 된다!"

장년 남성의 목소리로, 다른 세 기사를 설득하려 한다.

하지만 나는 지지 않고 반론한다. 레이디언트 씨는 절대로 넘겨줄 수 없다.

"그게 무슨 소리예요! 저는 처음 듣는데요! 적어도, 저는 알고 있어요.『셀레스티얼 나이츠』인 하인 헤르빌샤인은 다르다는 걸!『성인 티아라』의 기사 따위가 아니라고요! 어때요, 하인 씨, 제 말이 맞죠?!"

흑기사의 설득을 뒤엎어버리기 위해, 하인 씨에게 말을 돌렸다.

"그, 그래! 물론이지! 내가 섬겨온 것은『성인 티아라』라는 과거의 위인 따위가 아닌 아가씨다! 내가 진심으로 지키고 싶은 건 이미 죽은 사람이 아닌, 지금 저기에 살아 계신 아가씨다! 이제는 가슴을 펴고 말할 수 있어! **나는 아가씨의 기사다──!!**"

갑작스럽게 자신에게 이야기가 돌아왔음에도 동요하지 않고, 하인 씨는 훌륭하게 답해주었다.

라스티아라의 기사라는 걸 환희에 찬 목소리로 선언했다. 마치, 그것이 자기 인생의 전부이기라도 하다는 것 같은 외침이었다. 살짝 눈물이 맺혀 있는 것 같기도 했다.

그 호응에 감사하면서, 다시 말을 쏟아냈다.

"들으셨다시피 하인 씨는 라스티아라의 기사예요! 그럼, 레이디언트 씨! 당신은 어느 쪽이죠?! 라스티아라의 기사인지,『성인 티아라』의 기사인지, 지금 당장, 이 자리에서, 결정하세요! 어서요!!"

고민할 틈을 주지 않기 위해 기세에 중점을 두고 부채질했다.

"크윽──! 나는!!"

레이디언트 씨의 고민에 찬 목소리가 터져 나오고, 뒤이어 젊은 여자아이의 목소리가 터져 나왔다.

"서, 선배?!"

라그네의 목소리다. 레이디언트 씨가 옆에 있던 흑기사에게 검을 겨누는 것을 보고 비명을 내지른 것이다.

나는 원래 레이디언트 씨가 고민에 빠져서 움직이지 못하게 되는 수준만 되어도 만족할 생각이었다. 하지만 레이디언트 씨는 예상했던 것보다 더 빨리 전향해주었다. 그 전향이 주위에 미친 영향은 상당했다.

레이디언트 씨는 우리 쪽으로 다가오면서, 라그네에게 소리쳤다.

"라그네, 너는 아직 너무 어려! 선배로서 조언할게! 나는 이렇게 일을 저질렀지만, 너는 나나 지크와 대충 싸우다가, 대충 쓰러져! 너는 고향을 위해 일하고 있는 거니까, 무리한 짓은 하지 마!!"

라그네에 대한 설득까지 해주는 것이었다.

반가운 오산이 줄을 잇는다. 이 말을 듣고 라그네가 싸우지 못하게 되면, 입구 방향의 전력은 대역전이다. 상황이 급변하는 바람에 입구에서 이러지도 못하고 있는 『셀레스티얼 나이츠』들은, 땀을 흘리며 이야기를 주고받는다.

"물론 이 아저씨는 공무를 수행할 생각이긴 합니다만. 이 것 참……."

"나도 마찬가지야."

"하지만 현재 우리는 셋밖에 없으니……."

쓰디쓴 표정으로 뇌까린 것은 홉스 씨, 마법에 특화된『셀 레스티얼 나이츠』, 흑기사, 이 세 사람이었다.

홉스 씨는 들뜬 얼굴로 흑기사에게 말했다.

"이런 상황에 대비해 구성된 기사가 셋이나 배반했습니 다. 어떻게 하실 거죠, 총장님? 이 멤버만 갖고 싸울 생각이 들어요? 나는 싫은데 말이죠. 마법의 상성도 나쁘고……."

"옥외에서라면 수단이 없진 않지만……. 여기서 그 수단 을 쓰면 애꿎은 피해자들이 생길 텐데……."

『셀레스티얼 나이츠』들이 공격을 주저하는 것을 본 페데 르트는 더는 못 참겠다는 듯, 빈객 중 한 사람을 향해 소리 쳤다.

"글렌—— 아니, 라우라비아의『최강의 기사』여! 당장 저 녀석들을 붙잡아버려!!"

"어, 네?! 제가요?!"

빈객성 가장 앞줄에 앉아 있던 남자가 얼빠진 목소리로 그 명령에 대답했다.

남자는 자리에서 일어서서, 이쪽을 보며 우물쭈물하고 있 다. 적갈색 머리에 패기 없는 얼굴을 가진 남자다. 내가 잘

못 들은 게 아니라면, 이 남자가 '글렌'인 게 확실해 보인다. 그 말인즉슨, 그가 바로 최강의 미궁 탐색가라는 것이다.

이 맥없는 목소리의 남자가, 이 세계의 최강자······?

갑작스런 적 전력의 등장에 내가 식은땀을 흘리고 있으려니, 글렌 옆에 앉아 있는 소녀가 그의 옷자락을 잡아당겼다. 그리고 작은 목소리로 글렌에게 소곤거린다.

"······오빠, 일단은 상황을 지켜보고 있어."

그 소녀는 바로 드래고뉴트(용인, 龍人) 스노우 워커였다.

며칠 전에 미궁에서 만나서, 딱 한 번 파티를 맺은 적이 있었던 소녀다. 스노우 씨는 글렌을 오빠라고 부르고 있다. 남매 치고는 전혀 닮지 않았지만, 빈객석에 나란히 앉아 있는 걸 보면 남매가 맞는 것이리라. 스노우 씨는 조그만 목소리로, 이쪽을 쳐다보며 이야기한다.

"자칫 잘못 행동하면 앞으로의 일에 지장이 생겨. 그리고······ 저 사람은 나쁜 사람이 아냐."

"어-, 나쁜 사람이 아니라는 말은 못 믿겠는데······. 하지만, 스노우가 그렇다면야······."

스노우 씨와 시선이 마주친 것 같은 기분이 들었다.

예전에 헤어지면서 "탐색가에는 안 맞는다"라고 했을 때와 같이, 황당해하는 표정이었다.

"죄송합니다-! 우리는 빠질게요-!"

그리고 글렌은 우렁찬 목소리로 페데르트에게 대답했다.

"글렌 워커-!!"

"그쪽 직속인『셀레스티얼 나이츠』를 상대로 싸워야 하는 상황이잖아요! 상황이 어떻게 돌아가는 건지도 알지 못하겠고! 괜히 죽였다가 당신한테 욕이나 먹는 건 싫다고요!"

페데르트는 최강자에게서 돌아온 뜻밖의 대답에 분노했다. 하지만 글렌은 맥없는 목소리로 핵심을 찌르는 변명했다.

그렇다. 많은 사람들이 그렇게 생각하고 있는 것이다. 상황이 어떻게 돌아가는 건지 모르겠다고. 나중에 무슨 욕을 먹을지 알 수 없다고. 그러니까, 가만히 구경하는 수밖에 없다.

최강이라는 타이틀을 보유한 글렌이 그런 생각을 확실하게 대변해준 덕분에, 주위의 분위기도 달라졌다.

그런 상황에 위협을 느낀 페데르트는, 일찌감치 글렌을 포기하고 다음 빈객에게 말했다.

"그럼, 검성님──!"

검성? 뭔가 굉장한 별명을 가진 사람이 있는 것 같다.

평상시에 들었다면 가슴이 뛸 법한 별명이지만, 지금은 듣고 싶지 않은 별명이다.

페데르트의 부름에, 빈객석 한쪽에서 곤혹스러워하는 목소리가 들려온다.

"재상 대리, 나는 협조할 생각이 없진 않아. 하지만 글렌 녀석 말마따나, 싸움에 들어가면 사망자가 생기게 돼. 그리고 생각도 못 한 녀석이 살기를 내뿜는 게 장난이 아냐. 진짜 살벌하다고."

초로의 남자가 중앙에 있는 디아를 보며 맥없는 목소리로 대답했다.

디아는 방 안 가득 압력을 가하면서도, 시선은 줄곧 집중하고 있었다. 검성이라 불리는 초로의 남자를 계속 노려보고 있었다.

디아는 이 자리에 있는 사람들 중에 가장 성가신 자가 이 초로의 남자라고 생각하는 것 같았다.

평소의 말투로 돌아와서 말로 견제한다.

"남들이 들으면 오해할 소리 하지 마, 알레이스 영감. 나는 객관적으로 봐서, 저기 있는 소년의 말도 어느 정도 일리가 있다고 생각한 거야. 그래서 이야기를 좀 들어보려는 것뿐이라고."

"객관적이라. 얼마 전까지만 해도 그렇게 정숙한 애였는데 말이지……. 뭐냐, 시스, 혹시 그 흑발 소년에게 반하기라도 한 거냐?"

"큭! 이 망할 영감탱이가……!"

아무래도 둘은 서로 안면이 있는 사이인 모양이다.

불꽃이라도 튈 기세로 눈싸움을 벌이고 있다. 하지만 보아하니, 검성이라는 자도 당장은 움직일 생각이 없는 것 같다.

그 모습을 본 페데르트는 또 다른 유명인사에게 말을 걸었다.

굳이 막을 생각은 하지 않는다. 어쩐지 그러면 그럴수록 상황이 우리 쪽에 유리하게 돌아가는 것 같은 느낌이 들었기 때문이다.

성당 가득히 목소리가 오가고, 주위의 술렁거림이 한층 더 심해진다.

글렌과 검성의 맥 빠진 대답 때문인지, 방 안의 분위기가 들썩거리고 있는 것 같은 느낌이다.

페데르트에게 협조해야 한다는 목소리도 있었고, 그건 좋지 않다는 대꾸도 많았다.

나아가서, 각 나라의 요인들이 제멋대로 발언해대는 지경에 이르렀다. 의식의 엄정한 분위기는 완전히 망가지고 말았다. 그리고 주위의 신관과 기사들은, 여러 나라의 대표들이 말을 쏟아내는 바람에 움쭉달싹 못하고 있었다. ——신전 돌입 전에 팰린크론이 이야기한 대로 되어가고 있다.

당연히, 나와 등을 맞대고 있는 팰린크론은 점점 신이 나기 시작했다.

"하하하핫, 재상니이임?! 이거, 맞붙으면 승률은 반반인 거 아닙니까?! 하인과 지크 형씨는 엄청나게 강하단 말입니다아아아! 하하하핫!!"

"팰린크론, 이 자식! 큭, 이래서 오랑캐 기사를 받아들이는 걸 반대했던 건데!"

페데르트는 욕지거리를 내뱉었다.

그리고 사태를 반전시키기 위해 다시 언성을 높이려 했고——그때, 단상에서 굉음이 울려 퍼졌다.

"끄응……."

단상에 있던 여자는 얼굴을 찌푸린 채 라스티아라로부터 거리를 벌렸다.

"하악, 하악, 하악——!"

라스티아라는 대량의 땀을 흘리며 숨을 헐떡인다. 보아하니, 여자가 쳐둔 마법을 깨부수고 목소리를 낼 수 있게 된 모양이다. 그것을 본 페데르트는 넋이 나가서 소리쳤다.

"레키 님의 결계가?!"

여자는 한숨을 지으며 대답했다.

"이야, 진짜 대단한데, 이 '주얼 크루스'. 몸 상태가 저 모양인데도 힘으로 결계를 깨부수었어. 더 이상은 무리야. 더는 제압 못해."

"어찌 그런!"

"오히려 몇 분이나 버틴 걸 칭찬해줬으면 싶을 정도야."

페데르트는 여자에게 다가가서 비난의 목소리를 터뜨렸다. 한편, 해방된 라스티아라는 비틀거리면서도 결연한 표정으로 일어섰다.

그리고 방 안에 낭랑하게 울려 퍼지는 목소리로 전원에게 선언했다.

"하아, 하아, 하아——! 라스티아라 후즈야즈의 이름으로 명한다! 나의 기사 지크프리트, 하인, 레이디언트, 팰린크론! 혹시라도 내가 성인 티아라 따위로 전락하거든, 그 검으로 이 심장을 꿰뚫어라!!"

굳건한 의지를 담아 라스티아라는 의식을 거부했다. 성인 티아라가 되느니 차라리 죽는 게 낫다고 소리쳤다.

그 목소리에 '만들어진 것'은 느껴지지 않는다. 라스티아라의 확실한 의지라 판단하고, 나도 소리쳤다.

"알았어, 라스티아라!"

뒤이어 라스티아라의 기사들이 저마다 대답했다.

"근사한 첫 발언이야, 주인! 적어도 지크와 나는 할 거야!"

"그게 소녀 라스티아라의 의지라면!"

"아, 아가씨를 죽게 할 수는 없다고!"

이 대화를 여러 빈객들이 지켜보았다.

흥미진진하게 쳐다보는 자, 불쾌한 얼굴로 쳐다보는 자, 마음이 움직이는 자, 아무것도 느끼지 않는 자 등등, 다양한 반응을 보인다. 〈디멘션〉을 펼쳐서, 빈객들의 수런거리는 목소리를 포착해나갔다.

의식을 받아들이는 당사자가 의연하게 거부하는 것을 보고, 끼여들려 하던 사람들이 줄어든 게 느껴졌다. ──이제 세력 구도는 완전히 뒤바뀌었다.

그리고 라스티아라는 비틀거리면서 걸음을 뗐다.

나를 똑바로 응시하며 천천히 단상을 내려와, 한 발짝 한 발짝 내딛었다.

그것을 본 페데르트가 라스티아라를 저지하려 했고, 페데르트를 저지하기 위해 나와 팰린크론이 움직이려 했을 때──

"잠깐! 지금은 움직이면 안 된다, 페데르트!"

단상에 있던 여자도 소리를 높여서 페데르트를 제지했다. 페데르트는 그 목소리에 반응해서 발걸음을 멈추었다.

그 결과, 라스티아라는 아무런 방해도 받지 않고 신전 중앙의 융단 위를 걸었다. 나와 팰린크론은 뛰어갈 타이밍을 놓쳐서 그 자리에 선 채로 기다리고 있었다.

타이밍을 놓치긴 했지만—— 이건 결정적인 상황이기도 했다. 이 의식의 주최자 중 하나인 여자가, 라스티아라에 대한 관여를 단념한 것이다.

당연히 주위의 빈객들도, 신관들도, 기사들도, 라스티아라에게 손을 대려 하지 않았다. 아니, 손을 댈 수 없었다.

그러는 동안 단상에서 이를 갈면서 이야기하는 두 사람의 목소리를 〈디멘션〉으로 포착했다.

"왜 저지하지 않는 겁니까, 레키 님!"

"여기서 제지하려고 들면 틀림없이 팰린크론이 움직일 것이다."

"하지만, 그 녀석 한 명 정도라면——"

"저 소년도, 아마 보통내기는 아닐 거야. 무엇보다 이런 상황에서 『셀레스티얼 나이츠』간에 난투를 벌이게 할 수는 없어."

"하지만, 레키 님이 참전하시면 얼마든지 만회할 수 있습니다……!"

"타국의 요인 중에 한 명이라도 사상자가 발생하면, 결국은 우리의 패배야. 그리고 여기서 일곱 기사를 잃는 건 쓰라린 일이야. 적어도 이 신전 안에서는 손을 쓸 수 없어. 아무런 희생도 없이 저 소년과 '주얼 크루스'를 제압하는 건 이미 불가능해진 상황이다."

여자는 고개를 가로젓고 페데르트를 다독였다.

"성인 티아라라는 장기말이 손에 들어오더라도, 잃는 게 너무 많으면 본전도 못 뽑는 격이야. 계획을 위해서라도 지금은 참아. 참고 있으면, '주얼 크루스'도 『셀레스티얼 나이츠』도, 언젠가 후즈야즈에 돌아오게 될 가능성이 남게 돼. ——이번 싸움은 팰린크론과 하인이 배신하고, 저 소년이 멀쩡하게 여기에 나타난 시점에서 이미 진 거나 다름없었던 거다."

여자는 냉정하게 페데르트에게 상황을 설명한다.

페데르트는 입술을 악물고 이쪽을 쏘아본다.

분노와 증오가 뒤섞인 표정으로, 나라는 변칙요소를 노려보고 있다.

보아하니, 이제야 현재의 열세를 인정한 모양이다. 더 이상 페데르트라는 남자는 위협이 되지 않는다. 단상 위에서 시선을 옮긴다.

라스티아라는 비틀거리면서 누구의 방해도 받지 않고 내곁에 다다랐다.

기진맥진한 라스티아라는 나약하게 웃는다.

웃으면서, 조그맣게, 퉁명스럽게, 동료인 나에게 한마디 감사를 전한다.

"고마워."

"그래……."

나는 가만히 웃으며 대답하고, 라스티아라의 손을 잡았다.

그리고 그 뒤에서 어째 언짢은 표정의 디아가 나타났다. 보아하니 라스티아라 뒤를 쫓아온 모양이다. 당초의 예상대로, 이대로 나를 쫓아오려는 모양이다.

라스티아라를 되찾고 뒤를 돌아보니, 거기에는 늑대 형태로 변한 레이디언트 씨가 있었다. 등을 이쪽으로 돌리고, 타라고 재촉한다.

라스티아라의 상태를 보고, 자신이 이동수단이 되기로 마음먹은 모양이다.

"레이디언트 씨, 디아도 태워주면 안 될까요? 디아와 같은 편이에요."

한 박자 침묵한 후, 늑대는 고개를 조아렸다.

디아도 자신의 신체능력이 변변치 않다는 건 알고 있으리라. 투덜거리지 않고 라스티아라와 함께 레이디언트 씨의 등에 올라타주었다.

그때, 디아와 동행하고 있던 신과들의 노성이 들려왔지만 무시하고 입구를 쳐다보았다. 네 명의『셀레스티얼 나이츠』들이 가로막고 있었다.

우선 하인 씨가 위협하듯이 옛 동료들에게 말했다.

"비켜주세요. 안 비키시면, 여기서 마법을 쓸 수밖에 없어요. 그렇게 되면 이 신전이 무너져버릴 수도 있지요. 빈객들에게 피해가 발생하면 곤란해지는 건 여러분 쪽일 텐데 요?"

하인 씨는 냉랭한 표정으로 손바닥을 내밀고, 팰린크론이 할 예정이었던 말을 대신한다. 이에, 흑기사는 땅이 꺼질 듯 한숨을 짓고 문 옆쪽으로 비켜서서 길을 터주었다.

상사가 길을 터주는 걸 보고, 다른 세 명도 그를 따라 비켜섰다.

완벽하게 조건이 갖춰진 순간이었다.

마지막 승리선언과 함께, 전원에게 지시를 내렸다.

"라스티아라 후즈야즈는 제가 데려갈게요! 하인 씨, 팰린크론, 레이디언트 씨! 어서 가요! 단숨에 돌파하는 거예요!!"

가장 먼저 내달린 것은 레이디언트 씨였다.

육안으로 확인하기도 힘들 정도의 속도로, 두 소녀를 태운 채 방에서 뛰쳐나갔다.

그 뒤를 따라 나와 하인 씨와 팰린크론도 신전 밖으로 내달렸다.

당연히 적에 해당하는 『셀레스티얼 나이츠』 네 사람도 그 뒤를 쫓으려 내달렸다. 하지만 당장 공격해 오지는 않았다. 아직 신전에서 너무 가깝다고 생각하고 있는 것이다. 여기서 싸우면 신전 안까지 여파가 미칠 가능성이 있다.

하지만 그런 적의 걱정 따위는 알 바 아니라는 듯, 하인 씨는 달리면서 마법을 영창해서 폭풍마법을 내쏘았다.

"——〈시어 와인드〉!!"

하인 씨가 몸을 돌리면서 내쏜 마법이, 후방에서 쫓아오던 네 사람을 날려버렸다.

그리고 곧바로 앞쪽으로 돌아서서, 다시 전력질주를 재개한다.

계단을 내려가서 복도와 현관을 지나, 아까 왔던 길을 되짚어간다.

하지만 입구까지 돌아왔을 때, 어째선지 대성당 밖에서 레이디언트 씨가 멈춰 서 있는 모습이 보였다. 그 이유를 알 수 없어서 의문을 안은 채 다가갔다. 하인 씨와 팰린크론 씨도 마찬가지인 모양이었다.

하지만 그 의문은 레이디언트 씨의 등에 올라타 있는 디아를 보자 풀렸다.

정확히 말하자면, 디아에게서 뿜어져 나온 마력의 불기둥을 보고 이해했다.

뒤따라오던 세 사람이 대성당 입구를 빠져나가서 레이디언트 옆에 나란히 서는 동시에, 압축에 압축을 거듭한 디아의 고밀도 마법이 발동한다.

"——〈플레임 애로우 · 폴 플라워(산화, 散花)〉!"

디아는 마력의 불기둥을 폭발시켜서, 하늘에 화염의 꽃잎을 흩뿌렸다. 뒤이어 그 꽃잎을 천 개 이상의 불화살로 변질시켜서 하늘을 빼곡히 채우고, 빗발처럼 대성당에 퍼부었다.

디아의 〈플레임 애로우〉는 이제 예전의 레이저 같은 마법과는 차원이 다른 마법으로 변해 있었다. 아르티에게 가르침을 받아서 화력을 컨트롤할 수 있게 되었다. 일반적인 불화살의 형태다.

무수한 화염 화살이 그 물량으로 대성당 입구를 파괴해나갔다. 더불어 대성당에 있는 창문들을 모조리 파괴해서, 여기에서 보이는 대성당의 모든 출입구를 깨부숴버렸다.

이러면 추격자들도 그리 손쉽게 성당 밖으로 나올 수는 없을 것이다.

그것 확인한 후, 그 참상을 일으킨 술사에게로 눈길을 돌렸다.

그러자 디아는 득의양양한 얼굴로, 또 다른 마법을 구축하면서 이쪽을 보고 있었다.

"지크, 더 하는 게 좋을까? 마음만 먹으면 아주 무너뜨려 버릴 수도 있어."

"아, 아니, 이 정도면 됐어. 더 이상 파괴해봤자 원한만 살 뿐이야."

"알았어. 늑대 씨, 이제 됐대. 그만 출발해줘."

레이디언트 씨에게 그렇게 말하자, 레이디언트 씨를 비롯한 세 사람은 앞으로 내달렸다.

팰린크론은 웃음을 애써 참고 있고, 하인 씨는 눈이 휘둥그레져 있다.

나는 하인 씨와 비슷한 심경이다.

"어서 가요, 하인 씨. 이러면 어느 정도 시간은 벌 수 있어요."

하지만 계속 넋 놓고 있을 수는 없다. 곧바로 도주를 재개했다.

그리고 큰 계단을 달려 내려가려다가, 밑에서 대기하고 있던 기사들과 교전을 벌이게 되었다.

하지만 말단 기사들의 힘만 가지고 우리 셋을 상대하는 건 힘겨운 일이다. 단순히 『셀레스티얼 나이츠』가 도적과 함께 있다는 이유 때문에 움직이지 못하는 기사도 있었다.

기사들을 쓸어버리면서 계단을 내려갔다.

앞서 달리는 디아 일행도 마찬가지 상황인 모양이다. 애초에 늑대 형태로 변한 레이디언트 씨를 따라잡을 수 있는 속도를 가진 자는 없다. 가까이 다가가기만 해도 등에 올라탄 디아의 마법에 의해 격추될 뿐이다. 보아하니, 이쪽의 남자 3인조보다 더 안정적인 모양이다.

나는 안심했다. 도망칠 수 있다는 확신을 분명히 느꼈다.

환희에 찬 미소를 지으며, 하인 씨에게 말을 걸었다. 후즈야즈를 빠져나간 이후의 계획을 확인하기 위해서다.

"우리는 곧바로 남쪽 나라인 글리어드로 도망칠 생각이에요. 하인 씨 쪽은 어떻게 하실 거죠?"

"남쪽으로 도망친다……. 현명한 판단이군요. 될 수 있으면 저도 같이 가고 싶습니다. 이래 봬도 인맥은 제법 있으니, 분명 도움이 될 겁니다."

하인 씨는 내 계획을 듣고 동행을 청했다.

"아, 나는 중간에서 빠져나갈 거야. 중간까지는 같이 갈 거지만."

팰린크론의 대답은 달랐다. 내 입장에서도 고마운 대답이었다.

지금까지 도움을 받아놓고 이런 소리를 하는 건 매정하다는 소리를 들을지도 모르지만, 나는 팰린크론이라는 남자를 아군으로 여기지 않는다. 이번에는 이해관계가 일치했던 것뿐이고, 이런 위험인물과는 한시라도 빨리 헤어지고 싶다는 게 내 본심이다. 그렇기에 아직도 경계를 풀지 않고 있는 상태였다.

두 사람을 향해 고개를 끄덕여 승낙의 뜻을 표했다.

그리고 주위의 기사들을 물리치고, 분수가 있는 안뜰을 지나 침엽수로 둘러싸인 길을 빠져나갔다. 그 너머에 있는 다리의 문에는 기사들이 단체로 대기하고 있었지만, 레이디언트 씨는 그 머리 위를 손쉽게 뛰어넘었다. 물론 우리는 뛰어넘을 수 없으니 하인 씨가 마법을 내쏘아서 돌파구를 열고, 강행돌파로 통과했다.

우리 여섯 명은 무사히 다리를 건넜다. 다음은 성탄제를 기다리는 시민들의 벽.

시민들은 갑작스레 나타난 거대한 늑대를 보고 놀랐지만, 뒤쪽까지 사람들이 빼곡히 들어차 있어서 좀처럼 길이 열리지 않았다.

레이디언트는 할 수 없이 길에 있는 가로등과 노점 지붕 등을 부수어가며, 무식한 방법으로 사람들을 피해 나아갔다.

시민들은 비명을 지르며 혼란에 빠졌다. 지상을 달리던 우리는 그 혼란을 틈타서, 사람들 사이를 누비고 레이디언트 씨를 뒤쫓는다.

길로 이용할 수 있을 법한 건물군까지 다다르자, 우리 여섯 사람은 그 위로 올라갔다. 거기서 재합류하고, 지붕 위를 달려 후즈야즈로부터의 탈출을 도모했다.

아래쪽을 내려다보니. 내달리는 우리를 보며 즐거운 표정으로 손짓하는 사람들이 있었다. 보아하니, 성탄제의 여흥 같은 걸로 착각하고 있는 모양이다.

후방을 돌아보고, 추격자가 있는지 확인했다.

우리를 뒤쫓으려 하는 기사들이, 시민들의 벽에 막혀서 우왕좌왕하고 있는 모습이 보인다. 건물 위로 올라와서 쫓아올 수 있을 정도의 신체능력을 가진 자는 없는 모양이다.

일단 안도하고, 레이디언트 씨에게 말했다.

"후우……. 레이디언트 씨, 일단 발트 쪽으로 가주세요. 집에 들러서 동료와 합류하고 싶어요. 합류한 뒤에는 남쪽 나라인 글리어드까지 곧바로 도망치는 거예요."

레이디언트 씨가 고개를 끄덕이는 것을 보고, 라스티아라 탈환 작전의 성공을 확신했다.

──끝났다.

상정했던 결과 가운데 최상에 가까운 결과다. 대성공이라

해도 과언은 아닐 것이다.

생각했던 것보다 의식에 구멍이 많았다. 이제 이 세계 사람 중에 나를 막을 수 있는 자는 없다. 그런 생각이 들 정도의 대성공이었다.

누구 하나 탈락하지도 않았고, 적들 중에 사망자가 생기지도 않았고, 라스티아라를 구출해냈다.

아직 방심할 때가 아니라는 걸 알고 있으면서도, 저도 모르게 실실 웃음이 나온다.

그것을 알아챈 디아와 라스티아라도 이쪽을 보며 미소 짓는다. 두 사람의 드레스가 바람에 나부낀다. 순백색 의상으로 치장한 두 사람의 미소는 사기적이라고 느껴질 만큼 아름다웠다.

──아아, 다행이다.

두 사람의 미소를 지켜낼 수 있어서 정말 다행이다. 이제 남쪽 나라에서 태세를 정비해서 미궁 탐색을 재개하기만 하면 된다. 게다가 분위기로 보아, 하인 씨와 레이디언트 씨도 미궁 탐색에 협조해줄 가능성이 높다. 동료가 확 늘어났으니, 미궁 탐색에도 한층 더 속도가 붙을 게 틀림없다.

두 기사의 특성은 미궁 탐색에 적합하다. 하인 씨의 마법이 있으면, 비행계 몬스터 때문에 애를 먹을 일은 없어질 것이다. 레이디언트 씨의 짐승화 능력이 있으면, 지금처럼 발이 느린 마법 특화형 동료를 태우고 싸워서, 파티의 종합적인 능력치를 급격하게 강화할 수 있을 것이다.

이렇게 되면, 마리아까지 미궁 탐색에 참가시키는 것도 꿈만은 아니다.

마리아에게 반가운 보고를 할 수 있다는 생각에, 내 입은 한층 더 짙은 웃음을 머금었다.

같이 미궁 탐색을 하자고, 이제야 마리아에게 자신 있게 말할 수 있다.

──정말 다행이야…….

라스티아라 탈환은 위험부담이 높은 작전일 거라 생각했었다. 하지만 막상 끝나 보니, 아무런 손실도 없이 믿음직한 동료를 늘리는 결과를 얻었다.

디아는 완전히 회복해서, 예전보다 더 높은 수준의 마법사로 복귀해주었다.

라스티아라는 자아를 되찾고, 다시 나와 함께 모험을 해준다.

라스티아라에 대한 하인 씨와 레이디언트 씨의 충성심은 확실히 보증할 수 있는 수준이다. 동료로서 신뢰할 만하다.

그리고, **마리아를 더하면** 6인 파티.

하나의 파티 치고는 인원수가 많은 편이지만, 내 입장에서는 머릿수가 많은 건 불리할 게 없다. 〈커넥션〉이 있으면 파티를 변경해가면서 공격할 수도 있다. 항상 여섯 명 전원이 함께 도전하는 것에 집착할 필요는 없다.

앞으로 더 동료들을 모으면, 다양한 로테이션을 이용한 미궁 탐색이 가능할 것이다.

아아, 꿈이 점점 더 부풀어 오른다.

미궁에서의 선택지가 늘어 가는 것을 느끼고, 진심으로 기뻐했다.

모든 것이 순조롭게 풀리고 있다.

며칠 전의 소극적이었던 나에게 지금의 나를 보여주고 싶을 정도다.

지금의 나라면 당당하게 외칠 수 있다.

조금만 용기를 내면 근사한 걸 얻을 수 있다고.

노력하면 노력한 만큼의 결과가 돌아오게 된다고.

그렇게 전해주고 싶다.

아무것도 믿을 수 없는 이세계라 해도── 아니, 오히려 그런 이세계이기에, 내게는 이야기 속 같은 결말이 기다리고 있다. 그것을 과거의 나에게 가르쳐주고 싶다.

나는 깃털처럼 가벼워진 몸으로 달렸다.

스킬 '???'에 의한 괴로움도 분노도, 이제는 없다. 뭐든지 다 해낼 수 있을 것만 같은 기분으로, 건물 지붕을 길로 삼아 내달려 후즈야즈의 국경을 넘었다.

발트의 가도를 달려, 내 집이 있는 언덕으로 향한다.

언덕 위의 집에서는 마리아가 기다리고 있다.

지금의 나라면, 마리아의 마음과도 마주할 수 있을 것 같은 기분이다.

피해오기만 했던 내 모든 것들과 마주하고, 마리아 문제도 해결할 수 있다. 그런 자신이 생겼다.

그만큼 마음에 여유가 있다.

그래서, 마리아를 만나고 싶었다.

아아, 빨리 마리아를 만나서, 그래서── 그래서──!

하지만, 기대에 부푼 가슴을 안고 달려간 내가 목격한 것은──

집이 있어야 할 곳에서 피어오르는 **'연기'였다.**

'무언가'가 언덕에서 타오르고, 대량의 연기가 하늘에 가득 차 있다.

──어?

들떠 있던 기분이 순식간에 얼어붙는다.

마음속에 있던 여유를, 새까만 물웅덩이에 던져버린 것 같은 착각에 휩싸였다.

나는 새파랗게 질린 채, 아무 생각도 하지 못하고, 정신없이 집을 향해 달렸다.

혼자 앞장서서 언덕을 뛰어올라, 연기가 피어오르는 곳에 다다랐다.

다다라서── 목격했다.

불타고 있는 건, **내 집이었다.**

타닥타닥 소리를 내며 캠프파이어처럼 타오르고 있는 집을, 두 소녀가 바라보고 있다. 내가 돌아온 것을 깨닫고, 두 소녀는 이쪽으로 고개를 돌린다.

두 소녀는 아르티와 마리아.

아르티는 웃으면서 "지크 왔네"라고 마리아에게 전했다.

마리아는 나를 발견하고 천진난만하게 웃었다.

하지만 그 미소는 곧 사라졌다. 내 뒤를 보고, 표정이 굳어진다.

아르티는 뭔가를 속삭이면서 마리아의 머리를 쓰다듬어 위로한다.

──이상하다.

불타오르는 집 앞에서 태연하게 서 있는 두 사람이 이상하다. 마리아를 귀여워하는 아르티의 눈이 이상하다. 라스티아라를 보며 **살의**를 품는 마리아가 이상하다. 이상하다. 이상하다이상하다이상하다.

──모든 게 다 이상하다.

머릿속이 새하얘진다.

그리고 그 새하얀 머릿속에 맑은 목소리가 울려 퍼진다.

더없이 맑은 목소리. 울음을 터뜨릴 것 같은, 슬퍼 보이는, 괴로워 보이는── 마리아의 목소리.

"주인님을, 돌려, 줘……."

마리아는 이쪽을 보며 뇌까리고 있었다.

지난번보다도 어둡고 침울한 눈. 무(無)보다도 공허한 눈으로 이쪽을 보고 있었다.

　심장이 거세게 고동치며, 쿵쾅쿵쾅 소리를 낸다.

　가슴에 작은 아픔이 느껴진다.

　그것은 라스티아라 탈환 작전에 임하면서 처음으로 느낀 대미지였다.

　돌이켜보면, 오늘 나에게 대미지를 입히는 데 성공한 건, 마리아뿐이었다. 여기에 있는 마리아뿐이었다…….

　그 사실에, 나는 오한을 느꼈다.

　분명히 아군일 터인 아르티와 마리아를 앞에 두고, 공포를 느끼고 있는 것이다…….

4. 마리아 · ■■■■■

——**타오른다.**

아아, 모든 것이 불타고 있다.

주인님이 맡기신 소중한 집이, 내 안식처였던 곳이——
불타고 있다.

어느 틈에. 아아, 어느 틈에……. 이렇게나 쌓여 있었던
걸까…….

그것은 부글부글 거품을 일으키며, 여기서 내보내달라고
절규하는 검붉은 감정. 진흙과도 같은 점착성(粘着性)을 가진
그것은 마음속에서 달아올라서, 억누르고 또 억눌러서 지
나치게 밀도가 증가한 연료.

……광애(狂愛)와 질투.

시작은 하나의 불씨였다.

불의 이치를 훔치는 자에 의한, 새로운 세계를 만들어내
는 마법의 불씨.

그 불씨는 마음속에 가득 차 있던 모든 것을 태워서, 마음
을 가득 채우는 업화로 변했다.

업화는 마음을 불사르고, 비추고, 드러낸다. 내가 정말로
원하던 것의 형태를, 또렷하게 마음에 비춘다. 어느 한 ■■
의 일상을, 그림자놀이처럼 비추어서 보여주었다.

그렇다. 나는 거기로 돌아가고 싶었다.

돌아가고 싶은 것뿐. 그 행복했던 곳으로.

고향으로. 과거로. 그 근사한 나날로.

그 평온을 되찾고 싶은 것뿐──이었다.

거기서는 모든 사람들이 행복했다.

■■가 있고, ■■가 있고, ■■가 있고, 친구가 있고, 일족이 있었다.

파니아의 변경. 재미있는 거라고는 눈 씻고 찾아도 없는 시골 중의 시골.

밭일을 하고, 사냥을 하고, 집안일을 돕는 바쁜 나날이었다. 하지만 모두 웃고 있었다. 모두 웃으면서 지냈던 것이다…….

그곳을 파괴한 것은 나……. 나의 '눈'이 가진 힘이 파괴하고 말았다…….

이 '눈'은 사물의 본질을 보게 만든다.

찾아낸다거나, 꿰뚫어 본다거나, 보인다거나 하는 게 아니라…… 보게 만드는 것이다.

그렇기에 들일을 할 때도, 툭하면 근본적인 개선방안에 생각이 미쳐서 일손이 멈추곤 했다. 사냥을 할 때도, 전통적인 방법은 쓸 수 없게 되었다. 집안일을 하다 보면 이건 내가 할 일이 아니라는 생각이 들어서 견딜 수가 없었다.

그럴 때마다 꾸중을 듣곤 했다. 아아, 그리워라.

■■는 그런 나를 보며, 다정하게 타일러주었던 **것 같은 느낌이 든다.** "너는 다른 애들보다 보는 눈이 있어"라고 칭

찬해주었다. "그 '눈'은 하늘이 주신 선물이야"라며 스킬에
대해 가르쳐주고, "그 힘으로 마을을 위해 도움이 될 만한
걸 찾아내줘"라고 부탁받은 기억이 어렴풋이 남아 있다.

하지만, 지금은 그 ■■의 얼굴조차 기억나지 않는다.

어디부터 잘못됐던 걸까.

마을에 불온한 소문이 돌기 시작했을 때부터? 나라가 전
쟁에 돌입했을 때부터? 아니, 결정적이었던 건 군대가 마을
에 주둔하기 시작했을 때부터였나? 군대 지휘관의 방침에
내가 딴죽을 걸었을 때부터? 내가 싸움에 이길 수 있다는
소리를 했을 때부터? 아니면, 내가 싸움을———…….

아니. 그게 아니다.

그런 과정은 중요한 게 아니다.

그런 문제가 아니라는 걸 '눈' 때문에 알 수 있었다.

결국, 그 마을은 무슨 짓을 해도 멸망하게 되어 있었다.
군대가 주둔하기 훨씬 전부터, 모든 운명은 정해져 있었던
것이다. 요컨대, 그 마을의 '입지'가 문제였다.

그런 단순한 이야기. 나는 그것을 저절로 알았다.

마을의 멸망은 운명이었다. 내가 그것을 가속시킨 건 사
실이다. 하지만 진짜 원인은 내가 아니라는 걸, 나는 눈을
통해 알았다.

만약에 내 바람대로 그 근사한 나날로 돌아갈 수 있다 하
더라도, 어차피 또 같은 운명을 맞게 되리라. 그 작은 마을
에 사는 진귀한 흑발흑안의 일족은, 이런 시대에는 멸망할

수밖에 없는 운명이었다. 단지, 그것뿐…….

"그러니까, 나는 과거로 돌아가고── **싶지 않아.**"

불의 이치를 훔치는 자는 처연한 얼굴로 대답했다.

"그래, 그렇겠지……."

그렇다면, 나는 뭘 하고 싶은 건가. 내 소망은?

화염의 빛으로 생겨난 그림자놀이를 본다. 내 마음을 투영해 낸 세계를 다시 한 번 확인한다.

거기에는 고향 따위, ■■따위, 그런 것들은 없다.

그런 것들은 이미 모조리 불타서 재가 되었다.

■■, ■■, ■■, 이미 재가 돼버려서 기억이 나지 않는다…….

화염마법의 '대가'로 불타버린 것이다. 그건 기억하고 있다.

정말 소중한 것이었건만 사라져버렸다…….

그렇기에, 이제 남아 있는 그림자는 단 하나뿐.

내 일족과 같은 흑발흑안을 가진 사람. 이제 남은 건 그것뿐.

처음 만난 그때부터 줄곧, 내 마음속 깊은 곳에 웅덩이를 만들어온 사람.

내 세계에는 오직 그 사람만이 비치고 있다.

그리고 불의 이치를 훔치는 자가 처연한 목소리로 "지크 왔네"라고 내게 속삭였다.

지크프리트 비지터라는 거짓말쟁이 주인님이 언덕 아래

에서 모습을 드러냈다.

　■■를 대신할 인물로 내 '눈'이 선택한, 다정한 사람.

　그리고 '눈'으로도 제대로 파악할 수 없을 만큼 고귀한 사람. 영웅 중의 영웅.

　나의 사랑스러운 사람.

　타오르는 불길이 다다르는 곳.

　드디어 나의 주인님이 돌아와주었다…….

　그날로부터……. 드디어——…….

　——불의 이치를 훔치는 자는, **평범한 사랑에는 관심이 없다.**

　그것은 사흘 전.

　『불의 이치를 훔치는 자』와 진정한 의미에서 처음 만난 것은, 주인님 일행과 함께 전야제에 갔을 때였다.

　전야제에서 돌아오는 길에 나는 그녀와 단둘이 있게 되었다. 그것이 '우리' 이야기의 시작.

　"근사해, 넌 정말 근사한 애야! 아아, 어쩜 그렇게 사랑스러울 수 있는 거지, 마리아?"

　『불의 이치를 훔치는 자』—— 아르티 씨는 내 사랑을 '근사하다'라고 평했다.

"······'어리석다'를 잘못 말씀하신 것 아닌가요?"

"아니아니, 너는 사랑스럽고, 귀여워. 결코 어리석지는 않아. 너는 평범한 여자아이로서의 평범한 감정을 감추고 있어. 애석하게도 상대가 너무 강해. 상대가 다른 사람도 아닌 라스티아라라면, 누구나 불리하기 마련이지."

"하긴 그래요. 누구나 다 불리하겠죠. 그렇게 완벽한 사람인걸요. 마치 '만들어진 것'처럼 아름답고 완벽한 사람······."

나는 깊은 한숨을 지으며 현재의 전력 격차에 절망했다.

"후훗, '만들어진 것'이라. 절묘한 표현인데. 그 말마따나 그 애는 반칙적인 '만들어진 것'이야."

"저는 신이 미워요. 왜 제 키를 조금 더 크게 해주지 않은 건지······. 라스티아라 씨처럼 몸매도 좋고, 머리카락도 찰랑찰랑하고, 눈매도 예뻤다면 주인님도 라스티아라 님을 쳐다봐주듯이 저를 쳐다봐주실 텐데······."

"내가 보기에 마리아한테는 마리아의 매력이 있는 것 같은데 말이지."

"하하, 저한테 무슨 매력이 있다는 거죠? 덩치도 작고 가슴도 없어서 어린애 같잖아요. 머리는 덥수룩하고, 눈매도 별로인걸요. 여자로서의 매력이 전혀 없다구요."

자신의 특징을 열거하다 보니, 기분이 나락의 늪 속으로 가라앉는 것 같은 기분이었다.

"그렇지만도 않은 것 같은데."

"그렇지 않다고 해도, 무엇보다 저는 주인님 곁에 설 자격이 없는걸요. 주인님이 원하시는 건 미궁 탐색에 도움이 되는 힘이에요. 저에게는 힘이 모자라요. 힘이⋯⋯."

"흐음. 힘이라⋯⋯."

며칠 전에 있었던 일을 떠올렸다.

미궁에서 도움이 되기는커녕, 발목을 붙잡는 꼴만 되고 말았다. 이제 두 번 다시 미궁에서 내 자리를 찾을 수는 없을 것이다.

그때 라스티아라 씨는 "꼼꼼하게, 죽지 않도록, 파탄 나지 않도록——"이라고 말했었다. 완곡하게 내 사랑을 응원해줄 생각이라는 건 알았지만, 전망은 좋지 않았다. 무엇보다, 주인님 곁에 있을 구실이 하나도 없는 것이다. "이 집에서, 매일 요리를 만들어줘"라는 부탁 덕분에 가까스로 절망을 딛고 일어설 수는 있었지만, 앞날은 여전히 어두운 상황이었다.

"하아⋯⋯."

"그렇게 한숨짓지 마. 나까지 슬퍼지잖아."

"죄, 죄송해요⋯⋯."

아르티 씨는 정말로 슬픈 표정이었다.

"아니, 사과할 것 없어. 그보다 힘이라고 했지? 너한테 부족한 게."

"아, 네. 힘이 없으면, 주인님께 도움이 돼드릴 수 없으니까요."

"그 점에 대해서는 나한테 방법이 있어. 너를 강하게 만들 방법이."

"어, 저, 정말이에요?!"

저도 모르게 목소리를 높이며 아르티 씨에게 다가섰다.

"그래, 물론 있고말고. 나는 언제나 보답받지 못하는 사랑에 빠진 소녀의 편이니까."

"그게 어떤 방법인데요?!"

"너한테 마법을 가르쳐줄게. 화염마법의 프로페셔널인 내가, 네 화염마법을 최고 수준으로 승화시켜주지."

"마법을……?"

"살짝 과격한 수단이긴 하지만 말야. 내 마법술식이 담긴 피를 직접 마시는 방법을 쓸 거니까."

"피를 마신다구요……?"

술식을 새긴 마석을 삼키는 거라면 이해가 가지만, 술식이 담긴 피를 마신다는 건 들어본 적이 없었다. 그런 짓을 한다고 마법을 익힐 수 있으리라고는 생각하기 힘들다.

"네가 이상하게 여기는 것도 무리는 아냐. 이 수법은 이 시대에는 없다는 모양이니까. 하지만 내가 보증할게. 최고급 화염마법사로서 보증할게. 이 방법을 쓰면 너도 세계 최고봉에 선 화염마법사에 한층 다가갈 수 있어."

아르티 씨는 진지한 눈매로 나를 바라보았다.

"하지만, 피를 마신다고 해서 마법 술식이……."

"이건 별로 안 알려진 이야기지만 말야, 피를 마시는 것과 마석을 마시는 건, 결국 똑같은 거야. 마석이 더 쉽게 익힐 수 있도록 개량돼 있는 건 사실이야. 마석으로는 속성만 맞으면 누구라도 마법을 익힐 수 있지. 하지만 구조 자체는 둘 다 똑같아. 물론 피로 마법을 익힐 수 있는 조건은 아주 까다로워. 정말로 까다롭지. 그래서 이 수법은 사람들 사이에 침투하지 못했고, 덕분에 아는 사람도 없어."

아르티 씨는 마법에 대한 지식이 해박하다. 약간 엉뚱한 말을 하긴 하지만, 학원에 다니는 프랑류르 씨보다도 견식이 풍부한 건 확실하다. 그래서 아르티 씨의 말은 설득력이 있었다.

"그 조건을 제가 충족하고 있나요?"

"그래, 충족하고 있어. 다행인지 불행인지, 완벽해. 완벽한 친화성이라고 해도 과언이 아냐."

"도대체 어떤 조건이기에⋯⋯."

"으─음, 실은 비밀이지만⋯⋯. 다른 사람도 아닌 마리아니까, 조금만 가르쳐줄게. 간단하게 말해서, 피를 주는 쪽과 마시는 쪽의 공통성이야. 나와 마리아는 같은 고민을 갖고 있고, 비슷한 성격을 갖고 있어. 게다가 인생도 비슷해. 정말 비슷하다니까. 이게 중요한 거야."

"저, 저기, 그 말씀은, 아르티 씨도 이루어질 수 없는 사랑을⋯⋯?"

"후훗, 그래. 나도 너와 같아."

그 사실은 내게 충격으로 다가왔다.

마음속 한구석으로, 이런 고민을 갖고 있는 건 나뿐이라고 생각해왔던 것이다.

"그래서 이렇게 신경을 써주시는 거였군요."

그리고 마음속 한편에 있던 의문도 해소되었다.

솔직히, 이상하리만치 나를 도와주는 게 이상하다고 생각했었다. 하지만 그런 동료의식이 있었던 거라면 그런 행동도 이해가 간다.

내 스킬 '안력'── '눈'도, 아르티 씨가 내게 호의적이라는 걸 인정하고 있었다.

"그렇게 된 거야. 어쨌거나, 내 피를 마셔보면 다 알 수 있을 거야. 어때, 마셔보겠어?"

아르티 씨는 웃으며 팔을 내밀어 피를 마실지 어떨지를 물었다.

나는 고민했다.

딱히 거짓말일 가능성이나 위험부담 때문에 고민하고 있는 건 아니다. 아르티 씨에게 폐를 끼치는 일이 되지 않을까 하는 고민이었다. 그리고 대가도 없이 이렇게까지 많은 걸 받는 건 아무래도 꺼림칙했다.

"저, 정말로 괜찮으신 거예요? 마법이라는 건 마법사에게 있어서 아주 중요한 거라서, 어지간해서는 남들에게 나눠주지 않는 것 아니었나요?"

"상관없어. 나는 마리아에게 힘이 돼주고 싶으니까."

거침없는 대답이었다. 아르티 씨는 조금의 망설임도 없

이, 내게 힘이 돼주고 싶다고 했다.

"그럼, 마실게요. 그렇게 해서 힘을 얻을 수만 있다면, 저는 마실 거예요."

그에 나도 곧바로 대답했다. 주저 없이 대답하는 나를 보고, 아르티 씨는 어렴풋이 웃었다.

"후훗, 시원시원해서 좋은걸."

아르티 씨는 곧바로 손목을 쥐어뜯어서 피를 냈다.

그 인정사정없는 자해 행위에 나는 놀랐지만, 숙련된 마법사라면 이 정도는 별문제 없다는 모양이다. 나는 결의를 다잡고, 아르티 씨의 손목에 입을 가져갔다.

빨간 피가 흘러내려 내 혀로 떨어졌다.

피가 혀에 엉겨 붙고, 목구멍을 지나 몸속에 스며든다. 쇠맛이 입안에 퍼져 나가서, 스스로가 다른 사람의 피를 마시고 있다는 것을 실감하게 했다.

그와 동시에 배 속 깊은 곳에서 뜨거운 무언가가 치밀어 오르는 것 같은 느낌이 들었다.

몸속의 마력이 놀란 것 같은, 피가 들끓는 것 같은, 새로운 무언가를 손에 넣은 감각이었다.

"이제 내가 가진 화염마법 전부가 네 피에 기록됐어."

내 모습을 지켜보던 아르티 씨가 고개를 끄덕였다.

"이, 이것만으로도, 모든 전부 다……?"

허무할 정도였다. 마석을 삼켰을 때보다 훨씬 더 편한 방법 아닌가 싶다.

"기록됐다고 해서 당장 쓸 수 있는 건 아니지만 말야. 스며드는 데에는 시간이 걸리고, 다짜고짜 고위마법을 쓰면 부담도 어마어마하게 커져. 우선은 가벼운 것부터 몇 가지 연습해볼까?"

놀라는 나를 보며, 아르티 씨는 어렴풋한 웃음과 함께 손바닥에서 작은 불꽃을 만들어냈다.

영창도 없이 화염마법을 쓴 것이다. 하지만 미궁에서 쓰기에는 너무나 작디작은 불꽃이었다.

약간 조바심이 났다.

화염마법의 선택지가 늘어난다 해도, 20층 이하의 몬스터에게 통하지 않으면 의미가 없었다.

내가 힘을 원하는 것은 전부 주인님을 따라가기 위해서다.

"죄, 죄송해요! 혹시 가능하다면, 강력한 공격마법을 연습시켜주세요. 미궁 심층부에 있는 거대 몬스터에게도 통할 만한 공격마법을!"

언성을 높이며, 강력한 마법을 요구했다. 아르티 씨는 그 요구를 온화하게 받아들여주었다.

"후훗, 역시 급한가 보지?"

"네. 서두르지 않으면 너무 늦어버릴 것 같아요. 그럴 것 같은 기분이 들어요."

"하지만 무리한 마법 운용에는 그에 상응하는 '대가'가 필요해. 마법은 정신으로 구축하는 기술이야. 그 마법을 무리하게 운용한다는 건, 곧 정신을 혹사한다는 뜻이야."

"······상관없어요. 부탁드릴게요."

아르티 씨는 겁이라도 주듯이 내 결의를 물었다. 물론, 나에게 주저 따위는 없다. 뭔가를 희생해서 힘을 손에 넣을 수 있다는, 너무나 매력적인 제안이 눈앞에 있는 것이다. 뛰어들지 않을 수는 없는 노릇이다.

지금까지의 나는, 무엇을 희생해도 힘을 손에 넣을 수 없었으니까.

"아아······ **역시.**"

그런 내 태도에, 아르티 씨는 가만히 뇌까렸다.

나에게 한 말이 아니다. 자기 자신에게 한 말인 것 같았다.

뭐가 "역시"인지 물어보려 했지만── 아르티 씨의 힘찬 대답에 저지당했다.

"그 각오, 마음에 들어, 마리아. 그럼 약간 부담이 가긴 하겠지만 심층부에서도 통할 수 있는 화염마법을 가르쳐줄게. 화력 특화 화염 〈미드가르즈 블레이즈〉와 근접전용 화염 〈플레임 플랑베르주〉. 둘 다 위력은 어마어마하지만, 조절이 어려운 마법이야. 그 점을 염두에 두고 수련해줬으면 좋겠어."

그렇게 말하고, 아르티 씨는 영창도 없이 손에서 불뱀을 만들어내 보였다.

그 살벌한 불꽃을 보고, 나는 마른침을 꿀꺽 삼키며 고개를 끄덕였다.

우리는 집으로 가던 길에서 벗어나서, 도시 교외에 있는 공터로 이동했다.

우선 마법의 기초와 화염마법의 요령을 아르티 씨에게 배웠다. 그리고 교습을 받다 보니 자연스럽게 아르티 씨를 스승님이라고 부르게 되었다.

몇 시간 지나지 않아, 나는 〈미드가르즈 블레이즈〉, 〈플레임 플랑베르주〉를 둘 다 습득할 수 있었다. 아르티 씨와는 달리 긴 영창을 필요로 했지만, 이렇게 짧은 시간에 고위마법을 습득하는 건 통상적으로는 불가능한 속도다.

"이렇게 굉장한 마법을, 벌써 쓸 수 있게 되다니……."

무시무시한 살상력을 가진 불뱀이 자유자재로 내 주위를 헤엄쳤다.

"나와 마리아의 상성이 워낙 좋아서 할 수 있었던 거야. 다음은…… 그래, 네가 즐겨 쓰는 〈파이어플라이〉를 조정해보자. 그건 사용 방법에 따라서 위력이 확 달라지는 마법이니까."

밤도 깊어 왔기에, 그 뒤로는 간략하게 요점만 짚는 정도의 수업이 되었다.

하지만 달인인 아르티 씨의 지도 덕분에, 마법의 선택지는 한층 더 늘어났다. 집으로 돌아가면서 나는 힘차게 고개를 숙여 감사를 표했다.

"감사합니다, 아르티 스승님!"

"아니, 그렇게 고마워할 것 없어. 내가 좋아서 한 일이니까."

"아뇨, 언젠가 이 은혜는 반드시 갚을게요! 스승님 덕분에 주인님께 힘이 돼드릴 수 있을 것 같아요!"

"마리아는 지크가 정말 좋은가 보네. 하지만 너무 무리하지는 마. 내가 가르쳐준 화염마법용 영창은 모두 특수한 것들이야. 너무 자주 이용하면 감정에 열기가 뻗치게 돼 있어. 마리아를 위해서 '과거를 연료로 삼아 지금의 연심을 불태우는' 식으로 만들었지만, 그래도 지나치게 많이 사용하는 건 추천하기 힘들어."

"걱정 마세요. 사랑의 열기가 더 강해진다면, 오히려 대환영이에요."

"그래도 화상을 입지 않도록 조심해야 해."

"네!"

힘을 손에 넣었다는 또렷한 확신을 품고, 웃으며 아르티 씨에게 대답했다.

아르티 씨는 어째선지 슬픈 얼굴로 그런 나를 쳐다보다가, 마지막으로 웃으며 떠나갔다.

나는 집으로 돌아왔다. 그날, 내 발걸음은 전에 없이 경쾌했다.

——그리고 다음 날.

어제 배운 화염마법을 구사해서, 21층의 퓨리들과 싸웠다.

결과적으로 말하면, 그럼에도 나는 미궁 탐색에 따라가지 못했다.

당연한 일이다. 내가 강해져봤자 주인님과 라스티아라 씨는 그보다 더 빠른 속도로 강해지기 때문이다.

하지만 그래도 전보다 훨씬 나아졌다는 건 확실했다. 예전만큼 절망적인 느낌은 아니었다.

응원해주는 라스티아라 씨도 "**다음엔**"이라고 했다.

나는 홀로 남겨진 집안에서, 스스로에게 부족한 것이 무엇인지를 분석했다. 우선 라스티아라 씨가 언급한 전투 지속 능력. 이게 부족하다는 건 틀림없다. 그리고 주인님이 이야기했다시피, 스스로를 보호할 능력이 없는 것도 문제다. 이 두 가지를 해결하지 못하면 나에게 미래는 없다.

"힘이 더 필요해. 더 마법을 연습해야 해——!"

이마에 흐르는 땀을 훔치며, 집 밖으로 나가서 마법 수련을 재개했다. 미궁 탐색 도중에 자칫 쓰러질 뻔했지만, 지금은 약한 소리나 하고 있을 때가 아니었다.

마법을 자유자재로 통제할 수 있게 되면 화력을 조절할 수 있게 돼서, 마력 조절이 가능해진다. 마법 발동 속도가 빨라지면 빈틈이 없어진다. 연습하면 할수록, 과제는 해결되는 것이다.

기절 직전까지 마법 연습을 하고, 휴식을 대신해서 집안일을 한다.

그런 과정을 되풀이했다.

몽롱해진 의식 속에서, 많은 것들이 소실되어가는 것 같은 착각에 휩싸였다. 하지만 그에 반비례해서 마법의 정밀도가 향상되어 가는 것 역시 사실이었다.

그리고 단련 도중에 요리를 하면서 휴식을 취하고 있을 때, 두 사람이 돌아왔다.

보아하니 미궁 안에서 문제가 있었던 모양이다.

화염과 열에 관한 문제 같았기에, 내가 나서서 도울까 하는 생각도 했다. 하지만 그런 충동을 꾹 누르고 마법 수련으로 시간을 보냈다. 내 현재의 힘만 가지고는 아직 도움이 될 수 없다. 지금은 참아야 할 때다.

그런데 그날 밤, 집으로 돌아온 주인님의 분위기가 어쩐지 좀 이상하다는 걸 깨달았다.

주인님과 눈을 마주치려 하면, 미묘한 타이밍에 시선을 회피하곤 하는 것이다.

자세히 보니 어쩐지 뺨이 붉게 물들어 있는 것 같은 느낌이 들었다. 아르티 씨와 만났을 때부터 계속 그런 분위기였다. 어쩌면 아르티 씨가 쓸데없는 참견을 한 건지도 모르겠다.

나는 스킬 '안력'을 통해 주인님이 쑥스러워하고 있는 것을 확인했다. 조금이나마 주인님의 인간적인 감정을 본 것 같은 느낌이 들었다.

그것이 기뻤기에 나는 더 이상 깊이 주인님을 추궁하지는 않았다.

그리고 또 다음 날, 아침 일찍부터 일어나서 마법을 수련하고, 두 사람이 일어나기 전에 아침식사 준비를 시작했다.

요리를 하는 동안에도, 마법 연습은 게을리 하지 않았다. 눈앞에 있는 불꽃을 조종하며 요리했다.

그렇게 독자적인 단련을 하고 있으려니, 나 자신의 의사에 반해서 불꽃의 형태가 변모해갔다. 당황한 나는 마력을 담아서 불꽃을 억누르려 했다. 하지만 불꽃은 내 마력 조작을 뿌리치고, 입 모양으로 변해서 말하기 시작했다.

"마리아. 나야, 아르티야."

"어? 아, 아르티 씨?"

전에도 본 적이 있는 광경이다. 주인님과 둘이서 미궁 20층에 갔을 때, 불꽃이 말하는 걸 본이 있었는데, 그것과 똑같았다.

"놀라게 만들어서 미안. 하지만 이렇게 하는 게 더 빨라서 말이지. 마리아와 이야기하고 싶은 게 좀 있거든."

"이거 정말 편리하네요. 그런데 무슨 말씀을 하시려는 거죠?"

"나중에 이것도 가르쳐줄게. 하지만, 이번에는 다른 마법을 좀 가르쳐주려고."

"어, 또 마법을 가르쳐주시겠다구요?"

저도 모르게 내 언성이 높아졌다.

아르티는 바쁜 사람이라고 생각했었기에, 다음 만남까지는 시간이 꽤 걸릴 거라고 각오하고 있었던 것이다. 그래서 이렇게 일찍, 또 새로운 마법을 가르쳐준다는 이야기는 반가울 수밖에 없었다.

"그래, 지크한테 부탁을 받았거든. 미궁의 용암을 제거하는 마법을 가르쳐주기로 했어."

"용암을, 말인가요……?"

"그래, 24층이 용암지대라서 말이지. 거기를 통과할 때 이 마법이 있으면 편리하거든. 이 마법을 익히면, 미궁에서 도움이 될 거야."

"그렇군요……."

마음 같아서는 새로운 공격마법을 얻고 싶다. 여기서 용암을 제거하는 마법을 익힌다 한들, 내가 나설 수 있는 상황은 그 24층뿐이다. 보편적으로 통하는 마법이 아니면, 두 사람을 쫓아갈 수 없었다.

"후훗, 다른 마법도 이것저것 가르쳐줄 테니까 걱정 안 해도 돼. 그래, 오늘 점심때, 우리가 처음 만났던 그 술집에서 만나자."

"아, 네, 알았어요."

내 속내를 알아채고, 아르티는 웃으면서 다른 마법에 대한 전수를 약속했다.

그리고 주방 불꽃의 상태가 원래대로 돌아갔다.

나는 입가에 웃음을 머금은 채, 조리를 재개했다. 이런 식으로 마법이 늘어가면, 미궁에서의 내 역할을 확립할 수 있을지도 모른다. 그런 희망을 품고, 나는 음식을 만들었다.

그날, 식사를 한 주인님과 라스티아라 씨는 미궁 탐색에 나섰지만 얼마 되지 않아 탐색을 중단하고 돌아왔다.

라스티아라 씨는 말수가 적었고, 서둘러 후즈야즈의 본가 쪽으로 돌아갔다.

그리고 침울해져 있는 주인님만이 집에 남았다.

단둘이서 이것저것 해볼 수 있는 기회였다. 하지만, 여기서 아르티 씨와 한 약속을 깰 수는 없는 노릇이다. 장기적인 안목으로 보면, 마법 연습은 반드시 필요하다. 여기서 잠깐의 쾌락에 휩쓸려서는 안 된다.

나는 주인님을 두고 아르티 씨와 합류하러 갔다.

아르티 씨는 예전에 만났을 때와 같은 자리에 앉아 있었다. 그리고 그 자리에는 낯선 남자도 함께 앉아 있었다.

"여어, 마리아. 여기야, 여기."

"아, 네."

나는 아르티 씨가 권하는 대로 자리에 앉았다.

그리고 훤칠한 키에 시원시원한 이목구비를 가진 남자에게 인사했다. 아르티와 면식이 있는 사이일까.

내가 어리둥절해하고 있으려니, 아르티 씨가 남자에 대해 가르쳐주었다.

"아아, 이 녀석은 신경 쓸 것 없어. 금방 떠날 테니까. 뭐, 오랜 벗이라고 생각하면 돼."

"하핫, **오랜 벗**이라. 하긴, 그런 셈이긴 하지. 아가씨, 신경 쓰지 마. 나는 금방 자리를 뜰 테니까."

그렇게 말한 남자는, 그 말마따나 금방 자리에서 일어나서 떠나갔다.

나는 남자가 떠난 뒤에야 깨달았다. 저 남자와는 전에도 만난 적이 있었다. 특수한 '눈'을 갖고 있는 덕분인지, 지금의 짧은 만남만으로도 과거에 만난 남자와 일치하는 특징을 발견해낼 수 있었다.

분명, 내가 주인님의 노예로 낙찰 받았을 때 저 남자도 같은 자리에 있었다.

자세한 관계는 잘 모르겠지만, 주인님과도 아는 사이일 터였다.

조금 더 제대로 인사해둘 걸 그랬다고 후회했다. 하지만 스킬 '안력'이 그것을 부정했다. 저 남자와는 될 수 있으면 얽히지 않는 게 좋다고 조언하고 있었다.

"그럼 우선 뭐라도 좀 먹을까? 점심시간이니까."

그렇게 말하며 아르티 씨는 내게 메뉴판을 건넸다.

그리고 우리는 아무 일도 없었다는 듯이 식사를 하기 시작했다.

음식을 먹으면서, 아르티 씨는 잡담이라도 하듯이 내 상황을 물었다.

"요즘은 좀 어때? 둘 사이에 진전은 좀 있었고?"

"아뇨……. 별로 달라진 건 없어요. 그치만, 가르쳐주신 마법 덕분에 강력한 몬스터를 물리칠 수 있게 되기는 했어요."

"그거 다행이네."

"하지만 제 마력으로는 금방 숨이 차오르고 말아요. 결국, 주인님과 라스티아라 씨가 둘이서 미궁에 가는 상황은 달라진 게 없어요. 생각대로 잘 안 되네요."

테이블에 놓인 수프를 뒤적거리며 현재 내가 가진 결점을 보고했다.

"그렇단 말이지……. 마리아를 응원하고 있는 내 입장에서는 안타까울 따름인걸……."

"하지만, 언젠가는 저도 라스티아라 씨처럼 되고 말 거예요. 지금은 힘들겠지만, 언젠가는 꼭……."

나는 적극적으로 의욕을 보였다. 하지만 그 말을 듣는 아르티 씨의 표정은 여전히 가라앉아 있었다.

"언젠가라……."

아르티 씨는 뭔가를 회상하듯 슬픈 표정을 머금었다.

"어, 왜 그러세요?"

"아니, 그 '언젠가'가 문제거든. 아까 이야기를 듣자 하니, 지크와 라스티아라의 관계가 급변할 것 같은 상황인 것 같아서……."

"급변이요?"

그러고 보면, 확실히 오늘의 두 사람은 좀 이상했다. 하지만 주인님이 덤벙거리는 건 하루 이틀 일도 아니고, 라스티아라 씨의 정신이 혼란스러운 것 역시 항상 있던 일이다.

"후훗, 마리아가 생각하는 그대로, 두 사람은 변한 게 아냐. 변하려는 생각도 없어. 지금 이대로가 좋다고 생각하고 있어. 그래, 그 두 사람은 그래. 하지만, 주위의 사람들이 그걸 용납하지 않는 것 같아서 말이지……. 여러모로, 좀 서둘러야 하는 상황인 것 같아."

주인님의 주위 사람들이라면, 일터인 술집 사람들 정도다. 하지만 아르티 씨가 이야기하는 건, 이곳 사람들을 가리키는 게 아닌 것처럼 들렸다.

아르티 씨가 이야기하는 건 라스티아라 씨의 주위 사람들. 다시 말해 미궁에서 조우했던 후즈야즈 기사들일까. 그러고 보면 그 사람들은 성가시게도 두 사람의 관계를 진전시킬 만한 여지를 갖고 있었다.

"혹시, 그 기사들이?"

"그래. 마리아가 걱정하는 그대로야. 후즈야즈의 기사들이, 억지로 두 사람 사이를 중개하려고 하고 있거든."

"그, 그렇다면 더 서둘러야죠……. 빨리 제게 마법을 가르쳐주세요, 스승님!"

"후훗, 망설임이 없네. 지금보다 더 고위의 마법을 습득하는 건 몸에 해가 돼.. 그래도 괜찮겠어?"

"네, 그야 물론이죠."

"그럼, 자리를 옮길까."

우리는 술집에서 식사를 마치고, 인적 없는 공터로 이동했다.

도시에서 떨어진 곳에 있는 초원이다. 발트에는 아직 개척되지 않은 땅이 많다. 이런 곳이라면 사람들 눈에 띌 일도 없다.

그리고 그때 아르티 씨는 지금까지와는 달리 진지한 표정으로 날카로운 첫 마디를 내뱉었다.

"자, 보아하니……. 마리아, 너는 무리한 행동을 되풀이하고 있어. 실전에서 마법 연발에, 독자적인 마법 수련 때문에 몸이 넝마가 된 상태야."

하지만 나무라는 듯한 분위기가 아닌, 확인에 가까운 느낌이었다. 아르티 씨 정도 수준의 마법사라면 한눈에 간파할 수 있는 것이리라. 나는 솔직하게 고개를 끄덕였다.

"네……."

"흐음. 예상했던 그대로네. 역시 나랑 쏙 빼닮았다니까."

"아르티 씨를 빼닮았다구요?"

"그래, 아주 붕어빵이야. 그러니까 현재의 네 증상에 대해서도 잘 알지."

"즈, 증상이요? 저, 뭔가 병에라도 걸린 건가요?"

증상이라는 말을 듣고, 나는 등골이 오싹해졌다. 병에 걸리면 주인님과 함께 있을 수 없게 되는 것이다.

"아니, 병은 아냐. 전에도 이야기했었잖아? 마법으로 정신을 혹사하면, 그에 상응하는 대가를 치르게 된다고. 너는 네가 생각하는 것 이상으로 정신에 대미지를 입은 상태야."

"그런가요……?"

정신에 대미지를 입었다지만, 나로서는 별다른 실감이 없었다.

"내 경우에는 지나치게 혹사해서 기억장애가 발생했었어. 어때, 뭔가 짚이는 것 없어? 뭔가 짚이는 게 있으면 지금 미리 말해줘."

기억장애? 딱히 없다……아마도.

"아, 아뇨, 아직까지는……."

"고위 화염마법의 운용은, 자기도 모르는 사이에 오래된 기억을 연소시키는 경우가 있어. 자기 능력을 벗어난 마법을 쓰고 있는 네 경우는, 항상 그 위험이 따라붙게 마련이지."

"오랜 기억을 연소시킨다……?"

"과거를 태워서, 지금을 불사르는 것. 그것이 화염마법의 진수니까. 내가 가르쳐준 영창에는 그런 술식이 담겨 있어."

기억 따위, 어차피 언젠가 사라져버릴 것이다. 그것을 불태우는 거라 해도 기피할 이유는 되지 않는다. "정신을 혹사한다"라는 말을 들었을 때부터 그 정도는 각오하고 있었다.

"상관없어요. 힘을 얻을 수만 있다면, 과거 따위는 필요 없어요……!"

그 말을 들은 아르티는 또 처연한 얼굴로 웃었다.

"후훗, 그렇겠지. 마리아도 그렇겠지……."

웃으면서 아르티 씨는 지난번에 했던 것처럼 손목을 쥐어뜯었다.

그녀의 의도를 알아채고 손목에 입술을 가져다 대서 피를 핥았다.

──그날, 나는 마법뿐만이 아니라 영창의 구성에 관해서도 배웠다.

영창과 마법은 서로 깊은 관계성을 갖고 있어서 영창한 말에 의해 마법의 효과도 달라진다고 한다. 일반적으로 마법을 사용하는 데는 MP가 소비된다고 알려져 있다. 하지만 마법에 조예가 깊은 아르티 씨는 그 이외의 다른 방법도 가르쳐주었다.

MP 없이도 마법을 내쏘는 방법. 기억을 대가로 쓰는 영창. 감정을 대가로 쓰는 영창. 생명을 대가로 쓰는 영창. 나는 그런 다양한 영창들을 몸에 익혔다.

이것들을 잘 이용하면 연발해도 숨이 가쁘지 않게 될 것이다.

마법에 대한 이해도가 증가하고, 점점 더 강해지고 있다는 것을 실감했다.

다만, 영창할 때마다 마음속에서 뭔가 소중한 것들이 깎여 나가는 것 역시 느껴졌다.

아르티 씨는 그것을 알고도 내게 가르쳐주고 있었다. 나역시 그것을 각오하고 있었다.

주인님에게서 떨어지느니 차라리 죽는 게 낫다.

죽는 게 낫다. 그렇게── 생각하자──…… 머릿속에 열기가 들어차서 현기증이 일었다.

나도 모르는 사이에 감정의 부피가 늘어난 모양이다.

감정을 '대가'로 하는 영창이 감정을 부풀리고 있는 것이리라. '대가'라는 건 소실되는 것만을 가리키는 게 아니다. 증폭시키는 것도 포함되는 법이다.

나라는 존재가 마법에 의해 개조되고 있다는 사실에 오한이 일었다.

하지만, 상관없다.

감정이 깎여 나가는 거라면 몰라도, 늘어나는 거라면 대환영이다.

아르티 씨는 그런 영창을 선택해서 내게 가르쳐주고 있었다. 그녀는 내 사랑을 있는 힘껏 응원해주고 있다. 그러기 위한 영창이며 '대가'다. 그렇기에 나는 아무런 불안도 없이 마법을 습득해나갔다.

강해지면 강해질수록, 점점 더 열기가 차올랐다. 그 열기는 몸속의 감정을 들끓게 만들었다.

감정은 질척질척하게 변해가고, 나아가서는──

"오늘은 여기까지만 해두자."

언제부턴가 아르티 씨가 나를 내려다보고 있었다. 수련을 거듭하는 도중에 쓰러지고 만 모양이다. 땀을 뻘뻘 흘리면서, 가까스로 일어섰다.

"아, 아직 더 할 수 있어요."

"나도 알아. 하지만 이제 슬슬 지크가 집에 돌아올 시간이잖아. 집에서 맞이해줘야지."

아르티 씨는 주인님의 동향을 파악할 수 있는 모양이다.

전에도 본 바 있는, 불을 이용해서 감각기관을 확장시키는 마법 덕분이리라.

"알았어요. 이렇게 가르쳐주셔서 고맙습니다."

"아니, 그럴 거 없어. 이것도 다 나를 위한 일이기도 하니까."

"……아르티 씨를 위한 일이기도 하다구요?"

"나는 도달하지 못했지만, 네가 도달해주면 마음이 풀릴 거야. 그래, 마음이 풀려── 그것 때문에, 나는 이렇게 마리아를 이용하고 있는 거야."

아르티 씨는 자조하면서 그렇게 대답했다.

어쩐지 자학적으로 보인다. 나는 은인이 그런 표정을 짓는 게 싫어서, 격려하려고 했다.

"저는 아르티 씨에 대해 잘 몰라요. 어떤 사정이 있는지도 몰라요. 하지만…… 그건 나쁜 일이 아니라고 생각해요. 보통 사람 같으면, 자신이 이루어내지 못한 일을 이루려고 하는 사람을 보면 방해하려고 들 거예요. 더러운 감정으로 훼방을 놓으려 할 거예요. 그러니까, 그러지 않고 응원해줄 수 있는 아르티 씨는 훌륭한 분이라고 생각해요."

명확하게 마음을 전했다. 아르티 씨와 라스티아라 씨는 근사한 사람이고, 지저분한 건 나 자신이라는 내 생각을 똑똑히 말로 표현했다.

그렇다. 지저분한 건 나뿐이다…….

"후훗. 고마워, 마리아."

그 말을 들은 아르티 씨는 한결 풀어진 표정으로, 하지만 어딘가 먼 곳을 응시하며 인사했다. 아르티 씨의 가슴속에서 수많은 감정들이 뒤섞여 있음을 알 수 있었다. 하지만, 내 '눈'으로도 그 전모까지는 파악할 수 없었다. 복잡하게 뒤얽힌, 깊디깊은 감정인 모양이다.

"아르티 씨……?"

그 감정의 복잡성에 당황해서, 저도 모르게 이름을 불렀다.

"정말 고마워, 마리아. 그럼 나는 이만 가볼게."

아르티 씨는 입고 있던 옷을 불살라서 불꽃으로 변하더니, 순식간에 사라졌다.

그 모습에서 초의 마지막 불꽃처럼, 어딘가 쓸쓸함이 감돌았다.

아르티 씨의 마음을 좀처럼 알 수 없어서, 가슴속이 답답해졌다. 하지만 그녀가 가르쳐준, 주인님이 집에 돌아온다는 정보를 헛되이 하지 않기 위해서라도 그냥 우두커니 서 있을 수만은 없었다.

주인님보다 먼저 집에 돌아가서 식사를 준비해둬야 한다. 요리는 지금의 나에게 남겨진 의의이고, 나의 자리이기도 하니까.

그리고 평소처럼 요리 준비를 하고 있을 때, 주인님이 혼자서 돌아왔다.

그런데 분위기가 좀 이상했다. 주인님이 예전 같은 느낌으로 돌아와 있었다.

처음 만났을 때 느껴졌던 분위기. 나를 노예시장에서 발견했을 때의 표정과 똑같은 느낌이었다.

홀로 방황하는 미아 같은── 그런 얼굴.

무언가가 무너지기 시작한 것임을 느꼈다. 걱정스런 마음에 종종걸음으로 주인님에게 다가갔다.

"주인님, 무슨 일로 그러세요?"

주인님은 시선을 회피하면서, 신중하게 말을 골라가며 중얼거렸다.

"아니, 라스티아라가 내일 모레……."

"내일 모레요? 라스티아라 씨한테 무슨 일이라도 있나요?"

"성탄제 날에……."

"네."

보아하니, 라스티아라 씨 때문에 주인님의 마음이 어지러워진 모양이었다.

그 사실에 마음이 들끓었다. 하지만 그것을 들키지 않도록 마음을 가라앉히고, 주인님의 말을 기다렸다. 주인님은 기나긴 망설임 끝에, 쥐어짜듯이 목소리를 토해냈다.

"성탄제 날에, 또 같이 놀자는 이야기야."

──거짓말을 하셨다?

'눈'이 있기에 알 수 있다. 지금, 주인님은 내게 설명할 필요가 없다고 판단했다.

들끓던 마음이 폭풍처럼 거칠게 날뛰는 것이 느껴졌다.

"……네. 물론 저는 괜찮아요."

주인님의 말이 거짓말이라는 건 알고 있다. 게다가 그 거짓말이, 평소처럼 나를 위한 거짓말이 아니라는 것도 알고 있다. 그래도 나는 순순히 고개를 끄덕였다.

주인님의 초췌한 모습을 보고 있자니 더 이상은 추궁할 수 없었다.

이야기를 마친 주인님은 천천히 자기 방으로 걸어갔다.

그 뒷모습을 노려보듯 응시하며 나는 혼잣말을 뇌까렸다.

"——한마디로, 저한테는 고민을 털어놓을 만큼의 가치도 없다는 거네요."

항상 느껴왔던, 홀로 남겨진 것 같은 소외감이 부풀어 오르는 걸 알 수 있었다.

지금 주인님은 라스티아라 씨 생각에 머릿속이 가득하다. 거기에 내 자리는 없다.

충분히 알 수 있었다. 굳이 확인할 것도 없다.

주먹을 움켜쥐고, 주방으로 돌아갔다. 화염마법으로 화력을 강화해서 조리를 빠르게 끝냈다.

거실로 돌아오지 않는 주인님을 위해서 요리를 보관해두고, 혼자 집 밖으로 나갔다.

인적 없는 언덕에서 한층 더 인적이 드문 쪽으로 걸어갔다.

그리고 아무도 없는 것을 확인한 후, 마법을 연습했다.

내 마음을 반영하듯이 미친 듯 날뛰는 불꽃이 허공에서

요동쳤다.

그 불길을 강화하기 위해 몇 번이고, 몇 번이고, 몇 번이고 영창을 거듭했다. 지나치게 사용하면 안 된다는 아르티의 말에도 불구하고 잇따라 영창했다. 영창하면 영창할수록 힘이 솟구쳐 오른다. 무엇보다, 감정을 토해내는 것 같아서 속이 시원해졌다.

몸이 비명을 지르고 마음이 무너져간다. 그것이 너무나도 후련했다.

화염에 대한 컨트롤 능력이, 무시무시한 스피드로 향상되어간다.

영창의 속도도 점점 빨라져서 이제 아예 마법명을 입 밖에 내지 않고도 발동시킬 수 있을 지경에 이르렀다. 이것이 아르티 씨가 이야기한 '무영창(無詠唱)'이라는 기술이리라. 아르티 씨가 말하기로는 수련에 몇 년이 걸릴 거라고 했지만, 꼭 그렇지만도 않았다. 요령만 익히면 간단했다.

무영창으로 화염을 생성해서 적은 마력으로 조종한다.

어떻게 적은 마력으로 화염마법을 운용할 것인가. 그것이 내 과제였는데, 이제 거의 해소된 거라고 해도 좋을 것이다.

부족한 마력을 대체할 방법을 알아냈다.

쓸데없는 감정을 연료로 삼으면 된다. 돼먹지 못한 몸을 연료로 쓰면 된다.

아르티 씨처럼 기억과 추억을 희생시키면, 얼마든지 마법을 조종할 수 있다.

나는 〈미드가르즈 블레이즈〉의 꿈틀거리는 불뱀을 몇 마리씩 공중에 만들어내서, 그 한 마리 한 마리를 전부 컨트롤했다. 그리고 몸속의 마력에 별다른 소모가 없는 걸 확인한다. 최소한의 마력으로 최대의 마력을 발동시켰다는 사실에 웃음을 지으며 마법을 해제했다.

나는 강해졌다. 그런 확실한 감촉이 있었다. 그것이 내 수련에 박차를 가했다.

오직 힘—— 힘만 있으면 오늘 같은 일은 벌어지지 않을 것이다——

도움이 되지 않는 나—— 고민 하나 털어놓을 가치도 없는 나—— 약한 내가 아니라면—— 주인님이 내게 거짓말을 할 일도 없어진다——

라스티아라 씨처럼, 주인님과 나란히 걸을 수 있게 된다.

그렇게만 될 수 있다면 뭐든 다 희생할 수 있다. 기억장애 정도는 별로 대수로울 것도 없다.

중요한 것은 과거가 아니라 지금이다. 사라진 고향을 돌아보지 마라. 이제 없는 ■■ 따위는 잊어버려라.

불꽃의 힘과 주인님에 대한 마음만 남으면 된다.

이 두 개만 있으면, 나는 행복해질 수 있다.

중요한 건 그것뿐.

그리고 이제 조금만 더 있으면, 그 행복을 얻을 수 있다.

"후훗, 후후후후훗."

나는 웃는다.

마법 수련이 즐거워서 견딜 수가 없을 지경이다. 이제 라스티아라 씨에게도 뒤처지지 않을 만큼의 힘이 생긴 것을 알 수 있었다.

그 무시무시한 폭력의 결정체와 맞붙는다 해도, 지금이라면 움츠려들지 않고 마주할 수 있다.

조금만 더, 조금만 더 있으면――

라스티아라 씨가 아닌, 내가 주인님 곁에――!

"――어?"

놀라서 웃음이 멎었다.

소스라치게 놀랐다. 놀라울 정도로 시커먼 감정이 마음속에 소용돌이치고 있다는 사실에.

"아냐……. 라스티아라 씨는 좋은 분이니까……."

곧바로 고개를 가로저어서 부정했다.

나는 딱히 라스티아라 씨를 끌어내리고 싶은 건 아니다.

그 사람은 사고방식이 엉뚱한 건 사실이지만, 나쁜 사람은 아니다. 오히려 나를 도와주고 있는 사람이다. 내 사랑을 응원해주고 있다. 그렇건만, 꼭 라스티아라 씨가 사라지기를 바라는 것 같은 생각을 하고 말았다.

곧바로 모든 화염마법을 진화시키고, 연신 고개를 가로젓고 밤바람에 머리를 식혔다.

'대가'를 지나치게 많이 치르는 바람에 머릿속이 들끓고 있는 모양이다. 그 탓에 이상한 생각만 하고 있다.

아직 시간은 있지만 이제 그만 돌아가야겠다.

나는 비틀거리면서 집으로 돌아와, 내 방 침대에 쓰러졌다.

천장을 올려다보면서, 아까 떠올랐던 검은 감정을 생각했다.

침대 위에서 쉬고 있는 지금은, 그 검은 감정은 조금도 솟아나지 않는다.

마법 때문일까 하는 생각도 했지만, 아르티 씨는 이런 검은 감정이 생겨날 거라는 이야기는 한 적이 없었다.

원인은 나 자신에게 있다. 아마 그건, 마음속 깊은 곳에 있던 감정. 그것이 모종의 계기로 수면 위로 떠오른 것이리라.

나는 내 안에 있는 추한 감정으로부터 도망치듯이, 질끈 눈을 감았다.

내일이 되면, 평소의 나로 돌아올 수 있을 거라 믿으며 잠들었다.

오늘의 수련으로 화염마법 조절은 완벽하게 익혔다. 마력 문제도 해결했다. 내일부터는 나도 미궁 탐색에 참여시켜 달라고 하자. 이러면 원래 생활로 돌아갈 수 있다.

다시 주인님과 함께할 수 있다.

미궁에서 내 힘을 보여주면, 이제 주인님이 내게 거짓말을 할 일도 없을 것이다.

──드디어 나는 주인님의 진정한 모습을 찾을 수 있다……!

그런 꿈을 꾸면서 나는 의식을 손에서 놓았다.

하지만, 이튿날 아침.

오늘부터 평소와 같은 일상으로 돌아갈 수 있으려고 믿었건만…… 내 믿음은 배신당했다.

주인님과 라스티아라 씨가 이야기하는 걸 듣고 말았다.

"…………그럼! 그렇게 생각한다면 말야, 지크는 날 구해 줄 거야? 하인이 이야기한 것처럼, 어딘가 멀리로 도망쳐서, 나랑 같이 여행을 해줄 거야?"

그것은 마치 어떤 사랑 이야기의 한 장면과도 같아서, 나는 딱딱하게 굳은 웃음만 짓고 있을 수밖에 없었다.

라스티아라 씨가 주인님에게 하소연했다. 그 모습은 이야기 속 여주인공처럼 아름답고, 비극적이고── 너무나 비겁하게 보였다.

비겁. 그래, 비겁하다.

방 밖 복도에서 목소리를 흘렸다.

"라스티아라 씨……. 보고만 있을 거라고 그러셨으면서……! 대체 왜……?!"

내 사랑을 응원하겠다고, 라스티아라 씨는 나와 단둘이 있을 때 이야기했었다.

하지만 현실 속에 펼쳐지는 광경은 무자비했다.

틀림없이 지금의 주인님에게 있어서 여주인공은 라스티아라 씨고, 나는 악역이다.

주인님과 라스티아라 씨의 세계와, 나의 세계. 이 두 세계 사이를 가르는 문에 기대어서 한 방울 눈물을 흘렸다.

그 한 방울의 눈물은 뺨을 타고 흘러내려, 바닥에 떨어지기도 전에 재가 되어 사라졌다.

까맣게까맣게 불타서 사라졌다.

——다만, 결국 주인님은 라스티아라 씨의 애원에 대답해 주지 못했다.

라스티아라 씨의 불안정한 정신을 감당하지 못하고, 해답을 찾아내지 못하고 있는 도중에 라스티아라 씨가 도망쳐버린 것이다. 그 결과를 보고, 약간이나마 안도감에 휩싸였다. 하지만 안심할 수는 없다는 생각에, 각오를 다지고 문을 열었다. 거기에는 이 세상의 종말이라도 맞이한 것 같은 표정의 주인님이 있었다.

"마리아, 듣고 있었어……?"

"네."

나는 사실 그대로 긍정하고, 뒤이어 주인님의 의사를 확인하기 시작했다.

"저기, 그런데 라스티아라 씨는……."

"갔어. 들은 그대로야."

주인님은 힘없이 창밖을 가리켰다.

"정말 괜찮으신 거예요, 주인님……?"

"문제가 너무 커……. 적어도 지금의 나는, 미궁에서 벗어날 수는 없어……."

그 체념 섞인 말을 들었을 때, 거칠게 몰아치던 마음이 가라앉았다.

　물론 그런 생각을 겉으로 드러내지는 않고, 다시 그 뒤의 방침에 대해서도 확인했다.

　"그럼, 새로운 티아라 씨라는 사람이 오면, 그 사람이 티아라 씨라고 생각하고, 지금까지 했던 것처럼 미궁 탐색을 하실 건가요?"

　"그 녀석은 라스티아라가 아냐. 다른 사람이지. 지금까지와 똑같이 대한다는 건 말도 안 되는 이야기야."

　가라앉았던 마음이 이번에는 환호했다.

　내가 추악하게 기뻐하고 있다는 걸 주인님에게 들키지 않도록, 애써 굳은 표정을 유지했다.

　"적어도, 절대로 동료가 될 수는 없겠지……."

　하지만 라스티아라 씨가 사라졌다는 것을 알게 되자, 내 억제력은 한계를 맞이하고 말았다.

　"그러셨군요……. **다행이에요.** 정말 다행이에요……."

　마음속의 안도감이 흘러나와서, 매정한 말로 바뀌고 말았다.

　"다, 다행이라고……?"

　내 미소를 본 주인님은 어리둥절한 표정으로 되물었다.

　나는 "아차" 하고 생각했지만, 한편으로는 오히려 좋은 기회일 수도 있다고 판단했다. 라스티아라 씨가 떠나서 심약해져 있는 지금의 주인님이라면, 내가 듣기를 원하던 말을 이끌어낼 수 있을지도 모른다. 이 상황을 튼튼한 우위로 굳힐 수 있는 호기였다.

기회를 포착하는 것에 능한 나의 '눈'도, 지금이라면 가능하다고 말해주고 있다.

라스티아라 씨도 비슷한 행동을 했다. 그러니까, 나도──

"그야, 주인님께서 라스티아라 씨를 좋아하는 게 아닐까 하고 생각했었으니까요."

그 말에 주인님의 눈이 휘둥그레진다.

워낙 갑작스런 말이라 사고가 따라잡지 못하고 있는 모양이다. '눈' 덕분에, 그 당황을 손에 잡힐 듯 알 수 있었다. 그리고 그 혼란스러운 정신으로 내 말에 대답할 수 있는 말은 하나뿐이리라.

라스티아라 씨를 붙잡지 못했던 주인님은, 입이 찢어지는 한이 있어도 "좋아한다"라고 대답할 수는 없다. 만약에 실은 좋아한다고 해도 좋아한다고 말할 수는 없다. 말하지 않는 게 아니라, 그 윤리적인 성격 때문에 말할 수 없는 것이다.

만약에 라스티아라 씨를 "좋아한다"면, "구해줘"라는 그녀를 이렇게 방관할 리가 없다. ──"구해줘"라는 애원을 무시한 것은 "좋아하지 않기" 때문── 그런 식으로 생각하는 것이다. 주인님은 그런 사람이다.

그리고 한 번이라도 "좋아하지 않는다"라는 말을 입에 담게 만들면, 그것이 진실이 된다. 주인님은 자기 자신의 마음을 속이는 데에 익숙한 사람이다. "좋아하지 않는다"라고 이야기한 자기 자신의 말을 믿고, 모든 것을 체념해줄 게 분명하다.

내가 알고 있는 주인님이라면, 국가라는 거대한 힘 앞에서 포기한다. 위험부담을 염려해서, 소극적인 선택을 할 것이 분명하다. 그것을 알고 있기에, 나는 말을 이었다.

"물론 라스티아라 씨는 별난 분이긴 하지만…… 그렇게 미인인 데다, 그렇게 강하고, 밝고, 장난을 좋아하긴 하지만, 근본적으로는 동료를 아끼는 성격이고, 꿈이 많으면서도, 미궁 탐색가로서는 이상적이고, 주인님이랑 비슷해서 서로 죽이 잘 맞기도 하고——"

주인님의 얼굴이 일그러져가는 걸 알 수 있었다.

하지만, 그것은 불가피한 것. 앞으로의 결별을 위해 꼭 필요한 일.

그렇기에, 주인님을 위한다는 생각으로 물었다.

"——주인님께서는 그런 라스티아라 씨를 좋아하시는 게 아닐까 하고 생각했어요. 하지만 그게 아니었던 거죠? 그랬던 거죠?"

협박하듯이 대답을 재촉했다.

주인님은 말문이 막힌 와중에서도, 눈이 휘둥그레진 채 생각에 잠겨 있었다. 과거와 지금을 상기하며, 필사적으로 해답을 찾고 있었다.

자, 어서 말해주세요.

라스티아라 씨를 좋아하는 게 아니라고.

늘 그렇듯이, 감정을 논리로 억눌러주세요.

자, 아서요. 자, 자, 자. "좋아하는 게 아니다"라는 한마디를——

"하? 핫, 하하, 하핫, 하하하하……. 하하핫, 하하하하하핫——!"

주인님은 웃었다. 그와 동시에,

순간적으로 세계의 색이 반전되고, **시야가 일그러졌다.**

뭔가에 쓰이기라도 한 것처럼 표정이 돌변하고, 주저 없이 후련하게 웃었다.

주인님은 계속 웃었다. 그리고, 웃으면서도 **화내고 있는** 것처럼도 보였다.

갑자기 '눈'이 욱신거리며 아파 온다. 그 눈을 손으로 억누르면서, 나는 당황했다.

이런 반응은 내 '눈'이 예견하지 못했던 것이었다. 왜 웃고 있는 건지, 그리고 왜 화내고 있는 건지, 전혀 감이 잡히지 않았다.

내 자랑인 '눈'으로 보고 있건만, 전혀 알 수가 없었다.

주인님이 원래부터 '눈'으로 읽기 힘든 사람이었던 건 사실이다. 하지만, 이 정도까지는 아니었다…….

"왜, 왜 그러세요, 주인님?"

마치 딴 사람처럼 웃는 이유를, 머뭇머뭇 물었다.

"하핫…….아니, 좀 우스워서……. 그래, 마리아. 나는 라스티아라를 좋아하는 게 아냐. 그건 틀림없어."

"어, 네? 그, 그런가요……?"

내가 원했던 "좋아하지 않는다"는 말을 들었다. 하지만, 그것을 이렇게 순순하게 인정한 것이 오히려 더 불안했다.

내 예상으로는, 더 고뇌에 차서 타협에 타협을 거듭한 끝에 대답할 거라고 생각했다. 하지만, 내 눈앞에 있는 것은 오히려 후련해 보이는 표정이었다.

"그건 그렇고, 방금 재미있는 이야기를 했었지? 나와 라스티아라가 닮았다고."

"아, 네. 설명하기가 좀 힘들지만, 근본적으로는 서로 닮은 것 같다고 생각했어요. 제가 보기에는 두 분 모두 '만들어진 것'처럼 군더더기 없이 완성된 존재이시니까요."

"하핫."

내 정직한 감상을 들은 주인님은 다시 웃었다. 이번에는 메마른 웃음소리였다.

"그랬군. 근본적으로는 닮아 있단 말이지."

"네……."

웃음의 의미를 알 수가 없었다.

확실히, 주인님은 까다로운 성격이라서 읽기가 힘들다. 우유부단한 데다, 가치관도 사고방식도 독특해서, 일반인으로서는 좀처럼 이해하기 힘든 사람이다.

하지만, 이건 이상하다. 지금까지는 그래도 '눈'을 사용하면 어느 정도는 파악할 수 있었다.

그런데 지금은 전혀 모르겠다. 이건 마치 아주 사람이 바뀌어버린 것처럼 느껴질 정도다.

내가 그렇게 당황해서 어쩔 줄 모르고 있는 사이에 주인님은 성큼성큼 움직였다.

"마리아, 좀 나갔다 올게. 점심때까지는 돌아올 거야."

"어, 네……? 주인님, 어디에……!"

나는 뒤늦게 제지하려 했지만, 주인님은 이미 집에서 나가려 하고 있었다.

그리고 확신에 찬 움직임으로 라스티아라 씨가 했던 것처럼 창문을 통해서 집 밖으로 나갔다. 나는 그 모습을 지켜보고만 있을 수밖에 없었다.

사고가 따라잡지 못해서 한 발짝도 움직일 수 없었다.

뻗으려 하던 손을 천천히 내리고, 거실에 있는 의자 중 하나에 앉았다.

"도, 도대체 뭐가 어떻게 된 건지……."

주인님의 마음을 도무지 이해할 수 없다는 사실을 받아들일 수 없어서, 몸이 바들바들 떨리고 있었다.

사람의 마음을……그것도 사랑하는 사람의 마음을 전혀 읽을 수 없다. 그것이 이렇게도 괴롭고 두려운 일일 줄은 생각도 못 했었다. 지금까지 살아오면서 이런 일은 한 번도 없었던 것이다.

나에게는 남들에게는 없는 장점, 스킬 '안력'이 있다. 그 덕분에, 이런 경험을 한 적은 한 번도 없었다. 아무리 자기 자신을 속이는 데 익숙한 주인님이라도, 강력한 라스티아라 씨라도, 그들의 생각을 전혀 알 수 없었던 적은 지금껏 한 번도 없었다.

"호, 혹시, 이번에도……? 이번에도 이 '눈' 때문에……?"

옛 기억이 되살아난다.

마을이, ■■가, 내 스킬 '안력'의 판단 때문에 불타던 것을 떠올린다.

……아니, ■■? 어, 어?

어라, ■■? 말이 안 나오잖아? 아니, 생각이 안 나잖아? 나는 뭘 잃어버린 거지……?

"아, 아니, 진정하자……. 먼저 진정하는 거야……."

나는 지난 경험에 비추어, 냉정을 되찾으려 애썼다.

고향에 있을 때도, 전쟁이 벌어졌을 때도, 노예 신세가 됐을 때도, 냉정함을 잃은 게 득이 된 적은 한 번도 없었다. 심호흡을 되풀이해서, 혼탁해진 생각을 정리해나간다.

주인님의 마음을 전혀 읽을 수 없었던 적은 처음이었다. 하지만 인간관계라는 건 원래가 그런 거다. 항상 모든 걸 다 안다는 게 오히려 이상한 것이다.

그렇다. 이 스킬 '안력'은 이상하다. 하지만, 지금은 '눈'에 대한 분노는 접어두자.

우선은 냉정함이 중요하다. 무엇보다 가장 먼저, 주인님의 행동을 예측해야만 한다.

주인님은 라스티아라 씨를 '좋아하지 않는다'라고 말했다. 하지만 거기서 모든 것이 틀어지기 시작했다. 주인님은 명확한 '무언가'에 대해 웃고, 명확한 '무언가'에 대해 분노했다.

하지만 그 '무언가'가 무엇인지 알 수가 없다. 그건 나도 아니고 주인님 자신도 아닐 것이다.

냉정하게 지금까지 얻은 정보의 조각들을 주워 모았다.

주인님과 라스티아라 씨가 오늘 나눈 대화뿐만이 아니라, 더 넓은 범위의 정보를 종합해서 요인을 찾았다. ──그리고, 한 가지 실마리를 발견했다.

아르티 씨가 이야기했었다. "그 두 사람은 변화를 원치 않는다" "하지만 주위 사람들이 그것을 용납하지 않는다" 그 말이 이 상황을 가리키는 것이었을까. 그것 이외에 다른 건 떠오르지 않는다.

다시 말해, 주위 사람들의 손길 때문에 주인님이 달라졌다는 것.

당장 떠오르는 것은 후즈야즈의 기사들. 대국의 최첨단 마법도구나 약품이라면, 불가능한 것만도 아닐지도 모른다.

주인님은 사악한 수단에 의해 자기도 모르게 변화했고, 그것을 이제야 알아챈 주인님은 스스로의 한심함에 웃고, 화내고, 라스티아라 씨를 구하러 간 걸까?

그럴 가능성이 높다. 아니, 그게 아니라면 이 타이밍에 구하러 가는 의미를 알 수가 없다.

이 타이밍에 혼자 떠난 것은, 라스티아라 씨를 구하기 위해 갔다는 것 이외의 이유는 생각할 수 없다. 만약에 미궁에 간 거라면 마법의 문을 썼을 것이다.

다시 말해, 해답은──

주인님은 나에게 아무 말도 해주지 않고, **나를 내버려두고**, 라스티아라 씨에게 갔다는 것──?

"아, 안 돼……. 그것만은……."

자신이 도출해낸 해답에, 몸의 떨림을 주체할 수 없게 되었다.

예전에 고향에서 겪은 실패와 너무나 비슷한 상황이다.

그때와 완전히 똑같아……. 또 소중한 것을 모조리 잃게 돼…….

견디지 못하고 집 밖으로 뛰쳐나와서, 후즈야즈를 향해 내달리려 했다. 하지만 그 도중에 한 남자가 서 있었기에, 그 자리에 멈춰 섰다.

그 남자와 만나는 건 세 번째다.

노예시장에서 처음 만났고, 아르티 씨와 술집에서 만날 때 재회했고, 이번이 세 번째 해후.

스킬 '안력'이 경보를 울린다. 눈앞에 있는 이 남자는 위험인물이라 외치고 있다.

훤칠한 키에 시원시원한 이목구비를 가진 남자는, 입매를 끌어올린 채 다가왔다.

"또 만나는군."

남자는 웃음을 머금은 채로 내게 말을 걸었다.

"저는 지금 바빠요……. 비켜주세요……."

이 남자에게 다가가서는 안 된다고 판단하고, 퉁명스럽게 대응했다. 하지만 남자는 조금도 개의치 않고 대꾸했다.

"이제 슬슬 때가 된 것 같아서 말이지. 상태를 좀 보러 온 거야."

"때가 됐다……?"

남자가 무슨 말을 하는 건지 이해가 안 간다. 하지만, 돼먹지 못한 꿍꿍이를 갖고 있다는 것만은 알 수 있었다. 나는 상대하지 않기로 마음먹고, 그 옆을 통과해 가려 했다.

하지만 그 발걸음은 남자의 말로 저지당했다.

"후즈야즈 사람에게 묻고 싶은 게 있는 거 아냐? 나는 이래 봬도 후즈야즈의 엄—청나게 높은 기사님이란 말씀이지. 주인인 라스티아라와 지크 형씨와도 깊은 관계가 있고. 원한다면 내가 이야기를 들어줄 수도 있는데."

"당신……. 후즈야즈의 기사인가요……?"

후즈야즈의 기사…… 주인님을 현혹시켰을 의혹이 짙은 적.

"그래, 맞아."

머리에 핏기가 치미는 것을 느꼈다. 어디에 부딪쳐야 할지 알 수 없었던 감정이, 후즈야즈의 기사라는 발산 대상을 찾아내고 쏟아져 나왔다.

"다, 당신들은, 주인님에게 대체 무슨 짓을 한 거죠?! 주인님의 상태가 이상해요! 당신네들 후즈야즈에 얽히는 바람에, 점점 이상해져가고 있다구요!!"

있는 힘껏 외쳤다. 하지만 남자는 태연한 얼굴로 그 절규를 듣고 냉정하게 받아쳤다.

"잘 들어. 우리가 수를 쓴 건 주인…… 라스티아라 후즈야즈에 대해서였어. 지크 형씨에게는 아무 짓도 안 했다는 이야기야."

"거짓말! 당신들이 주인님을 이용하려고 한 건 다 알고 있어요! 그러려고 주인님한테 마법을 건 거잖아요?! 마음대로 조종하려고!"

"아니, 안 걸었어. 내가 거짓말을 하는 게 아니라는 건 아가씨 스스로가 제일 잘 알 텐데."

그렇게 말하고, 남자는 자신의 눈을 가리켰다. 남자는 나와 비슷한 스킬을 통해서 내 스킬 '안력'의 정체를 간파하고 있는 것 같았다. 그리고 그 '눈'으로 보고 진위를 판단하라고 말했다.

하지만 진위 판단은 이미 끝난 상태다. 남자가 거짓말을 하는 게 아니라는 건 잘 알고 있었다.

그러나 알고는 있지만, 나는 이제 뭘 신뢰해야 할지 알 수도 없는 지경에 이르렀다.

입술을 악물면서 주인님이 아까 같은 상태에 빠진 이유를 물었다.

"그렇다면, 도대체 왜, 주인님의 상태가 그렇게……!"

"나는 그 상태를 직접 본 게 아니라서 뭐라고 말은 못 하겠지만, 그래도 알고 있는 게 있어."

"……말해보세요."

"결국, 지크 형씨는 결과적으로 그 누구도 버리지 못한다는 거야. 괴로워하고, 망설이고, 몇 번을 실수하더라도──그래도 결국은 정을 둔 사람을 버리지는 못해. 지크프리트 비지터라는 사람은 그런 사람이지."

눈앞에 있는 남자는 주저 없이 해답을 말했다.

주인님은 다정한 사람이라 구하러 갔다. 단지 그것뿐이라고 잘라 말했다.

인정하고 싶지 않았다. 그 다정함을 독점하고 싶어서일까, 아니면 다른 이유가 있어서일까.

"……그럴지도 모르죠. 그럴 가능성도 있다는 건 저도 인정해요. 하지만 주인님은 그 이상으로 겁이 많고, 우유부단하고, 한심한 사람이에요! 그러니까 원래는 라스티아라 씨를 구하러 가지 못하는 게 정상이었다구요!!"

"하긴 그렇겠지. 그 말이 맞아. 그건 나도 잘 알고 있어."

주인님에 대한 내 평가를 들은 남자는 고개를 끄덕인다. 부정하려 하지 않았다.

그리고 그대로 내 말에 대한 동조의 말을 계속한다.

"겁쟁이라서 미궁을 겁내고, 우유부단해서 동료에게 상처를 입히고, 하고 싶은 말을 못 하지. 하지만 미궁 탐색만이 특기인 소년. 그게 지크 형씨야. **처음에는** 훨씬 더 심각했어. 한 나라 전체를 적으로 돌려 가면서까지 누군가를 구할 수 있는 배짱 같은 게 있을 턱이 없지."

"그, 그렇죠? 그러니까——"

동조하는 남자의 말을 이용해서, 나는 자신의 의견을 피력하려 했다.

하지만 그것은 남자의 음험한 미소에 저지당했다.

"하핫. **그래서**, 지크 형씨는 변화하려고 고려하고 있는 것 아닐까? 더 좋은 결과를 이끌어낼 수 있도록 강해지기 위해 노력하고 있는 것 아니겠어?"

아냐—— 라고 부정할 수 없었다.

그런 자신 따위는, 더 이상 남아 있지 않았다.

만약에 이 남자가 하는 말이 사실이라면?

주인님이 지금보다도 더 강해지면, 라스티아라 씨와 함께 내가 닿을 수 없는 아득한 경지까지 가버릴 것이다. 화염마법을 조금 익힌 게 전부인 나는 금방 뒤처지고 말 게 분명하다.

아니, 아니다. 나는 이미 뒤처지고 만 건가……?

실제로 나는 집에 혼자, 외톨이처럼 홀로 남겨졌다.

"마, 말도 안 돼……. 전 그런 거 몰라요. 그런 건 본 적 없는걸요……."

"그렇겠지. '눈'에만 의존해온 아가씨의 한계야. 아가씨는 지크 형씨에 대해 아무것도 이해 못 하고 있었던 거지."

주인님은 변하려고 노력하고 있었다? 하지만, 내가 스킬

'안력'에만 의존하고 있었기 때문에 그걸 알아채지 못했다? '눈' 때문에, 또 실수했다? 나도 모르는 사이에 주인님의 마음이 강해져 있어서, 후즈야즈라는 강력한 벽에 맞설 수 있는 의지를 손에 넣을 정도가 되었다? 그래서 주인님은 후즈야즈에 대해 분노하고, 라스티아라 씨를 구하려 하고 있는 거다?

"자, 아가씨. 이제 시간이 없어. 내일이 되면 지크 형씨는 주인을 구하러 가게 될 거야. 그리고 성장한 그 녀석은 멋지게 주인을 구해내겠지."

아, 아아…… 분명 구하고 말 거야…….

주인님은 강하다. 정신은 그 나이에 걸맞게 나약하지만, 능력만 따지자면 완숙한 영웅과도 같은 사람이다.

아마 라스티아라 씨를 극적으로 구해내고, 한층 더 앞으로 나아가게 될 것이다.

"그렇게 되면, '히어로 지크'와 '히로인 라스티아라'는 운명적인 인연으로 이어지고 말겠지. 그래, 운명적인 인연으로……."

운명적인 인연으로 이어진 두 사람은, 이야기의 히어로와 히로인이 되어서 다음 무대로 나아간다.

과연, 그 무대에 내 자리가 있을까.

지난 장(章)의 단역에 불과했던 내가, 다음 무대에 출연 기회가 있을까.

없다. 분명 없다. 아무런 배역도 갖지 못한 등장인물은 잘려서 사라지기 마련이다.

"아아, 하지만 아가씨한테는 아무것도 없어. 지크 형씨와 서로를 이해하지도 못하고, 인연 같은 건 하나도 쌓지 못하고, 그 뒤를 쫓아갈 힘도 없지."

그렇다. 나에게는 아무것도 없다.

라스티아라 씨 같은 완벽함은 없다. 아름다움도 없다. 성격도 좋지 않다. 양갓집 규수도 아니고, 국가와 뒤얽힌 과거도 없다. 재능도 없고, 힘도 없다.

아무것도 없는 내가 주인님 곁에 있을 수 있을 리가 없다. 혼자 뒤처지고 말 것이다.

"아가씨에게 남은 건, 일방적으로 갖다 붙인 주종 간의 약속뿐. 그것마저 지크 형씨가 의식하고 있기는 한 건지도 의심스러운 약속이지."

말 안 해도 안다. 알고 있기에, 그를 대신할 연결점을 갈망했다.

힘을 갈망했다.

주인님이 가장 필요로 할 만한 것을, 모든 걸 희생해서라도 손에 넣기를 원했다.

"아, 아직…… 아직 괜찮아요. 마법만, 마법만 더 강해지면……."

그 말에 짓눌리지 않기 위해, 자신이 가진 가능성을 주장했다.

하지만 남자는 무자비하게 말을 이어나갔다.

"너보다 유능한 마법사가 안 나타날 것 같아?"

남자는 내 가능성을 짓밟으려 했다. 들뜬 얼굴로 현실을 내 눈앞에 들이밀었다.

나는 그것을 부정할 수 없었다.

시간이 지나면 지날수록, 주인님의 지인은 늘어간다. 그리고 그중에 나보다 더 강한 마법사가 나타나지 말라는 보장도 없다. 그렇게 되면, 나는——

"그치만, 주인님은 여기 있어도 된다고 말해줬어요! 여기서 요리를 만들어주기만 하면, 그걸로 충분하다고, 그렇게——!"

"너도 알고 있을 텐데? 그건 불쌍해서 한 말이야. 동정심 때문에, 곁에 있어도 된다고 해준 것뿐이잖아? 지크 형씨 입장에서 요리는 중요한 게 아냐. 지크 형씨 본인도 요리라면 일가견이 있고, 요리를 대신해줄 사람은 얼마든지 있어."

알고 있었다.

그것이 나를 배려해서 부여한 역할이었다는 건 나도 알고 있었다.

내 요리 따위, 주인님에게는 필요 없는 것이다.

——으, 으으…….

마음속에서, 눈물이 흐른다.

"아, 아직! 아직 주인님은 떠날 거라고 하신 적은 없어요! 그런 이야기는 들은 적 없다구요! 라스티아라 씨에게 갈 거라는 이야기는, 아직 하신 적 없단 말이에요……!!"

현실을 인정하기 싫었다. 그리고 한 가닥 희망을 붙잡고 싶었다.

"그렇게 낙관해도 되는 거야?"

"못 들었어요, 못 들었다구요! 주인님은 라스티아라 씨에게 안 가실 거예요! 내일부터는, 다시 단둘이 지내게 될 거예요! 다시 둘이서 미궁 탐색을 계속할 거란 말이에요!"

계속 완강하게 고개를 가로젓는 내 모습을 보고, 남자는 황당하다는 듯 어깨를 으쓱하고, 마지막 말을 남긴 채 등을 돌렸다.

"그렇게 믿고 싶으면 믿어. 하지만 자칫 잘못하면, 그 집과 함께 남겨질지도 몰라. 잘 생각해보라고, 아가씨……."

그런 말을 남기고, 남자는 그 자리를 떠나갔다.

그 마지막 말이, 현재의 내 상태를 나타내는 전부였다.

나는 항상 배제되어왔다. 그리고, 오늘도 나는 집에 홀로 남았다.

따라가지 못하고, **집과 함께 남겨졌다.** 그것이 전부다.

노예로 전락했을 때 느꼈던 공포가 되살아난다.

또 ■■가 사라진다.

예전에, ■■를, ■■를, ■■를 잃었을 때처럼 주인님을 잃게 된다.

그 공포가 사지 구석구석까지 뻗어 나가서, 지면에 무릎을 꿇는다.

그리고 나는 몽롱함에서 헤어나지 못한 채 일어서서, 망령처럼 걸음을 내딛었다.

주인님을 찾아서 발트 시가지를 배회했다. 주인님이 갈 법한 곳을 확인했다. 술집, 교회, 그리고 미궁에서 필요할 법한 것들을 팔고 있는 가게들을 이 잡듯이 뒤졌다.

하지만, 아무리 찾아도 없다.

다시 말해, 주인님은 발트가 아닌 어딘가로 갔다는 것.

구역질을 참으면서 발걸음을 움직였다. 어쨌거나, 보고 싶었다.

혼자는 싫어. 죽어도 싫어. 더는 싫어.

그렇게 머릿속으로 되뇌다가, 낯익은 얼굴과 마주쳤다. 길을 걷고 있으려니, 빨간 머리의 소녀가 아지랑이처럼 홀연히 나타난 것이다.

"아, 아르티 씨……?"

매달릴 수 있는 상대를 발견하고, 눈가에 눈물을 매단 채 다가갔다.

아르티 씨는 그런 나를 자애로운 눈으로 맞이해주었다.

"마리아, 괜찮아?"

"아르티 씨! 이대로 가면 주인님이, 주인님이……!"

"나도 알아, 마리아. 진정해. 괜찮으니까, 진정해……."

아르티 씨는 혼란에 빠진 내 머리를 끌어안고 쓰다듬어 주었다.

그렇게 계속 쓰다듬어주니, 어느덧 내 마음도 조금씩 진정되기 시작했다.

"아르티 씨……. 주인님이 라스티아라 씨랑 둘이서 어딘가로 떠나버릴 것 같아요. 그래서, 저는……."

"아직 괜찮아, 마리아. 아까 지크를 만났었어."

"주, 주인님을요……?"

신뢰할 수 인물이 사랑하는 이름의 이름을 언급해주니, 약간이나마 안심이 됐다.

"아직 지크는 아무 데도 안 갔어. 금방 집으로 돌아올 거야."

그런 조금의 안심이, 마음속에서 부피를 불려나갔다. "돌아온다"라는 한마디가, 나에게 약간의 냉정함을 되돌려주었다.

"하지만 보아하니, 지크가 라스티아라를 도우러 갈지 어떨지는, **미안하지만 나도 몰라.** 그건 내일이 되기 전에는 알 수 없어."

"……내일이요?"

위화감을 느꼈다. 스킬 '안력'이 모종의 모순을 찾아냈을 때의 감각이다.

하지만 신뢰하는 아르티 씨를 의심하고 싶지 않아서 더 이상은 추궁하지 않는다. 무엇보다, 이제는 그 '눈' 자체를 신뢰할 수가 없는 것이다.

지금 신뢰할 수 있는 것은 오늘까지 나를 위해서 움직여준 아르티 씨뿐이다.

"아아, 라스티아라를 구할 수 있는 타이밍은 내일 이른 아침밖에 없어. 그러니까 마리아, 내일 이른 아침에는 꼭 지크 곁에 있어야 해. 그리고 확인하는 거야. 모든 것을."

아르티 씨는 주인님의 마음을 이해하기 위한 방법을 진지하게 가르쳐주었다. 그녀는 항상 나를 위해서 최선을 다해준다. 그 마음을 의심하다니, 난 절대로 그렇게는 못한다.

"알았어요……. 내일이란 말이죠……."

"그래, 내일이야……. 모든 건 그 뒤에 결정돼. 그럼, 같이 돌아가자."

그 말을 끝으로, 나는 아르티 씨와 함께 집으로 돌아왔다. 그리고 아르티 씨는 내일 다시 돌아오겠다고 약속하고 떠났다. 오늘은 할 일이 잔뜩 쌓여 있다고 했기에, 그런 그녀를 말릴 수는 없었다.

아르티 씨에게서 받은 희망을 품에 안고, 나는 아무도 없는 집에서 주인님을 기다렸다.

아까 그 거들먹거리던 후즈야즈의 기사는 주인님은 라스티아라 씨를 구하러 갈 거라고 지껄였지만, 그건 아직 알 수 없는 일이다. 아직 알 수 없다고 아르티 씨가 이야기했으니 희망은 아직 남아 있다고 생각하는 게 당연하다.

끙끙거리고 고민하며 집에서 마법 수련과 요리를 반복했다.

그러고 있으려니, 주인님이 돌아왔다.

──돌아왔어! 아르티 씨의 말대로, 돌아왔어!

나는 웃으며 주인님을 맞이했다.

역시, 아까 그 기사의 말은 헛소리였다. 이제 다시 두 사람의 생활로 돌아갈 수 있을 게 분명하다. 그렇게 확신하며 주인님을 맞이했다.

그리고 둘이서 식사를 하고, 조금 이야기를 나눴다. 이상한 건 아무것도 없었다.

라스티아라 씨에 대한 이야기는 화제에 오르지 않았다. 공포 때문인지, 나도 무의식적으로 라스티아라 씨와 관련된 이야기를 피한 것이었다.

식사를 마치고 나서 주인님은 곧바로 자기 방으로 돌아갔다.

이상이 생긴 건, 그날 밤이었다.

주인님의 상태가 궁금해서 방 근처를 지나가다가, 문 틈새로 냉기가 흘러나오는 것을 발견했다. 나는 방 안쪽의 상황에 의식을 집중시켜서, 그 원인을 확인했다.

그 마력의 흐름은, 어쩐지 익숙하게 느껴졌다.

내가 화염마법을 수련하던 때와 마찬가지였다. 주인님은 방 안에서 빙결마법을 수련하고 있었다. 그것도, 전에 없이 강력한 수준의 마력을 창조하려 하고 있었다.

나도 같은 걸 하려 했었기에 그것을 바로 알 수 있었다.

"왜 하필 이런 타이밍에 마법 수련을……."

그게 미궁 탐색을 위한 마법이라면 상관없다.

그렇다면, 주인님은 내일 그 마법으로 미궁에 들어가는 것뿐이다.

하지만 그렇지 않을 가능성도 있다.

내일 주인님은 미궁에 갈 것인가, 아니면 대성당으로 갈 것인가.

미칠 듯이 궁금해서, 그날은 한숨도 잠들 수 없었다.

빙결마법을 수련하는 주인님의 방 옆에서, 나도 화염마법을 거듭 수련했다.

"『단염(斷炎)이여 일어라, 몽환창랑(夢幻滄浪)과 섬(纖)에 따라──』"

몇 번이고, 몇 번이고, 몇 번이고, 몇 번이고──영창했다.

어째서인지, 그러면 마음이 가라앉는 것이다.

감정이 잘리고, 넘치고, 치우쳐가는 것이 너무나도 마음을 편하게 만들어준다.

뭔가 소중한 것이 변질되어간다는 예감은 있었다. 그렇지만 나는 그것을 멈출 수가 없었다. 그러지 않으면 불안감에 짓눌려버릴 것만 같아서 참을 수가 없었기 때문이다.

그래서, 나는 뇌까렸다.

"『탄염(誕炎)이여 싹터라』,『피를 뿜는 분염(焚炎)』──"

노래하듯이, 나는 영창을 계속했다.

영창하고 또 영창하며, 아침을 기다렸다.

"『가지 마』,『버리지 마』──『나는』,『나는──……』"

몽롱한 의식 속에서, 나는 영창으로 쉴 새 없이 '대가'를 치렀다.

하지만 그 염원은── 이튿날──

◆◆◆◆◆

성탄제 당일 이른 아침.

주인님은 나에게 아무런 말도 하지 않은 채 집을 나서려 했다.

한마디로, 그렇게 된 것이다…….

"역시, 가시는 거군요……. 주인님……."

말리는 나에게, 주인님은 어물쩍 넘기듯이 말했다.

"그래, 금방 라스티아라와 같이 돌아올게. 그러니까, 마리아는 여기서 기다려주지 않겠어?"

그 진위를 살폈다. 하지만, 전혀 알 수 없다. 이제 아무것도 모르겠다.

모르겠다모르겠다모르겠다모르겠다모르겠다.

돌아온다고? 정말로?

"돌아온 뒤에는 다른 나라로 도망치기로 했어. 마리아는——"

다른 나라로 도망친다는 말에, 라스티아라 씨가 이야기했던 "어딘가 멀리로 도망쳐서, 나랑 같이 여행을 해줄 거야?"라는 말을 떠올렸다.

여기서 내가 주인님을 말리지 않는다면, 둘이서 다른 나라로 가려고 하는 건지도 모른다.

나를 두고, 둘이서만——

"——마리아도 같이 가자. 셋이서 도망치는 거야."

둘이서 갈 생각이었는지, 셋이서 갈 생각이었는지, 나로
서는 알 길이 없다.

나는 알 수가 없었기에, 당장 알고 있는 것만 물었다.

"도망친다……? 그럼, 이 집은 어떻게 하실 건데요……?"

이 집은 어떻게 되는 걸까?

마치, 이 집으로 돌아올 생각이 없다는 이야기처럼 들렸다.

주인님이 나에게 맡겨준 집인데.

"애석하지만, 이 집은 버리는 수밖에 없을 것 같다. 아깝
기는 하지만 말야……."

하지만 주인님은 단호하게 "버린다"라고 말했다.

이 집에서 조용하고 행복하게 살고 싶은 나의 꿈.

그 꿈이 말끔하게 깨져나가고── 깨져나간 꿈의 파편이,
검은 불꽃으로 전환되어갔다.

"시…… 싫어요."

오늘 하룻밤 사이에, 마음속 깊은 곳은 검은 불꽃으로 가
득 차 있었다.

그 검은 불꽃이 떨리면서 입을 통해 흘러나왔다.

"응?"

"가지 마세요, 주인님……. 제발 부탁이니까, 가지 말아
주세요……!"

"마리아……. 대체 왜 그러는 거야……?"

"가시면, 두 번 다시 닿을 수 없게 되니까……. 혼자 남겨
지게 되니까……."

"아, 아니, 진정해, 마리아. 같이 가자고 그랬잖아. 절대로 혼자 두고 가지 않겠다고 약속할게. 내가 마리아를 두고 혼자 갈 리가 없잖아?"

"거짓말이에요. 셋이서 도망친다고 해도, 아마 거기에 제 자리는 없을 거예요……. 있든 없든 상관없는 사람……. 그런 건 싫어요……."

그 다정한 말을 믿을 수가 없었다.

주인님은 이미 거짓말을 하지 않았는가.

나한테 아무 말도 안 하고 라스티아라 씨를 구하러 가려 했다.

좋아하지만──! 아니, 오히려 좋아하기에, 도무지 믿을 수가 없다──!

"왜 라스티아라 씨를 구하시겠다는 거예요? 좋아하는 것도 아니라고 하셨잖아요?"

"왜긴…… 그야, 라스티아라는 동료잖아? 그 녀석은 앞으로의 미궁 탐색에 꼭 필요한 동료야. 외면할 수는 없어."

싫어. 미래에 대한 이야기 따위는 듣고 싶지 않아.

나는 돌아가고 싶단 말이야.

주인님과 단둘이서 지내던 그 시절로 돌아가고 싶어──!

"앞으로의 미궁 탐색이라구요? '앞으로'라는 게 도대체 언제까지인데요?!"

"지, 진정해, 마리아!"

"주인님이 가시면, 아마 라스티아라 씨는 살아서 돌아오시겠죠! 그렇게 되면, 또 똑같은 생활의 반복이잖아요! 저는 미궁 깊은 곳에 가고 싶지 않아요! 굳이 갈 필요 없잖아요! 이 집에서 평온하게 살 수만 있으면, 저는 그거면 충분한데!!"

나는 이기적인 의견을 쏟아냈다.

뱃속 깊은 곳에 있는 검은 불꽃의 열기가, 본심을 목구멍 밖으로 토해내게 만들었다.

"그럴 수는 없어, 마리아. 내가 미궁 안쪽으로 가는 건 바꿀 수 없어. 나는 미궁의 '최심부'로 가기 위해서 연합국에 있는 거니까⋯⋯."

"그건 터무니없는 욕심이에요! 굳이 깊은 곳까지 들어가지 않더라도, 10층 정도에서 안전하게 돈을 벌면 그냥 평범하게 살 수 있어요! 저는 그게 좋아요! 그 정도라면 라스티아라 씨가 계시든 안 계시든 상관없잖아요!!"

"마리아, 난 그런 이야기를 하는 게 아냐! 이대로 두면 라스티아라가 죽게 될 테니까 구하러 가겠다는 이야기를 하고 있는 거야! 마리아는 라스티아라가 죽어도 상관없는 거야?!"

주인님은 내 양 어깨를 손으로 붙들고, 라스티아라 씨의 죽음에 대해 묻는다.

내 사랑을 응원해주었던 다정한 라스티아라 씨를 떠올리고, 약간이나마 이성이 돌아왔다.

"라스티아라 씨는 좋은 분이에요. ⋯⋯돌아가시는 건 원치 않아요."

"그렇지? 라스티아라를 구해줘야 해……. 그 녀석은 우리
의 동료니까……."

순간적으로 몸에서 힘이 빠져나갔다. 그것은, 라스티아
라 씨가 나에게 다정하게 대해준 만큼의 시간. 하지만 뒤이
어 어제 라스티아라 씨가 했던 말이 뇌리에 떠올라서, 빠져
나갔던 힘이 다시 부풀어 올라 되돌아왔다.

"──**동료**……? **동료라서?** 주인님은 단지 그것 때문에
목숨을 걸고 구하러 가시는 건가요?"

"그, 그래……."

보나마나 거짓말이다. 단순한 친구가 아니니까, 어제 같
은 일이 일어난 것이다.

"동료니 뭐니, 그런 건, 그런 건…… 다 **거짓말이에요.** 고
작 그런 이유 때문에 목숨을 건다는 건 말도 안 돼요. ……
그래요, 말도 안 돼요. 네, 다 알아요. 주인님은 멋지게 보
이고 싶은 거죠?! 라스티아라 씨한테! 주인님은, 제가 아니
라 라스티아라 씨 앞에서 폼을 잡고 싶은 것 맞죠?! 그 사람
이 없었을 때는 저만을 위해서 멋을 부리셨는데──!!"

거짓말.

아아, 또 거짓말이다.

주인님이 내게 거짓말을 했다는 사실이, 내 안의 검은 불
꽃을 한층 더 거세게 타오르게 만들었다.

그리고 검은 불꽃은 기어이 현실의 불꽃이 되어 내 몸에서

흘러나오기 시작했다. 마법을 쓴 것도 아니건만, 몸속의 마력이 불꽃으로 변환됐다. 하지만 그런 건 중요한 게 아니다.

이제, 완전히 확신했다.

주인님은 거짓말쟁이다. 모든 걸 숨기고, 나를 두고 가려 하고 있다.

그렇다면, 내가 할 수 있는 것은 단 하나. 단 하나밖에 없다.

나는 화염검을 구축하면서 천천히 주인님에게 다가갔다.

"——마법 〈디멘션 · 글래디에이트〉, 마법 〈프리즈〉!!"

주인님이 외쳤다. 그리고 성가신 냉기가 내 불꽃을 꺼뜨리려 했다.

꺼지게 두지 않는다. 이 화염은 주인님을 손에 넣기 위해 필요한 불꽃.

나를 두고 떠나려 하는 주인님의 다리를 베기 위한 불꽃이다.

화염검을 크게 치켜들어서, 다가오는 주인님을 향해 휘둘렀다.

주인님은 특유의 무시무시한 동체시력을 활용해서 그것을 종이 한 장 차이로 회피하고, 내 손을 붙잡으려 했다. 흔해 빠진 대응이다. 이제 더 이상 내 스킬 '안력'으로 주인님의 마음속을 들여다보지는 못한다. 하지만, 흔해 빠진 전술 정도는 예측할 수 있다.

"——으윽!"

열 때문에 주인님의 몸이 경직됐다. 그 빈틈을 찔러서, 다시 한 번 화염검을 휘둘렀다.

그러나 그것은 맥없이 허공을 갈랐다.

주인님의 마력이 부풀어 올랐다. 그리고, 눈길이 마주쳤다.

단 한순간이었지만, 진심으로 싸우는 눈임을 알 수 있었다. 미궁에서 싸울 때와 같은 표정이었다.

등골이 얼어붙는 동시에, 모든 것이 결정 나 있었다.

양팔을 붙잡히고, 팔이 등 뒤로 꺾이고, 그대로 바닥에 짓눌쳤다.

"마리아, 똑똑히 들어! 최근에 팰린크론이라는 녀석을 만난 적 있어?!"

"패, 팰린크론──?"

"예전에 노예시장에서 너를 낙찰 받았던 기사 말야! 관찰하는 것 같은 눈으로 사람을 쳐다보는 녀석이야. 키는 나보다 좀 크고, 상인 같은 차림을 한, 수상쩍은 녀석 말이야!"

"그런……! 그런 건 상관없어요……!"

그런 건 알 바 아니다. 지금은 주인님을 붙잡는 게 우선이다.

"마리아, 뭔가 마법에 걸린 거 아냐? 너 지금 비정상적으로 혼란에 빠져 있어!"

"마법── 혼란──?!"

그건 오히려 주인님 쪽이다. 마법으로 세뇌당한 건 주인님이다.

맞받아치려던 말을, 등에서 전해지는 마력의 냉기가 저지했다.

내가 몸에서 불꽃을 분출시키는 것과 마찬가지로, 주인님도 몸에서 냉기를 분출시키고 있었다. 그 냉기가 내 불꽃을, 마음속의 검은 불꽃과 함께 식혀갔다.

온몸이 얼어붙은 것처럼 차가웠다.

그 냉기는 내 힘의 근원인 화염을 뿌리부터 봉쇄해나갔다.

"그래. 진정해……. 천천히 심호흡하고, 마음을 가라앉히는 거야……."

주인님의 목소리가 귓가에 들린다. 지시대로 심호흡을 하고, 마음을 가라앉힌다.

그리고 서서히 이성을 되찾아간다. 몸을 지배하고 있던 감정이 식어간다.

"어, 어……? 저기, 어라……?"

"괜찮아, 마리아……? 이제 좀 마음이 가라앉았어?"

식어가는 동시에, 상황도 이해되었다.

집 여기저기가 그을리고, 내 몸은 주인님에게 제압되어 있다.

내가 주인님에게 화염검을 겨누었다……? 어, 어째서……?

일대일 대결로 이길 수 있을 리가 없건만. 오히려 미움만 살 뿐이건만. 대체 왜──?!

"죄, 죄송해요……! 제가 대체 무슨 짓을……!"

"괜찮아. 혼란 때문에 마음에도 없는 소리를 한 것뿐이라는 건 나도 아니까."

주인님은 피곤한 얼굴로 내 곁에서 떨어져서, 바깥의 상황을 살피기 시작했다.

……아, 아아, 안 돼. 안 돼.

차갑게 식은 머리가, 내가 돌이킬 수 없는 잘못을 저질렀다는 사실을 이해했다. 주인님 앞에서는 항상 감추고 있었던 감정을 모조리 토해내고 말았다.

영문을 알 수 없었다. 그런 짓을 한 이유를 알 수가 없었다.

머릿속이 새하얗게 변해버려서, 나는 사죄의 말만 되풀이할 수밖에 없었다.

"죄송해요, 죄송해요, 죄송해요, 주인님……."

사과하고 또 사과했다.

용서해주셨으면 좋겠다. 미워하지 말아주셨으면 좋겠다. 가지 말아주셨으면 좋겠다. 함께 있어주셨으면 좋겠다.

수많은 감정들이 뒤섞여서, 그저 사과밖에 할 수 없었다.

"정말 난 괜찮아. 그렇게 사과할 것 없어. 그보다 몸은 좀 괜찮아? 보아하니 혼란은 상당히 가라앉은 것 같기는 한데……."

"네……. 지금은 멀쩡해요. 정말 죄송해요. 제가 대체……."

주인님은 내 머리를 쓰다듬으면서 상태를 살폈다.

아아, 그 손바닥의 냉기가 기분 좋게 느껴졌다.

하지만, 안 된다. 그 쾌락에 몸을 맡겨서는 안 된다. 나는 돌이킬 수 없는 잘못을 저지르고 말았다. 왜 그렇게 된 건지는 모르겠다. 하지만, 주인님에게 더 사과해야 한다는 것만은 알 수 있었다.

"——마리아, 나는 이제 라스티아라를 데리러 다녀와야 해. 아마 금방 끝날 거야."

"아, 네. 주인님이 그렇게 마음먹으셨다면, 물론 저는 거기에 따라야지요……."

주인님의 기분을 거스르지 말아야겠다는 생각에, 깊이 생각하지 않고 대답했다.

"우리가 돌아올 때까지, 마리아는 이 집에서 기다려줘. 반드시 금방 돌아올 테니까."

"네, 알았어요……. 여기서 기다리고 있을게요…… 두 분을……."

말을 듣지 않으면 미움을 받을 것이다. 그 생각만이 내 머릿속에 소용돌이치고 있었다.

미움을 받으면, 함께 있을 수 없다. 그것만은 안 된다. 그렇게 되면 나는, 완전히——

"그럼, 다녀올게, 마리아."

"……네, 다녀오세요. 주인님."

사실은, 이대로 그냥 보내는 건 싫어…….

하지만 나는 주인님을 붙잡을 수 없다. 더 이상 추태를 부릴 수는 없다.

　가지 말아줬으면 좋겠다. 좀 더 곁에 있어줬으면 좋겠다. 떠나지 말아줬으면 좋겠다.

　뭐가 어떻게 돼가고 있는 건지 가르쳐줬으면 좋겠다. 구해줬으면 좋겠다.

　구해줬으면 좋겠다. 구해줬으면좋겠다구해줬으면좋겠다 구해줬으면좋겠다.

　부탁이에요, 주인님.

　나를 두고 가지 말아요…….

　──하지만 그 바람은 말로 표현되지 못했다.

　두 번 다시 뒤돌아보지 않은 채, 주인님은 떠나버렸다.

　라스티아라 씨가 있는 후즈야즈로 가버렸다.

　나를 내버려두고…….

◆ ◆ ◆ ◆ ◆

　홀로 남겨진 나는 넋이 나간 채 주저앉았다.

　감정에 휘둘려서 미친 듯이 날뛰고 말았다.

　오랜만의 악다구니였다. 그렇게까지 마음이 흐트러진 건, 기억도 나지 않을 만큼 오랜만이었다.

　마음속 깊은 곳의 추한 감정이 쏟아져 나와서, 주체할 수 없게 되었다.

내가 나 자신을 잃는 것 같은 악몽이었다.

어째서 주인님을 공격했던 건지, 알 수가 없었다.

그런 짓을 한다고 해서 아무것도 해결되지 않는다는 건 알고 있었다. 그렇건만, 그때의 나는 무시무시한 생각을 하고 있었다.

화염으로 불살라서── 주인님을 움직이지 못하게 만들면, 나 혼자 독점할 수 있다.

분명히 그런 생각을 했었다.

내 본심이라는 게 이렇게 역겨운 것이었다는 말인가.

주인님을 아는 건 고사하고, 나 자신에 대해서도 전혀 모르고 있었던 것이다.

집 거실에 주저앉아서 그저 멍하니 허공을 응시했다.

"마리아, 괜찮아……?"

어느 틈엔가, 내 옆에 누군가가 서 있었다.

당연하다는 듯, 아르티 씨가 거기에 있었다.

나는 감정을 토해내듯이 가장 신뢰할 수 있는 사람에게 매달렸다.

"아, 아아아, 아, 아르티 씨, 도대체 뭐가 뭔지 모르겠어요……. 도와주세요. 저를 좀 구해주세요……."

"괜찮아. 내가 있잖아. 마리아에게는 내가 있어."

아르티 씨는 나를 끌어안고, 다정하게 속삭였다.

"그치만, 그치만 저는! 주인님을 불사르려고 했어요……!

내 걸로 만들고 싶다는 생각에, 화염으로 태워버리려고……!!"

"이해해, 마리아. 난 그 마음을 충분히 이해할 수 있어."

"이, 이해하신다구요……?"

"좋아하는 사람을 자기 것으로 만들고 싶다. 완력을 써서라도 붙잡고 싶다. 손에 넣을 수 없다면 불살라서라도 내 것으로 만들고 싶다. 충분히 이해해. 그건 당연한 감정이야."

내 마음을 인정할 뿐 아니라, "그것이 당연한 것"이라고까지 말했다.

하지만, 그런 말까지 해주기를 원했던 건 아니었다.

"다, 당연해요? 아니에요, 그런 게 당연한 것일 리가 없어요. 그게 아니라——"

칭찬을 바랐던 게 아니다.

나는 이 영문 모를 사태가 벌어진 이유를 가르쳐주기를 원했던 것이다. 왜 이렇게 된 것인지, 내가 어떻게 된 건지, 뭐가 잘못이고 누굴 원망하면 되는지, 그것을 알고 싶었던 것뿐이다.

그럴 수밖에 없는 게, 이제 뭐가 이상한 건지조차 알 수 없는 지경인 것이다. 나아가——

"이제 **제가** 이상한 거라는 생각밖에 안 들어요. 싫어, 싫어! 뭐가 이상한 건지조차 모르겠어요! 구해줘요, 누가, 누가 날 좀 구해줘요——!!"

미칠 것만 같다.

아니, 이미 미쳐 있는 건지도 모른다.

언제부터 미쳐 있었던 건지는 모르겠다. 어디부터 미쳐 있었던 건지도 모르겠다.

아무것도 믿을 수가 없다. 결국, '눈' 따위는 아무런 도움도 되지 않았다. ■■는 거짓말쟁이. 도움이 되기는커녕, 내 소중한 것을 망가뜨려버렸다. 그 탓에, 이제 내겐 아무것도 남지 않았다.

눈을 질끈 감고, 이마를 바닥에 짓찧는다.

"미안해, 마리아."

멀리서 목소리가 들려온다.

이제 아무것도 남지 않았기에, 이제 아무것도 모르겠다.

의식이 가라앉아간다. 늪과도 같은 검은 세계로 가라앉아간다.

한없이, 끝도 없이 떨어져간다.

검은 불꽃의 불씨가 있는 바닥까지…….

"될 수 있으면, 마리아가 가장 원하는 형태로 끝내고 싶었어. 좀 더 천천히 진행할 수도 있었어. 하지만, 실패했어. 실패한 거야. 정말 미안해."

하지만 혼자가 아니다.

나와 함께 떨어져주는 사람이 있었다.

아르티 씨가, 끝까지 나와 함께 있어준다. 그것만은 믿을 수 있다.

"타이밍이 너무 좋았어. 이제 수습할 수 없어. 오늘이라면, 라스티아라는 움직일 수 없어. 여러 가지 의미에서, 호각인 지크와 일대일이 될 수 있는 건 오늘밖에 없으니까……."

서로의 열을 확인해가면서, 뒤섞어가면서, 나와 아르티 씨는 검은 불씨를 향해 떨어져간다.

——아아, 아르티 씨라면 안심할 수 있다.

아르티 씨만은 나를 두고 떠나지 않는다. 그렇게 신뢰할 수 있다.

"'과거의 나(아르티)'와 '만신창이의 영웅(카나미)'가 단둘이 있을 수 있는 건 오늘밖에 없다는 이야기야——"

이제야 알았다.

이것이 아르티 씨가 이야기했던 친화성. 인생이 비슷하다는 말. 너무도 비슷하다는 말의 진정한 의미.

그렇기에, 나와 아르티 씨는 동화되어간다.

의식과 의식이 뒤섞이고, 불꽃과 불꽃이 서로를 불사른다.

"드디어, 염원이 이루어졌어. 내 '비련의 성취'가, 오늘, 드디어——"

아르티 씨가 중얼거렸다.

종말의 시작을 선언했다.

그리고, 나는 아르티 씨가 항상 슬퍼 보이던 이유를 깨달았다.

뒤섞이고, 녹아들고—— 그런 끝에, 그녀의 인생을 알았다.

그것은 너무나도 허무한 '비련'의 이야기였으니——

◆ ◆ ◆ ◆ ◆

그리고, 나는 모든 것을 불태운다.

——타오른다.
아아, 지키고 싶었던 집이 불타오른다.
나를 옭아매고 있던 모든 족쇄가 불타오른다.
윤리도, 타산도, 분별도, 그 모든 것들을, 이제 필요 없는 것들이니 연료로 바꿔버리자.
불태우면서, 나와 아르티 씨는 서로에게 녹아들고, 지금부터 해야 할 일을 이해했다.
아르티 씨도 나와 같았던 것이다. 나와 같았기에, 그녀는 그렇게까지 내게 친근하게 대해주었다. 마치 자기 일처럼 진지하게 가르쳐주었다.
"아르티 씨의 '비련'도 성취시켜드릴게요."
상대에게 닿지 않는 사랑의 성취. 오직 그것만이 아르티 씨의 바람.
그리고, 이제 그것은 나의 바람이기도 하다.
아르티 씨와 동화되어 모든 속박을 상실한 나는, 이제야 그 바람에 대해 솔직해질 수 있었다.
더 이상은 싫다.

혼자는 싫다. 불행은 싫다. 괴로움은 싫다.

아무것도 잃고 싶지 않다. 사랑하는 사람과 항상 함께 있고 싶다.

주인님, 주인님, 주인님이 필요해요——

행복하게 만들어주세요. 아무데도 가지 말아주세요.

나를 봐요.

나만을 봐요.

나만을 보며 살아줘요.

나도 주인님을 위해서 살아갈 테니, 주인님도 나만을 위해서 살아주세요.

단지 그것뿐인, 단순명료한 바람.

감정의 뒤섞임 끝에, 이제야 나는 내 소원을 알아냈다.

그 꿈을 위해서라면, 모든 것을 잃을 각오도 생겼다.

예전의 아르티 씨처럼, 모든 것을 불사르는 것에 대해 아무런 주저도 없다.

당연한 일이다. 주저 같은 정상적인 기능은, 이미 한참 전에 연료가 되어 사라져버렸다.

타오르는 불꽃을 바라보다 보니, 어느덧 때가 왔다.

불의 이치를 훔치는 자가 슬픈 얼굴로 "지크 왔네"라고 내게 속삭였다.

지크프리트 비지터라는, 거짓말을 하는 주인님이 언덕 밑에서 모습을 드러냈다.

■■를 대신할 사람으로서, 스킬 '안력'에 의해 선택된 다

313

정한 사람.

내 사랑하는 사람이 돌아와주었다.

하지만, 사랑하는 사람은 혼자서 와주지는 않았다.

당연하다는 듯이, 그 뒤에는 훼방꾼이 따라오고 있다.

라스티아라 씨가 있다.

누구보다도 더 질투 나는 사람. 없었으면 좋았을 사람.

라스티아라 씨가 거기 있는 것만으로도, 주인님은 그 빛에 이끌리고 만다. 그녀가 아무리 입으로는 나를 응원해준다고 해도, 거기 있는 것만으로도 방해가 되는 게 현실이다.

짜증스럽다. 모든 것이 짜증스럽다.

다정하고 눈부신 라스티아라 씨. 쓸데없는 참견을 해대는 후즈야즈의 기사들. 주인님과 나 사이에 끼어들려 하는 새로운 동료들. 그 모든 사람들이, 하나같이 거슬려서 견딜 수가 없다.

단둘만 있으면 된다.

나와 주인님, 이 둘만 있으면 된다.

단둘이서 조용하게, 행복하게 살아갈 수만 있으면, 그걸로 충분하다.

그런 나의 작은 행복을 앗아가려 하는 녀석들.

모조리 불살라버려야 한다.

오늘, 나는 라스티아라 씨 때문에 홀로 남겨졌다.

그러니 되찾아 와야만 한다.

라스티아라 씨한테서 주인님을 되찾아오는 거다.

주인님을 먼저 발견한 건 나야——! 그러니까——!!

"주인님을, 돌려, 줘……."

업화의 일부가, 입에서 흘러나왔다.

한 번 밖으로 흘러나오고 나면 더 이상은 막을 수 없다. 몸속에 있던 모든 불꽃이 출구를 향해 몰려들기 시작했다. 업화라는 이름의 내 원념이, 온 세계를 불살라버릴 기세로 쏟아져 나왔다.

——아아, 이 업화로 모든 것을 불살라버리자.

내 비련을 성취할 수 있는 방법은 그것밖에 없으니까…….

그러면 결국 ■■처럼 소중한 사람이 잿더미가 될 거라고, '눈'이 내게 가르쳐주고 있지만.

모든 자초지종을 알고 있는 아르티 씨가 슬픈 얼굴로 웃고 있지만.

내가 할 수 있는 건, 이제 불사르는 일밖에 없으니까——

5. 그리고, 영웅은 10층에 다다른다.
괴물은 당신을 계속 기다렸습니다.

──불타고 있다.

타닥타닥 소리를 내며 캠프파이어처럼 불타고 있는 것은, 분명히 우리가 살던 집이었다.

집 주위로, 드문드문 사람들이 모여들기 시작했다.

지금 당장이라도 마리아를 데리고 이곳을 떠나야만 한다.

불타고 있는 집에 대한 미련은 없다. 신속하게 행동하기만 하면 된다.

그렇게 하면 그만이련만…… 눈앞에 있는 소녀들이 그것을 망설이게 만든다.

공허한 눈으로 우리를 바라보고 있는 마리아. 그리고 그 바로 뒤에서, 떠 있는 몸의 절반을 화염으로 변환시킨 아르티. 두 사람 모두, 손쉽게 접근할 수 있는 분위기가 아니다.

하지만 그렇다고 여기서 넋 놓고 서 있기만 하면 아무것도 해결할 수 없다.

한 발짝 앞으로 나서서, 타오르는 집 앞에 서 있는 마리아에게 말을 건다.

"돌아왔어, 마리아……. 가자. 일단 여기를 떠나는 거야……."

지금은 시간과의 싸움이다. 그렇기에, 먼저 이동을 재촉했다.

하지만 그 말을 들은 마리아는 여전히 공허한 눈으로, 조그맣게 중얼거린다.

"이제 내 것…… 영원히 내 것……. 이제 주인님을……."

내 말을 이해하고 하는 대답 같지는 않다. 마리아는 중얼거리면서, 우리를 노려보았다. 그리고 그 발걸음을 앞으로 옮기려다가 옆에 있는 소녀, 아르티에게 제지당했다.

아르티는 마리아에게 뭔가를 속닥거린다. 그러자 마리아는 얌전해지고, 고개를 푹 숙였다.

문제는 아르티 쪽이라고 판단하고, 마리아에게로 향했던 의식을 아르티에게로 옮긴다.

내 시선에, 아르티는 미소 지으면서 대답한다.

"──어서 와, 탐색가 지크. **여기가, 여기가 바로 10층.**불의 이치를 훔치는 자인 아르티의 층이야. 출장인 데다 너무 갑작스런 제안이라 미안하지만, 이 언덕 위가 미궁 10층이라고 생각해도 돼. 그리고 좀 늦었지만, 너에게 '제10의 시련'을 부여할 생각이야."

그렇게 말하며, 아르티는 정중하게 예를 표했다.

그 동작은, 예전의 가디언을 떠올리게 한다. 그 터무니없고 일방적이던 티다와 같은 미소와 태도였다.

"아르티. 네가…… 네가 한 거야?"

"그래. 마리아를 파괴하고, 끌어들이고, 내게 유리한 상황을 만들도록 유도했지."

아르티가 긍정한 순간. 나는 하늘과 땅이 뒤집어진 것 같
은 착각에 빠진다.

아마 나는, 마음속 한구석으로 아르티라는 존재를 신뢰해
가고 있었던 게 틀림없다. 그랬기에, 그 신뢰를 배신당한 것
에 대해 예상 이상의 충격을 받은 상태다.

'소지품' 속에서 애용하는 검을 뽑으며 소리친다.

"말도 안 돼! 아르티, 대체 왜?! 아르티는 몬스터지만, 그
래도 이야기가 통하는 사이였잖아! 서로를 이해할 수 있는
사이라고 생각했는데! 결국, 너도 티다와 마찬가지로 내 적
이었던 거야? 아르티——!!"

절규하면서, 아르티 쪽으로 다가선다.

"그래, 티다와 마찬가지야. 그런데, 그렇게 함부로 다가
와도 되는 거야?"

아르티는 내 뒤를 가리킨다.

하지만 나도 순순히 낚여서 뒤를 돌아볼 만큼 어리석지는
않았다. 적을 앞에 두고 한눈을 판다는 건 있을 수 없는 일
이다. 하지만 내가 가진 마법의 특성상, 뒤를 돌아보지 않
고도 뒤쪽을 확인할 수 있다.

그리고 나는, 뒤쪽에서 벌어진 참사에 숨이 턱 막힌다.

"사도 시스, 네가 좀 거치적거려서 말이지——!"

그렇게 말하며, 팰린크론이 디아의 몸통을 아래에서 위로
베어 올렸다.

선혈이 튀어서, 라스티아라와 레이디언트 씨의 옷이 빨갛

게 물든다.

아마 디아는 전의를 드러낸 아르티에게 마법을 내쏘려 했던 것이리라. 그것을 본 팰린크론이 무방비상태인 디아를 벤 것이다.

위치가 안 좋았다. 무엇보다 관계성이 안 좋았다.

이 중에서 팰린크론에 대해 잘 모르는 사람은 디아뿐이었다. 그 어지러운 성격을 몰랐기에, 전혀 경계하지 못했다. 그게 문제였다.

그리고 팰린크론은 검을 되돌리면서 디아의 목을 찌르려한다. 하지만, 그건 가까이 있던 하인 씨가 검으로 막아주었다. 그리고, 상황이 일변한 것을 이해한 레이디언트 씨는 디아와 라스티아라를 태운 채로 멀찌감치 뛰어서 거리를 벌린다.

최악의 사태는 회피했다는 것에 안도한다.

다만, 하인 씨는 무리한 태세로 끼어드는 바람에, 검을 막아낸 충격으로 몸이 붕 뜨고 말았다. 팰린크론은 그 틈을 노려서 인정사정없이 검을 옆으로 휘둘러서, 하인 씨의 옆구리를 베어버린다.

그제야 후방에 도착한 나는, 팰린크론과 하인 씨 사이에 끼어들어서 공격태세를 취한다.

"팰린크론! 이 자식——!!"

팰린크론은 필사적인 내 태도를 비웃는다.

"후훗, 지크 형씨의 상대는 내가 아니라고. 못 들었어? 지금부터 형씨는 저기 저 가디언의 시련을 받아야 해. 나는 주인 일행이랑 좀 놀아주고 있을 테니까."

"너는 이쪽이야, 지크. ──『플레임 애로우』."

아르티에게서 불화살이 날아든다. 나는 몸을 틀어서 그것을 회피한다.

시선을 돌리니, 광기에 휩싸인 아르티와 마리아가 오직 나만을 바라보고 있었다.

"큭──!"

현재 상황을 냉정하게, 그리고 신속하게 분석한다.

분명한 적은 아르티와 팰린크론. 그리고 아마, 조종당하는 상태인 마리아도 상대하게 될 가능성이 높다.

그에 맞서는 이쪽은 다섯 명. 하지만 그 대부분이 지친 상태, 혹은 중상을 입고 있다.

라스티아라는 의식 때문에 MP가 거의 남지 않았고, 컨디션도 최악. 제대로 움직이지 못할 것이다.

디아는 방금 팰린크론에게 공격을 받는 바람에, 다량의 출혈로 반쯤 의식을 잃은 상태다. 옆에 있는 라스티아라가 힘을 쥐어짜서 회복마법을 걸어 주고 있지만, 그 마법의 빛은 미약하고, 효과도 미미하다.

하인 씨도 더 이상은 싸울 수 없다. 오늘 가장 많은 전투를 벌인 건 의심의 여지없이 하인 씨였다. 팰린크론에게 베인 옆구리의 상처는 얕은 것 같지만, 하루 종일 혹사당한 몸은 이미 한계에 다다른 상태다.

레이디언트 씨만은 심각한 대미지를 입지 않은 상태로, 나에게 베인 팔다리는 이미 회복을 마쳤다. '소지품' 속에서 검을 꺼내 빌려주면 충분히 전력에 보탬이 될 것이다. 하지만 그렇게 하면 그녀의 등에 타고 있는 두 사람이 무방비상태가 되고 만다.

상황 분석을 마치고, 목소리를 쥐어짠다.

"——레이디언트 씨, 두 사람을 데리고 먼저 가세요! 라스티아라는 그대로 디아를 보살펴줘! 하인 씨는 레이디언트 씨를 쫓아가면서 호위해주세요! 여기는 저 혼자서도 처리할 수 있어요!!"

여기서 디아와 라스티아라에게 불행한 사태가 생긴다면, 모든 게 물거품이 된다. 일단 두 사람을 멀리 떼어놓는 것을 우선하기로 한다.

"뭐라고?! 지크, 나도 싸울 거야!! ——끄윽!"

디아에게 회복마법을 걸면서 라스티아라가 소리친다. 하지만 그렇게 소리친 직후, 머리를 부여잡고 비틀거렸다. 척 보기에도, 제대로 싸울 수 있는 상태가 아니다. 솔직히 있으면 방해만 된다. 팰린크론에게 인질로 잡히기라도 하면 그야말로 최악의 상황이다.

하인 씨는 벌레라도 씹은 것 같은 얼굴로 팰린크론을 노려보면서, 레이디언트 씨 쪽으로 달려갔다.

레이디언트 씨는 날카로운 눈으로 내 시선을 꿰뚫고, 곧 고개를 조아렸다. 그녀도 나와 같은 식으로 상황을 분석한 것이리라. 하인 씨까지 등에 태우고, 이곳에서 떠나기 위해 내달렸다.

"세라! 멈춰, 지크를 두고 가지 마! 세라아아아아아——!!"

라스티아라의 제지를 무시한 채, 레이디언트 씨는 언덕 밖을 향해 내달린다.

그리고 이 자리에는 적에게 둘러싸인 나만이 남았다.

그것을 본 팰린크론은 감탄한 기색을 보였다. 그리고 아르티에게 친근하게 말을 건다.

"빠른 판단력이야. 정답에 한없이 가까운 판단이야. ...... 아르티 누님, 나는 저 넷을 쫓아갈 건데, 그쪽은 괜찮겠지? 내가 아니면 발트의 병사들을 움직일 수 없거든."

"그래, 그렇게 하도록 해."

"그럼, 다녀올게."

팰린크론은 그렇게 말하고, 레이디언트 씨가 떠나간 방향 으로 내달린다.

아르티는 무표정한 얼굴로 그런 그를 배웅했다. 나 역시 그 뒷모습을 바라본다.

이렇게 해서, 이 자리에는 세 사람만이 남게 되었다. 나와 아르티와 마리아뿐이다. 아르티도 그것을 확인하고——손 가락을 튕긴다.

그와 동시에 주위에 타오르던 불길의 기세가 한층 더 거 세지고, 사방 곳곳에 불똥이 튀어, 언덕은 완전히 화염에 휩 싸였다. 그 광경은 미궁 10층의 양상 그대로였다. "여기가

10층"이라는 아르티의 말도 수긍이 갈 만큼의 화염이 주위를 둘러싼다.

"그럼, 이제 시작할까……. 그리고, 내 염원을 이룰 거야……."

아르티는 고요한 얼굴로 그렇게 뇌까렸다.

나는 두 사람을 '주시'하며, 전투의 시작에 대비한다.

【텐 가디언】 불의 이치를 훔치는 자

【스테이터스】
이름 : 마리아 HP 107/122 MP 855/132+723 클래스 : 노예
레벨 10
근력 4.48 체력 4.02 기량 2.96 속도 2.37 지능 3.97
마력 6.89+34.23 소질 1.52
상태 : 정신오염 1.98 혼란 3.42 기억장해 0.78
선천 스킬 : 안력 1.50
후천 스킬 : 사냥 0.68 요리 1.08 화염마법 1.52+2.00

그와 병행해서 주위에 대한 정보도 수집해 나간다.

언덕은 불길에 휩싸여서, 도망칠 곳이 한 군데도 없다는 것을 확인했다.

가능하면 마리아만 데리고 레이디언트 씨를 쫓아가고 싶다. 하지만 눈앞에 있는 가디언을 물리치지 않으면 도주는 어려울 것이다. 무엇보다, 마리아의 스테이터스 가운데 '상태'의 내용으로 미루어 보아, 그녀가 순순히 따라올 거라고는 생각하기 힘들다.

적인 아르티를 노려보며, 마지막으로 확인한다.

"아르티, 이게 네가 원하던 거였어……?"

"그래. '여기'가, '이것'이 내 염원이야."

아르티는 그렇게 말하고 양팔을 펼쳤다.

이 상황── 이 참상이 염원……?

"나를 죽이는 게 염원이었다는 건가……. '사랑의 성취'라는 건 순 거짓말이고, 지금까지 쭉 나를 속여왔다는 거군……!"

"아니, '사랑의 성취'는 거짓말이 아냐. 속여온 것도 아니고. 만약에 마리아의 사랑이 이루어지면, 나는 틀림없이 힘을 잃고 소멸하겠지. 그러니까 앞으로 상황이 어떻게 전개되든── 오늘, 여기서, 나는 사라질 거야."

아르티는 자신의 죽음을 담담하게 고한다.

나는 그 선언에 동요를 감추지 못하고, 그 심정 그대로 질문을 던진다.

"그럼, 어째서?! 네가 뭘 하길 원하는 건지, 뭘 말하고 싶은 건지, 나는 도통 모르겠어! 너는 내가 어떻게 해주기를 바라는 건데……?!"

자신의 죽음조차 꺼리지 않는 인간형 몬스터를 보고 있으니, 울화가 치밀어서 견딜 수가 없었다.

"'사랑의 성취'를── 마리아의 '비련'을 이루어줬으면 좋겠어."

"'비련'……?"

마리아의 사랑을 '비련'이라는 말로 바꾸었다. 그러나, 그 차이를 알 수가 없었다.

"마리아의 사랑은 '비련'이야. 슬픈 결말이 정해져 있는 사랑이지. 우리의 '눈'은 그걸 알 수 있어. 그 '비원'을 이루고 싶어. 이루지 못하면, 죽어도 제대로 죽을 수 없어."

아르티는 자세하게 설명해주려 한다. 하지만, 설명을 들어도 나는 알 수가 없었다.

이렇게까지 하는 이유를 도무지 알 수가 없었다.

"모르겠어……! 난 네가 지금 무슨 소리를 하는 건지 하나도 모르겠어……!!"

"사랑에 실패했으니 몸을 내뺀다? 희망 없는 사랑이니까 포기한다? 말도 안 돼. 사랑이라는 건 그런 게 아냐. 사랑이라는 건 그보다 훨씬 더 주체할 수 없고, 미쳐버릴 것만 같은 거야. 사랑이 전해지지 못하면 살아봤자 의미가 없다. 그러니까 같이 죽고 싶다. 죽여서라도 빼앗아주고 싶다. 수단 방법을 가릴 여유 따위는 없다. 제정신으로 있을 수도 없다. 그것이, 그것만이, '비련'만이, 진정한 사랑이야──!!"

아무리 봐도 비정상적인 사랑이건만, 그것이 진리라고 잘라 말하는 아르티.

그것을 이야기하는 아르티의 표정은 격변해 있었다. 무표정은 완전히 무너지고, 자기 안에 있는 열정을 토해내듯이 얼굴을 일그러뜨렸다.

그 기백에 밀려 한 발짝 뒷걸음질 친다.

후퇴한 나에게, 아르티는 말을 잇는다.

"마리아는 비원을 성취시킬 자격이 있어. 그 누구보다도……."

아르티는 마리아의 머리를 쓰다듬었고, 그 표정은 온화하게 변해 있었다.

그 쓰다듬는 몸짓 하나하나에서, 마리아를 아끼는 마음이 묻어난다.

틀림없이, 아르티는 누구보다도 마리아를 아끼는 마음에 행동하고 있다. 그건 보면 안다.

"그러니까 지크. 너는 오늘, 여기서, 마리아의 것이 되는 거야. 만약에 그것이 함께 죽음으로서 영원해지는 것이라 해도, 나는 기꺼이 그걸 성취시키고 말 거야. ……그리고, 나도 사라질 거야. 만약에 여기서 우리 셋이 모두 죽게 된다고 해도, 나는 그걸로 충분해!!"

그리고, 아르티는 똑똑히 표명했다.

나를 마리아의 것으로 만든다. 그렇게 만들기 위한 시합. 그러기 위해서, 이 무대를 마련했다는 것.

"그런, **고작 그런 걸** 위해서……? 고작 그런 걸 위해서, 마리아를 이상하게 만들었다는 거야……?!"

인정하고 싶지 않았다. 아르티의 목적도, 그 수단도, 무대도, 모든 걸 받아들일 수가 없었다. 지금의 나에게 있어, 어떤 이유에서든 사람의 마음을 농락하는 건 무엇보다도 용서할 수 없는 일이다. 그리고 지금 아르티가 하려 하고 있는 수단은, 바로 그런 것이다.

"고작 그런 것……? 그래, **고작 그런 거야**! 생전의 나는 고작 그런 것도 하지 못했어! 그게 미련으로 남았어! 목을 쥐어뜯어도, 가슴을 찢어발겨도, 이 미칠 듯한 미련이 나를 끝없이 괴롭힌단 말야! 그때, 나는 아무것도 못 하고, 홀로 남겨졌어! 내가 사랑하던 사람은, 내가 모르는 곳에서, 내가 모르는 사람과 행복해졌을 게 분명해! 나는, 죽을 때까지 그걸 후회했어! 죽을 때까지 후회했고, **죽은 뒤에도 후회하고 있어**! 그러니까, 나는 성취시킬 거야! 마리아를 통해서, 이번에야말로, **나의 비련을 이루고 말 거야**!"

아르티는 맹렬하게 불꽃을 피워 올리며, 몸속의 감정을 표현한다.

"그런 일방적인 생각에 마리아를 끌어들이지 마! 혼자서 해결해! 그런 게, 사람 마음을 이상하게 만드는 걸 정당화할 이유가 될 수는 없어!!"

아르티의 몸속에 어떤 감정이 잠들어 있든, 마리아와는 상관없는 일이다. 그 감정에 대한 처리를 마리아에게 떠넘기려 하는 아르티를, 나는 인정할 수 없다.

마리아를 본다. 거기에는 공허한 눈으로 땅바닥을 쳐다보며, 말로 형언할 수 없는 말을 뇌까리고 있는 그녀가 있다.

아아——!

스킬 '???'처럼, 마음을 농락하는 행위만은 절대로 용서할 수 없다——!

"나는 마리아의 마음을 솔직하게 만들어준 것뿐이야. 이게 진실이야. 진정한 소원을, 진정한 사랑의 불꽃을 가르쳐준 것뿐이야. 이게 올바른 모습이야!"

"그런 걸 보고 이상해졌다고 하는 거야! 모든 사람들이 다 항상 솔직하게 구는 게 오히려 이상한 거라고!"

이미 대화는 끝났다. 이건 그냥 말다툼일 뿐이다.

아르티도 나도, 서로를 부정하면서 몸속의 감정을 마력으로 변환해서 마력을 구축하고 있다. 싸움은 피할 수 없다는 것을 양쪽 모두 알고 있었다.

그리고 먼저 마법을 완성시킨 건 나였다.

검을 내지르면서, 마법을 내쏜다.

라스티아라 탈환 때도 아껴두고 쓰지 않았었던, 전력 중의 전력.

진정한 겨울의 마법.

화염에 휩싸인 언덕 전체에 빙결마법을 전개시키고, 검이 닿는 범위 안에는 차원마법을 전개한다. 마법진의 이중 원이 구축되고, 화염이 몰아치는 언덕에 마법의 눈이 내리기 시작한다.

화염의 세계에, 눈의 세계가 겹쳐진다——

"역시, **역시**! 너도 티다와 똑같아! 너는 적이야, 아르티!

——마법 〈디멘션 · 글래디에이트〉, 마법 〈디 윈터〉!!"

그에 맞서서, 아르티는 손에서 뿜어져 나오는 온화한 불꽃으로 마리아를 감싸기 시작한다. 빨간색 같기도 하고 노란색 같기도 하고 파란색 같기도 한, 몽환적으로 빛나는 불기둥이 두 사람의 머리 위로 솟구친다. 솟구친 불꽃은 하늘에서 흩어져서, 화염의 눈을 내리게 했다.

"지크! 너는 내게 과거를 떠올리게 만들었어. **천 년 전의 과거를!** 그 분위기가, 옛 기억을 떠올리게 만들어! 너를 물리치고, 이제 내 비련도 성취하겠어! ——마법 〈플레임 · 글래디에이트(결전염성, 決戰炎城)〉, 마법 〈인 캐디스 블레이저(초열의 세계)〉!!"

세계에 적색과 백색의 눈이 내린다.

쏙 빼닮았다. 우리 둘의 비기는 기이하게도 같은 부류의 마법이었다.

그 이유는 모른다. 단순한 우연으로 치부하기는 힘든 일치였지만, 지금은 그걸 고민하고 있을 상황이 아니다.

적이 내뿜는 열의 파동으로부터 위험을 감지하고, 경계를 강화하며 〈디 윈터〉로 화염마법을 방해한다. 하지만 아르티의 방대한 마력을 상대로는 아무 의미도 없는 짓이다.

아르티는 활활 타오르는 불꽃을 몸에 휘감은 채, 마리아에게 속삭인다.

"자, 일어나는 거야, 마리아. 조금만 더 있으면 사랑을 이룰 수 있어. 행복해질 수 있어."

마리아는 푹 숙이고 있던 고개를 천천히 들어서, 이쪽을 바라본다. 공허한 눈이다. 노예였던 시절보다도 더 심하다. 모든 것에 절망한 것 같은 눈이다.

나는 마리아를 그런 나락에 빠뜨린 장본인인 아르티를 쏘아본다.

아르티도 나를 쏘아보고, 전투의 개시를 선언한다.

"간다, 지크(영웅). 소녀를 선택하지 않은 걸 죽을 때까지 후회해라──!"

"헛소리 마, 아르티(괴물). 혼자서 고민하고, 혼자서 사라지란 말이다──!"

그것을 신호로, 나는 내달린다.

──『불의 이치를 훔치는 자』에 의한, '제10의 시련'이 시작되었다.

내달리면서, 먼저 전투에 대한 시뮬레이션부터 실시한다.

목표는 하나. 아르티라는 이름을 가진 몬스터를 베어버리는 것.

아르티를 죽이지 못하면 이 난국을 해쳐나갈 수 없을 거라는 확신이 있었다. 아르티는 죽음을 각오하고 있다. 아마, 그녀는 죽을 때까지 싸움을 그치지 않을 것이다.

하인 씨와 싸울 때와는 달리, 그녀를 죽이는 것에 대한 주저는 없다. 죽으려고 달려드는 녀석을 구해줄 생각 따위는 없다. 동반자살을 도모하는 녀석이라면 말할 것도 없다.

양심의 가책을 느끼고, 그 선택을 후회하게 되겠지만——그래도, 죽이고 말겠다.

앞으로 내달리는 나에 맞서, 아르티는 뒤쪽으로 펄쩍 뛰어 물러섰다. 그리고 주위의 불꽃을 삼켜서, 압축시키려 한다.

그 행동이 가리키는 것은 『아르티(불의 이치를 훔치는 자)』는 『티다(어둠의 이치를 훔치는 자)』와는 달리 근접전을 즐겨하지 않는다는 것이었다. 그 움직임을 보고, 승산이 높을 거라 판단한다.

승산이 높지 않았다면, 애초에 혼자서 남지도 않았을 것이다. 나는 자신이 있었다. 라스티아라를 구출해 내면서 얻은 자신감이, 나에게 정신적 여유를 주었다.

그 자부심이, 마리아를 구하고 말겠노라고 의욕을 불태우게 만든다.

아르티를 베어 죽이고, 마리아를 제정신으로 되돌리기만 하면 끝난다. 다행스럽게도, 냉기를 이용해서 마리아의 혼란을 잠재우는 데 성공했던 전례도 있다.

나는 전속력으로 아르티와의 거리를 좁히려 하다가——

"주인님——!"

하지만, 화염검을 손에 든 마리아가 덮쳐드는 바람에, 발이 묶이고 말았다.

압축된 화염검과 내 검이 맞부딪쳐 힘싸움이 벌어진다. 그 잔열이 내 손을 불사르고, 나아가 화염검이 형태를 바꾸어 덮쳐들려 하기까지 한다.

마리아에게서 거리를 벌리며 호소한다.

"마리아, 방해하지 마! 현혹당하지 마. 그 감정은 가짜야! 거기 그 괴물에게 조종당하고 있는 것뿐이야!!"

"이게 가짜?! 그럴 리가 없어요! 거짓말쟁이는 주인님이에요!!"

마리아는 날뛰는 감정을 화염으로 바꾸어간다. 발밑에서 화염이 분출되고, 그것은 두 마리 불뱀으로 변모해간다. 예전에 미궁 탐색 때 선보인 〈미드가르즈 블레이즈〉다. 예전에는 한 마리만 만들어내도 기진맥진했었는데, 지금은 영창도 없이 두 마리나 즉석에서 형성해냈다.

"이럴 수가──!"

그리고, 사납게 꿈틀거리는 두 마리 불뱀이 입을 벌린다.

"나를 혼자 내버려두고, 비밀을 만들고, 거짓말만 하고!"

마리아는 절규하면서, 화염검을 지휘봉처럼 휘둘러서 불뱀을 조종해 나를 습격한다.

"이야기하지 않은 게 있다는 건 인정할게! 하지만 거짓말은 한 적 없어!"

덮쳐드는 불뱀에게서 거리를 벌리면서 맞고함 친다.

"아뇨, 거짓말 했어요! 주인님은 제가 싫어서, 거짓말을 하고 혼자 내버려두고자 하신 거예요!"

미친 듯 날뛰는 두 마리 불뱀을 조종하며, 마리아는 나를 몰아붙인다.

그 화염의 열기에 땀을 흘린다. 이건 이미, 예전의 약했던 마리아가 아니다. 이제 나에게 치명상을 입힐 수 있을 정도로 강력한 마법사가 되어 있었다.

마음 같아서는, 마리아를 무시하고 아르티와 싸우고 싶다. 하지만 마리아의 움직임을 봉쇄하지 못하면, 그 뒤에 있는 아르티와의 거리를 좁힐 수 없다. 철저하게 전위와 후위로 역할을 분담하고 있는 것이다.

"나는 절대로 마리아를 두고 떠나지 않아! 절대로! 거짓말도 안 해!"

될 수 있으면 설득으로 끝내고 싶다. 마리아에게 검을 겨누는 것만은 피하고 싶다.

그런 안이한 생각이 뇌리를 스쳐서, 입이 제멋대로 움직였다.

"거짓말이에요! 애초에, 그 이름부터가 거짓말이잖아요! 지크프리트라는 이름을 자처할 때마다, 지크라는 이름으로 불릴 때마다, 주인님은 어딘가 남의 일처럼 행동했어요! 거짓 이름으로 자기 자신을 속이면서, 자기 자신을 밝히려고 하지도 않잖아요!"

불뱀을 피했을 때, 화염검을 치켜든 마리아가 덤벼든다. 그 일격을 간신히 검으로 막아낸다.

척 보기에도 내 행동을 미리 읽고 하는 공격임이 분명하다. 스킬 '안력'과 '사냥'이 마리아에게 전투 방법을 가르쳐 주고 있는 게 분명하다.

"그렇지 않아! 이 이름이 가명인 건 사실이지만, 남의 일이라고 생각한 적은——"

"여, 역시——! 역시, 가명이었다는 거잖아요——!!"

내가 가명을 썼다는 걸 인정한 순간, 마리아가 휘두르는 화염검의 출력이 한층 더 강해진다. 마리아의 화염검이 적색에서 청색으로 변하고, 내 검을 녹여버릴 기세로 열기를 더해간다.

재빨리 화염검을 옆으로 비껴내고, 다시 거리를 벌린다.

그리고 전술 선정 실패를 후회한다. 방금 그 반응을 통해, 마리아와의 이성적인 대화가 불가능하다는 걸 확신했다. 감정에 이끌려서, 의심스러웠던 것들을 나열하고 있는 것뿐이리라. 내 가명에 대해서도, 미리 알고 있었기에 추궁한 게 아니라, 단순히 그럴 것 같다는 예감만 갖고 물어본 것 같다.

그 의혹을 내가 인정하는 바람에, 마리아가 내뿜는 열이 더 거세어졌다.

달아오른 머리를 〈프리즈〉로 식힌다. 전투를 벌이면서 설득하는 건 역효과만 가져온다. 마리아는 하고 싶은 말을 마음껏 해도 상관없겠지만, 나는 마리아를 진정시키기 위해서 표현을 신중하게 선택해야만 한다. 상대방을 즉사시킬 수 있는 수준의 마법이 난무하는 가운데, 최적의 표현을 선택하는 건 너무도 어려운 일이다.

"이름도 가짜인 데다, 출신지도 가짜! 파니아 변경에 살았다는 건 다 거짓말이죠? 파니아에, 제가 살던 곳보다 더 변경인 곳은 없는걸요. 그런데 성탄제도 몰랐다니! 그건 말도 안 되는 일이에요!"

미쳐 날뛰는 마리아의 공격을 회피하면서 상황 정리를 마치고, 결의를 다진다.

마리아에 대한 설득을 단념하고, 기절시키는 쪽으로 방향을 수정한다. 다소의 난폭한 전투는 피할 수 없다.

"마리아, 조금만 참아!"

체술을 이용해 마리아의 의식을 빼앗으려 질주한다. 하지만——

"안 돼, 지크. **잔말 말고, 마리아의 이야기를 좀 더 들어.**"

후방에 있던 아르티가 싸늘한 말투로 그것을 거부한다.

아르티는 응축된 화염을 머리 위로 들어 올리고, 마법을 영창한다.

"——『섬염(閃炎)이여 일어라』『세계사(世界蛇)의 섬(纖)에 따라』, ——『아그니 블레이즈(처천(熾天)의 섬염(纖炎))』!"

순간, 등골에 오한이 휘몰아쳤다. 마리아에 대한 접근을 멈추고, 펄쩍 뛰어 뒤로 물러난다. 그와 동시에, 나와 마리아 사이를 뭔가가 지나쳐 갔다.

그 무언가는 불꽃이었다.

가늘고 하얀 연기가, 공간을 절단해버린 것처럼 선을 이루어 허공에 남아 있다.

그것은 아르티의 머리 위에 있는 불꽃에서 뻗어 나와서, 지면에 박혀 있었다. 하얀 불꽃이 박힌 지면 주위는 용암처럼 녹아서, 부글부글 거품을 만들어내고 있다.

그 하얀 불꽃의 온도는 예상조차 가지 않는다. 하지만, 거기에 정통으로 얻어맞으면 목숨이 남아나지 않으리라는 것만은 직감적으로 알 수 있었다.

하얀 불꽃이 떨린다.

내 뒤쪽에서, 지면 일부가 용암으로 변질되는 것을 〈디멘션〉으로 포착했다. 그리고 그 연해진 지면에서, 하얀 불꽃의 **앞부분**이 튀어나온다.

"큭──!!"

최대한으로 몸을 틀어서 그것을 피해낸다.

나는 이해한다. 이 하얀 불꽃은, 실의 형태를 갖고 있는 불꽃이라는 것을.

그리고 그것이 지면 아래를 통해서, 배후로부터 덮쳐온 것이다.

한계까지 몸을 트는 바람에 자세가 무너진 나에게, 마리아까지 덮쳐든다. 숨 돌릴 겨를도 없다.

"주인님은 거짓말쟁이에요! 라스티아라 씨를 좋아하는 게 아니라고 그랬으면서! 그랬으면서, 구해주러 갔잖아요! 저를 내버려두고! 좋아하지 않는 저를 내버려두고, 좋아하는 라스티아라 씨한테 간 거잖아요──!!"

마리아가 휘두른 화염검에 내 검을 맞부딪치고, 그 반동을 이용해 뒤쪽으로 도약한다.

하지만 착지한 바닥이 물컹 하고 무너져 내린다. 그 무너진 지면에서 다시 하얀 화염의 끝부분이 튀어나왔다.

비스듬하게 몸을 기울여서 아슬아슬하게 그 공격을 피했지만, 쉴 새 없는 연속 공격에 절로 얼굴이 굳어진다.

마리아와 하얀 불꽃의 맹공을 계속 피하는 데에는 한계가 있을 것이다.

그래서 나는, 바로 옆을 스쳐 지나간 하얀 불꽃으로 손을 뻗는다.

온 마력을 손에 집중시켜서, 빙결마법을 구축한다.

"——마법 〈디 오버 윈터〉어어어!!"

전개 범위는 손바닥 정도 넓이.

손바닥에 마력의 한겨울 공간을 전개해서, 하얀 화염에 간섭한다.

〈디 윈터〉로는 아르티의 마법에 간섭할 수 없다. 하지만, 밀도가 높은 〈디 오버 윈터〉라면 가능성이 있다. 게다가, 평소보다 더 좁은 범위에 집중시켜서 그 효과를 극대화시키기까지 한 상태다.

하지만 하얀 화염을 해석하려 한 순간, 머릿속이 끓어오르는 것 같은 착각에 휩싸였다.

치밀한 계산을 바탕으로 만들어진 화염마법을 이해하려다 보니 현기증이 일었다. 하지만 그보다 더 무시무시한 것은, 그것을 성립시키는 마법에 담긴 원념이다. 원한과 고통, 질투와증오, 수많은 부정적 감정들이 쌓여서 구축된 그것은, 내 두뇌의 처리능력에 과부하를 건다.

하지만, 여기에 실패하면 내 손은 녹아서 사라진다. 그렇게 당할 수는 없다.

"꺼뜨려버려어어어어어——!!"

포효를 내지르며, 하얀 화염의 열을 빼앗는다. 마법의 구축을 틀어 놓는다.

그리고 평상시보다 몇 배는 더 많은 마력을 흘려 넣어서, 억지로 하얀 화염을 흩어버리는 데 성공했다.

"좋았어!"

승산이 올랐다는 생각에, 밝아진 얼굴로 마리아를 쳐다본다.

이번에는 마리아의 불꽃도 꺼뜨려버리겠다고 의욕을 불태우다가—— 다리가 휘청거린다.

"——어?"

"훗, 내 화염에 간섭한 건 놀랍긴 해. 정말 놀라웠어, 지크. 하지만 내 마법 하나를 끄기 위해서 얼마나 많은 마력을 상실한 거지?"

아르티는 웃는다. 나는 황급히 스테이터스를 확인한다.

【스테이터스】HP 286/372 MP 91/657−200

아연실색한다. 수지가 안 맞아도 너무 안 맞는다.

하얀 화염을 끄는 데에 MP를 200이나 소모했다. 대략 3분의 1이다.

하지만, 놀라고 있을 때가 아니다. 발을 멈춘 나에게 마리아의 불뱀이 덮쳐든다.

그것을 흩어버리려고 손을 내뻗으려다가, 생각을 고쳐먹는다. 여기서 이 불을 껐다가는 또 다시 MP가 감소한다. 만약에 MP가 0이 되면, 아르티에게 대항할 수단을 상실한다.

아르티에게 물리공격이 통할지 어떨지, 아직 불명확한 상태다. 티다와 마찬가지로 부정형의 몸을 갖고 있는 만큼, 빙결공격밖에 통하지 않을 가능성도 충분히 존재한다. 최소한의 MP를 남겨두지 않으면, 싸움 그 자체가 궁지에 내몰린다.

순식간에 승리로 가는 길이 눈앞에서 사라졌기에, 마리아를 설득하기 위해 소리친다. 헛수고라는 걸 알면서도, 호소하지 않을 수 없었다. 고온의 열기가 내 판단력을 점점 더 앗아갔다.

"마리아, 제발 좀 진정해! 이대로 가면 내가 죽고 말 거야! 그 불꽃에 정통으로 얻어맞으면, 아무리 나라도 무사할 수 없어!"

"괜찮아요! 주인님의 사지가 불에 녹아 없어진다고 해도, 제가 돌봐드릴 테니까요. 팔다리가 없어지더라도, 제가 있으면 괜찮아요. 저는 강해졌어요. 주인님 덕분이에요. 이 힘이 있으면, 미궁에서 돈도 벌 수 있어요. 아무 문제없어요! 그 집에서, 평생 단둘이서 사는 거예요——!!"

마리아는 그렇게 말하고, 불타 무너지기 직전인 집을 가리키며 얼굴 가득 미소를 짓는다.

"——!!"

화염이 작렬하는 전장에서 싸우고 있건만, 등골이 오싹해진다.

설득의 가능성은 없다. 마리아의 미소를 보니, 그것을 이해하지 않을 수 없었다.

말문이 막힌 채, 신체능력만으로 마리아를 제압하기 위해 움직인다.

하지만 물론, 후방의 아르티가 그것을 용납하지 않는다.

"『탄염이여 싹터라』『원초원죄(原初原罪)의 만장성화(万障聖火)』! ——〈재누아 블레이즈(개벽(開闢)의 화염(華炎))〉!!"

마리아의 발치에서 화염의 꽃이 피어난다.

그 화염의 꽃은 백합처럼 꽃잎을 펼치고 나에게로 덮쳐들었다. 필연적으로, 나는 마리아에게서 떨어질 수밖에 없었다. 화염의 꽃은 다시 꿈틀거리고, 그 안에서 빨간 무언가가 흩날린다. 그 무언가는 꽃가루처럼 공중에 흩날려 주위의 지면에 떨어지고, 새로운 꽃을 피웠다.

광범위 마법이라 확신하고 다시 거리를 벌리려 했으나, 화염의 벽이 배후를 차단한다.

거듭된 화염마법에 의해서, 어느 틈엔가 퇴로가 사라져

있었던 것이다.

기하급수적으로 늘어나는 화염의 꽃밭을 앞에 두고, 타개 방안을 모색한다. 내가 가진 패를 모조리 확인하고, 유효한 수단을 찾는다. 그러나 수많은 패들의 조합을 시뮬레이션 해보아도, 그 어느 것도 현재 상황을 타개할 수 없으리라는 걸 깨달았다.

고속 회전하는 두뇌가 죽음을 예감한다.

그와 동시에 뭔가가 오싹하게 등골을 타고 오르는 감각에 휩싸였다.

스킬 '???'가, 바로 코앞까지 다가와 있다.

——받아들일 수 없다. 그것만은 절대로 받아들일 수 없다.

그 의지를 가슴에 품고 타개책을 찾는다.

그리고, 아직 손대지 않은 패가 하나 남아 있음을 깨닫는다.

"——모든 스킬 포인트를 빙결마법에!!"

외침과 동시에, 망막에 '표시'가 나타난다.

【모든 스킬 포인트가 빙결마법에 배분됩니다】
빙결마법 2.06+1.10

손대지 않고 놔뒀던 스킬 포인트 11이 빙결마법에 더해진다.

더불어, MP에 −200의 보정을 걸고 있던 〈커넥션〉도 해제해서, 내 몸의 모든 마력을 빙결마법에 쏟아붓는다.

　내가 가진 패를 모조리 다 사용하자, 전개하고 있던 〈디 윈터〉의 한기가 한층 더 강해진다. 빙결마법에 대한 이해가 깊어지고, 분자진동에 대한 파악 능력이 상승한다.

　어떻게 하면 세계의 진동을 멈출 수 있는가. 아니, 어떻게 하면 세계를 얼릴 수 있는가.

　그 방법의 실마리를 찾아낸다.

　"얼어라, 얼어라아아아——!!"

　전에 없이 강력한 냉기가 정제되어간다.

　그 냉기를 로브처럼 뒤집어쓰고, 덮쳐드는 화염에 대비한다.

　더불어 '소지품' 속에서 천과 물을 꺼내서 천을 물에 적신 다음, 그 천을 외투처럼 머리 위부터 뒤집어쓰고—— 내달린다.

　꽃밭 사이를 돌진하려 하는 나에게 반응해서, 화염의 꽃들이 나를 붙잡으려고 꽃잎을 펼쳤다.

　그 가운데 몇 개가 내 몸에 닿아서, 저절로 신음이 흘러나온다.

　"——끄윽, 으아아!!"

　화염의 꽃잎이 내 등을 달군다. 등에 덮어쓴 천이 불타서 사라지고, 불꽃이 직접 내 살점을 그을린다. 이제 아예 뜨거움도 느껴지지 않는다. 고통도 없다. 위험신호만이 머릿속에 메아리친다.

그러나 나는 그것들을 모조리 무시하고 계속 달린다.

도중에 불 속을 자유롭게 거니는 마리아가 앞을 막아섰다.

하지만 상대해주고 있을 때가 아니다. 마리아의 화염검에 어깨가 찢어지면서도 그 옆을 내달려서 통과, 거침없이 아르티 곁으로 향한다.

"드디어 왔구나, 지크――!!"

몸을 돌보지 않고 돌진해 오는 나를 보고, 아르티는 웃는다.

그것은, 예전에 티다에게서 본 것과 같은 웃음이었다.

"아르티이이――!!"

외친다. 입속이 그을리고, 목구멍이 그을리고, 몸속이 그을리는 와중에도, 나는 외친다.

"『세계를 떨게 만드는 전능의 화염』――!『만상의 정열로 붉어진 의지』――!"

아르티도 외친다. 마찬가지로, 자신의 모든 것을 연소시키면서 영창한다.

나는 아르티에게 다다른다. 아르티의 마법은 아마 완성될 것이다.

"『몸에서 피를 뿜는 분염』『홍련풍화(紅蓮風花)야말로 내 진정한 모습』――!!『나(세계)는, 지금, 불타고 있다』――!!!!"

하지만, 그래도 앞으로 나아가는 수밖에 없다. 얼마 남지 않은 목숨이, 이 타이밍밖에 없다고 외치고 있다.

완성된 화염마법 속에 뛰어들 각오로 내달린다.

"——마법 〈티아나 블레이즈(자혼초열(自魂焦熱)의 해염(骸炎))〉!!"

완성된 화염은 작은 태양 같은 구체였다.

그것이 조명처럼 빛난 순간, 모든 것이 화염에 휩싸였다.

감각기관이 모조리 기능을 상실하고, 온몸이 그을리는 감각.

그래도 나는 그 속을 전진한다.

몸을 보호하기 위해서라도 전진해야만 한다는 걸 알고 있었다. 감각을 상실한 팔다리를 억지로 움직여서, 왼손으로 머리를 보호하며, 오른손에 든 검으로 아르티의 몸통에 검을 휘두른다.

그리고 칼부림의 기세를 그대로 살려서 아르티의 후방으로 빠져나가고, 그 뒤로도 계속 달린다.

그 결과, 작은 태양의 열량을 등으로 받게 된다. 냉기를 후방에 집중시키고, 도망치듯이 내달린다.

등 뒤에서 몰려오는 열기와 충격에 의해, 나는 제대로 낙법도 취하지 못한 채 공처럼 땅바닥을 나뒹굴었다.

몸을 감싸고 있던 외투는 불타서 사라져버렸지만, 강화된 빙결마법 덕분에 치명상은 피할 수 있었던 모양이다. 그리고, 손에 감각이 남아 있다.

분명히 아르티를 벤 감각이다.

천천히 일어서서 아르티의 상황을 확인한다.

어깨부터 배에 걸쳐서 비스듬하게 베인 아르티가 서 있었다.

흐르는 피를 손으로 틀어막은 채, 이쪽을 보며 웃고 있다.

그 피는 불타고 있었다.

인간에게 있어서는 중상에 해당할 법한 절상을 입고도, 아르티는 웃는다. 전투가 끝나지 않았음을 확신하게 하기에 충분한 미소였다.

바닥난 MP 대신 생명력을 깎아서 마법을 영창한다.

"——마법 〈디멘션·글래디에이트〉……."

【스테이터스】
HP 246/372 MP 0/657
HP 238/366 MP 0/657——

안 끝났다.

아직 안 끝났다.

티다를 상대하던 때의 기억을 상기하며, 생명력이 깎여나가는 모습을 지켜본다.

"역시 대단해, 지크. 티다를 물리친 게 우연은 아니었던 모양이네."

아르티는 타오르는 피를 흘리면서, 여유롭게 내게 말을 건다.

"시끄러워. 잔말 말고 덤비기나 하시지……!"

'소지품' 속에서 또 한 장의 젖은 외투를 꺼내서, 몸에 두르고 검을 고쳐 쥔다.

남은 HP는 238. 숫자만 보면 얼마든지 더 싸울 수 있다. 포기하기에는 이르다. 라스티아라를 구해냈던 것처럼 마리아도 구해주고 말 것이다.

"하지만 아직 멀었어. 아직 터무니없이 부족해. 안 그래, 마리아……?"

"네, 아직 부족해요……!"

아르티는 비틀거리는 걸음으로 마리아에게 다가가서, 뒤에서 끌어안았다. 그리고 두 사람은 같은 말을 자아낸다. "부족해" "지금부터"라고 연신 되풀이한다.

불길한 예감이 들어, 남은 힘을 쥐어짜서 내달린다.

저지해야만 한다. 그렇게 직감했다.

기세를 타고 검을 내질러서, 마리아 뒤에 있는 아르티의 안면을 찌른다.

그 검끝은 빨려 들어가듯이 아르티의 얼굴을 관통했다. 하지만, 적중했다는 감촉이 없다. 아르티의 얼굴 윤곽이 일렁이고, 실체를 상실하고, 불꽃이 되어 이쪽을 보며 웃었다.

아르티는 몸을 불꽃으로 바꾸어, 마리아가 휘감고 있는 불꽃과 일체화해버린 것이다.

그리고 마리아가 휘감은 불꽃의 일부가 입의 형태로 변해서, 말을 하기 시작한다.

"자, 지금부터 시작이야, 지크. 이제 완전히 동화했어. 싸움은, 지금부터 시작이라고——"

몸이 경직된다.

베어야 할 대상이 사라지는 바람에, 손길이 멎고 만다.

아르티가 불꽃으로 변해서 마리아의 불꽃에 뒤섞였다는
건 이해했다. 그건 다시 말해서, 이 자리에 있는 모든 불꽃
을 다 진화해야만 한다는 뜻인가. 아니면, 이미 마리아의 몸
속에 들어가 있어서 마리아까지 죽여야만 죽일 수 있다는 것
인가. 아니면 다른 방법이 있는 것인가. 짐작이 가지 않는다.

내가 당황해서 움쭉달싹 못하고 있으려니, 마리아가 내게
화염검을 휘두른다.

"주인님, 쓰러지세요! 쓰러져주시기만 하면, 다시 처음부
터 시작할 수 있어요! 그 시절부터 다시 시작할 수 있어요!
이번에는 아무도 필요 없어요! 단둘이서 다시 시작하는 거
예요!"

연신 날아드는 화염검을 쳐내는 게 고작이다. 어떻게 아
르티를 공격해야 할지 알 수가 없었기 때문이다.

할 수 없이, 현재 사용 가능한 유일한 대응 수단이라는 생
각에, 마리아에 대한 설득을 거듭한다.

"마리아, 정신 똑바로 차려! 모든 게 다 거기 그 괴물의 꿍
꿍이대로 흘러가고 있어! 나와 싸워봤자 아무런 의미도 없
어. 인생을 다시 시작한다는 건 불가능한 거야!"

"그렇다고 해도, 아르티 씨는 마지막까지 제 편이 돼줬어
요! 외톨이였던 저를 위해서, 최선을 다해서 도와줬어요!

주인님과는 달리, 저를 따돌리지도 않고, 혼자 두고 가지도 않았어요!"

설득의 말은 또 다른 비난의 말로 되돌아온다.

이야기하면 이야기할수록, 불꽃이 더 거세어지는 것 같은 느낌이다.

틀림없이, 마리아의 정신과 열에는 밀접한 관련이 있다. 〈디 윈터〉로 냉기를 강화하면서 소리친다.

"두 번 다시 혼자 두지 않을게. 두고 가지 않을게! 약속할게! 그러니까, 불길을 잠재워줘!"

"또 거짓말……! 그럼, 왜 라스티아라 씨를 구하러 가신 건데요! 그 사람이 있으면, 저는 따라갈 수 없어요. 혼자 뒤처져요. 외톨이가 돼요. 그걸 알면서도, 왜 라스티아라 씨를 구하러 가신 건데요?!"

"라스티아라가 있어도 달라질 건 없어. 걱정 마. 모두 다 함께하는 거야. 그러니까——"

"그 사람이, 라스티아라 씨가 온 뒤부터 이상해졌어요! 그 사람은 비겁해요. 태어날 때부터 찬란한 존재라니 비겁하잖아요. 주인님이 비틀비틀 그 사람의 빛에 이끌려가는 걸 보고, 제가 얼마나 불안했는데요! 그 사람이 있는 한, 언젠가 또 저 혼자만 남겨지거나, 아니면 주인님이 또 거짓말을 하거나 하겠죠! 안심 못 해요!"

대화를 거듭하면 거듭할수록, 마리아의 본심이 겉으로 드러난다.

그리고 내 착각이 형체를 점차 드러난다. 마리아 마음의 근본이, 조금씩 눈에 들어오기 시작했다. 사랑이며 질투의 감정이 폭주하고 있는 것으로만 알았는데, 조금 다르다.

마리아는 지금까지 몇 번이고——'다른 것'에 대해 화내고 있다.

지금, 나와 마리아는 생명력을 깎아가며 서로에게 소리치고 있다.

그렇기에 우리는 이제야 서로를 이해하기 시작된 건지도 모르겠다.

"그러니까, 다시 시작해요. 주인님이 길 잃은 아이처럼 약했던 시절로 돌아가는 거예요. 그 시절에는 주인님이 저에게 매달려주셨으니까, 저도 마음을 놓을 수 있었어요. 이 사람이라면 곁에 있어줄 거라고, 이제야 행복해질 수 있을 거라고, 그렇게 생각했어요! 그러니까, 그 사람이 없던 시절로 돌아가는 거예요."

마리아는 모든 것을 불태우고, **약해진 나**와 함께하고 싶다고 한다. 그렇지 않으면 안심할 수 없다고 한다. 약해진 내가 아니면, 언제 어디로 사라질지 걱정돼서 견딜 수가 없으니까…….

아아, 이제야 알았다. 한마디로—— 마리아는 불안한 것이다.

그럴 수밖에 없는 것이, 나는 마리아에게 아무것도 말해주지 않았으니까.

본명도, 출신도, 목적도, 아무것도 말해주지 않았으니까……

나에 대해서 아무것도 모르니까, 걱정돼서 견딜 수가 없는 것이다…….

아무리 내가 괜찮다고 이야기해도, 다정하게 대해줘도, 지원을 해줘도, 진실을 하나도 알려주지 않은 상황에서는 의미가 없다. 오히려 역효과만 빚어냈을 뿐이었으리라.

마리아는 보장을 원하고 있다. 내가 어디로도 사라지지 않는다는 보장을…….

"좋아하는 사람이 멀어져 가는 걸, 보고만 있을 수밖에 없다니! 아무리 쫓아가도 닿을 수 없다니! 이번에도 아무것도 못하고 잃고 만다니, 저는 싫어요!!"

지금이야말로, 도망만 쳐왔단 감정과 마주해야 할 때인지도 모른다.

──마리아는 나를 좋아한다.

그랬기에 내 본명도 출신도 목적도 알고 있는 라스티아라를 용서할 수 없었다. 항상 내 곁에 있는 라스티아라를 두려워했다.

아무런 보장도 없는 자신은 언제 버려질지 알 수 없으니까, 언제나 가시방석에 앉은 기분이었을 것이다.

아마, 마리아는 항상 불안했으리라.

지금껏 줄곧 미칠 것 같은 불안감에 시달렸으리라.

마리아의 마음이 베일을 벗고, 조금씩 이해가 간다.

아니, **배우고 있다.** 이 '제10의 시련'에게서.

"주인님은 제 거예요! 제가 먼저 발견했어요! 그러니까, 다 제 거예요!"

마리아의 불꽃이 한없이 타오른다. 몸의 모든 것을 불사르고, 그 기세는 내 냉기를 웃돈다.

나아가서 검술의 응수 실력까지 나를 웃돌아서, 내 검을 뒤로 멀찍이 쳐냈다. 그리고 무방비한 몸통을 얻어맞고 나가떨어져, 거리가 벌어진다. 그 시간을 이용해서, 마리아는 영창한다.

"『단염이여 일어라』──"

그것은 무슨 대가를 치러서라도 손에 넣고야 말겠다는 결의의 증표다. 어째선지, 나는 그 영창의 의미를 이해할 수 있었다. 영창에 담긴 마리아의 염원이, 나에게까지 전해진다.

동시에, 마리아가 얼마나 큰 것을 '대가'로 마법을 영창해 온 것인지도 이해할 수 있었다.

몸도 마음도, 기억도 감정도, 과거도 미래도, 모조리──
마리아는 나를 위해 모조리 버렸다.

"『단빙(斷氷)이여 전해져라』──"

그렇다면, **나도 버리자.**

나도 마리아의 뒤를 따르듯 영창한다.

그 영창은, **마치 나 자신이 생각해 낸 것처럼** 내 입에서 흘러나왔다.

동시에, 소중한 기억이 하나 떨어져 나가는 것을 느낀다.

감정이 농락당하는 것을 느낀다. 하지만 그건 마리아도 마찬가지다. 나 혼자만 도망칠 수는 없다.

"『몽환창랑과 섬에 따라』——"

"『몽환창랑과 섬에 따라』——"

구축되는 마법은, 아마 불뱀을 만드는 마법.

지금의 나라면 할 수 있을 것이다.

빙결마법을 수련하고, 이해하고, 강화하고, 목숨을 걸고, 영창을 더하고, 마리아가 내뿜는 화염의 원천을 안 지금이라면—— 같은 마법을——!

"——『별을 집어삼켜라』! 화염마법 〈미드가르즈 블레이즈〉!!"

"——『별을 집어삼켜라』! 빙결마법 〈미드가르즈 프리즈〉!!"

나와 마리아의 몸에서 두 마리의 거대한 뱀이 생겨나서, 내달리고, 충돌한다.

양쪽 모두 실체가 없는 뱀. 열과 냉기, 불뱀과 얼음뱀, 반대 속성의 대형 마법이 충돌해서, 서로가 서로를 집어삼켜 버리려고 물어뜯는다.

힘의 균형은 한순간. 당연한 일이지만, 승리한 건 불뱀이었다.

내 마법이 승리할 요소는 하나도 없었다.

다만, 잠시 힘의 균형을 이루며 맞선 덕분에 불뱀의 기세도 크게 꺾인 상태다.

옆으로 펄쩍 뛰어 회피하자, 불뱀은 지면에 충돌해서 흩어졌다.

곧바로 태세를 정비해, 비명을 내지르는 몸을 억지로 움직여서 마리아에게 육박한다.

더 이상 마리아가 화염마법을 쓰게 놔두지 않을 것이다. '대가'를 치르게 하지 않겠다.

그렇게 다짐하고, 마리아에게 접근전을 시도한다.

"──『염검(炎劍)이여 빛나라』──〈플레임 플랑베르주〉."

하지만 그 타이밍에 맞추어, 공중에 일렁이는 불꽃이 입의 형태를 이루어 영창했다. 아르티의 목소리다.

동시에 마리아의 화염검의 열기가 강해진다. 척 보기에도 밀도가 증가한 화염검은 파란색으로 변하는가 싶더니, 나아가 눈부신 백색으로 변모한다.

내 보검과 마리아의 화염검이 격돌한다.

기묘한 손맛이었다. 격돌이라고 하기에는, 너무나도 가벼운 손맛.

그 이유는 단순했다. 화염검과 접촉한 보검의 칼날이, 주르륵 녹아 있었던 것이다.

"──큭! 마법 〈아이스 플랑베르주〉!"

【스테이터스】

HP 219/345 MP 0/657

HP 208/332 MP 0/657──

──남은 HP는 208. 아직 안 끝났다. 더 싸울 수 있다.

보검 표면을 얼음으로 코팅해서, 검의 손상을 억제한다. 다만, 익숙지 않은 마법을 사용하는 바람에, 눈에 띄기 생명력이 깎여 나갔다.

레벨이 오르면서 증가했었던 생명력이, 얼음 녹듯이 마력으로 변환되어간다.

화염검과 얼음검이 힘싸움을 벌이고, 마력의 불꽃이 튄다.

재빨리 검을 거두고, 다시 휘두른다. 하지만 그 칼부림은 모조리 마리아의 화염검에 튕겨 나온다. 조금 전의 마리아와는 전혀 다른 움직임이다. 아르티와 동화한 덕분에 모든 능력이 향상되어 있다. 힘도 속도도 기술도, 스킬 '안력'의 정밀도도, 차원이 다르다.

아무리 검을 휘둘러도 불꽃이 튈 뿐이었다. 불꽃이 튀는 타이밍에 맞추어, 마리아가 소리친다.

"고향을 잃었을 때도, 노예로 전락했을 때도, 이렇게 괴롭지는 않았어요! 이렇게 괴로움과 질투와 슬픔에 시달리게 만드느니, 차라리 처음부터 버려줬으면 좋았을 텐데!!"

마리아의 속내를 들을 때마다, 내 몸은 둔해져간다.

더 이상 대꾸할 생각은 하지 않는다.

내 모든 행동이 마리아에게 고통을 주었다.

처음부터 모두가 다 잘못이었다.

그 점을 이제 깨달았다.

"희망 같은 건 차라리 없는 게 나았어요! 만약에 노예 신세로 죽었다고 해도, 지금만큼 괴롭지는 않았을 거예요! 다가가고 싶어도 혼자 내버려지기만 하고, 알고 싶어도 시선을 외면당하기만 하는 건, 미쳐버릴 만큼 괴로웠어요!!"

그 결과, 마리아는 아르티라는 괴물의 부추김에 놀아나서 농락당하고 있다.

아무 피해 없이 라스티아라를 구해내고, 모든 일이 순조롭게 흘러가고 있다고 생각하던 나 자신을 두들겨 패고 싶다.

모든 일이 순조롭게 풀리기는 개뿔! 잘되기는 뭐가 잘됐다는 말이냐!

의식하고 보니, 스킬 '???'가 바로 옆까지 기어와 있는 게 느껴졌다.

현재의 정신상태라면, 손만 뻗으면 손쉽게 발동할 것이다. 분명 미궁 이외의 무언가를 희생해서, 모든 것을 해결해줄 것이다. 혼잡한 망설임을 잘라내고, 단순한 해답을 찾아내줄 것이다.

이 괴로움, 슬픔, 분노, 고민을 모조리 지울 수 있다.

달콤한 유혹이다. 다만, 스킬 '???'가 발동하면 나는 분명 마리아를 죽일 것이다. 죽이고 말 것이다.

──그것만은 절대로 선택할 수 없다.

지금 내가 해야 할 일은 편해지는 게 아니다.

도망치는 것이 아니라, 내가 저지른 죄를 갚는 것이다.

눈앞에서 괴로워하고 있는 여자아이를 구해주는 것──

그것뿐이란 말이다——!

결코 냉정하다고는 할 수 없는 머리로, 현재 보유한 모든 정보를 모아서, 취해야 할 행동을 결정한다.

"이제, 그것밖에 없어."

성대를 움직여 결의를 입에 담는다.

——스킬 '???'를 발동시키지 않고, **해답**을 선택했다.

그리고 영창도 하지 않은 채, 내 몸의 마력만으로 마법을 구축한다.

내 목적은, 아침에 했던 것처럼 마리아를 냉기로 감싸는 것. 모든 힘을 쥐어짜서 싸운다.

"——마법 〈디 오버 윈터〉어어!!"

아득해지는 의식을 필사적으로 붙잡고, 생명력을 깎아서 최대의 마법을 구축한다. 마리아를 감싸듯이 영역을 확장해서, 그 열을 빼앗으면서 검을 휘두른다.

냉기가 마리아의 움직임을 저해시키면서, 전장 전체를 식혀간다.

적의 열원은 천 개 이상이다. 그 모든 것을 이해하고, 최적의 위치로 마력을 분배하려다 보니, 뇌의 회로가 과열되었다. 위험을 감지한 뇌가 마약을 대량으로 분비한다. 몸속에 있는 모든 관(管)들 속을, 고통을 억제하는 물질이 내달린다.

고통 너머까지 다다라서, 인간의 한계를 뛰어넘은 처리능력으로 모든 열원을 파악해간다.

〈디 오버 윈터〉가 마리아의 움직임까지 모조리 봉쇄하나간다. 그 결과, 마리아의 화염도 아르티의 화염도 봉쇄되고, 화염검을 종이 한 장 차이로 회피하는 데 성공하고, 내 얼음검을 마리아의 목에 들이댈 수 있었다.

하지만, 내가 할 수 있는 건 거기까지다. 이 싸움은 이걸로 끝이다.

처음부터 알고 있었다. 나는 절대로 마리아를 베지 못한다.

이성을 잃은 마리아는 목이 베여도 상관없다는 듯한 움직임으로, 다시 화염검을 휘두르려 한다. 나는 얼음검을 들지 않은 손으로 그녀의 손목을 붙잡아서 제지한다. 붙잡은 손바닥이 그을렸다. 그래도 절대로 손을 놓지 않는다.

이렇게 해서, 나와 마리아는 코끝이 닿을 거리에서 마주 보는 형세가 되었다.

그 상태에서, 나는 천천히 말을 건다. 아마, 이것이 마지막 기회이리라.

말을 잘못 선택하면, 아마 오늘 여기서 셋 모두가 죽을 것이다.

하지만…… 이제 실수는 없다.

"마리아, 그래도 나는 포기 안 해. 네가 아무리 싫어한다고 해도, 최심부로 가는 것만은 멈출 수 없어. ……나는 라스티아라와 함께 앞으로도 미궁을 공략할 거야."

"저는! 저는 가기 싫어요! 아무 데도 가기 싫어요! 더 이상 혼자는 싫어요……!"

"그래, 알아. 왜냐하면, **나도** 혼자는 싫으니까……. 그래서 최심부에 가기로 마음먹은 거야……!"

내 손을 뿌리치려 하는 마리아를 억누르고, 허심탄회하게 본심을 털어놓는다. 그리고 그녀의 목에 대고 있던 검을 손에서 놓아, 땅바닥에 떨어뜨린다.

"어……?"

무기를 버린 나를 보고, 마리아는 조금이나마 힘을 누그러뜨렸다.

나는 냉기를 침투시키면서, 줄곧 감춰왔던 본심을 상기한다. 아마, 그것을 입에 담았다가는 더 이상 마음을 제어할 수 없게 될 것이다. 생각만 해도 미쳐버릴 것만 같은 사실이다. 일단 한 번 의식하면 눈물을 그칠 수 없게 된다. 안절부절못하게 되고, 평정을 잃게 된다. 그건 알고 있다.

하지만, 지금의 마리아에게 필요한 건 바로 그 본심이다. 오직 그것뿐인 것이다.

이 며칠 동안, 스킬 '???'를 억눌러온 보람이 있었다. 지금이라면, 가족에 대한 마음을 거짓 없이 표현할 수 있을 것이다. 지난번에 스킬 '???'가 대가로 가져간 것은 라스티아라에 대한 감정뿐이었다.

나는 '가족'을——'여동생'을 떠올린다.

순간, 현기증이 인다. 그것과 마주하는 것만으로 불안에 잡아먹히고, 구역질을 주체할 수 없게 된다. 하지만, 절대로 스킬 '???'만은 발동시키지 않는다.

"그래, 마리아가 혼자라면 나도 혼자야……! 왜냐하면, 나는 이 세계에서 단 한 명, 단 하나뿐인 이물질이니까……!"

"지, 지금 무슨 말씀을——?"

"나는 이 세계 사람이 아냐. 머나먼 다른 세계에서 불려온, 그냥 평범한 학생이야. 그러니까 돌아가고 싶어. 돌아가고 싶다고……. 이런 뭐가 뭔지도 모르는 곳에서 죽는 건 싫어……. 여기에는 가족도 하나도 없잖아! 말 그대로, 세계에 나 하나뿐이야! 무서웠어! 이런 곳에서 혼자 죽는다는 게 무섭고 또 무서워서 견딜 수가 없었어! 그러니까, 나는 미궁에 갈 수밖에 없어……!!"

"이 세계의, 인간이 아니라구요……?"

처음으로, 이 이세계에 끌려들어 왔을 때의 심정을——스킬 '???' 때문에 소거되어버렸었던 공포를 떠올리고, **눈과 눈을 마주치며** 마리아에게 전한다.

하지만, 중요한 건 그 공포가 아니다. 그건 마리아와 함께하는 며칠 사이에 거의 극복했다 해도 과언이 아니다. 지금까지 나를 괴롭히는 악몽은, 또 하나의 공포다.

자신을 속여가면서까지 감춰왔던 본심. 마리아의 마음으로부터 도망쳐야 했던 이유.

생각하지 않으려고, 생각하지 않으려고, 소중하게 지켜왔던 내 소중한 부분.

"돌아가서 소중한 가족을, **'여동생'**을 만나고 싶단 말야! 외롭기도 하지만, 무엇보다, 그 녀석이 걱정돼서 견딜 수가 없어! 우리는 단둘뿐인 가족이었으니까……. 내가 없으면 그 녀석도 외톨이가 돼버려! 그 녀석은 나 없이는 살아갈 수 없는데, 나는 벌써 일주일도 넘게 이 세계에 붙들려 있어! 나도 외톨이 신세는 괴로워. 하지만, 아마 동생은 저쪽 세계에서 나보다 훨씬 더 괴로워하고 있을 거야! 그러니까, 나는 돌아가야만 해! 그러려면 기적을 이 손에 넣는 수밖에 없어! 미궁 안에 있는 기적이 필요하단 말야!"

"주인님에게…… 여동생이……?"

"그래, 마리아와 쏙 빼닮은 여자애야. 그래서, 여동생과 닮은 마리아를 구해주고, 도와주고, 그러면서 나 자신을 위로해왔던 거야! 마리아를 여동생 대신 집에 데려다놓은 덕분에, 나는 나 자신을 유지할 수 있었어! 내가 마리아를 구한 건, 그런 내 시름을 덜기 위해서였어!!"

"아, 아아, 그래서…… 그래서……!"

그 마리아의 검은 머리칼이, 외모가, 나이가, 태도가, 처지가, '여동생'을 연상케 한다.

인정하고 싶지 않았다.

일부러 생각하지 않으려 했다.

생각만 해도, 이야기만 해도, 마음이 일그러져 가니까. 펜치로 비틀어 끊어내는 것처럼 가슴이 아프니까.

소중한 사람이, 멀리 있어서 만날 수 없다. 그것만으로도 이렇게 괴롭다. 불안해서 견딜 수 없다.

하지만…… 마리아는 이 고통을 줄곧 맛보아왔다. 지금까지, 계속.

그리고 그 고통을 준 장본인은 바로 나다.

나는 팔을 다리를 목을 온몸을 불길에 그을려 가면서, 마리아에게 사과한다.

얼마든지 그을려도 좋다. 하지만, 그 대신 마리아만은 구해내고 말 거다. 나 때문에 고통 받고 있는 여자아이를, 그 고통의 불꽃에서 해방시켜주기 전에는 원래 세계로 돌아갈 수도 없다.

생명이 깎여 나간다. 세포가 하나씩 사멸해가고, 혀 안쪽에서 죽음의 맛이 느껴진다.

그래도, 절대로 멈추지 않는다. HP가 0이 될 때까지, 나는 절대로 멈출 수 없다.

냉기의 침투를, 한층 더 강화해나간다.

하지만, 그때 아르티가 끼어들려 한다.

"자, 잠깐, 마리아, 설마 그 말을 믿는 건——"

"아르티 씨는 좀 잠자코 계세요!!"

그러나 마리아가 그런 아르티의 말을 틀어막는다. 진실을 이야기하기 시작한 나를 방해하는 자라면, 상대가 누구든 용서하지 않을 기세다. 마리아에게 있어서는, 이제야 간신히 찾아낸 진실의 실마리다.

"미안해, 마리아. 나는 마리아에게 못할 짓을 했어. 마리아의 연심을 알아챘으면서도, 항상 여동생 취급을 했어. 그게 나한테는 가장 즐거웠으니까. 그렇게 계속 도망쳤던 거야."

끝까지 마리아는 진지한 표정으로 내 사죄를 들어주고 있었다.

나는 거짓 없이, 내가 결의한 것을 전한다.

"그래서 난 결정했어, 마리아——"

잘못 돌아가던 것을 제대로 돌아가게 만들려면, 대가가
필요하다.

그 대가는 내가 치르는 수밖에 없다.

"여기서 사지를 불살라서 마리아 것이 돼도 좋아. 그런 끝
에 죽는다고 해도 상관없어. 딱 한 가지 조건만 받아들여준
다면, 지금 당장 다리를 토막 내도 좋아."

——이것이 내가 선택한 **해답**.

지금까지 나는 그 해답과 '여동생' 구출은 양립할 수 없다
고 단정 지어왔다.

하지만, **꼭 그런 것만은 아니다.**

"**마리아가** 최심부까지 가겠다고 약속해줘. 나를 대신해
서, 반드시 내 여동생을 구해주겠다고 맹세해줘. 지금의 마
리아가 라스티아라와 다른 동료들과 협력하면 충분히 할 수
있어. 틀림없이 할 수 있을 테니까……."

굳이 내가 해야만 한다는 법은 없다.

지금은, 자아를 되찾은 라스티아라가 있다. 그 녀석의 재
능은 파격적인 수준이다. 리더로서의 소질도 있다. 신뢰할
수 있는 녀석이고, 무엇보다 기적을 갈구하는 탐색가다.

레이디언트 씨, 하인 씨, 디아도 있다. 이 다섯 명이 힘을
합치면, 분명 미궁 최심부까지 도달할 수 있다. 마리아가 내

의지를 계승해주기만 한다면, 이세계에서의 내 싸움은 그런 식의 결말을 맞아도 좋다.

라스티아라와 한 '약속'은 마리아라도 완수할 수 있다.

결국, 지크프리트 비지터라는 탐색가의 기분 같은 건 중요하지 않은 것이다. 내 사지가 멀쩡한가 하는 것도 중요하지 않다. 내 귀환마저도, 필수적인 건 아니다.

중요한 건, '여동생의 행복'뿐. 그것이 아이카와 카나미의 진정한 소원.

"내 진짜 이름은 아이카와 카나미. 그리고 여동생은 히타키. 만약에 도착하면 히타키를 찾아봐줘. 동생인 히타키를 구해줄 수만 있다면, 나는 아무것도 필요 없으니까……."

어리석은 생각임이 분명하다.

스킬 '???'가 발동하면, 절대로 용납하지 않을 선택이리라.

하지만 여유를 잃은 인간이란 보통 다 그런 법이다. 죽음을 앞둔 상황에서 감정이 있는 사람이라면, 인간답게 망설일 줄 아는 사람이라면, 이런 선택을 할 수도 있다.

합리성 없는 한 가닥 희망에라도, 목숨을 걸 수 있다. 꿈을 꿀 수 있다.

그런 내 말을 마리아가 되뇐다.

"카나미……. 주인님의 진짜 이름은 아이카와 카나미……."

스킬 '???'도 없고, 지크프리트 비지터라는 가짜도 아닌, '그냥 아이카와 카나미가 내놓은 대답'을 듣고, 마리아는 곱씹듯이 그 이름을 되뇐다.

"아이카와 카나미⋯⋯."

그와 함께 마리아의 불길이 잦아든다. 화염검은 사그라져서, 검으로서의 형태를 상실했다.

마리아의 마음속에 있던 불씨가 사라져가는 것을 느꼈다. 역시, 지금의 그녀에게 필요한 건 내 거짓 없는 본심이었던 것이다.

더불어 〈디 오버 스노우〉가 마리아의 열을 앗아가고, 그 몸에 깃들어 있던 혼란까지 잠재워간다.

"아아, 더 이상 마리아를 괴롭히지 않아. 마리아의 사랑을 '비련'으로 만들지도 않아. 나는 마리아 것이 되는 거야. 그러면 다 끝날 수 있어."

마리아의 몸을 계속 식혀주면서 선언한다.

그 말을 들은 마리아는 손에 든 화염검을 없애고, 천천히 내게 몸을 맡겼다. 내 가슴에 얼굴을 묻고, 기쁜 목소리로 외친다.

"카나미⋯⋯. 카나미! 카나미 씨, 카나미 씨의 진짜 이름은 카나미——!"

검을 놓은 손으로, 내 이름을 되뇌는 마리아의 머리를 쓰다듬는다.

마리아는 쓰다듬는 내 손길을 받아들이며, 고개를 들고, 눈물 젖은 눈으로 나를 응시하며—— 외친다.

커다란 목소리로 고백한다.

"카나미 씨, 좋아해요! 정말 좋아해요! 다정한 점이 좋아요! 야무지지 못한 점이 좋아요. 미덥지 못한 점이 좋아요.
겁 많은 점이 좋아요. 어린애 같은 점이 좋아요. 좋아해요.
전부 다 좋아해요──! 이제야 **기억났어요!!**"

아아, 비슷하다. 정말로 쏙 닮았다──

줄곧 그렇게 생각해왔다. 이제는 소리 높여 외칠 수 있다.

마리아는 여동생 히타키와 닮았다. 그렇기에 어떤 대가를
치르더라도 구하고 싶었다.

"**가족**처럼, **오빠**처럼, 좋아해요! 물론, 이성으로서도 좋아
해요! 그러니까 앞으로도 계속── 계속 함께 있어주세요!"

외침과 함께, 주위의 온도가 상승한 것 같은 느낌이 들
었다.

마리아가 토해낸 감정이 불꽃이 되어 주위에 흩날리고 있
었다. 또 온도가 올라가는 건가 하고, 약간 경계한다. 하지만
온도를 피부로 느껴 보니 그것은 기우였음을 알 수 있었다.

그것은 절망의 검은 불꽃이 아닌, 환희의 빨간 불꽃이
었다.

"그래, 나는 마리아 거야. 다시는 혼자 두지 않겠다고 약
속할게. 그러니까 용서해줘."

마리아를 끌어안고, 내 감정을 모두 실어서, 최대한의 냉
기로 그녀를 식혀나간다.

마리아도 그것을 받아들이고 있다.

지금껏 한 번도 본 적이 없었던 표정으로, 나를 힘껏 끌어
안고 있다.

"카나미 씨는, 시원해서 기분이 좋아요……."

그 말을 끝으로, 마리아의 불꽃이 모두 꺼졌다. 그 몸에 깃들어 있던 열도 사라지는 것이 느껴졌다. 끌어안고 있던 감정을 모두 토해내고, 마리아는 고민에서 헤어나온 얼굴로 중얼거린다.

"드디어, 드디어 저를 바라봐주셨어요……. 이제야 곁에 있다는 게 피부로 느껴져요……."

그 말이 전부.

마리아를 똑바로 바라보고, 곁에 있어주기만 해도 충분했던 것이다.

연심이며 질투, 화염이며 혼란…… 그런 어려운 것들은 중요한 게 아니었다.

서로에게 자신의 진실을 털어놓는 것. 그거면 충분했던 것이다…….

【스테이터스】

상태 : 정신오염 0.12 혼란 0.38 기억장해 0.48

마리아의 '상태'는 눈에 띄게 회복되어 있었다.

마리아를 끌어안으면서, 마리아를 무사히 되찾은 것을 기뻐한다.

하지만 물론, 그것을 받아들이지 못하는 녀석도 있다.

나와 마리아 주위에 열원이 발생하고, 소용돌이 같은 작

은 불꽃이 튄다. 그 때문에, 우리는 다시 떨어져야 했다.

공중에 남은 불꽃이 말한다.

"……잠깐. 기다려봐, 마리아. 그게 진짜라고 믿는 거야? 나는 못 믿어! 지크는 계속 거짓말을 해왔던 남자야. 보나 마나, 이번에도 역시 구실일 뿐일 거야. 당장 눈앞에 닥친 위기를 회피하려고 너를 속이려는 거야. 네 다정함을 이용하고 있는 거라고!"

아르티가 마리아 안에 있는 건 틀림없다. 그래서 불꽃을 통하지 않고는 우리에게 간섭할 수 없는 것이다.

나는 아르티의 불꽃을 끄기 위해서 다시 마리아에게 다가가려 한다. 그러는 동안에도, 아르티는 계속 소리쳐 댄다.

"그 '눈'으로 보면 알 수 있잖아! 본심을 드러낸 지크라면, '눈'도 통할 거야! 똑똑히 봐, 그 남자는 절대 너를 행복하게 해주지 않아! 행복하게 해줄 수 없어! 영웅 따위, 결국은 항상 자기 멋대로 굴고, 주위에 불행만을 뿌려대는 존재야——!!"

마리아는 고개를 가로젓고, 내 접근을 제지했다. 그녀의 눈에서 자기 일은 자기가 마무리 짓겠다는 각오가 느껴졌다. 나는 잠시 망설인 끝에, 발걸음을 멈추고 마리아에게 모든 것을 맡긴다.

"네. '눈'에 보여요……. 하지만 저는 **카나미 씨를** 믿어요. 믿고 싶어요……."

"믿으면 안 돼! 나는 알 수 있어. 다 알고 있다고! 영웅은 절대로 약속을 안 지킨다는 걸!!"

식어버린 마리아의 몸을 덥히려고, 아르티의 불꽃이 타오른다.

활활 타오르면서 절규한다. 그에 마리아는 냉정을 유지한 채 대답한다.

"아르티 씨……. 동화한 덕분에, 조금이나마 당신의 인생을 느꼈어요. '눈' 때문에 모든 걸 잃은 당신은, 저보다도 훨씬 더 비참하고……언제나 불행한 삶을 살아왔죠. 제가 당신과 같은 길을 걷지 않도록, 아르티 씨가 필사적으로 애쓰고 있다는 것도 알아요."

마리아는 아르티에게 아무런 증오도 품고 있지 않다.

그 다정함이 가득 담긴 말 한 마디 한 마디를 통해 알 수 있었다.

"그래도, 저는 믿고 싶어요. ──'주인님'은 믿을 수 없어요. 하지만 **카나미 씨**는 믿을 수 있어요. 그러니까, 예전의 아르티 씨가 그랬던 것처럼, 앞으로 나아갈 수 있게 해주세요──"

"안돼안돼안돼! 믿어봤자, 더 괴로워질 뿐이야! 전해질 수 없는 마음이 쌓이고 또 쌓여서, 더욱더 괴로워하고, 결국은 배신당할 뿐이야!"

"아뇨, 그건 모르는 일이에요. 아직 모르는 일이에요. 왜냐하면, 저와 아르티 씨는 다른 인간이니까요. 그러니까 같은 결말이 될 거라고 단정 지을 수는 없어요."

"아냐, 같은 결말이 날 게 분명해! 완전히 똑같은 신세가 될 거야! 왜냐하면, 마리아는 나와 같은——"

"아뇨, 제게는 아르티 씨가 있었는걸요. 그치만, 아르티 씨의 인생에는 아르티 씨 같은 사람이 없었어요. 그건 커다란 차이예요."

그 말을 들은 아르티는, 순간적으로 말문이 막힌다. 하지만 곧 기세를 되찾고, 거세게 불길을 일으키며 소리친다.

"별 차이 없어! 나는 알 수 있어. 그렇게 될 거라는 걸 몸으로 알고 있어! 나 때도 마찬가지였어! 이 '눈'이 가르쳐주고 있어! 절대로 행복해질 수 없다고. 그러니까——!!"

"아르티 씨, 고마워요. 그래도, 저는 다른 길을 걸을 거예요. 다른 길을 가는 방법도 알아냈어요. 그래요. 괜히 '눈'이 보이는 게 오히려 문제였던 거예요……."

그 말과 함께, 마리아는 두 손을 머리로 가져갔다.

"이렇게 하면, 앞날은 아무도 알 수 없어요——"

그리고 그 손가락을 두 눈에 박아 넣었다.

"아, 아아아, 아아아아아아——! 마리아아아아——!!"

아르티의 비통한 절규가 터져 나왔다. 마리아는 다른 누군가에게 조종당하는 것이 아닌 스스로의 의지로, '눈'을 **뽑으려 하고 있다.** 그리고 그것이 아르티에게 있어서 가장 받아들이기 힘든 행동이라는 것을, 목소리를 통해 알 수 있었다.

마리아의 의지와 결의를 믿으며, 그 모습을 계속 지켜본다.

"끄으, 우우, 아아아아아아아악!!"

마리아는 격통을 참으며, 두 눈을 불사르며 끄집어낸다. 그리고 끄집어낸 두 눈을 화염으로 불태워서 찌꺼기로 만든다.

"아아아아! 마리아아, 도대체 무슨 짓을, 무슨 짓을 하는 거야!"

아르티는 우는 듯 절규한다. 마리아는 그런 아르티에게 다정한 목소리로 대답한다.

"이제 저는 아르티 씨와는 달라졌어요. 더 이상 이런 것에 현혹되지 않아요. 저는 저 자신을 위해서, 카나미 씨를 믿을 거예요. 그러니까 아르티 씨, 부탁드려요……. '비련'으로 끝나지 않을 거라고 믿을 수 있게 해주세요……."

"아아, 아아아아아아……."

아르티가 흐느껴 울자, 그 불꽃도 떨린다.

마리아 안에서 노란 불꽃이 쏟아져 나온다. 물컹물컹 기어 나온 그것은, 공기와 접촉하는 동시에 인간의 모습으로 변해간다.

그 한탄의 불꽃은 어린 소녀의 모습을 하고 있었다. 소녀의 모습을 한 불꽃── 아르티는 양손을 땅바닥에 짚고 뇌까린다.

"아, 아아…… 마지막 **친화성**까지 무너졌어……. 더는 같이 있을 수 없어. 나, 나는 다시, 외톨이……."

더 이상, 아르티의 불꽃에서는 힘이 느껴지지 않는다.

자세히 보니 주위의 불꽃도 약해져 있다. 아르티의 마음이 꺾이는 바람에, 거기에 호응해서 이곳의 불꽃도 약해져 있는 것이다.

　아르티의 불꽃도 감정과 굳게 이어져 있다. 그리고, 조금 전의 대화가 결정타가 되었음이 분명하다. 아르티는 꺼지기 직전의 촛불처럼 흔들거리면서, 휘청휘청 일어선다.

　거기에 예전 같은 거만한 분위기는 없다. 외모 그대로 어린아이 같은 눈으로 이쪽을 본다.

　"아르티, 더 싸우려는 거야······?"

　이제 승부는 판가름 났다는 생각에, 아르티에게 확인을 취한다.

　"그래, 싸울 거야······."

　하지만, 아르티는 나약해진 마음을 억누르고, 예전 같은 거만한 말투로 대꾸한다.

　허세다. 척 보기에도 힘이 담겨있지 않다. 아르티는, 더 이상──

　"확실히, 마리아의 '비련'── 아니, '사랑'은 성취된 건지도 몰라. 하지만, 아직 내 비련은 성취되지 않았어. 싸움의 의의는 아직 충분해. ──충분하다고!"

　아르티는 계속 허세를 부린다.

　손에 화염검을 구축하고, 어렴풋한 웃음을 머금은 채 이쪽으로 다가오며 말을 잇는다.

　그것은 단두대로 향하는 불손한 죄인을 연상케 하는 모습이었다.

"사람과 몬스터는 마주치면 죽고 죽이는 싸움을 벌인다. 그게 이 세계의 불문율' 하핫, 티다가 제멋대로 정한 규칙도, 가끔은 진리를 정확하게 짚을 때가 있다니까——"

그 몸에 깃들 불꽃도, 화염검도, 당장이라도 꺼질 듯이 나약했다.

"하지만, 너——"

나는 아르티를 용서할 생각은 없다. 떨어진 검을 주워서, 언제든지 맞받아칠 수 있도록 대비한다.

하지만 아르티의 비통한 절규를 들은 데다, 마리아도 돌아온 상황인 만큼, 내 안의 분노가 사그라져 있는 것 역시 사실이었다.

미칠 듯한 고백 대결을 마치고 이성을 되찾아가고 있는 두뇌가, 아르티와 화해할 수 있는 가능성을 모색한다.

"시끄러워! 무엇보다, 나는 지크 같은 녀석은 질색이야! 죽어, 영웅 따위, 모조리 파멸해버려어어어——!!"

그 가능성은 원념 가득한 아르티의 절규에 의해서 지워진다.

아르티는 지면을 박차고 접근해서, 화염검을 가로로 휘둘렀다.

검의 두꺼운 부분으로 그것을 받아낸다.

——가볍다.

힘도, 불꽃도, 담겨있는 원념도, 모든 것이 가볍다.

"아르티, 이제 더 이상은——!"

더 이상은——아르티에게는 아무런 힘도 남아 있지 않다.

마리아에게 거부당했다고 해서 이렇게까지 힘을 잃는 건 이상하다. 머릿속에 떠오르는 가능성은 하나.

싸우지 않고 가디언을 죽이는 방법.

가디언은 미련이 사라지는 동시에 힘을 잃고, 나아가 사라지게 되어 있다.

다시 말해, 아르티는 미련을 잃어 가고 있는 것이다. 다른 가능성은 떠오르지 않는다.

마리아에게 기생하고 있던 상태였기에, 마리아의 목적 달성을 가까이서 느꼈기 때문일까?

'비련의 성취'를 어느 정도 느낀 건가?

아니, 그건 아니다.

그것들도 한 원인이긴 하겠지만, 직접적인 원인은 아닌 것 같았다.

지금 아르티는 또 다른 모종의 미련이 해소되었기에 사라지려 하고 있는 것이다.

아마, 그건 아르티 본인밖에 알 수 없는 것이고, 본인이 가장 인정하기 싫었던 미련이리라. 그렇기에 그녀는 계속 절규한다.

"아직, 아직 미련은 더 남아 있어! 더 싸울 수 있어!"

내 생각이 표정으로 드러난 건지, 아르티는 "아직 미련은 있다"라고 필사적으로 되뇐다. 화염을 분출시키고, 검을 휘두른다. 그것은 불이 꺼지기 직전의 마지막 광채와 닮아 있었다.

갈수록 그 결사적인 칼부림을 쳐대는 것도 한계가 다가왔다.

아무리 아르티의 힘이 약해져 있다고는 해도, 나 역시 빈사상태나 다름없다.

그 결과, 힘조절을 제대로 하지 못하고, 아르티의 몸을 베어버리고 말았다.

하지만 그래도 아르티는 멈추지 않는다. 다음에는 아르티의 화염검이 내 목을 노리고 들었다. 재빨리 그녀의 팔을 베어버리는 수밖에 없었다.

가녀린 팔이 허공으로 날아가고, 빨간 피가 땅바닥을 물들였다.

잘려나간 팔은 화염으로 변해 사라지고, 그 빨간 피는 지면에 불꽃을 피웠다.

못 견디게 아름답고, 못 견디게 불쾌한 광경이었다.

그와 대조적으로 아르티는 편안하게 웃으며 싸움을 계속한다.

"아, 아아, 『피가, 살점이 타오른다』……. 『피기름이 더해져, 육체가 타오른다』……. 하지만 상관없어. 『사람은 육체로 사는 게 아니라, 마음에 켜진 불꽃으로 살아가는 것』이니까……. 『영혼 속의 타오르는 연옥(煉獄)』이 꺼지지 않는 이상, 나는 멈추지 않아……."

피를 토하면서 영창하고, 내게 화염검을 휘두른다.

아니, 토하고 있는 건 피가 아니다. 아르티는 화염을⋯⋯ 자기 자신을 깎아내면서 싸우고 있다.

그 기세에 압도돼서 손에 든 검의 움직임이 둔해지고, 그녀의 화염검이 내 몸에 닿으려 한다.

"죄송해요, 아르티 씨⋯⋯."

그러나 화염검은 아슬아슬하게—— 내 몸 바로 앞에서 저지당한다.

아르티가 날린 최후의 일격은, 다른 이도 아닌 마리아의 화염검에 막혔다.

화염검과 화염검이 뒤얽히고, 녹아서, 사라져간다.

"마, 마리아——"

아르티는 마리아의 이름을 부른다. 그리고 그 표정이 정신없이 바뀐다.

슬퍼하고 있는 것 같기도 하고, 기뻐하는 것 같기도 하고, 불만스러워 보이기도 하고, 만족스러워 보이기도 하고, 수많은 감정들이 뒤섞인 표정을 보인 후, 한 발짝 물러선다. 거리를 벌리고, 고개를 푹 숙인 채 조그맣게 뇌까린다.

"졌어⋯⋯."

아르티는 인정했다.

"내가 졌어⋯⋯. 축하해, 지크—— 아니, 아이카와 카나미. '10층의 시련'은 이제 끝났어⋯⋯."

끝을 알렸다.

아르티의 몸통은 반쯤 찢어발겨지고, 팔을 잃고, 화염도 마력도 거의 바닥 난 상태. 내가 보기에도 승패는 명확하다. 그리고 이제 아르티 스스로도 그것을 인정한 것이다.

하지만 고분고분 패배를 받아들인 것도 한순간, 곧바로 어렴풋한 웃음을 지으며 드세게 나를 노려본다. 예전에 함께 미궁을 걸었을 때처럼, 친근하고 불손하게 큰소리친다.

"하지만 나는 지크한테 진 게 아냐. 마리아한테 진 거지. 그건 착각하면 안 돼."

그렇게 말하면서, 아르티는 미소 띤 얼굴로 마리아를 바라본다. 그리고 나와 마리아가 지켜보는 가운데, 자신의 두 눈에 손을 넣는다.

"어이, 아르티, 지금 무슨——"

"원래는 승자에게는 마석이 주어지게 돼 있지. 하지만, 이번에는 안 돼. 미안하게 됐어, 카나미. 이것만은 절대 양보 못 해."

엉뚱한 대답으로 얼버무리며, 아르티는 두 눈을 끄집어낸다.

마리아가 했던 것처럼, 그 두 눈은 불꽃이 되어 사라졌다. 아르티는 마리아와 '같아'졌다. 그것을 본 마리아는 무언가를 알아챈 듯, 진지한 얼굴로 앞으로 나선다.

어떤 난폭한 행동을 할지 모른다는 걱정에 말리려고 했지만, 오히려 마리아가 그런 나를 제지한다.

마리아는 지금껏 본 적이 없는 엄숙한 표정으로 아르티에게 다가간다.

아르티도 같은 표정으로 마리아에게 다가간다.

그리고 두 사람은 손을 맞잡고, 마주 보며 고개를 끄덕이고, 최후의 작별인사를 나눈다——

"이제 같아졌어. ——데려가줘, 마리아."

"물론 그럴 거예요. ——아르티 씨는 제 '친구'니까요."

두 사람 사이에 어떤 시간이 존재했는지, 나로서는 알 길이 없다.

나에게 있어서, 아르티는 마리아의 정신을 혼미하게 만든 괴물일 뿐이다. 하지만 마리아는 그녀를 '친구'라고 불렀다. 그것이 어째선지, 마음속 한구석에—— 따끔한 아픔을 주었다.

아아, 원래는, 그 목적은, 분명——

아르티는 내게도 마지막 말을 건넨다.

"카나미, 마리아를 괴롭히면 안 돼. 지켜보고 있을 테니까."

아무런 대꾸도 할 수 없다. 아무런 대꾸도 할 수 없을 만큼, 나는 아르티에 대해 아는 게 없다.

아니, 알려고도 하지 않았다. 그것뿐이다.

말없이 나를 바라보며, 아르티는 한숨을 짓는다.

하지만 그 표정은 어딘가 흡족해 보였다. 더 이상은 아무 말도 하지 않는다.

아르티는 흡족한 표정으로 하늘을 올려다본다.

대량의 화염과 연기로, 하늘에는 구름이 껴 있다. 하지만

아르티는 그 잿빛 하늘을 눈부신 듯 우러러본다.

조금씩, 화염이 빛으로 변환되어간다.

"아아, 기분 참 최악이네……. 그래도, **이번에는** 하고 싶은 말을 할 수 있었다고 해야 할까……. 그것만, 으로, 충분하, 겠지……."

누구에게 하는 말인지, 아르티는 하늘을 향해 뇌까린다. 아르티의 모든 것이 빛으로 변해가고, 그 목소리가 희미해진다.

"나, 정말…… 애……썼, 어……."

그 띄엄띄엄한 말을 끝으로, 아르티는 세계로부터 사라졌다.

그리고 마석 하나가 마리아의 손에 떨어진다. 하지만 그것은 곧 형태를 상실하고, 작은 불꽃이 되어서 마리아의 몸에 흡수되었다.

【칭호 『불의 신데렐라』를 획득했습니다】
화염마법에 +0.50의 보정이 붙습니다.

'표시'가 망막에 나타나서, 아르티라는 이름의 몬스터가 확실히 죽었음을 전한다.

끝났다…….

아르티라는 주인을 잃자, 주위를 둘러싸고 있던 불꽃이 약해졌다.

동시에 비가 내린다.

이 화염의 공간을 없애버리려는 듯, 구름 낀 하늘에서 물방울이 쏟아졌다.

"비……."

언덕의 불꽃이 진화되어버리자, 불길 때문에 다가오지 못했던 발트의 경비병이 다가오게 되리라. 그 전에 도망치기 위해서 서둘러 마리아에게 다가간다.

"괜찮아, 마리아……? 눈은……."

"아뇨, 불꽃이 있으면 볼 수 있어요. 그보다 카나미 씨 쪽이……."

마리아는 양 손바닥으로 공간을 만들고, 그 안에 불을 피우고 있었다.

언제 습득한 건지는 모르지만, 아마 아르티가 쓰던 것과 같은 능력이리라. 그것으로 주위의 정보를 수집할 수 있는 모양이다.

"나는 괜찮아. 그보다 빨리 여기를 뜨자. 불이 꺼지면 사람들이 여기에 몰려들 거야."

솔직히, 자칫 방심하면 당장이라도 의식이 날아가버릴 것만 같다. 하지만 이제 와서 그런 실수는 용납될 수 없다.

발트를 떠나서 안전이 보장될 때까지는 정신을 잃을 수 없다. 가능하면 오늘 중에 라스티아라 일행과 합류하고 싶다.

임단 합류하기만 하면 두려울 게 없다.

그러면 모든 게 제자리를 찾는 것이다.

우여곡절이 있었지만, 마리아도 되찾았다. 이제 예전의 생활로 돌아갈 수 있다.

나와 마리아가 쓰러지려 하는 몸을 채찍질해서 걸음을 내딛으려 했을 때——

——박수소리가 들려온다.

차가운 손이 등을 쓰다듬는 것 같은 한기가 느껴졌다.

그 박수소리는 잦아든 불길 한쪽 구석에서 들려왔다.

그리고 불길 너머에서 한 남자가 이쪽으로 걸어온다.

"축하해, 지크 형씨. 아니, 이제 아이카와 카나미라고 불러야 하려나?"

밝은 얼굴로 박수를 치며 나타난 것은, 기사 팰린크론 레거시였다.

"……패, 팰린크론? 왜 여기 있는 거지?!"

라스티아라 일행을 쫓아간 줄로 알고 있었다. 하지만 팰린크론은 타이밍을 재기라도 한 듯이 여기에 나타났다.

"내 쪽은 금방 끝났어. 이런저런 일이 있어서 김이 새버리는 바람에 이쪽으로 온 거야."

끝났다……?

그건 라스티아라 일행이 팰린크론에게 패배했다는 걸까?

실력만 보면 그럴 리는 없다. 아무리 부상이 있었다 해도,

그들은 모두 팰린크론보다 강한 존재다.

무엇보다, 팰린크론의 얼굴에서 불만이 묻어나고 있다. 예상하지 못한 일이 발생해서 일이 생각대로 풀리지 않았기에, 일찌감치 여기로 돌아온 것처럼 보인다.

팰린크론은 피에 물든 검을 모고, 뭔가를 회상하고 있다. 불쾌한 듯이……

그러나 녀석의 불만 따위는 알 바 아니다. 곧바로 도주 경로를 머릿속에 떠올린다.

솔직히 말해서, 일대일 대결이라면 지지 않을 자신이 있다. 최대 HP를 조금만 더 깎으면, 아무런 피해 없이 이길 수 있을 것이다.

──하지만, 싸우고 싶지 않다.

이 남자와 싸우지 말라고 내 본능이 충고하고 있다.

도망친다면, 팰린크론이 있는 쪽의 반대방향밖에 없다. 하지만 그쪽은 후즈야즈 방향이다. 무엇보다 마리아가 팰린크론보다 발이 느리기 때문에 단순히 도망치기만 해서는 결국 따라잡힐 수밖에 없다.

필사적으로 머리를 굴리면서 팰린크론의 일거수일투족을 '주시'한다.

그에 비해 팰린크론은 여유로운 표정으로 선언한다.

"축하한다, 카나미. 훌륭하게 '제10의 시련'을── **미궁 10층**을 통과했다. 하지만 아직 끝난 건 아냐. '시련'은 아직 끝나지 않았으니까. 아직 '미궁' 밖으로 나온 건 아니라는 이야기야. 그래, 아까 들은 말을 재활용해보기로 하지."

'시련'이 끝나지 않았다고? 아까 들은 말?

등골이 오싹하게 떨린다.

하늘에서 내리는 비가 검게 보이는 것 같은 착각이 느껴졌다──

"지금부터다. 지금부터, 여기가 바로 20층. 어둠의 이치를 훔치는 자인 티다의 층이야. 출장인 데다 너무 갑작스런 제안이라 미안하지만, 여기가 미궁 20층이라고 생각해줘. 자, 진정한 시련을 시작해볼까."

팰린크론은 당연하다는 듯, 피에 물든 검을 움켜쥐고 전투 의사를 드러낸다.

성탄제는, 아직 끝나지 않았다──

6. 성탄제의 끝에

티다라는 이름을 듣고 몸이 경직된다.

하지만 곧바로 검을 움켜쥐고 팰린크론에게 외친다.

"2, 20층이라니 무슨 헛소리야! 티다는 이제 없어, 없다고!"

"그래, 티다는 없어. 그러니까 내가 대리자가 되어 '제20의 시련'을 주겠다는 거야. 진정한 '제20의 시련'을."

팰린크론은 그렇게 대답하면서도 내 쪽으로 다가온다.

그리고 그 피 묻은 검을 치켜든다.

생각하고 있을 시간이 없다. 마리아 앞을 막아서고, '소지품' 속에서 예비용 검을 꺼내서 팰린크론과 검을 맞댄다. 불길하고 날카로운 소리가 울렸다.

HP가 MP는 한계에 가까웠기에, 쓸 수 있는 보조마법은 〈디멘션〉뿐이다. 그 결과, 순수한 검술 대결로 흘러갈 수밖에 없다.

한 손으로 휘두르는 팰린크론의 검술은 이상하리만치 매끄럽다. 검과 검을 맞댄 상태에서 나머지 손으로 내 팔을 붙잡으려 들었다.

그 움직임에 맞추어 팰린크론의 마력이 팽창한다.

접촉한 살갗을 통해 무시무시한 마력이 전해져 온다. 그것이 위험한 공격임을 본능적으로 판단하고 얼마 남지 않은 생명력을 한층 더 깎아내서 순간적으로 차원마법을 강하게 전개한다.

팰린크론의 태세 중 가장 취약한 부분을 찾아내서 거기에 힘을 집중한다.

"저리 떨어져어——!!"

팰린크론을 뿌리치고, 떠민다.

녀석의 양손이 어렴풋이 회색으로 빛나고 있다. 방금 그 무시무시한 마력의 정체는 정신마법일 가능성이 높다.

"와, 와앗. 굉장한데, 카나미. 그 몸으로 잘도 싸우는군."

팰린크론은 진심으로 놀란 듯 웃는다.

짜증이 솟구친다. 팰린크론의 태도도, 그 모든 게 짜증난다.

아픈 몸을 채찍질하며, 나는 소리친다.

"네 목적은 대체 뭐냐! 후즈야즈를 혼란시켰으면 그걸로 만족해야 하는 거 아냐?!"

"그건 취미야. 그리고, 이것도 취미지. 하지만, 목적은 못 가르쳐줘. 가르쳐주면 움직임을 읽힐 테니까."

격앙된 나와는 대조적으로, 팰린크론은 평온하게 대답한다.

그 태연자약한 태도에 내 짜증은 정점에 달하고, 생명을 마력으로 변환한다.

【스테이터스】

HP 62/284 MP 0/657

도합 100에 가까운 최대 HP가 깎여 나가 있었다. 숙련된 모험가 한 사람분의 생명력이 깎여 나가서, 내 몸은 비명에 비명을 거듭한다.

"웃기지 마! 지금의 나는 힘을 조절해가면서 싸울 수 없다고! 죽을지도 모른다고!"

"이렇게 된 마당에 힘을 조절하느니 어쩌니 하는 소리를 하다니. 정말 착한데. 아니, 사람을 죽이는 게 무서운 건가?"

"안 무서워! 아르티를 죽인 이상, 더 이상은 아무런 주저도 없어——!"

"큭큭, 누님을 사람으로 취급하는 건가. 역시 카나미 형씨야! 머리가 맛이 갔어!"

그 대화를 끝으로, 팰린크론을 죽일 각오로 내달리려 했다.

하지만 그 발걸음은 녀석이 품속에서 꺼낸 것에 의해 저지당했다.

"하지만, 그러네. 진짜로 마음먹고 싸우면 내가 죽을지도 모르는 건 사실이지. 한심한 일이지만 이렇게까지 유리한 상황에서도 나는 아이카와 카나미를 당해낼 수 없거든. 그래, 나는 내 힘을 과신하지 않아. 그러니까 이걸 쓸 거다."

어딘가에서 본 적이 있는 돌이었다. 나는 그 수상한 돌을 '주시'했고——

【수호자의 마석】
수호자 티다가 가진 마력의 결정

"티, 티다의 마석……?!"

그것이 예전에 내가 팔아치웠던 티다의 마석이라는 것을 이해했다.

"아아, 카나미 형씨가 함부로 팔아치웠던 수호자의 마석이야. 설마 곧바로 발트에서 팔아치울 줄은 몰랐다니까……. 뭐, 그 덕분에 내 손에 있는 거긴 하지만."

팰린크론은 손 안에서 마석을 만지작거리며 그 얼굴에 한층 더 짙은 웃음을 머금는다.

내 이마에서 차가운 땀 한 방울이 흐른다.

"누님과 티다는 친화성에 문제가 없을 거라고 했지만 그래도 무섭긴 하더군. 하지만 아까 그 광경을 보고 확신했어. 나는── 아니, 오로지 나만이 티다의 의지를 계승할 수 있다고."

그리고 팰린크론은 티다의 마석을 입에 머금고 꿀꺽 삼켰다.

그와 동시에 팰린크론의 마력이── 몰아친다. 팰린크론을 기점으로 해서 세계가 어긋나는 것 같은 느낌이 들었다. 마치 공간이 경련하고 있는 것 같았다.

팰린크론의 눈에서 생기가 사라져간다.

원래부터 옅었던 인간미가 한층 더 옅어져서, 팰린크론

레거시라는 인간이 변질되어간다.

외견 면에서는 하나도 달라지지 않았다. 하지만 틀림없이 팰린크론은 **변했다.**

"하, 하핫, 자, 마무리를 지어볼까, 영웅──"

목울대를 떨면서 웃는 팰린크론.

그 목소리는, 마치 티다의 목소리와 겹쳐져 들리는 것처럼 느껴졌다.

팰린크론은 검을 힘껏 고쳐 쥐고 이쪽으로 다가온다.

불안감에 쫓기듯이 다시 '주시'한다.

【스테이터스】

이름 : 팰린크론 레거시 HP 501/512 MP 368/392 클래스 : 없음

레벨 22

근력 15.21 체력 19.45 기량 12.12 속도 18.22 지능 10.11

마력 13.99 소질 4.89

선천 스킬 : 관찰안 1.46

후천 스킬 : 검술 1.89 신성마법 1.23 정신마법 3.89

체술 1.87 주술 2.54

완전히 딴 사람이다.

모든 스테이터스가 두 배로 뛰어올라 있다. 특히 마법 면에서는 아주 차원이 달라진 수준이다.

팰린크론에 대한 평가를 제고하고, 지금까지 상정하고 있

는 전술을 재검토하려 했을 때──미처 생각할 틈도 없이, 팰린크론이 티다와도 같은 속도로 나를 향해 달려든다.

팰린크론이 휘두르는 검을 검으로 받아친다. 하지만 그 충격으로 팔이 저릿저릿해졌다. 조금 전의 팰린크론과는 힘의 차원이 다르다는 것이 확연하게 느껴졌다.

완력에만 의지한 그 일격도 예전의 티다를 연상케 한다.

"이럴 수가……!"

딴 사람이 되어버린 팰린크론을 앞두고 후회와 초조감에 휩싸인다.

티다의 마석이 중요한 물건이라는 걸 알면서도 팔아버린 것을 후회했다. 그리고 또 다시 그 강력한 티다와 싸움을 벌여야 한다는 것에 대한 초조감에 휩싸인다.

"이제 나는 몬스터나 마찬가지야! 그러니까 양심의 가책 없이 죽여도 된다 이거야!"

공격 하나하나가 묵직하고 빠르다. 게다가 팰린크론이 가진 검술이 그것을 한층 더 높은 경지로 승화시키고 있다. 예전의 티다에게는 없었던 기술이 나의 방어를 조금씩 무너뜨려나간다.

이대로 가다가는 밀리고 만다. 어쩔 수 없이 마법으로 강화를 시도할 수밖에 없다.

"빌어먹을!! ──〈디멘션 · 글래디에이트〉!!"

하지만 그것은 패착이었다.

무리한 마법 사용을 거듭한 탓에 내 몸은 이미 한계에 가까워져 있었다. 수치만 보자면 최대 HP는 남아 있다. 이론만으로 따지자면 마법을 쓸 수 있을 것처럼 보인다. 하지만, 현실의 컨디션은 그것을 용납해주지 않는다.

두뇌를 헤집는 것 같은 고통 때문에 마법 구축에 실패했다.

"끄윽── 으윽, 아아아아악──!!"

단기간에 너무 많은 생명력을 소모했다.

생명력을 깎아서 쥐어짠 마력이 흩어져버렸다.

아르티를 물리친 후에 한 번 느슨해졌던 집중력이 좀처럼 돌아오지 않는다. 이제 완전히 한계에 다다라 있음을 격통과 함께 이해했다.

치명적인 빈틈이 발생하고 말았다. 들고 있던 검이 날아가버리고, 다리가 걸려 자빠졌다.

쓰러진 내 위로 팰린크론이 올라타서 머리를 붙잡고 지면에 짓찧는다. 여기에 팰린크론의 손바닥을 통해서 불길한 마력이 전해져 온다.

"아무리 카나미 형씨라고 해도 티다의 마법에는 못 당해내겠지? 마법 〈배리어블 다운(망실(亡失)하는 순교자)〉."

너덜너덜해진 두뇌의 틈새로 팰린크론의 마력이 침입해온다. 그것은 예전에 티다가 사용했던 마법과 닮아 있었다.

이대로 가면 정신이 뒤바뀌게 될 거라고 확신한다.

망설이고 있을 시간이 없다──!

어느 쪽이든 마음을 농락당하는 걸 피할 수 없다면, 지금의 내 의식이 죽는 섯이디도 끼차려며, 그걸 사용하는 수밖에 없어──!!

【스킬 『???』가 폭주했습니다】
일정량의 감정을 대가로 신경을 안정시킵니다.
혼란에 +1.00의 보정이 붙습니다.

"내가, 당할 것 같으냐아아아아──!"

죽는 한이 있어도 기대지 않겠다고 다짐했던 스킬 '???'를 발동시킨다. 팰린크론의 정신간섭을 튕겨내고, 마법에 집중하고 있던 팰린크론을 있는 힘을 다해 걷어찬다.

맹세를 깨는 한이 있더라도 쓸 수밖에 없었다. 지금 팰린크론이 쓰려는 마법에 걸리는 건 죽음보다도 더 무서웠다.

수많은 감정들이 상실되어가는 것을 느낀다. 갖가지 마음과 다짐들이 흐려져간다.

식어버린 머리가 그것들을 떠나보낸다. 그리고 그렇게 만든 녀석을 쏘아본다.

걷어차인 팰린크론은 경악한 표정으로 나를 쳐다본다.

"크, 크큭, 하하하하하핫! 우와, 강해도 너무 강하잖아, 카나미!"

그리고 그 경악이 환희의 표정으로 바뀐다.

"──〈미드가르즈 블레이즈〉!"

그때 마리아가 마법을 내쏜다. 나와 팰린크론이 떨어지는 타이밍을 줄곧 노리고 있었던 모양이다.

하지만 나타난 불뱀의 기세는 미약하기만 하다. 빗속이라는 환경의 영향도 있지만 눈에 입은 부상의 영향도 크다. HP와 MP도 크게 소모된 상태다. 격전을 펼친 건 마리아도 마찬가지였던 것이다.

팰린크론은 증기를 흩뿌리면서 나아가는 불뱀을 유유히 회피했다. 불꽃은 그대로 비에 맞아 소멸되었다.

"카나미 씨, 괜찮으세요?!"

뒤에서 마리아가 걱정스런 목소리로 묻는다. 하지만 이쪽으로 다가오지는 않는다. 마리아는 자신의 역할을 알고 있다. 아르티와의 갈등을 극복해낸 덕분인지, 머리는 이성을 되찾은 모양이다. 미궁에서의 전투 경험을 살려서 냉정하게 마법사로서의 역할에 전념하고 있다.

"괜찮아! 이대로 계속 마법을 써줘!"

여기서 마리아가 냉정함을 잃었다면 끝장이었을 것이다. 2대1의 형세가 무너져도 패배다.

팰린크론은 그런 여유 없는 우리의 모습을 바라본다.

"둘 다 더 약화시켜야 하는 건가……. 몸뿐만이 아니라 마음까지——더 약하게!"

그리고 팰린크론은 움직인다.

이번에는 나를 무시하고 후방에 있는 마이라를 노리고 있다. 나는 격통을 느끼면서도 전력으로 달려서 팰린크론 앞을 막아선다. 하지만 그래도 팰린크론은 나와 싸우려 하지 않는다. 다른 방향을 통해서 마리아에게 덮쳐들려 한다.

피를 흘리면서 팰린크론을 뒤쫓는다. 땅바닥을 한 발짝 딛을 때마다 온몸이 비명을 지른다. 지금 당장 의식을 놓으라고, 모든 세포들이 두뇌에 위험신호를 보내고 있다.

팰린크론은 그런 내 몸 상태를 냉정하게 파악하고 있는 것이리라.

이렇게 해서 나를 휘두르기만 해도 자멸하게 되리라는 걸 알고 있다. 그렇기에 나를 방치하고 마리아만 노리고 있다.

싸움을 오래 끌어서는 안 된다고 판단하고, 내가 가진 모든 힘을 쥐어짜서 팰린크론에게 검을 휘두른다. 그러나 팰린크론은 그 맹공을 보고 웃는다. ──이미 읽히고 있었다.

팰린크론은 웃으면서 내 검을 쳐내고, 검을 들지 않은 손으로 내 복부를 후려쳤다.

뇌내 마약 덕분에 마비되어가던 고통이 상기되고, 벼락이라도 맞은 것처럼 온몸이 경직된다. 그리고 팰린크론은 그 경직을 틈타서 내 뒤로 이동, 검을 든 채 겨드랑이 밑으로 손을 넣어 결박한다.

"으, 아아──"

결박당한 채, 경동맥을 압박당한다. 지금 당하면 가장 곤란한 부류의 공격이었다.

"이제 끝장이야, 카나미 형씨. 기절해줘야겠어."

시야가 서서히 검게 물들어가고, 의식이 아득히 멀어진다.

몽롱한 의식 속에서, 마리아의 절규가 들려왔다.

"카, 카나미 씨! ——〈미드가르즈 블레이즈〉!!"

하지만 그것을 제대로 인식할 수도 없었다.

뜨거운 무언가가 옆을 지나간 것 같은 느낌이 들었다. 동시에, 목을 조르고 있던 팰린크론이 떨어진다.

——다행이다. 이러면 더 싸울 수 있다.

그렇게 전의를 불태웠지만 시야가 검게 물든 채 돌아오지 않았다. 질퍽거리는 땅에 뺨이 부딪히고, 온몸이 말을 듣지 않는다.

멀리서 마리아의 비명이 들려왔다. 그럼에도 몸은 꼼짝도 하지 않는다.

움직여 주지…… 않는다…….

"이쪽도 끝. 이제 아가씨도 확보할 수 있겠군……."

그렇건만 팰린크론의 짜증 나는 목소리는 똑똑히 귀에 들어온다.

마지막 전의를 양식 삼아 고개를 들어 올리고, 시선을 집중한다.

마침 마리아가 팰린크론의 손에 의해 의식을 빼앗기는 광경이 눈에 들어왔다. 그리고 기절하는 마리아에게 팰린크론이 뭔가를 속닥거리고는, 그 몸을 들쳐 안아서 어깨에 걸머졌다.

그런 다음 마리아를 안은 팰린크론은 쓰러져 있는 나에게 다가오더니, 한심한 꼴골을 한 내 머리에 손을 얹는다.

"──마법 〈배리어블 다운〉."

불길한 마력이 내 몸으로 침입해 온다. 그것을 인식하는 게 고작이었다.

──나, 나는 아직 더 싸울 수 있어…….

그렇게 마음속에서 필사적으로 외치지만, 그 전의에 몸이 따라가주지를 않았다.

팰린크론의 마력으로 시야뿐만이 아니라 두뇌 속까지 새까맣게 물들어간다.

깊은 어둠의 나락에 빠져 들어가는 나…….

그리고 멀어져가는 의식 속에서 목소리가 들려온다.

"성탄제도 이걸로 끝인가……. 결국, 서 있는 건 나 혼자. 예정대로, 나 혼자군."

그것은 팰린크론의 목소리.

평소의 경박한 목소리와는 달리, 어딘가 울분에 차 보이는 목소리다…….

그 목소리를 끝으로 나는 의식을 잃었다.

어둠 속으로 곤두박질친다.

이렇게 해서 많은 사람들의 소원이 뒤얽힌 성탄제가 끝을 맺었다.

아이카와 카나미라는 이방인은 중도 탈락이라는 형태로──

7. '청산'

아, 아아…….

아아, 목말라…….

머릿속이 멍하다……. 마치 꿈속에 있는 것만 같아…….

꿈속—— 어쩐지 멀리 떨어진 시점에서 바라보는 것 같은, 몸이 항상 한 박자 늦게 움직이는 감각. 그 졸음에 겨운 어둠에서 나는 천천히 빠져나왔다.

눈을 떠야 한다고 생각했기 때문이다.

그리고 목제 천장이 눈에 들어온다. 하지만 어둡다. 어둠 때문에 정말 목제인지 어떤지 별로 자신이 없다.

빛을 찾아서 고개를 움직인다. 몸은 일으킬 수 없었기에, 고개만 움직여서 주위를 확인한다. 우선 자신이 침대 위에 누워 있다는 것을 확인했다. 그 침대 옆에 촛불과 물주전자가 놓인 탁자가 보인다. 보아하니 이 방에 있는 불빛은 그 촛불뿐인 것 같다.

그 탁자 옆에 낯선 남자가 앉아 있었다.

얼굴에 무수한 흉터가 새겨진 다부진 남자로, 나이는 40대 후반으로 보인다. 그 말끔한 차림으로 보아, 어느 정도 높은 지위를 가진 인물임을 짐작할 수 있다.

다부진 남자는 내가 눈을 뜬 것을 발견하고 말을 건다.

"깨어났군, 지크프리트 비지터. 우선 자기소개부터 하지.

나는 라우라비아국 직속 길드 '에픽 시커'의 레일이다. 네 실력상, 항상 내가 의무적으로 따라붙게 돼 있어."

남자는 레일이라고 스스로를 소개했다.

라우라비아는── 남서쪽에 있는 연합국 중 하나로 기억한다. 하지만, '에픽 시커', '레일'은 들어본 적이 없는 이름들이다.

이렇게 아무 인연도 없는 나라에서, 이름도 들어본 적 없는 남자 앞에 누워 있는 이유를 알 수가 없었다.

"너에게는 많은 혐의가 걸려 있어. 좋은 혐의도 있고, 안 좋은 혐의도 있지. 각양각색이야. 그래서 너는 결박돼 있고."

결박이라는 말을 듣고 당황해서 몸에 힘을 주려고 했다── 하지만 몸이 생각대로 움직여 주지 않는다. 뭔가 추 같은 것이 팔다리에 매달려 있다.

상황이 조금씩 이해되어간다.

주위를 자세히 관찰하면 관찰할수록, 넋 놓고 있을 때가 아니라는 걸 알 수 있었다.

오른팔이 침대 밖으로 뻗어 있고, 손가락 끝의 째진 상처를 통해서 피를 뽑히고 있다. 방 한쪽에서는 향 같은 게 피워져 있어서, 방 안에 자욱하게 연기가 끼어 있다. 강한 냄새는 없지만 몸에 좋지 않을 것 같은 느낌이 든다.

척 느끼기에도 몸 상태가 이상하다. 머릿속도 멍하지만, 몸도 이상하다. 아무리 힘을 주어 몸을 일으키려고 해봐도 좀처럼 뜻대로 되지 않는다.

"혼란스러워하는 건 이해해. 하지만 진정해줘. 우선 목부터 축이는 게 좋겠군. 물을 따라주지."

침대 위에서 뒤척거리는 나를 보고 레일이라는 남자가 물주전자를 집어 들었다.

"피, 필요 없어요."

뭐가 들어 있는지 의심을 지울 수 없었기에 메마른 성대를 움직여서 거부했다.

"그래? 말을 할 수 있으니 다행이군."

그렇게 말하고 남자는 물주전자를 탁자에 내려놓는다. 물을 마시게 하는 것에 집착하는 기색은 없다. 어쩌면 정말 호의로 물을 마련해준 건지도 모르겠다.

냉정하게 생각하려 애쓰며 나 자신의 능력을 떠올린다. 기본마저 잊고 있었다.

물주전자에 든 물에 아무런 농간도 없다는 것을 '주시'로 확인한다. 뒤이어 남자의 능력을 확인한다.

【스테이터스】

이름 : 레일 셍크스 HP 312/322 MP 0/0 클래스 : 기사

레벨 21

근력 11.22 체력 10.19 기량 6.79 속도 4.02 지능 6.60

마력 0 소질 1.09

선천 스킬 : 없음

후천 스킬 : 간파 1.03

이름은 진짜였다. 그리고 스테이터스로 미루어 보아, 이 세계의 실력자라는 걸 알 수 있었다.

"죄송해요, 레일 씨······. 상황을 좀 설명해주실 수 있을까요······?"

정중한 말투를 골라 가며 설명을 요구했다.

"으음······ 자아를 되찾는 게 빠르군. 역시 대단한데······."

레일 씨는 감탄한 표정을 보이며 말을 잇는다.

"우선 위치를 가르쳐주지. 여기는 라우라비아 중앙에 있는 건물. 길드 '에픽 시커'의 본거지다. 라우라비아 직속 길드니까, 너는 지금 라우라비아국의 손아귀 안에 있다고 생각해도 돼."

레일 씨의 설명 덕분에 조금씩 상황이 파악되었다. 눈을 뜨기 전의 일들도 조금씩 기억이 나기 시작했다. 나는 분명 라스티아라를 구하러 갔다가 발트로 돌아왔고, 아르티를 죽이고, 팰린크론에게 패배했다.

하지만 지금 가장 중요한 건──

"위치는 알았어요. 고맙습니다. 그런데 혹시 저 말고 결박돼 있는 사람이 더 있나요?"

"네 동료에 관한 이야기는 들었다. 현재 라스티아라 후즈야즈, 디아블로 시스, 세라 레이디언트, 이 세 명은 도주 중. 여기에는 마리아라는 소녀가 결박돼 있어."

"그 결박돼 있는 여자아이는 무사한가요······?"

레일 씨는 "들었다"라고 말했다. 하지만 어디까지 들었는지는 모른다. 표현을 신중하게 골라 동료들에 대해 묻는다.

"죽지는 않았어. 그보다도——"

"여어, 레일. 이제야 카나미 형씨가 정신이 들었나 보네."

레일 씨가 대답하려 했을 때, 난폭하게 문을 열어젖히는 소리가 들려왔다.

활기찬 목소리가 방 안에 울려 퍼진다. 귀에 익은 목소리다. 절대 잘못 들을 수가 없다.

팰린크론······! 팰린크론 레거시······!

"팰린크론, '감시'하고 있었군······. 소년이 깨어난 건 사실이긴 하다만······."

레일 씨는 고개를 돌려서, 방 안에 들어온 인물을 씁쓸한 표정으로 노려본다.

나는 저주를 담아서 말을 토해낸다.

"아, 아아, 패, 팰린크론! 이 자식! 이 자식이이이이——!!"

손발이 터져 나갈 정도로 힘을 욱여넣어서 일어나려 했다. 흐트러진 마력을 억지로 긁어모아서, 〈디 오버 윈터〉를 구축하려 했다.

물론 일어설 수도 없었고, 마법도 구축되지 않는다.

그래도 눈앞의 남자를 처치하려고 몸을 움직인다.

"그렇게 화내지 마, 카나미 형씨. 자, 맛있는 걸 가져왔어. 우선 배부터 채우고 이야기하자고."

팰린크론은 안쪽의 어둠 속에서 모습을 드러내며 그 손에 들고 있던, 조리된 빵을 이쪽으로 내보이며 웃는다.

"개소리 마! 개수작 부리지 말란 말이다, 팰린크론!!"

그 경박한 태도에 끓어오르는 분노를 주체할 수가 없었다.

이 녀석만 없었더라면 모든 게 해결될 수 있었다. 이 녀석이 배신하지만 않았다면── 이 녀석이 디아를 베지 않았다면── 마지막에 이 녀석이 나타나지 않았다면──!

남쪽 나라 글리어드에서 다 같이 웃을 수 있었을 텐데──!!

그래서 더더욱 울화가 치민다. 팰린크론에게 진 것이 울화통이 터져서 견딜 수가 없다.

그 감각을 모조리 마법의 냉기로 변환해서 나를 결박하고 있는 것들을 모조리 빙결시킬 기세로 폭주시킨다. 눈앞의 남자에게 덮쳐들기 위해, 차원마법을 최대한으로 펼쳐나간다.

나를 결박하고 있는 철제 족쇄와 사슬이 떨린다.

독특한 금속음을 울리며 내 힘을 무력화하려 한다. 하지만 서서히 마력을 외부로 발산할 수 있게 되었고, 몸도 조금씩 움직일 수 있게 되었다.

"뭐야?! 삼중 마력 자물쇠에, 일반적인 족쇄보다 다섯 배 강한 족쇄를 채워놨는데! 이런 상황에서 마력을 정제해내다니, 말도 안 돼! 움직일 수 있을 리가 없어! 자, 잠깐, 둘 다 기다려봐!!"

레일 씨는 내가 내뿜는 마력의 파동을 느끼고 허겁지겁 일어서서 나와 팰린크론 사이로 끼어든다.

거치적거린다. 끼어드는 레일 씨도 거추장스러웠지만 '마력 자물쇠'와 '족쇄'도 거추장스럽다.

몸을 한계까지 비틀고, 냉기를 정제해서, '마력 자물쇠'와 '족쇄'를 파손시키려 한다.

"레일, 나한테 맡겨. 새로운 힘도 이제 슬슬 적응이 돼가고 있으니까. ——마법 〈배리어블 릴레이(계몽가의 재조율)〉."

하지만 파손되기 전에 팰린크론의 손이 내 머리에 닿는다.

"크윽, 또……!"

팰린크론의 마력이 몸속으로 흘러들어 오고, 급속하게 사고가 사라져가는 것이 느껴진다.

"단순한 의료마법이야. 진정작용밖에 없어. 자, 진정하라고, 카나미 형씨."

나는 곧바로 스테이터스를 확인한다.

【스테이터스】

상태 : 혼란 9.81 안정 0.45

진정작용밖에 없다는 말이 거짓말은 아닌 모양이다. 상태로 미루어 보아, 냉정함을 되찾았을 뿐이다. 스킬 '???'을 사용할 때만큼의 이상은 없다…… 아마도.

그렇다고 해서 분노가 모두 사라진 건 아니다.

하지만 이렇게 실빅된 상태에서 팰린크론과 싸우게 될 경우, 선수를 빼앗기면 틀림없이 패배한다는 것만은 이해할 수 있었다.

차분해진 머리가 교섭을 하는 편이 낫다고 판단한다.

그걸 눈치챈 팰린크론은, 근처에 있는 의자에 앉아 이야기를 시작한다.

"자, 시작해볼까. 즐겁고 신나는 심문 시간이야."

레일 씨는 우리의 모습을 보고 한숨을 짓고는, 불안한 얼굴로 뒤쪽으로 물러섰다.

팰린크론은 그것을 확인하고 얘기를 진행시킨다.

"지금, 카나미 형씨한테는 여러 가지 혐의가 걸려 있어. 최근 며칠 동안의 행적은 '라인'을 통해서 대충 파악해뒀으니까, 변명은 안 통해. ……뭐, 그래 봤자 최근 며칠 동안의 행적밖에 모르지만."

그리고 마치 수사 드라마 속 형사처럼, 팰린크론은 나에게 말했다.

"지크프리트 비지터라 자처하던 소년은 14일 전, 갑작스럽게 미궁 안에서 나타났어. 그래, 돌연 미궁 안에서 나타난 거야. 그게 문제야. 그렇기 때문에 이 소년의 동향은 14일 동안의 것밖에 파악할 수 없었어. 연합국 5개국의 '라인'을 모조리 확인했지만, 소년이 연합국에 들어간 기록도, 미궁으로 들어간 기록도 없어. 소년은 진정한 의미로 '미궁 안에서 나타난' 것이지."

팰린크론은 내 정체, 실체를 까발리려 하고 있다. 그건 서

두만 들어도 알 수 있다.

역으로 말하자면, 그것은 내가 쓸 수 있는 카드가 될 수도 있다.

이야기를 들으며 냉정하고 빠르게 머리를 회전시킨다.

"그 점을 근거로 연합국 상층부들은 지크프리트 비지터가 30층의 가디언이 아닐까 하는 혐의를 씌웠어. 누군가가 30층에 도달해서, 티다나 아르티 때처럼 가디언을 출현시켰다는 거지. 그리고 그 녀석이 도시에 산책하러 나온 거라는 추측이었어. 전례가 두 번이나 있었으니 그럴 만도 하지. 상층부 입장에서는 '또 나타난 거냐'고 넌덜머리가 나는 거지."

자신이 티다나 아르티와 한 패로 엮이고 있다는 걸 깨닫고, 부정한다.

"아냐……."

몬스터 취급을 받는다면 험한 꼴을 볼 게 불 보듯 뻔하다.

"부정해도 소용없어. 현재 카나미 형씨는 몬스터로 취급되고 있어. 그 '족쇄'가 바로 그 증거야."

팰린크론은 히죽히죽 웃으면서 자못 안타깝다는 척, 내 팔다리를 옭아매고 있는 '족쇄'를 가리킨다. 거기에 동요하지 않고 냉정하게 생각한 끝에 변호한다.

"나는 차원속성 마법사야……. 차원마법 중에는 〈커넥션〉이라는 마법이 있지. 그 마법을 쓰면 기록을 남기지 않고도 미궁 안에 침입할 수 있어. 난 틀림없는 인간이야……."

알려셔노 무빙힌 페와 아직 남겨둬야 할 패를 비교해보고

〈커넥션〉의 존재를 밝혔다.

될 수 있으면 감춰두고 싶은 패지만, 지금은 앞뒤를 가리고 있을 상황이 아니다.

"아니. 〈커넥션〉을 습득한 건 마리아 아가씨를 만난 뒤였어. 그건 마법상 점주를 통해서 이미 확인했어."

"……그게 어쨌다는 거지? 차원마법을 쓰면 그런 것도 가능하다는 게 중요한 거잖아."

"그렇군. 카나미 형씨는 〈커넥션〉과 유사한 차원마법을 이용해서 미궁에 침입했다는 거지? 그럼, 그 마법은——"

"가르쳐줘야 할 이유는 없을 텐데. 기록 없이 미궁에 침입할 방법은 얼마든지 존재한다는 게 중요한 거니까."

여기서는 가능성만 제시하면 된다. 내가 인간일 가능성이 있음을 주장해서, 내가 몬스터라는 단정을 내리지 못하게 하는 것이다. 그거면 충분하다.

"뭐, 알았어."

팰린크론은 체념한 듯 어깨를 으쓱거린다. 분한 기색은 찾아볼 수 없다.

여전히 목적을 알 수 없는 녀석이다. 녀석의 우선순위를 도무지 모르겠다.

단순한 쾌락주의자인가 싶다가도, 이따금씩 엉뚱한 집착을 보인다. 논리적으로 움직이는가 싶다가도, 취미라고 지껄이며 즐기려고 든다. 교섭에 충실한 녀석인가 싶다가도, 분명한 톱클래스의 전투력을 발휘한다.

먼저 종료들에 대해 가볍게 묻기로 한다.

일단 교섭의 실마리라도 찾아내야 하는 것이다.

"팰린크론…… 마리아는 어떻게 됐지……?"

"결박돼 있어."

팰린크론은 짤막하게 대답했다.

"만나게 해줘……."

결박해 있으리라는 건 이미 예상하고 있었다. 애써 침착한 척 요구를 꺼낸다.

그 말을 들은 팰린크론의 표정이 달라진다.

진지해 보이지만, 어딘가 재미있어하는 표정으로 내 요구를 거절한다.

"그건 안 돼. 귀하디 귀한 **모르모트** 두 사람을 만나게 해주는 메리트가 없어."

"모, 모르모트……?"

그 단어를 듣자, 식은땀이 흐르고 얼굴이 일그러진다.

그것은 이 세계에 온 후로 가장 두려워해온 단어다. 레벨 1이었을 때는, 그런 신세가 될 가능성이 두려워서, 한정된 행동밖에 할 수 없었을 정도다.

레벨이 올라서 그 위협이 사라진 뒤로는 뇌리에서 사라져 있었던 단어가, 이 타이밍에 튀어나온다.

"그래, 그 아가씨는 인류 최초로 가디언과 융합한 존재야. 모르모트 취급을 받는 게 당연한 거 아니겠어?"

순간적으로 마음이 일그러지고, 금이 간다. 그 금에서 피가 흐르고, 절규가 터져 나올 것만 같은 고통이 몰아친다.

"자, 잠깐! 기다려 봐, 팰린크론!"

불안과 초조감에 휩싸여서 언성을 높인다.

그것만은 안 된다. 나만 당한다면 자업자득이다. 하지만, 마리아는 아니다.

마리아는 자업자득이 아니다. 내 잘못이다.

구해내놓고 아무런 책임도 지지 않았던 내 탓이다.

안 그래도 나는 지금까지 마리아를 불행의 구렁텅이에 몰아넣어왔다. 그랬는데, 내가 또 마리아를 불행하게 만드는 것이다.

"뭐지?"

"마리아는 아직 어려! 그것도 연약한 여자애잖아! 마리아는 아무 잘못도 없어! 그러니까 마리아는 용서해줘! 마리아는 더 이상 불행해지면 안 돼!"

"하핫! 연약할 리가 없잖아? 카나미 형씨 덕분에 그 아가씨는 탐색가들이 한 다스가 덤벼도 상대가 안 될 괴물이 됐다고. 아아, 이것도 다 카나미 형씨 덕분이라니까."

"그래, 나 때문이야! 나쁜 건 나야! 하지만, 마리아는 아무 잘못도 없어! 그러니까 봐줘! 나는 모르모트가 돼도 좋아! 아까 한 말은 거짓말이야! 난 평범한 사람이 아냐! 가르쳐줄게, 가르쳐줄 테니까―― 그러니까 마리아만은!!"

자존심도 체면도 내팽개치고, 나는 절규했다.

여유 따위 없었다. 교섭 따위는 뇌리에서 사라졌다.

머릿속에 남아 있는 것은, 마리아를 행복하게 해주겠다고 했건만, 그 약속이 벌써 휴지조각으로 전락하려 하고 있다는 현실.

"카나미 형씨가 평범한 사람이 아니라고? **그 정도는 이미 알고 있어.** 그리고, 아가씨 대신 모르모트가 되겠다고? 무슨 얼빠진 소리를 하는 거야. 둘 다 모르모트야. 둘 다 조사해봐야 할 거 아냐?"

팰린크론의 대답을 들으니 나락의 구렁텅이에 빠진 것 같은 기분이었다. 높디높은 구름 위에서 맨몸으로 급강하하는 것과도 같은 공포.

냉정해진 것 같다고 생각했지만, 전혀 냉정해지지 못했다는 걸 깨닫는다.

팰린크론에게 패배한 순간, 모든 건 이미 결정된 거나 마찬가지였다. 나와 마리아는 팰린크론의 손아귀에 들어가고, 우리의 자유는 없어진 것이다. 교섭의 자유도 없다. 그렇게 정해졌다.

"아, 아아아, 아아아아……."

자책하는 마음에 휩싸여 신음한다.

이대로 가다가는 마리아가 모르모트 신세가 된다.

모두 다 내 탓이다. 나 자신의 위안을 위해 마리아를 구한 것이 모든 일의 원흉이다.

어리석게도 손을 내밀고 말았고—— 그 결과, 마리아는 노예 신세로 죽는 것보다도 더 끔찍한 처지에 빠지게 되었다.

모르모트. 짧은 지식이지만 인간보다도 노예보다도 존엄성을 무시당하는 존재라는 것만은 안다.

그런 나락에 빠지게 만든 건, 누구 탓인가?

나다. 나만 없었더라면, 일이 이 지경이 되지는 않았을 거다.

내가 주위 사람들을 불행에 빠뜨리고 있다. 내가 마리아를 미궁에 데려가지만 않았더라면, 아르티가 마리아를 점찍을 일도 없었을 것이다. 이렇게 나와 같이 결박당할 일도 없었을 것이다.

생각해보면 디아 역시 마찬가지다. 나와 얽히지 않았더라면 팔을 잃을 일도 없었다. 내가 미궁에 끌어들인 두 사람은 하나같이 불행해졌다.

괴롭다. 나 자신의 일만 해도 불안해서 견딜 수가 없는 마당에 남들까지 얽히게 되니, 그 불안감이 몇 배로 부풀어 오른다.

안 된다. 이대로 가면, 더는 견디지 못한다. 스킬 '???'가 발동하고 만다.

사고방식을 바꾸자. 좋았던 기억을 떠올려라.

아직 끝난 게 아니다. 절망하기에는 이르다.

나에게는 동료들이 있다. 아직 라스티아라가 있다.

그녀만은, 가슴을 펴고 "구해냈다"라고 말할 수 있다. 내가 있어서 다행이라고 당당하게 말할 수 있다.

그런 그녀가 무사하다. 그리고 그 실력과 성격은 충분히 보증할 만 하다. 컨디션이 회복되고, 나와 마리아의 상태를 알게 되면, 구하러 달려올 게 틀림없다.

아직 끝난 게 아니다……!

한탄을 멈추고, 심호흡을 거듭하고, 이 상황을 타개하는 데 필요한 정보를 머릿속에서 수집한다.

"음, 아깝게 됐는데. 아직 희망은 있다는 건가. ——주인 일행 말이군."

그것을 본 팰린크론은 무표정한 얼굴로 뇌까리고는, 내 마음을 뒤흔들려는 듯 말을 건넨다.

"자, 주인 일행이 과연 구하러 와줄까? 주인도 사도도, 당장 완쾌하기는 힘들 텐데 말야."

내 희망을 짓밟으려 하는 의도를 곧바로 알 수 있었기에, 지지 않고 맞받아친다.

"하인 씨도, 레이디언트 씨도 있어……."

"아니, 하인은 죽었어."

"——주, 죽어?"

팰린크론은 짤막하게 죽었다는 말만 건네고, 다른 이야기로 옮겨가려 한다.

"세라는 주인과 사도를 호위하느라 움직이기 힘들겠지. 하인이라는 최강의 패를 잃은 주인 일행으로서는, 카나미 형씨를 구하러 올 수단이 없어."

아무 일도 없었다는 듯 이야기를 이어간다.

하지만, 뒤쪽의 이야기는 내 머릿속에 들어오지 않는다.

"자, 잠깐. 하인 씨가 죽었다고⋯⋯?"

"그래, 그 바보는 목숨을 바쳐서 세 사람이 도망칠 시간을 벌어줬어. 그리고, 죽었지."

팰린크론은 다시 한 번 짤막하게 말했다.

평정심이 무너져가는 게 느껴진다. 심장의 고동이 거세어지고, 끈적끈적한 땀이 쏟아진다.

팰린크론의 말을 믿을 이유는 없다. 원수의 말을 믿는다는 것 자체가 난센스다. 하지만, 내 의사와는 딴판으로 호흡은 점점 얕아지고 가빠져간다.

"하, 하하, 허⋯⋯. 하인 씨가 죽었다고? 그 하인 씨가?"

은근히 하인 씨의 강함을 언급함으로써, 팰린크론의 말을 반박하려 한다.

『셀레스티얼 나이츠』 중에서도 1, 2위를 다투는 실력의 소유자인 하인 씨가 죽었을 리가 없다고 믿는다.

"그래, 죽었어. 하인은 대성당에 도착했을 때부터 이미 한계 상황이었지. 그냥 그런 거야."

하인 씨의 죽음에 대한 이야기를 할 때만은 팰린크론의 얼굴에서 웃음기가 사라졌다.

"거짓말 마. 그런 걸 누가 믿을 줄 알고——"

"하인은 죽었고, 페데르트의 음모는 아직도 계속되고 있어. 그런 상황에서 주인 일행이 구출하러 와주기를 바라는 건 너무 가혹한 거 아냐?"

구출의 가능성이 낮다는 것을 지적한다. 그리고 안 좋은 소식은 그뿐만이 아니라는 듯 이야기를 이어나간다.

"오히려 구하러 가야 하는 건 카나미 형씨 쪽이야. 후즈야즈에서 공주님을 납치한 용사님으로서, 책임지고 주인 일행을 구하러 가야 하지 않겠어? 안 그러면 주인 일행은 머지않아 후즈야즈의 손에 떨어질걸?"

맞는 말이다.

라스티아라 일행을 대성당에서 끌어냈다고 해서 모든 게 다 끝난 것은 아니다. 오히려 도주 생활이야말로 진정한 시작이라 할 수 있다.

원래는 내 〈커넥션〉을 활용해서 도주 생활을 용이하게 만들 예정이었다. 하지만 지금, 라스티아라 일행 곁에는 내가 없다.

아무리 라스티아라가 사기적인 위력을 지니고 있다 해도, 국가의 장기적 인해전술에 대응할 수단을 갖고 있으리라는 보장은 없다. 어쩌면 라스티아라와 디아는 당장 내일이라도 후즈야즈에 붙잡혀버릴지도 모른다.

"과연 그 어수룩하고 세상 물정 모르는 세 사람의 힘만으로 후즈야즈의 추격자를 따돌릴 수 있을까? 잔꾀를 부릴 수 있을 만한 녀석이 한 놈도 없는데?"

팰린크론은 심술궂은 미소를 지으며 일어선다.

그리고 이야기를 계속하면서 천천히 어두운 방 안쪽으로 이동한다.

"나도 '구열 그루스'와 '사드' 포획에 참가하고 싶은 심정

이지만, '영웅'과 '하프 가디언(반수호자, 半守護者)'이 손에 있는
이상, 너무 큰 욕심은 안 부릴 생각이야. 실험재료는 이 정
도면 충분하니까."

철벅, 하고 살점과 물이 뒤엉키는 소리가 들려온다. 물리
적으로 공포심을 불러일으키는 소리다.

팰린크론은 방 한쪽 구석에서 뭔가를 손에 들고, 천천히
이쪽으로 다가온다.

어두워서 잘 보이지 않는다. 둥그런 무언가를 들고, 팰린
크론은 자리에 앉았다.

"우선 하인의 유해를 유익하게 활용해볼까."

그리고 팰린크론은 그 둥그런 물체를 촛불에 비추어, 내
게 똑똑히 보여주었다.

──그것은 인간의 머리였다.

금발 미남의 머리가 평온한 표정으로 잠들어 있다.

몰라볼 리가 없다. 하인 헤르빌샤인의 머리다.

"아, 아아아아, 아아아악……!"

선명한 금발이 눈까지 늘어져 있고, 뺨에는 수많은 찰과
상의 흉터가 나 있다. 입가에서는 빨간 피가 흐르고── 그
리고, 목 아래가 없다.

환상적으로 아름답고, 무자비하리만치 생기가 없는 죽은
이의 목이다.

"하핫, 여기 있는 '재료'를 사용하면 라스티아라 후즈야즈
를 뛰어넘는 존재를 만들어내는 것도 꿈은 아냐. 더 이상 주

인이나 사도와 얽힐 이유는 없겠군!"

펠린크론은 하인 씨의 머리를 '재료'라고 말했다.

그 '재료' 중에는, 분명 나와 마리아도 포함되어 있을 것이다.

모르모트로서의 명확한 활용 방안을 알게 되는 바람에, 내 얼굴이 일그러졌다. 거울 없이도 알 수 있다. 공포와 비통함 때문에 내 얼굴은 눈 뜨고 볼 수 없을 만큼 일그러져 있을 게 틀림없다.

나의 쓸데없이 얕고 넓은 지식이 상상력을 작동시킨다.

눈앞에 있는 목을 보니 해체와 해부의 광경이 떠오른다.

어린 시절, 학교 교과서에서 본 개구리의 해부 사진이 뇌리를 스치고, 그 개구리를 나 자신으로 치환하게 되고, 목 구멍 너머에서 작은 비명이 솟구친다.

——나도…… 하인 씨처럼 죽게 되는 건가……?

가족도 없는 이세계에서, 인간의 존엄성까지 짓밟힌 채 죽고 마는 건가?

그것도, 행복하게 해주겠다고 맹세한, 여동생과 쏙 빼닮은 소녀까지 길동무로 삼아서?

지켜주려고 했던 라스티아라와 디아를 남겨 두고, 미련만 남긴 채로 죽고 마는 건가?

——죽는다……?

눈앞에 들이닥친 하인 씨의 머리가 종말을 실감하게 한다.

종말. 한마디로 죽는다는 것.

죽는다. 죽는다. 죽는다.

죽음 ———

【스킬『???』가 폭주했습니다】
일정량의 감정을 대가로 신경을 안정시킵니다.
혼란에 +1.00의 보정이 붙습니다.

죽음을 두려워하는 마음이 그것을 발동시킨다.
지금의 나에게 그에 저항할 힘 따위는 없었다.
그리고 **아직도 폭주는 그치지 않는다.**
스킬 '???'의 설명문은 **이어진다.**

【스테이터스】
상태 : 혼란 10.82 안정 0.12

혼란의 수치가 내가 직감적으로 기피해왔던 10.00을 넘
어서고 ———

【스킬『???』가 폭주했습니다】
혼란이 10.00에 도달, 스킬『???』의 한계를 초월했습니다.
축적된 혼란이 원래 감정으로 바뀌어『환불』됩니다.

———모든 것이 환불된다.

"어, 어? 아, 아아, 아아……——"

화, '환불'……?

처음 보는 '표시'가 망막에 투영된다. 좀처럼 그 의미를 이해할 수 없었다.

하지만, 이해하기 전에 실감할 수밖에 없었다.

모든 것들이 **무너진다**.

사고가 탁류에 휩쓸린다. 수많은 부정적 감정들이 휘몰아친다. 과거 언젠가 느꼈었던 것과 같은 감정들이 **돌아온다**. 『배신당하고, 사나운 짐승 앞에 내팽개쳐졌던 때의 절망』이 덮쳐든다. 『이세계에 홀로 남겨진, 세상의 종말과도 같은 고독감』에 휘감긴다. 『소중한 사람을 잃을지도 모른다는 초조감』이 들끓는다. 『악독한 수단에 농락당한 굴욕감』이 상기된다. 『부당한 폭거에 휘말렸을 때의 스트레스』가 나를 좀먹는다. 『자신의 세계가 강제적으로 뒤바뀌어버린 불쾌감』에 휩싸인다. 『강력한 존재 앞에 섰을 때 느낀 죽음의 공포』가 등골을 얼어붙게 만든다. 『마법에 의한 수많은 정신 오염들』이 재발한다. 『라스티아라에 대한 연심』이 다시 타오른다.

죽음에 직결될 만한 감정들이 한꺼번에 모조리 반납된다——

"아, 아아, 아아아아아아가아아아가가아악————!!!!"

절규한다.

단순히 반납만 되는 게 아니다.

이자까지 붙은 채 강제적으로 환불된 것이다.

그 모든 감정들이 뒤얽혀서, 서로가 서로를 부채질하고 있었다. 단순한 덧셈이 아니다. 곱셈의 속도로 팽창한 부정적 감정이, 내 마음을 빼곡하게 채워나간다.

그날, 처음으로 이세계에 들어와서 미궁 속을 헤매고, 남에게 속고, 늑대에 잡아먹히기 직전의 감정까지 모조리 되돌아오고, 거기에 오늘까지 나를 괴롭혀왔던 부정적 감정들이 모조리 더해져서 몰아친다.

그것은 한 인간의 허용량을 아득히 초월하는 용량이었다.

"뭐, 뭐야. 카나미 형씨, 갑자기──"

"아아아악!! 시, 싫어, 싫어싫어, 이제 싫어! 대체 왜! 대체 왜, 도대체 왜 이렇게 된 거야!! 내가 뭘 잘못했다는 거야?! 도대체 왜, 도대체 왜냐고오오오오오──!!"

펠린크론이 뭔가를 말하고 있다. 멀리서 어렴풋이 목소리가 들린다.

하지만 그것을 알아듣고 이해할 여유 따위는 없었다.

──수, 숨이 턱 막힌다.

이렇게 잔뜩 공기를 빨아들이고 있건만, 가슴이 조금도 차지 않는다. 편해지지 않는다.

횡격막이 경련한다. 경련할 때마다 허파 속 공기가 새어 나온다. 산소를 소실하고, 당황해서 다시 허파를 움직이다 보니 더더욱 횡격막이 경련한다. 그러다가 그것은 경련의 수준을 뛰어넘을 정도로 격렬해져서, 고통이 몰아치고, 온몸이 격통에 신음하며 괴로워한다.

"카, 카나미 형씨에게는 하인의 시체가 그렇게 심각한 타격이었나……?! 아니, '죽음' 그 자체가 금기였던 건가……?!"

목소리가 빠르게 들리고, 세계 자체가 빨라진 것 같은 느낌에 휩싸인다.

그러는 동안에도, 불안이 더해지면 더해질수록 대량의 땀이 흘러나와서, 달아오르지도 않은 몸에서 열을 앗아간다.

그렇다. 몸이 뜨거운 건 아니다. 그건 확실하다. 그렇건만, 어째선지 두뇌가 뜨겁다고 느껴져서, 땀이 멈추지를 않는다. 질척질척하게 달아오른 부정적 감정을, 두뇌가 열로 착각하는 건지, 그것을 식히려고 땀이 폭포수처럼 그칠 줄 모르고 흘러내린다.

마치 펄펄 끓는 기름을 강제로 마시고, 살이 에일 듯이 차가운 물로 샤워를 하고 있는 것 같은 감각이다.

견디기 힘들다. 견딜 수가 없다. 지금 당장 의식을 잃고 싶건만, 고통 때문에 그럴 수도 없다.

힘을 주면 아프다는 걸 알면서도 몸이 망가져가는 것을 견딜 수가 없어서, 저도 모르게 힘이 들어간다. 어금니를 악물고, 고개를 한계까지 뒤튼다. 비유가 아니라, 정말로 눈알이 튀어나올 것만 같다.

괴로워, 괴로워, 괴로워.

죽을 만큼 괴로워——!

정말 죽고 말 거야——!!

"큭, 낡잖아, 소년은 대용품이 없는 존재니까, 찬찬히 깎아나가기로 한 것 아니었나, 팰린크론?! 이대로 가다가는 소년의 마음이 망가져버리겠어!!"

"알았다니까! 알았으니까 잠깐 좀 닥치고 있어, 레일! 칫! 설마, 티다의 정신마법을 치료에 사용하는 신세가 될 줄이야!"

아, 아아아, 아아, 사람은——

사람이라는 건, 정신상태의 영향만으로도 이렇게 죽을 듯 괴로워지는 건가?

드라마나 영화에서 불행한 신세를 겪고 쇼크 상태에 빠진 등장인물을 여럿 보아왔다. 더없이 힘들어 보이기는 했지만, 나는 그것을 믿지 않았다.

마음의 문제만으로도 이렇게 괴로워질 리가 없다고 생각했었다.

하지만 아니었다. 나는 미숙했기에, 같은 신세가 되기 전에는 알 수가 없었던 것뿐이다.

그건 전혀 과장이 아니었다.

당장이라도 호흡이 멎어버릴 것만 같다. 심장이 망가져버릴 것만 같다. 격통 때문에 의식이 아득해진다. 괴로워서 목을 쥐어뜯고 싶어진다. 그러다가 경동맥이 터지는 한이 있더라도—— 죽음으로 이 고통에서 헤어날 수만 있다면, 지금의 나는 죽음을 향해서라도 손을 뻗을 것만 같다.

아, 아아, 죽음, 죽는다, 그거다. 죽으면, 편해진다. 편해질 수 있다…….

나는 '죽음'이라는 희망을 향해 손을 뻗었고——

【스킬『???』가 폭주했습니다】
일정량의 감정을 대가로 신경을 안정시킵니다.
혼란에 +1.00의 보정이 붙습니다.

목으로 손을 뻗으려던 손이 경직된다.
아, 어어, 어?
나는 괴롭단 말이다. 편히 쉬게 해줘.
더는 싫어. 그러니까, 죽게 해줘——

【스킬『???』가 폭주했습니다】
일정량의 감정을 대가로 신경을 안정시킵니다.
혼란에 +1.00의 보정이 붙습니다.

하지 마, 제발 그만해…….
그런 짓을 해봤자 소용없다. 그것도 모르는 거냐……?
아무리 스킬 '???'를 열 번을 중첩시킨다 해도, '환불'된
부정적 감정을 완전히 지울 수는 없다. 왜냐하면, 이자로 받
은 부정적 감정이 여분으로 남으니까.

【스킬『???』가 폭주했습니다】
일정량의 감정을 대가로 신경을 안정시킵니다.

혼란에 +1.00의 보정이 붙습니다.

【스킬『???』가 폭주했습니다】

일정량의 감정을 대가로 신경을 안정시킵니다.

혼란에 +1.00의 보정이 붙습니다.

【스킬『???』가 폭주했습니다】

일정량의 감정을 대가로 신경을 안정시킵니다.

혼란에 +1.00의 보정이 붙습니다.

이대로 가면 다시 '환불'이 발생해서, 부정적 감정의 이자가 더 늘어날 뿐이다.

의미가 없다.

그런 것도 모르는 거냐?

아아, 아아……. 아아아아아, 한마디로…….

……한마디로, 이 스킬 '???'는 불량품인 것이다.

또 '환불'이 시작되고 말 거야……!

【스킬『???』가 폭주했습니다】

일정량의 감정을 대가로 신경을 안정시킵니다.

혼란에 +1.00의 보정이 붙습니다.

【스킬『???』가 폭주했습니다】

일정량의 감정을 대가로 신경을 안정시킵니다.

혼란에 +1.00의 보정이 붙습니다.

【스킬『???』가 폭주했습니다】

일정량의 감정을 대가로 신경을 안정시킵니다.

혼란에 +1.00의 보정이 붙습니다.

틀렸다.

다시 한 번 그 부정적 감정의 덩어리가 '환불'되면 버티지 못한다.

나는, 이제——

"——마법 〈배리어블 다운〉! —— 마법 〈배리어블 릴레이〉!!"

팰린크론의 목소리가 스킬 '???'를 되밀어낸다.

조금이나마—— 아주 조금이나마, 늪과 같은 어두운 나락에 희미한 빛이 들어온다.

"카나미 형씨! 희망을 가져. 죽으면 우리가 곤란하다고!!"

가장 증오스러운 남자가 내게 "희망을 가져"라며 소리치고 있다. 막대한 마력을 투입해서, 내 정신을 구하기 위해 마법을 구축하고 있다.

팰린크론이 남들처럼 필사적으로 애쓰는 모습을 본 건 처음이었다.

"절망하지 마! 아직 끝난 게 아냐! 의식을 유지해! 내 이야기를 좀 들어!!!!"

팰린크론의 마법이 내 의식을 세계와 이어 붙인다.

꺼림칙하고도 강력한 마력이 내 몸으로 흘러들어 온다. 하지만, 그 마력이 내 몸을 집어삼키려는 부정적 감정을 씻어내주고 있었다. 팰린크론의 마력이 흘러들어 오면서, 온몸의 고통이 누그러지는 게 느껴졌다. 불안이 사라지고, 심장 박동이 안정되고, 땀이 멎어간다.

미약하게나마 사고에 여유가 생긴다.

"아, 아……."

아슬아슬하게 정신을 재정비할 수 있었다.

"허억, 허억……. '제20의 시련'은 이제부터 시작인데, 내가 좀 지나치게 겁을 줬나……?"

살짝이나마 눈을 떠서, 여유가 없이 거칠게 숨을 몰아쉬는 팰린크론을 본다.

당혹스러운 기색을 감추지 못한 채, 이마의 땀을 훔치고 있다. 뒤에서 대기하던 레일 씨도 마찬가지다.

"패, 팰린크론, 소년이 이런 지경이 됐는데도 실행할 수 있는 거냐?"

"예정보다 완곡하게 조정하는 수밖에 없겠어. 희망을 많이 주는 쪽으로 조정하지 않으면, 카나미 형씨의 정신이 먼저 괴사하고 말 것 같으니까."

'실행', '조정'이라는 단어가 귀에 들어온다. 하지만 그걸 분석할 만한 여유는 없다.

죽음의 공포는 사라졌지만, 여전히 몸은 꼼짝도 할 수가 없다. 정신이 소모되는 동시에 육체 역시 한계에 다다를 정도로 소모되어버린 것이다.

내 정신을 안정시키고 있던 팰린크론의 마력이, 이번에는 내 정신을 농락하려고 몸속을 휘젓는다.

조금 전까지의 연명을 위한 마력이 아니라, 팰린크론다운 불쾌한 마력이다.

"끄윽……."

목숨을 부지하더라도, 팰린크론에게 농락당하는 건 받아들이기 힘들다. 온몸으로 거기에 저항하려 한다. 하지만 아무것도 할 수 없었다. 결박당해 있는 상태라는 것도 한 원인이었지만, 무엇보다 조금 전에 스킬 '???'를 연발한 탓에 심신이 다 같이 망가져 있었던 것이다.

힘을 주려 애쓰는 나를 보며 팰린크론은 곤혹스러운 표정으로 말한다.

"카나미 형씨, **이걸** 받아들여……. 받아들이기만 하면, 마리아 아가씨는 살려줄게. 반드시 살려주겠다고 약속하지……."

곤혹스러워한 끝에, 팰린크론은 "마리아를 살려주겠다"고 말했다.

죽을 것만 같은 정신을 억지로 일깨워서 대꾸한다.

"아, 아아……. 그, 그 말을 믿으라는 거냐……."

"거짓말은 안 해. 약속하지. 아까도 무심코 말했지만, 카나미 형씨가 죽으면 우리가 곤란해진다는 건 정말이야. 카나미 형씨가 죽을 각오로 저항하면, 우리가 엄청나게 곤란해져. 그러니까 자살하지 않겠다고 약속하면, 그 대신 마리아 아가씨를 살려주겠다는 이야기야."

팰린크론은 평소처럼 사람을 얕잡아보는 말투가 아닌, 진지한 말투로 이야기한다. 아무래도 조금 전 스킬 '???'의 폭주가 예상 이상으로 팰린크론의 생각을 크게 바꿔놓은 것 같다.

"그런 말을 누가 믿을 줄 알고⋯⋯? 하지만, 나는 이미——"

아무리 팰린크론이 태도를 바꾼다 해도, 절대로 녀석을 신뢰할 수는 없다. 하지만 상황이 이렇게 된 마당이니 그 감언이설에 응하는 수밖에 없었다.

"이미, 그것밖에 없어."

마음 같아서는 내가 죽으면 곤란하다는 팰린크론을 상대로 목숨 걸고 약 올려 주고 싶은 기분이다. 하지만 마리아를 끌고 나온 이상 그것도 불가능하다. 내게는 마리아를 위해서 최선을 다해야 할 의무가 있다.

그렇기에, 마지막 힘을 쥐어짜서 위협한다.

"자, 잘 들어, 팰린크론! 만에 하나라도 약속을 어기면, 너를 죽일 거다! 기필코 죽여버릴 거다! 무슨 일이 있어도 죽이고 말 거다! 죽여버릴 줄 알란 말이다——!!"

"이런 상황에서도 그냥 죽이겠다는 말밖에 못 하는 걸 보면 카나미는 정말 착한 녀석이라니까. 아니, 이건 진심으로 하는 소리야."

하지만 팰린크론은 태연한 얼굴로 그것을 받아넘긴다. 오히려 내 협박을 듣고 안심하는 기색이다.

그리고 최후의 힘까지 상실한 나는, 이제 눈을 뜨고 있을 기력조차 없었다.

"마리아 아가씨에 대해서는 더는 걱정 안 해도 돼. **아르티 누님과 한 약속도 있으니까**……. 뭐, 카나미 형씨가 원하는 형태로 살려줄 수는 없겠지만……."

의식이 멀어져간다.

아마도 이제부터 팰린크론은 내 혈육 구석구석에 이르기까지 정신마법을 침투시킬 것이다. 예전의 라스티아라나 하인 씨와 같은 상태가 될 것이다.

"내 마음을, 건드리는 거냐……?"

몽롱한 의식 속에서 모기만 한 목소리로 확인을 취한다.

"그렇게 걱정할 것 없어. 아이카와 카나미의 근본은 건드리지 않을 테니까. 그건 내 입장에서도 중요한 거거든. 힘의 방향성을 약간 틀어서, 살짝 착각하게 만들어주는 것뿐이야."

'살짝' 좋아하시네.

그 '살짝' 덕분에, 수많은 사람들이 끔찍한 고생을 하지 않았던가…….

"하인 씨처럼 되는 거야……?"

"아니, 하인이랑은 좀 달라. 굳이 표현하자면, 아르티 누님이나 마리아 아가씨에게 한 것 같은 부류라고나 할까. 그것보다 강하고, 『어둠의 이치를 훔치는 자』의 힘까지 보탤 거지만."

"네, 네놈은……!"

생각지도 못한 곳에서 팰린크론의 여러 악행들이 드러난다. 아르티에게까지 손을 뻗쳤다는 말에, 충격과 동시에 분노를 느낀다.

하지만 맞서 싸울 힘은 없다.

팰린크론의 마력만이 부풀어 오르고, 그 마력이 내 안으로 흘러들어 온다.

"자, 그럼 시작해볼까. 우선 카나미 형씨의 스킬, 이게 너무 거추장스러워."

온몸에 팰린크론의 마력이 침투해 와서, 내 자유의지가 사라져간다. 몸의 주인인 나의 허가도 받지 않고 팰린크론의 마수가 정신을 건드린다.

『어둠의 이치를 훔치는 자』의 힘이 더해진 그 마력은, 예전에 티다가 쓰던 마법보다도 더 강력해져 있었다.

짧게도 길게도 느껴지는 시간 끝에, 눈꺼풀 안쪽에 '표시'가 나타난다.

【스킬 『???』가 봉인되었습니다】
【스킬 『???』가 봉인되었습니다】

가능한 한 의식을 유지하고 싶었지만, 이제 한계다.

가까이서 들리는 건지 멀리서 들리는 건지 알 수 없는 목소리가 들려온다.

"후우……. 이제 성가신 고유 스킬은 전부 해결됐어. 카나미 형씨가 절망하고 있는 덕분에, 손쉽게 마법이 먹혀 들어가는군. 하지만 그래도 '대가'는 뼈아픈데."

'표시'도 목소리도 정보로서 뇌에 전달되기는 할지언정, 그 의미까지는 이해할 수 없다.

마치 며칠 동안이나 잠들지 못했던 것처럼 졸려서 견딜 수가 없다…….

"자, 그럼 다음은——"

의식이 졸음의 나락에 떨어지고 가라앉는다.

저항 따위는 불가능했다. 가라앉으면서 스스로의 스테이터스를 확인하는 게 고작이었다.

【스테이터스】
혼란 : 7.29 기억변경 : 2.00 정신오염 : 2.00 인식장해 : 2.00
봉인 : 4.00

너무하잖아.

자신의 '상태'를 보고, 팰린크론의 꼼꼼함에 기가 막힐 따름이다.

그리고, 그것을 마지막으로 의식을 완전히 놓고 말았다.

——이렇게 해서, 이세계에서의 내 싸움은 끝났다.

싸운 기간은 2주일. 미궁 탐색의 성과는 24층까지.

14일째인 성탄제의 마지막에 『어둠의 이치를 훔치는 자』에게 패배.

팰린크론 레거시에게 사로잡히는 신세가 됐다.

결국 스킬 '???'는 열 번 이상 사용해서, 모든 것을 '환불' 받고 말았다. 동료인 마리아는 나와 함께 사로잡혔고, 라스티아라와 디아는 소식 불명.

……이것이 지금까지 쌓아온 모든 것을 '청산'한 결과.

평범한 고등학생인 내가 이세계에 헤매어 들어와서, 있는 힘껏 싸운 결과.

의식을 잃고, 어둠의 밑바닥으로 곤두박질치면서, 그 한심스러운 결과에 자조한다.

──아아, 어떻게 했으면 더 잘할 수 있었던 걸까…….

다른 누군가에게 묻는 게 아니다. 대답을 기대한 게 아니다.
단순한 혼잣말.

"──, ──. ────!"

그랬건만, 어둠 속에서 대답이 돌아온 것 같은 느낌이 들었다.

누구의 목소리인지 생각해볼 여유도 없었다.

하지만 더없이 그리운…… 더없이 소중한 목소리였던 것 같은 느낌이 들었다…….

◆ ◆ ◆ ◆ ◆

이제 지금이 언제인지도 알 수 없다. 여기가 어디인지도 알 수 없다.

그런 새까만 공간에서, 홀로 반성의 시간을 갖는다.

──나는 실패했다.

결국 내 패인은 무엇이었을까.

전투 면에서는 별다른 문제가 없었다고 생각한다. 미궁 공략에도 별문제는 없었을 터였다.

………….

알고 있다…….

실패한 것은 인간과 인간의 접촉.

나는 누구에게도 마음을 열지 않았다. 이용하려고 하기는 했을지언정, 도움을 구하려고 한 적은 없었다. 마음을 열 필요성을 느끼지 못했기 때문이다.

그런 방침의 결과, 나는 몇 번이나 마음의 여유를 잃었다.

쓸데없이 스테이터스를 보는 능력을 갖고 있었기에, 자신이 남들보다 강한 존재라고 착각한 게 문제였다. 내 처지를 타개할 수 있는 건 나 자신뿐이라는 생각에, 타인에게 의지하려는 발상을 하지 못했다. 마리아는 물론이고, 디아와 라스티아라조차 어차피 나보다 약한 존재라고 얕잡아보고 있었다. 그들을 도와주기는 할지언정, 도움을 받을 일은 없을 거라 단정 짓고 있었다.

이제는 알 수 있다.

나는 다른 사람과 의논하고, 약한 모습을 더 드러냈어야 했다. 거짓 없는 솔직한 감정을 더 드러냈어야 했다. 가장 이상적인 상대는, 아마 술집의 점장님이나 크로우 씨 정도 였으리라.

확고한 자아를 갖고 있는 어른과 의논했더라면 분명 다른 결말을 맞이할 수 있었을 것이다.

재능 넘치는 젊은 사람과만 교류를 맺느라 자신의 허용량을 초과한 것도 한 원인이었다.

재능이 넘치는 사람일수록 어딘가 정신적인 결함을 안고 있는 법인 것 같다. 더 견고한, 재능은 평범하더라도 믿음 직한 존재를 찾았어야 했다.

그래야 했건만, 동료들과 마음을 나누지도 않은 채 헛되이 나날을 보내는 바람에, 그 부담이 성탄제라는 한 날에 모조리 집약시키는 결과를 빚고 말았다.

부담을 떠안은 시점에서, 그날, 무슨 수를 써도 라스티아라나 마리아, 어느 한쪽은 구할 수 없는 운명이 결정지어진 것이다.

요컨대 외통수에 걸린 것이다. 구할 수 없는 쪽을 억지로 구하려고 하다가 팰린크론에게 빈틈을 찔려서 끝.

——끝. 나의 패배다.

············.

……………………….

…………………………….

……다만, **만약에.**

만약에 다음 기회가 있다면, 두 번 다시 그런 실패는 하지 않는다. 절대로 하지 않는다.

마음을 열고, 사람을 믿고, 거짓말을 하지 않는다.

'아이카와 카나미'로서 살고 말 것이다.

'지크프리트 비지터' 따위의 가짜를 이용해 도망치지 않을 것이다.

그렇게 맹세한다.

다음에는 기필코── 길을 잘못 들지 않겠어──!

이제 두 번 다시── 절대로──

절대로──…….

하지만, 그 맹세는 어둠 속으로 사라져간다.

다음 기회가 있다 해도, 나는 그 맹세를 기억할 수 없을 것이다.

그래도 나는 맹세한다. 맹세하지 않고는 견딜 수가 없었다.

나를 기다릴 여동생을 위해, 구해주지 못했던 동료를 위해서, 그리고 나 자신을 위해서도, 어둠 속에서 거듭 맹세한다.

──그리고, 그 맹세가 있는 한, 이야기는 종막을 맞이하지 않는다.

수레바퀴는 아직 돌고 있다.

소원을 이룰 때까지, 굴러 내려가는 그 바퀴 소리는 멈추지 않는다.

당연한 일이다. 아직 나는 최심부에 도달하지 못했으니까.

미궁의 존재 이유. 세계의 구조. 내 힘의 원천. 아득한 과거의 기억.

무엇 하나 알아내지 못했다──그렇기에, 계속된다.

'지크프리트 비지터'는 '아이카와 카나미'가 되어 모든 걸 다시 시작하게 된다.

라우라비아로 바뀐 무대에서, 스스로의 소원을 잊어버리고, '시련'의 감옥에 갇힌 채── 이어진다.

내 미궁 탐색은, 아직 끝나지 않았다──

후기

죄송합니다.

언제나 해피엔딩을 꿈꾸는 와리나이 타리사입니다.

이제야 본편 쪽이 여러 가지 의미로 일단락되었습니다. 참고로 이 3권의 종반이 마치 인생의 종말처럼 보일지도 모르지만, 이야기는 계속됩니다. 아직 한참 더 계속됩니다. 아니, 최심부에 다다를 때까지 계속하고 싶습니다. 보잘것없는 이야기입니다만, 제발 계속하게 해주세요(절실). 부탁이에요…….

……이렇게 사죄로 후기를 시작할 거면, 차라리 처음부터 이야기를 이런 식으로 구성하지 않았으면 될 것 아니었냐고 생각하는 분들도 계시겠지요. 하지만, 그래도 원래 제가 쓰고 싶었던 것은 이런 이야기였습니다. 사기적 능력을 지닌 채 이세계 소녀와 함께(이게 중요) 웃고 울고, 이기고 지고, 순조롭게 풀릴 때도 있는가 하면 뜻대로 되지 않을 때도 있는——그런 이야기를 쓰고 싶었습니다.

여기부터는 분위기를 바꾸어 밝은 후기를 써볼까 합니다. 왜냐하면 4권은 다른 무대에서, 다른 이름으로 시작되는 새로운 이야기, 다시 태어난 주인공 아이카와 카나미의 대활약을 기대해주시길! 이런 식의 내용이니까요.

본편에도 나와 있습니다만, 다음 모험의 무대는 발트도 후즈야즈도 아닌 라우라비아라는 나라입니다. 모처럼 이세계에 왔으니, 다양한 나라를 여행시키고 싶다는 생각 끝에 나온 결과였죠. 연합국 5국 정도는, 언젠가 주인공이 전부 경험하게 해줄 생각입니다. 물론 각지의 귀여운 여자아이들과 행복한 시간도 보내게 해줄 것입니다. ……카나미는 좋겠네.

물론 4권에는 새로운 히로인과 새로운 가디언도 등장하니, 그 점도 기대해주세요. 새로 등장할 히로인은 인터넷판 독자 인기 투표에서 1위를 거머쥔 소녀랍니다. 새로운 가디언의 인기는 이해가 갑니다만, 그녀의 인기 비결은 아직도 수수께끼예요. 만약에 4권이 나올 수 있게 된다면, 표지는 그녀가 장식하게 될까요? 3권의 마리아와는 달리 그녀의 경우는 어떤 표정을 지을지조차 상상이 안 갑니다.

그리고 3권 표지 이야기가 나왔으니 말인데…… 저는 마리아가 웃으며 피눈물을 흘리는 모습을 원했습니다만, 당연하다는 듯 꾸중을 들었습니다. 하지만 그 대신, 그보다 더 근사한 표지가 나온 것 같습니다. 제가 좋아하는 의미심장한 부분이 많아서, 이렇게 아름다운 일러스트를 그려주신 우카이 씨 앞에서는 고개를 들지 못할 지경입니다. 뺨을 붉힌 채 불에 꽃을 바치는 마리아, 그 뒤에서 의자에 앉아 있는 주인공. 그가 힘없이 앉아 있는 건 제 요청이었습니다. 이 점을 비롯해서, 아무리 감사해도 모자랄 지경입니다. 아마 저뿐만이 아니라 마리아도 이 근사한 표지를 보면 만족해주겠지요. 그야말로 '마리아의 행복'이 담겨 있는 표지니까요. 마리아 승리 버전의 특전을 기대하신 분들이 원하시던, 바로 그 그림입니다. ……마리아는 좋겠네.

마리아와 표지 덕분에, 후기의 분위기가 정말로 밝아지기 시작했군요. 지금처럼 순조롭게 책이 나올 수 있다면, 언젠가 "디아는 좋겠네"나 "라스티아라는 좋겠네"나 "팰린크론은 좋겠네" 같은 것도 말할 기회가 올지도 모르겠네요. 아아, 얼마나 근사합니까.

3권에서 그렇게 바라 마지않던 일러스트를 받아 놓고도 아직도 욕심은 끝이 없이 넘쳐 나옵니다. 2권 후기를 쓰던 때와 전혀 달라진 게 없으니—— 아아, 다음은 라스티아라와 카가미의 그 장면을 책으로 만들어서 일러스트와 함께 보고 싶다⋯⋯. 못 견디게 보고 싶다⋯⋯. 그리고 이건 덤이지만 "스노우는 좋겠네"도 말해보고 싶다⋯⋯. 대충 이런 상태입니다.

순조롭게 계속 책을 내기 위한 홍보문구는—— 이세계에 소환된 사기적 능력자 주인공과 매력 넘치는 소녀들이 벌이는 두근두근 콩닥콩닥 모험담. 자, 이 거대 미궁의 최심부까지 들어가서 소원을 이루고, 원래 세계로 돌아가자! 현재 1권, 2권, 3권 발매 중! ——대충 이런 식이 될까요. ⋯⋯선전이라는 건 어렵네요.

어느샌가 욕망으로 점철된 후기로 변질됐군요. 죄송합니다.

이런 저입니다만, 부디 앞으로도 응원해주시면 기쁘겠습니다. 이렇게 대망의 3권까지 낼 수 있었던 것은, 이 책을 구입해주신 분들, 그리고 웹 연재분에서 응원과 조언을 보내주신 많은 분들 덕분입니다. 지난 책들을 펼쳐 볼 때마다 고마운 마음에 전율하고 있습니다.

여러분, 정말 감사합니다. 4권에서 다시 만나 뵐 수 있기를 기도하겠습니다.

Aim the deepest part of the different world labyrinth 3
©Tarisa Warinai
First published in Japan in 2015 by OVERLAP, Inc.
Korean translation rights reserved by Somy Media, Inc.
Under the license from OVERLAP, Inc., Tokyo JAPAN

이세계 미궁의 최심부로 향하자 3

2016년 7월 1일 1판 1쇄 발행
2020년 8월 15일 1판 5쇄 발행

저   자 와리나이 타리사
일러스트 우카이 사키
옮 긴 이 박용국
발 행 인 유재옥
본 부 장 조병권
담당편집 정영길
편집 1 팀 정영길, 김민지, 조찬희
편집 2 팀 김다솜, 이본느
편집 3 팀 오준영, 곽혜민, 김혜주
미   술 김보라, 서정원
라이츠담당 김슬비, 한주원
디 지 털 박상섭, 이성호, 최서윤
발 행 처 ㈜소미미디어
인쇄제작처 코리아피앤피
등   록 제2015-000008호
주   소 서울 마포구 토정로 222, 403호 (신수동, 한국출판콘텐츠센터)
판   매 ㈜소미미디어
마 케 팅 한민지, 이주희
경영지원 우희선
전   화 편집부 (070)4164-3962, 3963 기획실 (02)567-3388
              판매 및 마케팅 (070)4165-6888, Fax (02)322-7665

ISBN 979-11-5710-420-8 04830
ISBN 979-11-5710-166-5 (세트)